中国文化讲座

郑培凯 主编

千山夕阳

王振忠论明清社会与文化

王振忠 著

广西师范大学出版社

·桂林·

图书在版编目(CIP)数据

千山夕阳：王振忠论明清社会与文化/王振忠著.

—桂林：广西师范大学出版社，2009.4

（中国文化讲座）

ISBN 978—7—5633—8389—4

Ⅰ. 千…　Ⅱ. 王…　Ⅲ. 文化史—中国—明清时代

Ⅳ. K248.03

中国版本图书馆 CIP 数据核字(2009)第 048701 号

广西师范大学出版社出版发行

（桂林市中华路22号　邮政编码：541001
网址：www.bbtpress.com ）

出版人：何林夏

责任编辑：李丹婕

装帧设计：张今亮

全国新华书店经销

发行热线：010—64284815

山东新华印刷厂临沂厂印刷

（临沂高新技术产业开发区新华路东段　邮政编码：276017）

开本：965mm×1 270mm　1/32

印张：12.75　字数：280 千字　插图：64 幅

2009 年 4 月第 1 版　2009 年 4 月第 1 次印刷

印数：0 001～6 000　定价：39.00 元

如发现印装质量问题，影响阅读，请与印刷厂联系调换。

目 录

总　序

郑培凯

　　文化依存于人的生活。当一个民族经历着一百多年的生死挣扎，一心只想着救亡图存，其文化心态当然也就很难平衡，总是大起大落，大取大舍，矫枉过正。到了 21 世纪，大多数人都认识到向西方传统学习的必要，但激进者却一定要喊出"全盘西化"；大多数人都不会反对保存固有文化中的优良传统，但国粹派却一定要提倡"尊孔读经"；大多数人都了解应该汲取多元中外文化传统的滋养，但在文化论坛上却仍能听到"打倒孔家店"、"崇洋媚外"、"推翻吃人的礼教"、"痛打帝国主义的文化走狗"这样的充满激情与暴力的偏执口号，交叉喊话，来回挑衅。

　　从文化继承与发展的角度来看，近两个世纪的环境不但恶劣，而且充满了摧残生机的陷坑与风暴。在这种文化环境中成长的心灵，也就难免畸形，充满了戾气与不平衡的心态，以为"除旧布新"、"破旧立新"可以开创美好的未来。更以口诛笔伐的手段来排除异己，建立舆论权威。不仅一般社会中弥漫着"推倒重来"的文化态度，连学术界的研究也急功近利，甚至配合政治运动，实践"矫枉必须过正"的荒谬理论。

当追求知识的人不能与现实利益保持距离,不能以长远的历史文化作为认识的坐标,只幻想着当前的参与与投身,希望通过批判与改造来创造文化,以达成士大夫"先忧后乐"或"知识分子良心"的愿望,他们就忘了人类文明累积的"知识"为什么是宝贵的文化遗产。把文化遗产当作实用工具,企图谋求个人名利,固然是下焉者;企图谋求国族复兴之道,把文化转为政治与经济运作的附庸,也不见得是人类的长远之福。

人类创造文明,追求文化与艺术的发展与提升,使自身的性灵更美好、更高尚,是人异于禽兽、作为万物之灵的展现。每一个文明的高度发展,虽然牵扯各种错综复杂的阶级与人际冲突与斗争,但放在长远的历史脉络中来看,总体的累积却明确显示,人类企图借着文化的创新来追求更美好的生活。中国文化也不例外,累积了五千年以上的经验,其中有成功的愉悦,也有失败的痛苦,有造福人群的绩效,也有残害苍生的教训,是我们走向未来的借鉴,更是我们创造明天最宝贵、最实在的资源。只有充分掌握了自己身边的文化资源,我们才会了解为什么社会的发展要均衡,为什么人际关系要和谐,为什么应该爱好和平、反对战争,为什么追求经济效益时不能唯利是图。

香港城市大学的本科生,在英制的大学三年期间,必须修习六个学分的中国文化课程。我在 1998 年到校创办中国文化中心,制定了课程规划,利用学校良好的信息科技教学条件,发展出一种新的教学模式,以四大块多元方式来教学:(一)通过网络教学提供学习材料;(二)课堂小班辅导确定学习效果;(三)举办专题文化讲座及艺术示范讲座,把著名学者和艺术家"请进来";(四)通过实地文化考察,把学生"带出去"。

我们发展出来的教学新模式,不但在中国文化教学上提供了成功的范例,同时也累积了不少学术资源。从 1998 年迄今,我们已经举办一千多场中国文化专题讲座,反应非常良好,不但学生得益,社会人士也闻风而来,分享学术新知。由于邀请的学者都是鸿学硕儒,讲的是学术研究的前沿,而讲座的形式又要求讲者深入浅出,所以,每一场讲座就成了对学者的挑战。学者必须把毕生研究的精华,以及他自己的研究心得与发现,提要钩玄,以通俗精简的方式,展示给一般程度的大学生,要让他们了解研究专题的学术意义,还要让他们听得懂。这样的讲座,对于一般学生,等于是在夜空中开启了一扇天窗,看到了星辰闪耀的辉煌;对于已经进入学术之门的研究生而言,更是治学的津梁,引导他们走上山顶的天文台,指点天体望远镜的各种用法,观测学术宇宙的奥秘。

我们从一开始,就对所有的学术讲座进行录音录像,存盘使用,以拓展教学领域,累积教学材料。在进行整理的过程中,我们认识到这批资料的宝贵,因为它是大学者为一般人的“现身说法”,是引领青年人进入学术的“方便法门”。正因为我们文化讲座的专题性质,在一般课堂讲课与专业学术演讲之间,讲者的讲法就类似专题“布道”,提供了学术新知的发展脉络,也指出学术研究的探索方向,给听者展现了明白易懂的系统,甚至是各种可能的认知系统。我认为这些讲座数据,可以整理成书,公之于世,作为普及和提高并举的学术读物。于是,我和来校演讲的学者商量之后,请他们拨冗修订讲稿,理顺文辞,再就讲题的性质,安排相关的插图,编辑了这一系列的“中国文化讲座”。

这一系列丛书,最先是繁体字排版,由香港城市大学出版社出版,发行的范围是港台海外。现在得到广西师范大学出版社的支持,我们重新整理丛书材料，以简体字排版，在内地出版发行，把这些学术讲座呈现的睿智机锋，献给更广大的读者群。

我们在学校做的工作，讲得伟大一点是弘扬中国文化，讲得实际一点是为了中国文化与学术的未来发展，铺砖添瓦，尽一分薄力。能够让一批大学者的讲座，在中国内地广为流传，作为学术的推手，我们感到无限欣慰。

2008 年 5 月 6 日

序　言

王振忠

应郑培凯教授之邀,2004 年暮秋,我访问香港城市大学中国文化中心,主讲三次"文化讲座",内容分别是:

梦里徽州:明清徽商与徽州文化

徽州文书的再发现:民间文献与传统中国研究

小说中的徽商与徽商撰写的小说:《我之小史》的发现及其学术意义

这三个讲座主要是介绍近年来徽州研究的新进展以及我的研究心得。

"欲识金银气,多从黄白游;一生痴绝处,无梦到徽州",地处皖南低山丘陵的徽州,虽然历经了数百年的世事沧桑,但仍保留着极为可观的地表人文景观。迄今,完整或残破的牌坊、宗祠和古民居,依然矗立于僻野荒陬,散发出浓郁的乡土气息,为人们展示着日渐消逝的生活方式。此外,浩繁无数的传世历史文献,更是引起了学术界的关注。徽商不仅在明清商业史上曾有如日中天般的辉煌,而且在文化上的建树亦灿若繁星。故此,徽州文化不仅受到史学界的高度重视,文学、哲学、艺术、宗教、民俗、建筑和医学等相关领域的学者,亦纷纷将目光投向黄山白岳间的这一域热土。"梦里徽州:明清徽商与徽州文化"一讲,主要是从比较宏观的角度对明清徽商的活动及徽州文化的地位和影响作较为系统的阐述。

在此基础上,我对徽州文书的遗存及其学术意义,作了专题性的阐述——近数十年来,中国各地都陆续发现了一些契约文书,但还没有一个区域的民间文书有徽州文书那样数量庞大、历时长久且内容丰富。学术界对于徽州文书的重视始于上个世纪四五十年代,而徽州文书大规模的发现,曾被称作继甲骨文、敦煌文书、大内档案和秦汉简帛之后 20 世纪中国历史文化的"第五大发现"。80 年代以来,散落民间的徽州文书面临着一个"再发现"的过程,除了文书实物的收集之外,另一个更为重要的"再发现",是指对文书研究内涵多向度的重新认识,即随着学术视野的拓展,人们将从狭义文书(契约)的研究转向全方位民间文书的探讨,这一再发现,将赋予徽州文书更为丰富的内涵,它大大拓展了徽州研究乃至明清史研究的领域,多侧面展示了中国传统社会的丰富内涵。有鉴于此,第二讲即从历史文献学的角度,专门探讨了徽州文书的再发现及其学术价值。

而第三讲"小说中的徽商与徽商撰写的小说"则介绍了新近发现的徽商小说《我之小史》,指出:在传统历史文献中,"徽商"的登场极富传奇色彩。而在"三言二拍"等明清小说中,"徽州朝奉"更是频繁亮相,概乎言之,小说家笔下的徽商形象总体上颇为负面且脸谱化。而婺源"末代秀才"詹鸣铎的《我之小史》抄稿本二种,是新近发现的徽商章回体自传小说,此为目前所知唯一的一部由徽商创作、反映徽州商人阶层社会生活的小说,具有多方面的学术价值。作者以生花妙笔自述家世,感物叹时。透过书中记叙的伦常日用、闲情逸事,我们得以窥见乡土中国的人事沧桑,近距离透视徽州乡绅的心曲隐微,细致了解商业经营中的浮云变幻,重新认识纷繁多样的妇女生活,触摸晚清民国时代历史节律的脉动……作为近年来民间文献收集中最为重要的收获之一,《我之小史》的发现,也为20世纪鸳鸯蝴蝶派小说研究提供了一个新的文本,据此,人们得以分析小说对于商人阶层的深刻影响。

翌年十月至十一月,我再度应邀前往中国文化中心,主讲十次"客座教授系列讲座":

漂广东:徽州茶商的贸易史

《太平欢乐图》:盛清画家笔下的日常生活图景

无绍不成衙:绍兴师爷与明清社会

无徽不成镇:徽商与明清社会

诗意的历史:竹枝词与地域文化

南河习气:河政与清代社会

五峰船主:徽州海商汪直的故事

商路上的武艺:徽商与少林功夫

徽州文书:水云深处的历史记忆

鱼雁留痕:传统时代的情感档案

清代茶商从徽州运茶前往广州,沿途历经赣江等处河道滩险,阅时数月,俗称"漂广东"。在徽州新近发现的数种商编入粤路程及语学资料,是昔日"漂广东"的实物见证。徽商的茶叶贸易,使得内陆山乡与海外世界保持着密切的联系,在中外文化交流史上也留有诸多的印迹——"漂广东:徽州茶商的贸易史"一讲,对此作了较为细致的演绎。

《太平欢乐图》是清朝乾隆时代出现的一部图册,目前存世的版本实际上不止一种,"《太平欢乐图》:盛清画家笔下的日常生活图景",通过对该书源流的梳理,厘清了作者的出身背景及全书的顺序脉络。透过细致解读书中图幅反映的社会文化风俗,盛清时代江南的日常生活图景得以清晰地展现。

"绍兴师爷湖南将",是近数百年来中国社会独特的一种人文现象。绍兴师爷俨然成为官府幕僚的正宗,他们洞悉人情世故,八面玲珑,多谋善断,清代各地形成的"无绍不成衙"之隐性权力网络,对于中国的政治、社会、风俗和文化等方面,均产生过相当的影响。

与"无绍不成衙"相对应,明清以来,长江中下游地区素有"无徽不成镇"的俗谚。随着大批徽州人外出务工经商,在许多地方都形成了规模可观的徽商社区。由于人数众多、持续不断且在财力和文化素质上明显可观,徽州文化对于明清以来的中国社会有着重要的影响。

"诗意的历史:竹枝词与地域文化"一讲,专门探讨竹枝词的史学价值。从中可见,竹枝词"志土风而详习尚",以吟咏风土为其主要特色,故与地域文化结下了不解之缘。它往往于状摹世态民情中,洋溢着鲜活的文化个性和浓郁的乡土气息,这对于许多学科特别是社会文化史和历史人文地理等领域的研究,极具史料价值。

盐、漕、河工为清代江南三大政,清朝政府对黄河的治理高度重视,但在腐败的河政体制下,河防工程每况愈下,南河总督驻地清江浦呈现出畸形的繁荣,史称"南河习气"。河政的积重难返,不仅使盐政遭到破坏性打击,漕运也经受了严重的影响,许多城镇最终亦趋于衰落。"南河习气:河政与清代社会",即专门探讨清代河政体制下的官场习气及其影响。

"五峰船主:徽州海商汪直的故事"则聚焦于明代的"倭寇"首领汪直(王直)。盐商出身的明人汪直,据居日本萨摩洲之松浦津,自号徽王,建立起规模庞大的海商集团,曾率巨舰百余艘蔽海而来,使得大明帝国滨海数千里同时告警。对汪直其人的评价历来言人人殊,甚至直到当代还一度成为传媒聚讼纷纭的难题。那么,历史上的汪直究竟是怎样的一个人?对这样的一个历史人物该如何看待?讲者认为,汪直的故事及其风波带给我们的启示是,历史事实与现实政治不能等同视之,不能将民族主义情绪随意投射到历史事实中去,那样只会混淆了基本的历史事实。近现代乃至当代中日关系史上的一些问题,与古代史上的历史事实,并不属于可以在同一个层面上讨论的问题。这也提醒我们的历史学者,应当清理大众历史教科书中那些僵死的教条,警惕狭隘的"爱国主义"情绪,努力将最新的学术前沿成果向大众普及,这不仅是学术研究上的重要问题,也是社会现实的迫切需要。因为历史问题处理不好,也完全可能对现实政治产生负面的影响。

在明代,徽州至少出现过具有全国性影响的两位武术大师,他们分别前往少林和峨嵋学习武术。其中,徽商程宗猷(冲斗)撰著的《少林棍法阐宗》,是冷兵器时代的传统武术技艺。从商业史的角度分析,徽商与少林武术具有极为密切的渊源,这显然与明代徽商的经营特点及其时代变迁有着密切的关系。"商路上的武艺:徽商与少林功夫",即从一个独特的角度,对《少林棍法阐宗》作了新的探讨。

"徽州文书:水云深处的历史记忆"再次聚焦徽州民间文献,指出,徽州遗存目前所知中国国内为数最多的契约文书,这反映了历史时期黄山白岳间的显著特征——这是一个纷繁复杂、即使是面对面也需要大量文字的契约社会。为数可观的徽州文书,如今成了水云深处的一种历史记忆。透过此类文字的记忆,遥远的社会历史画面得以复苏。

在徽州民间文献中,书信尺牍的数量为数可观,"鱼雁留痕:传统时代的情感档案"即专注于此。在相互的嘘寒问暖中,在彼此的互诉衷肠里,我们读到了写信人侨寓异地的诸多心理感受,体味到异乡游子对桑梓故土的眷念和真情流露。其中反映出的诸如年成、物价、灾害、疾病、风俗和时事等方面的记载,更成了社会文化史研究的绝佳史料。

这些讲座,主要围绕着徽学及明清以来社会文化史的研究,内容都是我近年来关心的问题。现在从中选出十个专题,结集成书。书名正标题典出唐人皇甫曾题《寄刘员外长卿》:"南忆新安郡,千山带夕阳"句。"新安郡"为歙(徽)州之前身,上个世纪 90 年代中叶,笔者曾在《读书》月刊上发表过《斜阳残照徽州梦》一文,文中提及:

> ……徽州地处万山之中……迄至今日,在人们的记忆中,煊赫一时的徽商逐渐褪色成为一个历史名词,一群具有传奇色彩的人物,夸奢斗富、慕悦风雅也衍化而为口耳相传的种种传说……极目望去,残败的宗祠、劫后余生的牌坊、完整的民居建筑群还寂寞地矗立于黄山白岳之间。我徘徊在鸳瓦粉墙、棹楔鸱吻的徽派巷陌间,忽然,在一幢明代住宅的门洞前,我看到了这样的一番景致:夕阳的一抹余晖,透过"四水归堂"的天井射入厅堂,在昏黄的暮霭中,精致的窗棂和雀替,映衬着斑驳陆离的墙面,犹如梦一般的凄婉迷茫。刹那间,我再一次强烈地感受到徽州文化昔日的辉煌,心中不禁涌起耳熟能详的一句歌词:"花瓣泪飘落风中,虽有悲意也从容。"这种深厚的文化积淀,迄今仍为世人展示了一种落花的矜持与自尊。

我一直以为,"斜阳残照"的意象,是对徽州文化的恰当定位。如今,我们研究徽州,是希望通过对历史片断的缀合,尽最大可能地复原社会历史的原生态,追寻审美的愉悦和发现的欣喜。此处收录文中的十题中,有七篇是围绕着徽州的社会与文化,故以"千山夕阳"为题,可能再为恰当不过。除此之外,另外三篇涉及明清时代全国各地的地域文化。日暮夕阳,与帝制时代晚期的明清时期寓意亦相契合——夕阳映照下的千山万壑,形态各异,又与广土众民的地域文化之多姿多彩颇可比照而观。基于以上的两层含义,文集遂取名为——"千山夕阳:王振忠论明清社会与文化"。

本书中,绝大部分是以此前的专题论文为基础,收入本书除了为统一体例,对标题有所改动外,对于一些专题的原文之内容亦多所充实,不仅增加了不少资料,而且在内容上亦有诸多扩展。而"无绍不成衙:绍兴师爷与明清社会"一文,则综合了十多年前我对绍兴师爷的研究。如"漂广东:徽州茶商的贸易史"一文,就资料而言,补充了与此相关的不少珍稀文献,在此基础上,对徽商(如收入《海国图志》的《英吉利国夷情记略》之作者叶钟进等)在中外文化交流中的作用,作了一点新的阐释。

此次收入文集的,还有几篇是在香港城市大学讲学期间撰写的,如"《太平欢乐图》:盛清画家笔下的日常生活图景"和"鱼雁留痕:传统时代的情感档案"等。应当说明的是,当时为了讲课,这批讲稿中的绝大部分原本是以口语的形式撰写的,现在为了统一体例,仍然采用先前文章的形式,或将口语体讲稿改写成书面文章的方式呈现,希望对于进一步的学术研究,有一点参考价值。

两度在港讲学,都是香港一年四季中天气最佳的季节。授课之余,几乎每周一次追随郑培凯先生的郊外远足,见识高楼大厦之外香港乡间的茂林修竹,与不同学科学者相互交流⋯⋯每每想起,那是一段令人愉快的记忆。本书的成书和出版,均应感谢郑培凯教授和香港城市大学中国文化中心各位朋友的无私帮助。

丙戌立秋于沪北嘉华苑

梦里徽州

明清徽商与徽州文化

　　明代戏剧家汤显祖诗曰:"欲识金银气,多从黄白游;一生痴绝处,无梦到徽州。"对于这首诗的诠释,历来就有不少争论,主要争论的焦点是说汤显祖对于徽州的态度究竟如何,他自己是否到过徽州等。诗中的"黄白"有两个含义:一是指徽州境内的黄山和白岳,白岳也就是齐云山;二是比喻金银,所谓黄白之物。明朝中叶以后,由于徽商如日中天,徽州相当富庶,各地的文人士大夫纷至沓来,明的是旅游,实际上是到皖南打秋风,让徽州当地的官府和富商款待他们,所以说"欲识金银气,多从黄白游"——要见识富得流油的遍地金银气,大多要到黄山白岳之间去游览一番。诗的后两句"一生痴绝处,无梦到徽州"则是说:尽管徽州是令人向往的地方,但自己不会与那些士大夫一样前往徽州去追逐"金银气"。从这一点上来看,汤显祖的这首诗实际上不是在鄙视徽州,而是鄙视那些士大夫的行为。当然,现代有很多人都引用这首诗的后两句,而重点则在其中的前一句——"一生痴绝处",意思是徽州是让人魂牵梦萦的地方。

一、徽州的地位变化

徽州在哪里？不一定所有的人都清楚，但大家一定听说过皖南的黄山，这是中国非常著名的风景区，所谓"五岳归来不看山，黄山归来不看岳"。黄山以前叫做黟山，"黟"字比较特别，现在安徽有一个县叫黟县，是皖南最早设置的两个县之一。除黟县外，最早设置的另一个县叫歙县，两县都是秦朝设置。"歙"后来在隋代被用作州名，歙州先治休宁县（今休宁万安镇），后移治歙县。唐代沿袭隋代的建置，歙州下辖歙县、绩溪、黟县、休宁、祁门和婺源六县。到了北宋宣和三年（1121年），又改歙州置徽州。可以说，从唐宋以来，一州六县或一府六县的格局一直沿袭到明清时代。明清时期，徽州是个府级建制，为安徽最为重要的两个府之一。清代康熙年间设立安徽省，就是取安庆和徽州两个府的第一个字为省名。

在徽州的一府六县中，歙县是徽州府的首县。从北宋改歙州置徽州起，徽州即治歙县。在明清时期，歙县一直是徽州府的政治中心。1949年徽州全境解放以后，仍在歙县设立徽州专署，管辖皖南区下属的徽州专区。不过，在歙县继续作为徽州政治中心的同时，从清代中期开始，随着皖南对外茶叶贸易的兴盛，原来休宁县下的一个市镇屯溪，逐渐成为徽州的经济中心，并进而演变成为徽州的政治中心。1938年，安徽省皖南行署在屯溪成立。但此后屯溪的地位并不稳定，直到新中国建立后，才将初设歙县的徽州专区迁往屯溪。

此后，徽州专区时设时废，而且一度还并入芜湖专区，到1971年又改徽州专区为徽州地区。徽州专区（或徽州地区）的辖境变化很大，除了徽州府旧领六县中的五县（除划归江西省的婺源县）外，有时还包括明清时代不属于徽州府的旌德、太平、石埭、宁国等县[1]。最值得注意的是徽州地区增加了太平一县,而太平县位于黄山的北大门,这为以后黄山市的设立埋下了伏笔。

1979年夏邓小平视察黄山,下山后他对安徽省委提出:"可以建立黄山特区。"后来人们将邓氏的这句话归纳为:"把黄山的牌子打出去。"此后,国务院下达文件,撤销太平县,设立省辖黄山市(黄山特区),接着又撤销徽州地区建制,将黄山市改设在屯溪。当时的指导思想是:"为了更好地保护、开发和利用黄山风景资源,以黄山为中心,以皖南为重点,发展旅游事业,带动皖南经济的发展。"由此带来的一个直接后果是,历史上府一级的"徽州"以及相当于府一级的"徽州地区"消失了,只留下一个很小的"徽州区",这个徽州区由七个乡镇组成。

近年来,有一些人呼吁取消黄山市,重建徽州市,将徽州的牌子重新树立起来[2]。

关于"黄山"和"徽州"之争[3],有些人发表的言辞非常激烈,火药味很浓,其中可能牵涉到许多地方上的权益,不少已超出了正常的学术研究或行政改革方面的争论。但有一点似乎可以肯定,徽州的历史文化价值愈来愈受到世人的充分肯定。

在1987年改徽州地区为黄山市时,"徽州"这个招牌的含金量或者说知名度,还完全不能与黄山相提并论。1979年黄山正式对外开放,1982年黄山被列为第一批国家名胜风景区,而徽州在当时还没有多少人知道,一般人大概只有在看到"文房四宝"时,才会依稀记起徽州曾是徽墨、歙砚的传统产地。

近十数年来,随着徽州研究的深入,徽州的历史价值重新受到了重视。"徽(州)学"成为一门国际性的显学,世纪之交黟县西递、宏村被联合国教科文组织列入"世界文化遗产保护名录"之后,徽州文化受到了世人空前的瞩目。现在,安徽省提出的发展策略已由原先的"把黄山的牌子打出去"，一变而为"打黄山牌，做徽文章"的战略决策。这些，虽然基本上还都是从发展旅游经济的角度出发，但至少已从单纯重视自然山水景观转向自然景观与人文资源并重，着眼于进一步发掘人文资源的深刻内涵。从近十数年来"徽州"在人们心目中的地位变化中，可以从一个侧面反映中国改革开放的历程。从这一点上来看，学术研究似乎并非一无用处。

二、一府六县格局

1987年撤销徽州地区建制改设地级黄山市后，绩溪县于1988年被划到安徽省的宣城地区。而婺源县则早在1934年和1949年就先后两度被划给了江西，至今仍隶属于江西。这样，旧徽州一府六县的格局早已不复存在。不过，尽管发生了这些变化，但由于在历史上千余年一府(州)六县格局长期存在所形成的稳定性，所以在民俗文化方面，徽州一直成为一个独立的民俗单元。

早在南宋淳熙《新安志》的时代，徽州就有"山限壤隔，民不染他俗"的说法[4]。所谓的"山限壤隔"，明清之际的顾炎武有过解释，即"徽之为郡，在山岭川谷崎岖之中"，也就是徽州地区的山地及丘陵占了绝大多数，是一个具有相对独立性的地域社会；而"民不染他俗"，则点明了徽州作为一个独立的民俗单元与当地自然环境的关系。

正是作为一个独立的民俗单元，使得徽州的乡土凝聚力非常强烈，徽州人有着异常强烈的徽州文化归宿感。民国十六年(1927年)，徽州旅浙硖石同乡会出版《徽侨月刊》，每月定期发放给同乡。要创办这样一份报纸，是因为民国时期的徽州人，希望加强旧徽州一府六县的凝聚力，共谋桑梓福利，以保障侨民权益[5]。我们知道，海外有"华

徽州一府六县图

"侨"的称呼,是指旅居国外的中国人。而在国内,"徽侨"这样的称呼,当然可以说是旅居外地的徽州人,单单是这一称呼,就明显反映出侨寓异地徽人的凝聚力。

关于徽州一府六县的凝聚力,从婺源改隶江西一事中也可以明显地看出。在明清的徽州一府六县中,婺源是突入江西省的一个县,这种地理格局起源于唐代。唐代歙州山多田少,居民纷纷向南开发,逐渐侵占到相邻的饶州乐平县。开元年间,饶、歙二州相互争夺土地,闹得不可开交,后经朝廷派员查勘,最后决定将有争议的土地划归歙州婺源县掌管[6]。从此,婺源县的疆界就深深地嵌入赣东北地区,这种行政区划格局,成为日后婺源划赣的起因之一[7]。

20 世纪三四十年代以后,由于国共两党的纷争,婺源两度被并入江西,第一次是在 1934 年,蒋介石出于"剿匪"的需要,将婺源划归江西省管辖。这引起了徽州人强烈的不满,婺源县紫阳书院以及旅京、旅沪、旅锡(侨居无锡)、旅休(侨居休宁)等处婺源同乡会纷纷请求免于改隶。在呈给蒋介石的信中,他们指出:婺源位于徽州的上游,是徽州的门户。从唐宋以来就一直隶属于徽州,历时已千余年,从文化、军事、经济及民生等各个方面来看,都与徽州融为一体,不可分割。朱熹是徽州人的骄傲,而朱熹的祖籍地婺源对于徽州人而言尤为重要。其重要性就好像是曲阜之于山东,洛阳之于河南,是安徽全省文化精神的象征。明清以来,长江中下游一带素有"无徽不成镇"的说法,可见徽州商业发达,旅外同乡很多,各地都有徽州会馆的设置,这些会馆都崇奉朱熹,以加强一府六县商帮的精诚团结。一旦将婺源改隶江西,对于徽州的商业文化,无疑是一个严重的打击。而在具体操作上,全国各地的徽国文公祠和新安(徽州)会馆以及徽州同乡会等,一旦改隶江西管辖,将面临瓦解割裂之困境。会馆中的所有财产,是徽州一府六县商人所共同拥有。倘若将婺源改划江西,那么,各处会馆的共有财产,势必因此而根本牵动。全国各省会商埠中的徽州会馆很多,必然会引起许多交涉和纠纷,进而从根本上瓦解了徽州商帮[8]。

上述各点被蒋介石逐一批驳[9],但婺源人的回皖运动仍然是如火如荼。1946 年,婺源县参议会上下串联,发起"回皖运动",通过胡适转交请愿书给蒋介石,促使国民政府内政部派员来婺勘察。据婺源东北乡虹关村(该村为徽墨名乡)的詹庆德先生(生于 1933 年,现为上海退休教师)告知——在 1947 年,他的学校大门口有一副对联:"男要回皖,女要回皖,男男女女都要回皖;生不隶赣,死不隶赣,生生死死决不隶赣。"当时有一些口号说:"头可断,血可流,不回安徽誓不休。""宁做安徽鬼,不做江西人。"1947 年安徽有位宋专员到江西婺源视察,经过浙岭时,当时的"吴楚分源"碑(为皖赣分界界碑)被人南北调了方向,面对婺源的部分被改写成"回皖去",以此反映民众情绪之强烈。1947 年,婺源终于回归"母省"安徽。

当然,及至 1949 年,由于历史的原因,婺源又再度被划入江西,而且直到现在还隶属于江西。尽管如此,婺源、绩溪的不少人,尤其是上了年纪的人,仍然认同自己是徽州人。他们认为婺源、绩溪的文化是徽州文化不可或缺的组成部分,徽州仍是他们难以割舍的心灵故园。

三、徽州各地文化差异

虽然说徽州的一府六县是个独立的民俗单元,但有两点需要指出。一是徽州府周围的一些地方,如安徽省内邻近徽州府的泾县,江西省的景德镇,浙江省的金华、衢州和严州,受徽州的影响很大,不仅从地表上,我们至今还可以看到不少徽派建筑,而且就其风俗文化上,也仍然可以看出徽州文化的重要影响。

泾县在明清时代属当时的宁国府,当地人一般总是与徽州人一起外出经商,江南各地有徽宁会馆,迄今还有不少徽宁会馆征信录保存下来[10]。明清宁国府的太平县、旌德县,新中国成立后也一度隶属于徽州专区或徽州地区。

江西景德镇靠近徽州,旧时景德镇的七里长街,无论是开店铺的老板还是在那里打工的店员和工人,绝大部分都是徽州人[11]。当地瓷器业相当发达,不少徽商参与瓷器的生产和销售,再加上其原料相当大的一部分来自婺源、祁门一带,所以当地也表现出明显的徽州文化特色。

金、衢、严不仅从自然环境上与徽州同属于新安江流域,而且,西晋置新安郡时,郡治始新县(也就是现在浙江的淳安县西[12])。西晋时的新安郡辖境,大致相当于明清时期浙江淳安再加上徽州的一府六县。因此,从行政区划的角度来看,金、衢、严与徽州有着重要的渊源。而就交通地理而言,徽州人沿新安江东下至杭州,最早就到达浙江的金、衢、严地区,当地完全是徽州商人势力自然延伸的部分。1955年动工兴建新安江水库(水库内后来形成了大小岛屿一千多个,所以亦称千岛湖),水库库区大部分在淳安县境内,小部分在建德县。当时淹没了不少明清古镇,如淳安县的淳城(淳安县城)、茶园、港口、威坪四镇和遂安县城(俗称狮城)等。前两年媒体上炒得沸沸扬扬,说千岛湖水下发现明清古城和徽派建筑,其实,在20世纪50年代前后,徽派建筑在整个新安江流域的分布都相当普遍,淹掉个别城镇,人们实在不会感到有什么不妥。根本不必要现在媒体来炒作,到水底去发现什么徽派建筑。

其次,我们在强调明清徽州是一个独立的民俗单元之同时,还应当认识到徽州的一府六县各有差别。

徽州境内有黄山和齐云山两座名山,齐云山也叫白岳。黄山加上白岳,徽州也就有了"黄白之地"的说法,引申出的意思是这一带系商贾之乡。不过,各地徽商兴起的时间并不一致。婺源因其木材贸易,早在南宋时期就已崭露头角。歙休(歙县西部和休宁东部)是平原地区,历史上这一带最为富庶,徽商的出现也较早。从明代中叶起,政府对歙县和休宁两县的赋税征收要高于徽州府的其他四县,这更刺激了歙县和休宁人外出经商。而其他的一些县份则相对比较闭塞,如黟县直到清代经商风气方才蔚然成风。

另外,明清时期,徽州一府六县所出的商人虽然都叫徽商,但各县的侧重点又有所不同,歙县主要是盐商,休宁人专精于典当业,婺源木商和墨商相当有名,绩溪人则大多是小商小贩,以从事徽菜馆为数众多[13]。

四、经商风气

17世纪中叶绍兴籍官僚祁彪佳曾指出："重农固为务本,但今人稠地窄处,竟有无田可耕者,因其土俗,各有力食之路,但占一艺,便非游手,此亦救荒源头。"[14]根据人口史的一般估计,1600年以后中国的人口已接近两亿,与此同时,自然灾害发生的次数亦相当频繁,于是人们纷纷在苦思各种对策,以解决人口压力和自然灾害背景下的救荒手段和就业难题。在传统社会,农是本业,重农也就是务本。但在人多地少的地方,因土地不够耕种以养活百姓,各地百姓就根据当地的风俗习惯,寻找各自的谋生方式,祁彪佳就认为:只要有一种技艺在身,就不算游手好闲,这也是救荒的一种手段——这是对治生手段的一种崭新认识。与祁彪佳的这种思想相似,徽州的楹联中就出现过这样的句子:"读书好,营商好,效好便好"、"读书贵矣,但农工商贾各专一业便非不孝子孙",充分肯定了经商在个人安身立命中的地位。

在这种背景下,各地的芸芸众生,都"因其土俗",开拓自己的"力食之路"。于是,在祁彪佳的故乡浙东绍兴出现了"绍兴刀笔"(也就是明清时代的绍兴胥吏和绍兴师爷),皖南出现了"徽州朝奉"(亦即徽商),淮河两岸则出现了打花鼓走四方的"凤阳乞丐",这些人,都成为闻名遐迩、传承悠久民俗的区域人群[15]。

徽州山多地少,一向就有"七山一水一分田,一分道路加田园"的说法,这是形容徽州一带地少人多。为了弥补生存条件的缺陷,徽州人不得不向外拓展。所谓"前世不修,生在徽州,十三四岁,往外一丢",这是一首徽州俗谚,说前辈子作孽,才会生在徽州这块贫瘠的土地上,人到十三四岁,就得外出务工经商。由于经商之人辈出,故而明清方志屡称:"徽州人以商贾为业"[16],而太平天国前后著名学者汪士铎在他的书中竟称徽州的土产是"买卖人"[17]。

外出务工经商的徽州人,有不少就在异地落地生根,所以在全国各地到处都可以看到徽州人的后裔。当时徽州出外务工经商的人究竟有多少呢?明嘉靖、隆庆、万历年间的王世贞指出:"大抵徽俗,人十三在邑,十七在天下。"[18]与王世贞同时的汪道昆也说过,徽州人"业贾者什七八"[19]。及至清代,乾隆《歙县志·风俗》记载,歙县"田少民稠,商贾十之九"。清代前期的诉讼案卷也概述:"歙民家居十仅二三,淮扬十有八九。"[20]这些比例,其实都只能是一个粗略的印象或者估计。不过,个别迷信计量史学的研究者,根据这些粗略的比例,再加上自己对徽州府人口的假设,企图坐实徽州人移民外地的绝对值,其实,这样的估计或臆测并没有多少学术意义,无法让人信服。

对于徽州人外出务工经商的估计,目前只能是笼统的描述。现代著名画家黄宾虹是歙县潭渡人,他曾说自己村中"其出类拔萃者无不居外与业商,而非年登七十以养老归里者绝少……平时之在里中者,农人与稚老耳"[21]。也就是说,在徽州当地,有能耐的人均外出经商了,不到七十岁养老时,都不会回到故乡,因此,平时在徽州所能看到的,只有种田的农民和老人及小孩。从这一描述中可以看出,徽州人外出经商的比例相当之高,所以称徽州为"商贾之乡",一点也不过分。

在传统时代,盐、典、木商被称为"闭关时代三大商",一向受到世人的关注。比如说盐商,"天下第一等贸易为盐商,故谚曰:'一品官,二品商。'商者谓盐商也,谓利可坐获,无不致富,非若他途交易,有盈有缩也"[22]。胡适先生在他的《口述自传》中曾经说过:"徽州人的生意是全国性的,并不限于邻近各省。近几百年来的食盐贸易差不多都是徽州人垄断了。食盐是每一个人不可缺少的日食必需品,贸易量是很大的。徽州商人既然垄断了食盐的贸易,所以徽州盐商一直是不讨人

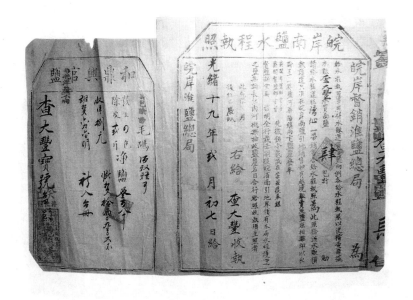

运盐执照（王振忠收藏）

欢喜的;其至是一般人憎恶的对象。"[23]当时的两淮、两浙盐商中,徽商占了相当大的比例。以扬州盐商为例,明万历年间,在扬州的盐商资本超过3000万两。及至清代乾隆年间,淮南盐务如日中天,一百数十家的徽商西贾聚集扬州,"蓄资以七八千万计"[24]。查照《清实录》,乾隆初年,户部银库存款不过3300万两,到乾隆三十七年(1772年),清王朝处于极盛时期,户部所存库银也不过7800余万两。两相对比,可见扬州盐商富可敌国,一点也不夸张。

由于食盐是一种垄断经营的商品,盐商在经营过程中难免高抬盐价以牟取暴利,所以他们一向受到世人的憎恨。清代小说家吴敬梓在《儒林外史》中讽刺的一些附庸风雅的商人,基本上也就是出自徽州的盐商,在当时,扬州盐商被人称为"盐呆子"[25]。

与徽州盐商一样受到世人憎恨的还有徽州典商。在明清时代,江

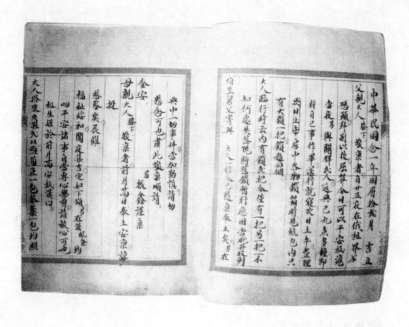

典商黄氏文书(王振忠摄)

南一带素有"无徽不成典"的说法,意思是说典当业大多为徽州人所开,即使是晚清民国时期徽州典当衰落以后,一些并非徽州人开设的典当中,徽州出身的典当铺职员也占相当多数。在徽州,休宁的典当商尤其著名。美国波士顿赛伦市(Salem)碧波地·益石博物馆(Peabody Essex Museum)中,有一座原来坐落在徽州休宁黄村的徽派老房子"荫余堂",房屋主人就是活跃于汉口和上海等地的典商。据说,在历史时期,黄村一村均以典当为业[26]。

在典当交易的过程中,出典人或因生活窘困,或因一时难于周转,而将财物出典于当铺,一般说来,完全是处于弱势的地位。相比之下,典当业者居高临下,在此类交易过程中则处于强势地位,由此塑造了典当业者独特的心理,极易滋生出对出典人的鄙视。鲁迅先生在《呐喊·自序》中,曾说自己小时有四年多时间,几乎每天都要出入于质铺和药店,从一倍高的柜台外送上衣服或首饰,"在侮蔑里接了钱,再到一样高的柜台上给我久病的父亲去买药"[27]。因此,典铺给人的印象往往是乘人之危,容易引发社会弱势群体的不满心理,以致出现了对徽州朝奉的种种负面印象。在江浙一带,有一句谚语称:"徽州朝奉锡夜壶",也有的写作"徽州朝奉夜壶锡",大致意思不外是说用锡做夜壶,锡

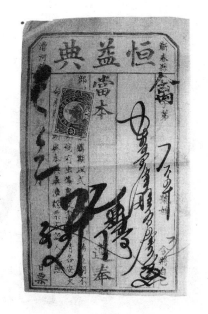

当票(王振忠收藏)

便成了废料,不能再改制成其他的物品了。因为经尿液长年浸泡,锡中的那股腥臊气再也消除不掉了。这一俗语是说进了当铺从业的人,就再也无可救药了。《天籁集》中收集的一首江南民谣这样唱道:"龙生龙,凤生凤,麻雀生儿飞蓬蓬,老鼠生儿会打洞,婢妾生儿做朝奉。"《天籁集》是清代的儿歌集,虽然这指的是全体徽商,但典商首当其冲,则是毋庸置疑的[28]。

除了盐商和典商之外,徽州木商尤其是婺源的木商也相当著名,民间俗有"盐商木客,财大气粗"的说法。徽州地处万山之中,森林茂密,"婺源出得好木料"[29],是当时江南人的共识。自南宋定都杭州以来,大批徽州的木材就沿着新安江源源东下。明清时代在江南非常有名的民间神灵——五通神,最早就起源于宋代的婺源。据日本学者斯波义信的研究,当时婺源的五通庙年市,可能就是以山村为地盘的商

典当朝奉多徽州人（沈寂主编
《三百六十行大观》，上海画报
出版社，1997年）

人们所举行的祭市[30]，这与婺源的木客息息相关。徽州的木材除了供
建设宫殿之用外，还用于造船等。另外，在民间，婺源木材还是打造棺
材的上好材料。在明清时代，江南一带有"生在扬州，玩在杭州，死在
徽州"的说法。生在扬州，是指很多徽州人到扬州从事盐业，他们的后
代就生在扬州。而玩在杭州，则指"上有天堂，下有苏杭"，杭州的湖光
山色非常美丽。而所谓死在徽州的一个含义，就是说徽州的棺材相当
著名。明清时期，南京的上新河，成为徽州木商尤其是婺源木商聚居
的地点[31]。

　　盐、典、木属于徽商中资本较大的一类，除此之外，比较有特色的还
有绩溪的徽馆业。徽州人的饮食有着比较独特的口味，其最主要的一
个特点就是嗜油（虽然说嗜油是中餐饮食中比较普遍的特点，但徽菜在
这方面似乎表现得更为突出，尤其是对猪油的特殊嗜好）。梁实秋在

《胡适先生二三事》中指出：民国十七八年间，有一天，胡适请他和潘光旦等人到一家徽州馆吃午饭。当时，上海的徽州馆相当守旧，已难以与新兴的广东馆、四川馆比肩称雄，但胡适想让他们尝尝自己家乡的风味。他们一进门，老板一眼望到胡适，便从柜台后站起笑脸相迎，满口的徽州话，等他们扶着栏杆上楼时，老板对着后面厨房大吼一声。据胡适解释说，老板大吼的意思是在喊："绩溪老倌，多加油啊！"原来，绩溪是个穷地方，难得多吃油，多加油即是特别优待老乡之意。果然，那一餐的油相当不少。有两个菜给梁实秋留下了深刻的印象：一是划水鱼（即红烧青鱼尾），鲜嫩无比；一盘是生炒蝴蝶面（即什锦炒生面片），非常别致。在梁实秋这个异乡人的眼里，徽菜的缺点是味太咸、油太大。徽菜虽然油腻，但在明清时代，随着徽州移民的大批外出以及徽商财力的如日中天，徽菜馆和徽面馆盛行一时。到了民国时期，王定九所编的《上海门径·吃的门径》中还形容申城是"徽气笼罩的上海街市"，他分析说："徽人在上海的典质业中服役的最多，富有势力，上海的典当押肆，无论那〔哪〕条街上，终有一二所，徽馆为适合同乡人的口味，所以和典当押肆成正比例，也是每一条街上必有一二所。"[32]

前面曾经说过，绩溪人主要从事小本经营，尤其是徽馆业。所谓徽馆，是指徽菜馆和徽面馆的总称。绩溪有"徽厨之乡"的美誉，徽馆（亦称馆店业）是绩溪人经营的一种传统行业，流行在绩溪的两首同名歌谣《徽馆学生意》，对此作了生动的描述，其中之一是四言歌谣：

> 前世不修，生在徽州。十三四岁，往外一丢。吃碗面饭，好不简单。一双破鞋，踢踢踏踏。一块围裙，像块纡绡。[33]

第二首歌谣是五字一句：

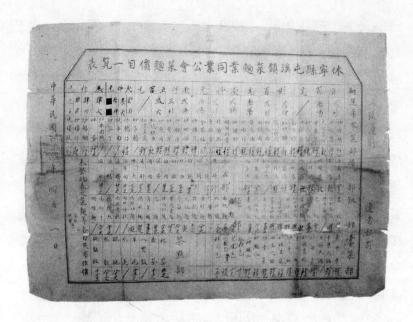

徽菜馆菜单(《故纸堆》)

前世不曾修,出生在徽州。年到十三四,便多往外溜。雨伞
挑冷饭,背着甩溜鳅。过山又过岭,一脚到杭州。有生意,就停
留,没生意,去苏州。转来转去到上海,求亲求友寻路头。同乡多
顾爱,答应肯收留。两个月一过,办得新被头。半来年一过,身命
都不愁。逢年过时节,寄钱回徽州。爹娘高兴煞,笑得眼泪流。

上述的两首《徽馆学生意》,都是描述在徽馆从业的学徒生活之艰
苦。其中,第一首是将徽州人外出谋生的俗语——"前世不修,生在徽
州。十三四岁,往外一丢",直接说成是"吃碗面饭",也就是到徽馆学
做生意,这是绩溪少年既自然而又颇为无奈的选择。据1963年在台
湾出版的《绩溪县志》记载,绩溪人从事徽馆业,"每年赖以谋生者,几
达全县人口之半"[34]。近世安徽民间谚语有"无徽不成镇,无绩不成

街"、"无徽不成市，无绩不成铺"之说[35]，"无徽不成镇"或者说"无徽不成市"都很好理解，但"无绩不成街"和"无绩不成铺"则乍看不太好理解，但我想如果从徽馆业多由绩溪人从事这个角度去看，那么，这句谚语也就不难索解了。因为徽馆是本小利微的行当，只要有一个小店面，一个灶台，一副桌椅碗筷，就立马可以开张。民以食为天，有徽州人的地方就会有徽面馆、徽菜馆，所以在"无徽不成镇"的背景下，"无绩不成街"或"无绩不成铺"也就顺理成章了。

除了上述这些以外，徽州的茶商和墨商等也相当著名。但这些商人在徽州各地的分布较广，以墨商为例，墨商的出生地主要是徽州府的歙县、休宁、绩溪和婺源四县。清代的贡墨是由歙县包办，文人自制墨也大多由歙县墨家代造，所以当地的徽墨具有质地上好、隽雅大方和装潢精美的特点；休宁墨的特点是华丽精致，雅俗共赏，特别迎合附庸风雅的富商大贾的口味；而婺源墨则大部分比较粗糙，主要是面向普通民众[36]。也就是说歙县出的是高档墨，婺源墨主要是低档墨，休宁墨则介于两者之间。

综上所述，徽州民间有"一等生业，半个天下"的俗谚，是指徽州人以经商为第一等生业——歙县的盐商、休宁的典当商、婺源的木商、绩溪的徽馆商人，全都以其鲜明的特色闻名遐迩。

五、徽州人的契约意识

徽州是个宗族社会，清初赵吉士在《寄园寄所寄》中指出：

> 新安各姓聚族而居，绝无杂姓搀入者。其风最为近古，出入齿让，姓各有宗祠统之。岁时伏腊，一姓村中，千丁皆集。祭用文

公家礼,彬彬合度。父老尝谓,新安有数种风俗胜于他邑:千年之冢,不动一抔;千丁之族,未尝散处;千载之谱系,丝毫不紊;主仆之严,虽数十世不改,而宵小不敢肆焉。

明清时代,徽州宗族异常繁荣。不仅有大批的地表文化遗存——宗祠——为其表征,而且还有大量的历史文献佐证。譬如,迄今仍留下的《新安六县大族志》、《新安名族志》、《休宁名族志》[37]以及众多的徽州族谱,均可反映当年宗族制度的兴盛。

徽州人有着强烈的契约意识。自南宋以来,皖南地区频繁的商业活动和社会流动,培养出徽州人颇为强烈的契约意识。除了商业活动、乡土社会秩序的维持,在很大程度上也是以"契约和理性"来支撑,即使是亲族之间也不例外——这或许是徽州社会有别于其他区域社会的一个特色,也正是这一特色,才使得黄山白岳之间的这一方水土,成为闻名遐迩的商贾之乡,成为"徽州朝奉"的温床。也正因为这个原因,明清徽州遗留下了目前所知国内为数最多的契约、文书,这些反映徽州社会传统规则(或可称为"民事惯例"、"民间习惯法")的乡土史料,几乎涵盖了徽州民众社会生活的各个侧面。其规则之严密、措辞之细致,可以说是达到了无微不至的程度。

除此之外,徽州区域社会健讼成风。清代扬州人石成金著有《传家宝》,其中的《笑得好二集》中有"不打官事(司)"条,说徽州人连年打官司,甚感劳顿、厌倦。除夕之夜,父子三人商议:"明天是新年,大家要各说一句吉利话,保佑来年走好运,不惹官司。"聚商之后,由父亲先说第一句:"今年好。"长子接着道:"晦气少。"次子继曰:"不得打官司。"结果,三人所说合起来共有三句十一字,于是写了一幅长条,贴在中堂上,家人时时念诵以取吉利。不料一大清早,女婿就上门拜年,一见长条,竟随口分作上五、下六的两句,大声念道:"今年好晦气,少不得打官司。""不打官事"虽然是个触霉头的笑话,但也确实反映了历史时期徽州人"健讼"的特色以及不得不"讼"之无奈[38]。

契约意识和健讼之风,其实是明清以来徽州乡土社会一个问题的不同侧面:有那么浓厚的契约意识,才会有如此之多的诉讼;而有那么多的诉讼,又会引发人们订立更多的契约。矛与盾的进退攻守,在时间长河中,就这样一直处于动态的平衡之中。

明清时代的徽州,精英文化与通俗文化同生共荣,社会文化均衡发展。徽州地处万山之中,从地理环境来看是相当闭塞的。但由于徽商的无远弗届,又不断地将经商所得利润汇归徽州本土,并将各地的精英文化和通俗文化源源引入徽州。再加上徽州商人"贾而好儒,亦贾亦儒"的特色,因此,研究明清时期的通俗文化与精英文化,徽州大概是再好不过的一个典型。

胡适先生说过:徽州人外出务工经商,在文化上也很有意义——"我乡人这种离家外出,历尽艰苦,冒险经商的传统,也有其文化上的意义。由于长住大城市,我们徽州人在文化上和教育上,每能得一个时代的风气之先。徽州人的子弟由于能在大城市内受教育,而城市里的学校总比山地的学校要好得多,所以在教育文化上说,他们的眼界就广阔得多了。因此在中古以后,有些徽州学者——如12世纪的朱熹和他以后的,尤其是18、19世纪的学者如江永、戴震、俞正燮、凌廷堪等——他们之所以能在中国学术界占据较高的位置,都不是偶然的。"[39]除了在学术界和思想界的这些顶尖人物之外,徽州在科举上也获得了巨大的成功。据何炳棣先生的统计,从1647年到1826年(也就是道光以前的清代前期),徽州府产生了519名进士(包括在本地和寄籍他乡及第的),在全国科甲排行榜上名列前五至六名。在此同时的 180 年间,江苏省产生了一甲进士 94 名,其中有 14 名出自徽州府;浙江一甲进士 59 名,有 5 名是徽州人[40]。

叶显恩先生曾指出:"明清时期的徽州在政治、经济、社会、文化等方面,取得了高度的整体性协调发展,是明清时期中国境内各区域总体全面发展的典型代表,我们还未曾发现有一处可与之相比拟的区域。"[41]这的确是相当中肯的看法。

另外,徽州文化影响的范围极其广泛。明清时代,徽州商人遍及全国,在日本、东南亚也有他们的足迹。受徽商和徽州文化影响的地域非常之广,明清时代长江中下游一带"无徽不成镇"的谚语,就足以说明徽商对于中国南方各地的重要影响。根据胡适的说法,所谓无徽不成镇,就是说一个村子如果没有徽州人,那他就只是个村落,徽州人进去了,就开设店铺,逐渐扩充势力,村落也就逐渐变成了市镇[42]。

一般说来,无论是在繁华都市还是市镇乡村,要想保持移民自身的乡土特色,往往需要满足以下两个条件:一是移民人数众多且迁移过程连续不断,二是在财力或文化素质方面明显高于土著。在这两个方面,徽州人无疑都是具备的。当时,徽商在各地建立了徽州会馆乃至徽州社区,南中国的许多地方,均有紫阳书院。除了徽州本土的婺源、歙县有紫阳书院外,苏州、杭州和汉口等地也都有紫阳书院。这些紫阳书院,基本上都是由徽商资助的。特别是汉口的紫阳书院,实际上也就是徽州会馆,对于徽商在汉口镇的发展影响极大[43]。不仅是这些大的繁华都市,而且在一些非常偏僻的荒村野店,也常能发现徽商活动的足迹。所以说,"无徽不成镇"的俗谚,绝不是一句无稽之谈。

在历史上,徽州出了很多著名的人物,从明清进士一直到现当代

绩溪龙川,胡氏
宗祠(王振忠摄)

政治、经济、文化方面的人才都相当之多。胡适先生甚至说:"徽州人正如英伦三岛上的苏格兰人一样,四出经商,足迹遍于全国。最初都以小本经营起家,而逐渐发财致富,以至于在全国各地落户定居。因此你如在各地旅行,你总可以发现许多人的原籍都是徽州的。例如姓汪的和姓程的,几乎是清一色的徽州人。其他如叶、潘、胡、俞、余、姚诸姓,也大半是源出徽州。当你翻阅中国电话簿,一看人名,你就可知道他们的籍贯。正如在美国一样,人们一看电话簿,便知道谁是苏格兰人,谁是爱尔兰人,谁是瑞典人、挪威人等一样的清楚。"[44]胡适本人就是徽州绩溪人,一直到现在,还是绩溪人引以为自豪的文化名人。此外,如理学家朱熹祖籍婺源,朴学大师戴震出自休宁,红顶商人胡雪岩祖籍绩溪[45],铁路专家詹天佑祖籍婺源,等等。至于原籍徽州的当代政治领袖,则众所周知而毋庸细述。这些,都从一个侧面反映了徽州文化的强大辐射力。

上述几个特征的核心是徽商,有人说徽商是徽州文化的"酵母",也有的说徽商是徽州历史全面发展的"支点",都是相当正确的看法。

六、徽州的历史文化内涵

徽州有着丰富的历史文化内涵,具体表现为:

1. 地表人文景观丰富

直到现在,徽州仍然有着丰富的地表文化遗存,举例来说,歙县是国家历史文化名城,牌坊、宗祠、民居遗存较多,尤其是牌坊众多,故有"牌坊城"之称。黄山市徽州区的呈坎村(明清时代属于歙县),这个村子是徽州现存最早的完整方志、南宋淳熙《新安志》作者罗愿的故乡。该村人口只有2600人,但村中却有两个国家重点文物保护单位—— 一个是呈坎古村落群,另一个是该村的罗东舒祠(也就是人们通常所说的江南名祠"宝纶阁"),这种"一村双国保"的情况在安徽省独一无二,而且在全国亦极为罕见。另外,以黟县的宏村和西递为代表的皖南古村落,在2000年被联合国教科文组织列入"世界文化遗产保护名录"。这些都说明,旧徽州的一府六县,尽管历经了数百年的世事沧桑以及"文化大革命"的浩劫,仍有大批精美的牌坊、宗祠和古民居得以保存,这应当是其他地区所少见的。

历史文化遗存除了地表人文景观外,还有众多的传世历史文献。

2. 传世历史文献众多

徽州遗存的历史文献特别丰富,素有"文献之邦"的美称。黄宾虹曾说:"宣、歙文献卓绝寰宇。"[46]黄宾虹这里所用的"宣"、"歙",是唐代的地理概念,歙州后改为徽州。这段话是指皖南的文献甲乎天下[47]。

的确,徽州的方志、族谱、文集以及民间文书可以说是汗牛充栋。

徽州方志的数量较多,质量也很高,特别是反映基层社会的乡镇志有相当不少。据研究,就明清乡镇志反映的地域来看,主要集中在"五块二线"上。所谓五块,是指明清乡镇志多集中分布于太湖流域、宁绍平原、闽南滨海平原、珠江三角洲和皖南徽州地区这五个区域,这五区的乡镇志占明清乡镇志总数的90%[48]。族谱的数量也相当可观。徽州人重视修谱,民间有"三世不读书,三世无仕宦,三世不修谱,则为下流人"的说法,意思是说倘若三世不读书、不做官和不修谱,就会沦为下流之辈。现存明代的善本族谱,绝大部分出自徽州地区。而中国国家图书馆所藏善本族谱共四百余部,其中徽州族谱就占到一半以上[49]。上海图书馆馆藏一万多种族谱中,数量最多的除了绍兴地区外,就是出自徽州的族谱。而现存徽州人的文集数量也相当不少,这从最近几年出版的一些大型丛书,如《四库全书存目丛书》、《续修四库全书》、《四库禁毁书丛刊》和《四库未收书辑刊》等大型丛书中,均可找到数量可观的徽人著作。除此之外,还有大批的民间档案文书[50]。

众多的地表人文景观和丰富的历史文献,使得徽州研究的学科前景非常广阔。

3. 学科前景广阔

徽州的地域社会及文化,在明清时代具有相当的典型性,甚至可以说,是传统中国研究中最具典型意义的区域社会之一。也正是由于徽州的这种典型意义,所以许多学科都关注徽州,如历史、文学、建筑、艺术、医学、手工业、武术、出版等方面,凡是谈到明清时期南中国的社会文化,一般都或多或少地要涉及徽州或徽商。以下择要言之。

思想史 明清以来,徽州号称"程朱阙里"、"东南邹鲁",在歙县篁墩建有"程朱三夫子祠"和"程朱阙里"。明人赵滂辑有《程朱阙里志》，清乾隆年间又编有《篁墩程朱阙里祠志》。朱熹学说对于徽州有着极为深远的影响，如徽州的祭祀礼俗，就恪遵文公家礼，由此形成的"徽礼"，在徽州乃至徽商所到的整个南中国地区，均有重要的影响[51]。朱熹学说对于徽州宗法制度，也有深刻的影响。朱熹的名言——"三世不修谱，则为小人"，在明清以来，被郑重地记录在许多徽州族谱中。又如，从方志的记载来看，徽州节烈之风盛行，直到现在，徽州各地遗存的众多牌坊，仍然可以反映程朱理学的影响。这里，特别应当指出的是，朱熹学说还成为明清以来徽州商业文化的象征，在各地的徽州会馆中，通常都供奉朱熹为主神。因此，通过徽州，不仅可以研究形而上的程朱理学、哲学思想，而且还可以研究程朱理学在民间流衍传播的轨迹。

艺术史 自明代中叶起，由于徽商刻意追求文人士大夫的生活情趣，凭借着巨额资产，大量收购金石、古玩和字画，征歌度曲，以至于整个社会的审美旨趣都发生了根本性转变。与此同时，伴随着徽商的富盛，以及对文化孜孜不倦的追求，在东南的文化市场上，新安商人俨然成了操执牛耳的盟主。明清以来的"新安画派"闻名遐迩，浙江大师开一代画风，而继起卓然成家者多达数十人，尤其是现代的黄宾虹更是独步画坛。早在1942年，黄宾虹就曾指出："歙学为中国关系至大"[52]，此处的"歙学"亦即"徽学"，他从一个画家的角度，对徽州学与艺术史的关系，作了深刻的揭示。

医学史 明清时期"新安医学"颇为著名，堪称名医辈出，医籍迭现。据不完全统计，明清时期全国刻印的医籍现存有两千二百种（部），而徽州就有二百七十余种，占总数的八分之一。虽然说医籍的刊刻不等于医学的繁荣，但从明清文献来看，新安医学确实相当发达。

它主要包括内科、外科、妇科、儿科、喉科、眼科、伤科、疬科、针灸、推拿等中医学的各个分支,门类齐全,内涵丰富。尤其是自明代起,徽州人就开始有意识地结合儒、医二道,也就是让素质优秀的人才投入医疗队伍,从而使得新安医学在明清以来取得令人瞩目的成就。随着医著的流播及外传,新安医学还对日本、朝鲜以及东南亚各国的医学产生了较大的影响[53]。

戏曲史 徽州是戏曲文化极为发达的地区,当地盛行的傩戏、目连戏和徽剧等,系统地展示中国戏剧发展的不同阶段。徽州傩戏和池州傩戏一样,是中国戏曲史研究的活化石。明代万历年间,祁门人郑之珍根据徽州民间传统的说唱故事等,编撰了《目连救母劝善戏文》,不仅在徽州当地极为流行,而且也传播到全国各地,产生了重要的影响。而徽剧则是京剧的前身,乾隆年间"四大徽班"进京,为中国戏剧史上的一件大事。据调查,目前徽州各地还保存有一些古戏台,仅祁门县现存的古戏台就有十一处,这对于研究中国戏剧史、建筑史均有重要的学术价值[54]。此外,明清两代,徽州籍的戏剧家、戏曲评论家辈出,著名的如汪道昆、汪廷讷、郑之珍、潘之恒、张潮、凌廷堪等人,他们的作品及其相关的演出实践,具有全国性的文化影响。

印刷史 徽州刻书和徽州版画有着悠久的历史。明清时期,徽州书坊林立,成为中国重要的刻书中心之一。当地的刻工队伍颇为庞大,徽派刻书精品层出迭现。据《虬川黄氏宗谱》记载,仅歙县虬村的黄氏一族就有数百刻工,其中,能称为木刻家的高手多达三十余人。研究表明,虬村黄姓刻工自明初就开始向外发展,迁往全国各地,对于江南各地印刷业的发展产生了重要的影响。早在1934年,著名学者郑振铎先生就发表了《明代徽州的版画》一文,对中国版画史上这一重要的学术流派——徽州版画——作了初步的勾勒和分析。此后,一直到当代,中外均有不少学者关注徽派版画的问题[55]。

建筑史 据不完全统计,黄山市地面文物五千多处,其中古建筑四千七百余处。牌坊、宗祠、民居号称"徽州三绝"。牌坊是一种纪念性的建筑,在徽州大地上,迄今还矗立着许多贞节牌坊、功德牌坊和科举牌坊,它们无疑是徽州节烈之风盛行、科甲鼎盛和官僚辈出的见证。而遍地可见的宗祠,则给人以徽州宗族制度盛行最为直观的印象。除了牌坊和宗祠外,徽州的民居也很有特色。其实,在南宋时期,徽人"不事华屋"[56],显然,当时的徽州人并不追求华丽的住宅。只是到了明代中叶以后,随着徽商的崛起,大批的商业利润被源源不断地汇回徽州,才迅速改变了桑梓故里的聚落景观。

徽州民居最大的特点表现为外观的"粉墙黛瓦马头墙",关于这种建筑形式究竟起源于何时,目前并不完全清楚。不过,早在明崇祯年间,徽州人金声就曾说过:"入其(徽州)境而见村落有聚,庐舍高峻,墙涂白垩。"[57]可见,当时的徽州村落外观就是粉墙。除了粉墙外,高低错落的马头墙也是皖南民居的特色。由于地狭人稠且聚族而居,徽州民居"星罗棋布",为了防止邻人失火殃及自家,普遍采用了高低错落、富于变化的封火山墙。据歙县新安碑园中一块明正德年间的《徽郡太守何君德政碑记》记载,弘治年间,徽州知府何歆以政令形式强制推行火墙[58]。这种做法最初是为了防火,具有相当实用的需要,但后来却成为一种装饰,在徽州民间俗称为"五岳朝天"。及至清代,粉墙黛瓦马头墙的建筑形式就固定下来,清康熙五十七年(1718年),侨寓扬州的徽州盐商程庭回歙县岑山渡省亲,在随后所作的《春帆纪程》中,记下了他所看到的徽州村落景观:"徽俗士夫巨室多处于乡,每一村落,聚族而居,不杂他姓……乡村如星列棋布,凡五里、十里,遥望粉墙矗矗,鸳瓦鳞鳞,棹楔峥嵘,鸱吻耸拔,宛如城郭,殊足观也。"[59]

除了粉墙黛瓦马头墙外，徽派建筑另一重要特点是三雕的装饰。所谓三雕，是指著名的砖雕、木雕和石雕，是徽州住宅的装饰。

　　综上所述，我们大致可以说，自明代以来，粉墙黛瓦马头墙的徽派建筑在皖南山乡中随处可见。在以茅草平房为主要居住方式的广大中国农村，徽派聚落显得鹤立鸡群。而且，这种建筑随着清代徽商的大批外出，甚至成为一些繁华都市中的时髦住宅形式，俗称"徽式新屋"。

　　由于徽州建筑的独具特色，使得徽派老房子受到各界的瞩目。1957年，建筑工业出版社出版了刘敦桢先生撰著的《徽州明代住宅》一书，这是新中国建立后第一部研究徽派建筑的专著。保留较多明清民居的黟县西递和宏村，被联合国教科文组织列入"世界文化遗产保护名录"。徽州的一些地方，有的被世人称为"古代民居博物馆"。通常认为，要了解中国帝王的生活，应当到北京故宫去；而要理解一般民众的生活，则应当到徽州来。不少徽州的村落民居，成了建筑学家和画家活动的基地，他们每年都组织学生在当地测绘和写生。徽派老房子成为视觉艺术取材的重要源泉，如最早的摄影图片集《老房子》中，即有皖南徽派民居一种[60]，张艺谋的电影《菊豆》，就以黟县的南屏村为背景展开拍摄。美国波士顿的碧波地·益石博物馆甚至从休宁黄村，一砖一瓦地拆建了一幢住宅，重新落户于美国马塞诸塞州赛伦市（Salem），成为美国人了解中国文化的一个窗口。

　　武术史　明代中叶以后，各地商帮此起彼伏。行商坐贾以长途贩运、以有易无为其主要经营特点。为了保证商业贸易的正常运转，一些商人不得不苦练本领，或雇用武艺高强者保护自己。在明代，徽州休宁至少出现了具有全国影响的两位武术大师，他们分别前往少林和峨嵋学习武术。明代休宁汉口人程宗猷所撰的《少林棍法阐宗》三卷，上卷和中卷为棍谱、棍图、枪式和棍势歌诀等，详细叙述了各类棍法的招式,列举了五十五种执棍姿势,每一种都配有精致的插图,并缀以解释性的歌诀;下卷为问答四十条,是少林武术史上重要的著作。根据我最近的研究,这与徽商活动有着密切的关系[61]。

科技史 万历年间出版的程大位《算法统宗》,"风行宇内……海内握算持筹之士,莫不家藏一编,若业制举者之于四子书五经义,翕然奉以为宗"。可见,《算法统宗》一书对于商人而言,就像是四书五经之于读书人一样重要。《算法统宗》成书以后,还流传到日本、朝鲜以及东南亚各国。明末,日本人毛利重能曾奉丰臣秀吉之命,来华学习算法,携得《算法统宗》归国,后著《归除滥觞》二卷。1627 年,日人吉田光由著《尘劫记》,亦以《算法统宗》为其母本[62]。可见,该书在日本有着重要的影响。

除此之外,关注徽州的还有不少其他领域的学者。当然,在各个学科中,历史学尤其关注徽州的社会经济以及历史文化。自 20 世纪 80 年代起,"徽学"或"徽州学"异军突起,成为中国史研究中的一个新领域。

在徽州文献中,"徽学"一词早已有之,所谓"文公为徽学真传",即是其例。不过,以往文献中的"徽学",是指以朱熹为代表的新安理学。而现在的"徽学"(亦称"徽州学"),则是指对徽州区域社会和地域文化的综合研究,其核心是明清社会经济史。鉴于历史文献(包括传世典籍和民间文书)的巨量遗存,没有社会经济史的研究,大概也就没有"徽学"之存在。不过,近年来,徽州研究逐渐从传统历史学领域单纯的明清社会经济史研究,转变而为对徽州历史文化加以综合性探讨的一门独立学科。

关于徽州研究,早在 1947 年,傅衣凌先生就发表了《明代徽商考——中国商业资本集团史初稿之一》一文,对徽商在中国商业史上的地位和作用等均作了较为系统的阐发,这是徽商研究的开山之作。稍后在日本,藤井宏博士亦发表《新安商人的研究》一文,此为徽商研究方面最为重要的作品之一。此后,中山大学的叶显恩先生、中国社会科学院经济研究所的章有义先生等,也分别对徽州社会经济史作了深入的探讨。1983年,叶显恩出版了《明清徽州农村社会与佃仆制》,他以文献资料与田野调查相结合,使得该书成为徽州研究领域具有开拓意义的一部学术专著。及至90年代以后,中国社会科学院历史研究所和安徽师范大学历史系,分别形成了国内最为重要的徽州研究机构,前者以研究徽州契约文书为主,后者则以徽商研究为重点。到了1999年,中国教育部第一批人文社会科学重点研究基地中,"徽学研究中心"榜上有名,"徽学"虽然被归入"综合类"的研究基地,但无论如何,也反映了教育部对徽州研究的重视,"徽学"作为一门综合性的学科而正式被学术界所认可。近年来,利用徽州文书对徽州社会经济及历史文化作综合性的研究已形成一个重要趋势。"徽(州)学"以其丰富的内涵,以及层出迭见的新史料,而处于明清史研究的最前沿,具有极为广阔的学术前景。

注　释

1. 安徽省徽州地区地方志编纂委员会编《徽州地区简志》,黄山书社,1989 年,页 55。

2. 关于这一点,安徽黄山的"故园徽州论坛"上有不少讨论。

3. 管见所及,主要有以下诸文:刘禹《赫赫徽州何处寻》,载《新民晚报》1996 年 5 月 14 日;刘晖《我对黄山、徽州行政区划问题的看法》,载《中国方域》2002 年第 2 期;《徽州改名黄山之谜》,载《中国方域》2003 年第 5 期。

4. 淳熙《新安志》是徽州现存最早的一部完整的方志,"新安"是徽州的别名,因西晋改新都郡置新安郡,辖境相当于今浙江淳安和明清徽州府的大部分地区。作者是歙县呈坎(现在属黄山市徽州区)的罗愿。

5. 《徽侨月刊》由我个人收藏,共有十多张,由于这是由徽商创办及发行、反映商人心声,而且仅在徽州同乡之间传阅的报纸,未见著录,具有极为重要的史料价值。参见拙著《徽州社会文化史探微——新发现的 16—20 世纪民间档案文书研究》,"社会科学文库·史丛"第 9 册,上海社会科学院出版社,2002 年,页 446—486。

6. 光绪《婺源县志》卷二《疆域二·沿革》,页 5 上。

7. 唐立宗《省区改划与省籍情结——1934 年至 1945 年婺源改隶事件的个案分析》,载胡春惠、薛元化主编《中国知识分子与近代社会变迁》,香港珠海书院亚洲研究中心、政治大学历史学系,2004 年 9 月。

8. 《徽属旅芜同乡吁请免将婺源划赣——根据文化、军事、经济、道义四点》,载《徽声日报》第 16 号,民国二十三年(1934 年)七月二十四日第 1 版。

9. 蒋中正《中华民国国民政府军事委员会委员长令婺源县政府文》,民国二十三年(1934 年)7、8 月间,载婺源县志编纂委员会编《婺源县志》,档案出版社,1993 年,页 653—655。

10. 上海的徽宁会馆称"徽宁思恭堂",而《徽宁思恭堂征信录》则每隔数年增修一次。据悉,上海图书馆、安徽师范大学图书馆各藏有一部《徽宁思恭堂征信录》,而我手头则有三种:最早的一种是同治十年(1871年)的《徽宁思恭堂征信录》,另外两种分别为光绪三十四年(1908年)和民国七年(1918年)的刊本。

11. 程振武《景德镇徽帮》,见政协景德镇文史资料研究委员会编《景德镇文史资料》第9辑,1993年。

12. 淳安县在明清时代属严州府。

13. 参见拙文《清代民国时期江浙一带的徽馆研究——以扬州、杭州和上海为例》,载熊月之、熊秉真主编《明清以来江南社会与文化论集》,上海社会科学院出版社,2004年。

14. (明)祁彪佳《祁彪佳集》卷五《救荒全书小考》,上海中华书局,1960年,页78。

15. 参见邹逸麟主编《中国历史人文地理》第10章《历史文化景观形成的地理与历史背景》(王振忠执笔),"中国人文地理丛书",科学出版社,2001年,页371—437。

16. 道光《黟县续志》卷一五《艺文志·汪文学传》,嘉庆十七年(1812年)修,道光五年(1825年)续修,同治十年(1871年)重刊本,"中国地方志集成"安徽府县志辑第56册,江苏古籍出版社,1998年,页530。

17. (清)汪士铎《汪悔翁乙丙日记》卷三,"近代中国史料丛刊"正编第126册,台北,文海出版社,1967年,页151。

18. 《弇州山人四部稿》卷六一《赠程君五十叙》,《景印文渊阁四库全书》第1280册,台湾商务印书馆,1983年,页92。

19. (明)汪道昆《太函集》卷一七《阜成篇》,黄山书社,2004年,页372。

20. 诉讼案卷抄本1册,王振忠收藏。

21. 《黄宾虹文集》书信编《与黄昂青》,上海书画出版社,1999年,页255。

22. (清)欧阳昱《见闻琐录》,岳麓书社,1986年,页43。

23. 唐德刚译注《胡适口述自传》,华东师范大学出版社,1993年,页2—3。

24.（清）汪喜孙《从政录》卷二《姚司马德政图叙》，见秦更年等辑《重印江都汪氏丛书》第十一种，民国十四年（1925 年）中国书店影印本。

25.（清）吴敬梓《儒林外史》第二十八回《季苇萧扬州入赘　萧金铉白下选书》，上海古籍出版社，1984 年，页 280。

26.〔美〕Nancy Berliner, *Yin Yu Tang：the architecture and daily life of a Chinese house*, Tuttle Publishing ,2003. 参见《徽州文化在美国——荫余堂落户波士顿》，徽州社会科学特刊，2004 年。

27.《鲁迅全集》第 1 册，人民文学出版社，1981 年，页 413。

28.参见拙文《清代江南徽州典当商的经营文化——哈佛燕京图书馆所藏典当秘籍四种研究》，待刊。

29.《各省物产歌》，载胡祖德《沪谚外编》，"上海滩与上海人丛书"，上海古籍出版社，1989 年，页 88。

30.〔日〕斯波义信《宋代徽州的地域开发》，原载《山本博士还历纪念东洋史论丛》，东方，1972 年；后收入刘淼辑译《徽州社会经济史研究译文集》，黄山书社，1988 年，页 1—18。

31.笔者另作有《晚清民国时期江南城镇中的徽州木商——以徽商章回体自传小说〈我之小史〉为例》，载上海社会科学院《传统中国研究集刊》第 2 辑，上海人民出版社，2006 年。

32.《上海门径》，上海中央书店，1932 年，页 25。

33."纥绉"二字的意思大致是穿了很长时间，很脏且硬的样子。

34.台北市绩溪同乡会编《绩溪县志》，1963 年，页 716。

35.崔莫愁《安徽乡土谚语》，黄山书社，1991 年，页 16。

36.周绍良《蓄墨小言》周珏良序，北京燕山出版社，1999 年，页 1—8。

37.全国图书馆文献缩微复制中心《徽州名族志》，"中国公共图书馆古籍文献珍本汇刊·史部"，2003 年。

38.参见拙文《老鼠与黄猫儿的官司》，载《读书》1999 年第 6 期。

39.《胡适口述自传》，页 4。

40.〔美〕何炳棣著，王振忠译、陈绛校《科举和社会流动的地域差异》，《历史地理》第 11 辑，上海人民出版社，1993 年。

41.《站在时代制高点，共推徽学研究》，《徽学》2000 年卷，安徽大学出版社，2001 年，页 4。

42.《胡适口述自传》，页 2。

43.参见拙文《明清以来汉口的徽商与徽州人社区》，载李孝悌主编《中国的城市生活》，台北，联经出版事业股份有限公司，2005 年。

44.《胡适口述自传》，页 3。

45.参见拙文《胡雪岩籍贯之争当可尘埃落定》，《文汇报》2006 年 1 月 16 日；《稿本〈南旋日记〉与胡雪岩籍贯之争的再探讨》，《徽州社会科学》2006 年第 4 期。

46.《与黄一尘》，《黄宾虹文集》书信编，页 193。

47.黄山市博物馆藏有"力田岁取千箱稻，好事家藏万卷书"的对联。

48.褚赣生《明清乡镇志发展的历史地理考察》，《历史地理》第 8 辑，上海人民出版社，1990 年。

49.详见赵华富《徽州族谱数量大和善本多的原因》，载氏著《两驿集》，黄山书社，1999 年，页 391—401。

50.关于这一点，将专文探讨，兹不赘述。

51.参见拙文《明清徽州的祭祀礼俗与社会生活——以〈祈神奏格〉展示的民众信仰世界为例》，载中山大学历史人类学研究中心、香港科技大学华南研究中心《历史人类学》第 1 卷第 2 期，2003 年。

52.《与段杖》，《黄宾虹文集》书信编，页 91。

53.参见王乐匋《新安医籍考》吴锦洪序，安徽科学技术出版社，1999 年，页 3；张哲嘉《明清江南的医学集团——"吴中医派"与"新安医派"》，载熊月之、熊秉真《明清以来江南社会与文化论集》。

54.章望南《徽州古戏台及其建筑艺术》，载《徽学》第 2 卷，安徽大学出版社，2002 年。

55.参见刘尚恒《徽州刻书与藏书》，广陵书社，2003 年。

56.(宋)祝穆编、祝洙补订《宋本方舆胜览》卷一六《江东路·徽州》,上海古籍出版社,1991年,页179。

57.《金太史集》卷六《序·送郡司李》,故宫博物院编《故宫珍本丛刊》明代诗文别集第529册,海南出版社,2000年,页135。

58.李俊《徽州古民居探微》,上海科学技术出版社,2003年,页239。

59.(清)程庭《若庵集》,《四库全书存目丛书补编》第8册,齐鲁书社,1997年,页114—115。

60.俞宏理撰文、李玉祥摄影《老房子——皖南徽派民居》,江苏美术出版社,1993年。

61.参见拙文《少林武术与徽商及明清以还的徽州社会》,《徽学》第3卷,安徽大学出版社,2004年。

62.(明)程大位《算法统宗校释》,安徽教育出版社,1990年。

第二讲

徽州文书的再发现

民间文献[1] 与传统中国研究

研究明清史,特别是研究清史,离不开档案文书。而徽州之所以引起世人的关注,就与当地遗存有目前所知国内为数最多的契约文书有关。

近数十年来,中国各地都陆续发现了一些契约文书,比较著名的如福建闽北的明清契约文书、广东珠江三角洲的土地文书、香港土地文书和贵州锦屏苗族山林契约等。但还没有一个区域的民间文书有徽州文书那样数量庞大、历时长久且内容丰富。学术界对于徽州文书的关注始于上个世纪四五十年代,而徽州文书大规模的发现,曾被有的学者称作是继甲骨文、敦煌文书、大内档案(即明清宫廷档案)和秦汉简帛之后 20 世纪中国历史文化的"第五大发现"。

皖南的黄山白岳之间,在明清时代是中国著名的商贾之乡。频繁的商业活动和社会流动,培养出徽州人强烈的契约意识,再加上根深蒂固敬惜字纸的传统,使得徽州民间迄今仍留存有目前所知国内为数最多的契约文书。一般认为,迄今发现最早的徽州文书是南宋嘉定八年(1215 年)的卖山地契(抄白),这其实应当指的是契约。如果包括其他的档案,根据安徽档案学者的看法,现存最早的徽州档案还要更早。具体说来,就目前已收藏的徽州档案而言,可以分为抄件和原件两种:

如果是论抄件,最早的是黄山市档案馆收藏的五代十国南唐保大三年(945年)的谕祭抄件。若论原件,最早年代的是黟县档案馆收藏的南宋嘉泰元年(1201年)的家祭龙简[2]。

从公元10世纪起一直到1949年以后,历朝历代的徽州文书几乎都有遗存,其时间跨度长达千年以上。以往有的学者认为,最晚的徽州文书是民国三十八年(1949年)的契约。其实,根据近年来的诸多发现,1949年以后一些反映当时社会变动的档案文书,有不少因其格式基本上与明清时代的徽州文书一脉相承,故仍可列入"徽州文书"的范畴。

一、徽州文书的流失

徽州文书是徽州民众在日常生活、商业活动和其他社会活动中形成的原始档案,它们原先除了主要保存在私人手中外,还有的是保存于宗祠、文会以及各种会组织的管理者手中。

徽州民间保管文书档案的方法主要有两种:一种是悬梁,另一种是窖藏。悬梁也就是将文书档案用厚布包扎,悬挂在房屋中梁之上,这样既可防盗,又便于通风和防止霉变。而窖藏则是将文书档案用铁盒装好,藏在墙壁夹层暗室或地窖里,里面长年洒上厚厚的石灰粉防潮。每隔一段时间,再用芝麻秆烧烟来熏虫,以防止档案虫蛀霉变[3]。

随着时代的变迁,私人收藏和各类组织保存的文书档案逐渐散落出来。在这些文书档案中,最早引起世人注意的大概是书画、尺牍以及那些与艺术史研究有关的抄本。现代著名画家黄宾虹曾经说过:

> 歙县自宋元明迄咸同之乱,以居万山之中,藏书籍字画古今名迹,胜于江浙诸省。[4]

上述的"古今名迹",即包括书画、尺牍。目前所知从徽州外流最早的文书,就是现藏于美国哈佛大学哈佛燕京图书馆的明代歙县方氏信函七百通。这批信函于日本明治时期(清代光绪年间)以前就已流入日本[5]——这是目前所知最早的徽州文书的外流。不过,从当时的情况来看,收藏者应当是将之视作艺术品,亦即从书法鉴赏的角度,去认识这批徽州文书。

最早认识到徽州民间文献重要性的是画家黄宾虹。清末民初,他和书画收藏家邓实一起,编辑出版了四十辑的《美术丛书》,其中,就收录有徽州民间的一些抄本,如清代太平天国前后歙县潭渡人黄崇惺的《草心楼读画集》[6]。1931年,黄宾虹在与许承尧的信中就指出:"各村族谱家乘,有裨参考国史,当较他处为夥,可约同志共成之。"[7]他自己曾注意收集徽州乡土史料,如宗谱、家信稿底、先德日记和抄本等,1936年,他还希望将来能创建一所大型的博物馆(如"黄山博物院"),以供大众观瞻[8]。不过,黄宾虹当时的注意力主要还是集中在对艺术品尤其是书画的收集、整理上[9],1948年,他在一封信中曾询问友人说:"敝箧尚有徽歙先哲书画数十件,沪上有无兜销之处?"[10]可见,黄宾虹本人甚至也从事徽州书画的买卖。因此,尽管黄宾虹曾倡导收集徽州乡土史料,其中也包括徽州档案文书,但实际上他所做的可能比较有限,而真正在这方面有所作为的是他的朋友许承尧。

许承尧是安徽现代最为著名的学者、方志学家和诗人,他主编的民国《歙县志》,被公认为是一部徽州历史文化的集大成之作,具有极高的史料价值。而他个人所编的《歙事闲谭》则是一部以辑录文献为主,兼有记述、议论和考证,旨在全面展示徽歙地区历史文化状况的史料长编[11]。

许承尧是徽州歙县唐模村人,唐模地处歙县西乡,明清以来这一带极为富庶,商贾云集,文献丰富。如果说黄宾虹在倡导搜集徽州乡土史料方面功不可没的话,那么,许承尧则是一个踏踏实实的实践者。

1935年,许承尧由上海返回徽州歙县,当年他收到杭州复初斋书肆的书目一册,看见上面有清初黄生(黄瑶)《植芝堂今体诗选》抄本一册,价格相当便宜,他怀疑这是歙县潭渡"白山先生"的遗著,白山先生是康熙年间歙县潭渡著名的文人,著有《重订潭滨杂志》等。于是就赶忙写信前往邮购,不久,他收到这部书,的确是白山先生的手笔,感到非常高兴。由此来看,当时社会上人对于徽州文书抄本似乎仍然不太重视,所以价格才会相当便宜。但这也说明,当时徽州的一些旧藏,已流落到杭州等一些大城市。

在30年代,只有像许承尧先生这样独具慧眼的人,才会去大批收集徽州的历史文献。他所编的《歙事闲谭》,正是以其对徽州乡土历史文献的大量收集为基础。他收集的这些徽州文献,1949年以后都归入安徽省博物馆。

除了杭州外,一些徽州文献也流往南京等地。抗日战争结束之初,当时的首都南京就有人设摊出售徽州文书,历史学家方豪收集了其中的部分文书,并于70年代撰写了十数篇论文,发表于台湾的《食货月刊》复刊上[12],这是目前我们所知学术界对徽州文书的第一次收集。

二、徽州文书的去向

1949年以后,徽州的艺术品继续流失到上海等城市。1951年,黄宾虹在《与王任之》信中就指出:"家乡先哲名迹,沪友谈及不少,发现精品,俱为有力者捷得。"[13]当时,徽州书画古董陆陆续续流入北京、上海、香港和广州等地[14]。而在徽州当地,屯溪是中心,当地也有一些书籍字画的买卖[15]。

50年代,徽州的一些书籍字画相当便宜。前几年,中央电视台有一个节目采访原徽州某县博物馆馆长。在采访中,该馆长提到了一件事,说50年代时,当地的废品收购站中收到一幅画,让博物馆派人去看看,老馆长看完后,觉得似乎有点价值,于是就与废品收购站的负责人商量,能否出点钱转让给博物馆收藏。废品收购站的人想了想,说:好啊!这样吧,我们收到这件废品时是两块钱,你们如果要,我们就加50%的利润,三块钱成交。在做这个电视采访时,北京故宫博物院书画部有位老专家正在该馆,根据他的鉴定,这幅画是件国宝级的文物,如果是在故宫博物院,现在单单是修整一下,就需一万多元钱,其真正价值就不言而喻了。当时的字画等艺术品尚不值钱,徽州文书自然也没有多少人重视。

在大陆,随着新中国的诞生以及稍后的政治运动,不少徽州文书因时过境迁而遭废弃,或化为纸浆,或用以制作鞭炮。郑振铎先生曾讲过一件今天听来像是笑话的往事——皖南的炮仗铺往往是将明代白绵纸印刷的书籍撕成碎条作为鞭炮的芯子。据说,用这种好纸做成的鞭炮,燃放时会特别响[16]。于是,许多珍贵的民间档案,就是出于这样的原因而难逃厄运。

后经学术界有识之士的呼吁,这批徽州文书受到了国家文化部门的重视,1956年9月,屯溪新华书店下设一个古籍书店,专门收购徽州文书,由古籍书店直接,或者是经过北京中国书店、上海古籍书店卖到全国各地去[17]。1962年,著名经济史家严中平先生写有《关于抓紧收集徽州地区发现的档案文书给中央档案馆负责同志的信函》,该信目前保留在安徽省档案馆,信中的内容反映了当时学术界对徽州档案文书的重视。

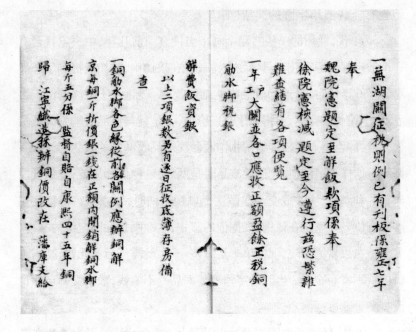

《芜湖关事宜户工则例》,抄本(王振忠收藏)

从屯溪流向全国的徽州文书,被不少单位所购买。其中,中国社会科学院历史研究所、经济研究所和南京大学历史系等,成为此后徽州文书收藏的主要单位,这也直接影响了后来徽州学研究的进展。中国社会科学院历史研究所和经济研究所,由于它对徽州文书的收藏以及研究,成为国内徽州文书研究的中心。

在 20 世纪五六十年代,大批文书陆续被各图书馆、博物馆、档案馆和大学研究机构收藏,这可以说是徽州文书一次大规模的发现。据中国社会科学院历史研究所周绍泉先生的估计,已被图书馆、博物馆、档案馆等国内收藏机构收藏的徽州文书大约有二十万件(册)。由于学术界对于徽州文书的分类及统计,至今尚未形成统一的标准,所以有人对此存有不同的意见。尽管如此,作为粗略的一项估计,这个数字基本上还是反映了徽州文书的规模。

目前,国内许多的博物馆、图书馆和档案馆中,都或多或少收藏有一些与徽州相关的档案文书,以至于有人甚至略显夸张地提出"无徽不成馆"的说法(这个"馆"不是徽菜馆或徽面馆的馆,而是图书馆、档案馆或博物馆的馆)。譬如,在北京国家图书馆和上海图书馆的典藏古籍中,都有不少徽州文书,其具体的数量,则

《芜湖关事宜户工则例》,抄本
(王振忠收藏)

有待日后确切的调查。这些文书,应当也是五六十年代收集到的。

在 50 年代,除了单位的大批收购外,可能也有一些私人收藏家到徽州收集。笔者手藏的《芜湖关事宜户工则例》抄本,共两册,从书中所夹的一张小纸条中得知,这是 1956 年一位绍兴人(可能是个书商或藏书家)在安徽歙县从一个姓汪的人手中买来的。从抄本的内容判断,汪氏可能是徽商后裔。在清代,徽商出于贸易的需要,对于政策法规、各地的关榷税例都非常重视,所以有不少商业文书抄本都是徽商根据自己的需要摘录而成的。当然,这一册《芜湖关事宜户工则例》是相当全面的一部著作,在明清社会经济史研究的论著中,尚未见到有人提及或利用过这个本子,因此,该两册抄本应当是海内孤本,对于研究江南社会经济史具有重要的价值。

根据现在徽州屯溪老街一些上了年纪的书商回忆,五六十年代,外地书商有不少也来屯溪购书,但由于屯溪新华书店是地方政府指定

的图书经销单位,老街上的一些书商收到好书,即使想卖给外地的书商也很困难。再加上当时徽州文书抄本在一般人眼中并不值钱,私人收藏家或书商到皖南收集徽州文书抄本的情况可能还比较罕见。因此,类似于上述绍兴人到歙县购买《芜湖关事宜户工则例》抄本这样的例子可能并不太多。

徽州文书的第一次大规模发现,大概随着"文革"的发生而结束。此后,这批资料静静地躺在中国的各大收藏机构中,并没有引起多少人的关注。不过,民间在拆房、建筑施工中,在墙缝、地窖中经常发现成批的历史档案[18]。这些资料陆续被文物部门征购。

三、徽州文书的再发现

此处所说的"徽州文书的再发现",发生在八九十年代一直到现在。

自80年代以来,随着中国改革开放的推进,商业史研究成为史学研究中的热门课题,徽商研究愈益受到学界瞩目,这促进了对徽商史料的广泛收集,除了方志、族谱、文集和笔记之外,徽州文书的价值也受到更多的重视。

80年代比较成规模的徽州文书之发现,是歙县芳坑江氏茶商史料的发现。芳坑位于歙县南乡,这一带至迟到明代中叶起商业就相当发达。江氏茶商在道光以前主要是在广州从事外销茶的经营,道光以后转往上海。江氏茶商文书是保存比较完整的徽商家族文书,遗留下数百本账簿、数千封商业信函以及札记、竹枝词和其他实物,不仅数量相当庞大,而且价值也非常之高。不过,由于江氏茶商后裔生活窘迫,所以这批文书已陆续流散到各处,据说有一部分被黄山市档案馆、歙县档案馆和歙县博物馆等单位收藏,可能也有相当一部分流入私人收藏家手中。因此,对于芳坑江氏茶商文书,其总体面貌究竟如何现在已不甚了了,比较完整的原件或复印件是否存在也不太清楚,我只知道迄今为止对它的利用还远非充分[19]。

除了歙县芳坑江氏茶商文书之外,近二十年来,在徽州还发现了不少其他的文书。尤其是随着近二十年来各地(尤其是东部地区)"收藏热"的升温,徽州文书的流向更趋多元化,在这种背景下,尽管仍在民间的徽州文书究竟有多少,是个谁也无法估计的数目,但对于学界而言,这些散落民间的徽州文书面临着一个再发现的过程。在这一过程中,不少机构和个人都收集到为数可观的文书史料。譬如,安徽大学徽学研究中心,目前即典藏有一万余件(册)的契约文书。其中,以单张的契约占绝大多数,稿本、抄本及刻本亦有一定数量。这批文书资料,是安徽大学徽学研究中心得以创建的一个资料基础。而在屯溪当地,黄山学院(原黄山市高等专科学校)也收藏有一批徽州文书。

与此同时,大批的徽州文书通过各种渠道流入海内外旧书市场,这使得一些私人收藏家手中也积聚了不少的档案文书。据我所知,皖南的不少书商每月都定期编制书目,寄给全国各地的收藏家(据著名画家黄宾虹透露,这种情况早在解放前即已如此)。因此,目前各类著名拍卖会上的旧书文献,以来自徽州者为数最多。近年出版的《田藏契约文书粹编》(田涛、〔美〕宋格文〔HughT. Scogin, Jr.〕和郑秦编著,中华书局,2001年)一书,就是私人藏品的一次公开展示。其中所收录者,徽州文书占了相当大的比重。2003年,北京图书馆出版社出版有一套《故纸堆》,作者是深圳的私人收藏家鲍传江,其中有大批的文书出自徽州。根据我多年的接触了解,类似的私人收藏家或书商在国内尚不乏其人。

翻阅《田藏契约文书粹编》、《故纸堆》之类的作品,可以说是一则以喜,一则以忧。喜的是如果不是田涛、鲍传江等人的长年收集,加上出版界的合作,我们可能看不到目前这些徽州文书。相比于近年来许多文书被一些公藏机构收集后却从此不见天日的情形来说,这还不能不说是学术研究的一件幸事(尽管上述作者编辑这些书的出发点或许并不完全在此)。忧的则是许多原本成系统的文书已被永远地分割,如婺源庆源詹氏文书、岭脚墨商詹彦文墨商文书、歙县上丰宋氏盐商家族文书[20]、苏氏盐商资料[21]、黟县史氏家族文书[22]等,应仍有不少不知已流落到了何处。这些文书,有的被私人收藏者所收藏,有的则成为家居或饭店的装饰品。数年前,上海的《申江服务导报》曾介绍古董收藏,说用古代的执照等装饰家居,是小康之家的一种时尚。而我的确也曾在上海豫园附近的某饭店中,看到挂在墙上作为装饰的徽州文书。由此可见,有不少徽州文书已流向学术界以外的领域。

四、具有史料价值的文书

我本人第一次接触到徽州文书,是在上个世纪 80 年代末。当时为了从事苏北历史经济地理的研究,我曾到明清徽州盐商的故乡歙县做实地调查。在昔日两淮盐务总商程氏家族所在的歙县岑山渡村口,一位农民大概误以为我是前来收购古玩的"城里人",竭力怂恿我到他家去看看。不过,出于种种原因,我没有跟他走。现在想来,当时显然是因为根本就没有想到徽州民间还会有史料遗存,所以没有表现出应有的热情和兴趣。但在此后数年里,我不得不为当时的一念之差而懊悔不已——程氏家族的一些文书陆陆续续地在屯溪老街、浙江绍兴以及上海等处出现,尽管是些已被他人挑剩,为书商、收藏家乃至一些研究机构和学者视作"垃圾"的东西,但在我眼里却具有极高的史料价值,这着实让人震惊! 不久,我在屯溪老街古玩店中买到了一部《歙县岑山渡程氏支谱》(线装书),该书应当就属于程氏家族文书之一种,类似的刊本,管见所及,目前仅国家图书馆有藏[23](相比之下,抄本的内容更为原始),对于研究清代徽州盐商极具价值。从此,我便留心于民间文献的收集、整理和研究。或许是功夫不负有心人,终于有一次,我在屯溪老街瞎逛时,正好碰上一位到古玩店中兜售旧书的书贩,当时,店主极不耐烦地将之赶出。我见状上前挡住书贩一看,原来是薄薄十数册的抄本,粗略一翻,那是晚清民国时期的一批文书资料,它生动地勾勒出了皖浙交界处一个徽州山乡的社会生活,此类较为完整、全面反映农村生活的资料,我以前从未见到过,于是马上掏钱将之悉数买下。后来,我将这批资料定名为"歙县里东山罗氏文书",并很快利用这批文书写了一篇学术论文,在南开大学召开的学术会议上宣读[24],在一定程度上引起了与会学者对徽州民间文献的关注和兴趣。

当时,在皖南的旧书店和地摊上,纸头(指契约文书)的价钱远比抄本要贵得多,无论是书商还是收藏家、学者都对契约文书情有独钟,但旧抄本却很少有人留心,至少不在他们的重点收集范围(这一点,不少学者或许也与先前的我一样,根本没有想到民间还会有如此丰富的史料遗存)。这主要是因为对契约文书的探讨,尤其是土地契约的研究,一向是史学界高度关注的问题,自上个世纪五六十年代以来,土地契约就备受重视,而且,国内各收藏机构中的藏品,绝大部分主要也都是土地契约文书。其实,在我看来,通常情况下,就提供历史信息完整、系统的程度来看,各类抄本的价值远远高于契约文书散件。

《岑山渡程氏支谱》,抄本
（王振忠收藏）

《日记簿》,《歙县上丰宋氏盐
商家族文书》（王振忠收藏）

　　稍后不久,我碰上了一批较为系统的文书——那是歙县北乡上丰
的宋氏家族文书。上丰宋氏和岑山渡程氏,都是清代两淮盐务八大总
商家族之一,该家族在长江中下游各地从事盐业、典当、茶叶等诸多行
业,尤其是在太平天国时期,该家族成员冒险运送淮盐,从而在战后的
两淮盐业中占据重要的一席之地。种种迹象表明,上丰宋氏家族的文
书规模应当相当不小,可能并不亚于歙县芳坑江氏茶商的资料,可惜
的是已被书商小贩分割,卖给不少人,到我看到这批资料时,大概时人
认为珍贵的都已被挑走(其中有的邮封现登载于《中国邮票史》),剩下
的都是书商和收藏家所认为的"垃圾"。然而,就在这批"垃圾"中,我
第一次读到了几册徽州盐商的日记,对我而言,这真是令人不可思议
的发现!

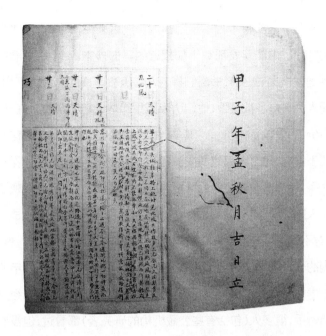

《日记簿》,《歙县上丰宋氏盐商家族文书》(王振忠收藏)

　　当年,随着改革开放的进程,皖南与外界的交流日益密切,农村面貌多所改观,在房屋改造等基建中,陆续有大批民间文献出现,如前述由安徽学者发现的歙县芳坑江氏茶商文书,就是在这种背景下发现的。在那个时代,有许多徽商旧家的文献整批整批地流落到书商手中,这些书商,将其中他们认为值钱的东西拣出来,如名人字画、大龙邮票、明代税票等,而将那些抄本扔在家中角落,作为无人肯买的"垃圾"处理。其实,就在这些"垃圾"中,有许多是极为珍稀的文献。譬如,明清商业书和商人书的研究,是明清史研究一个重要问题,以往很多研究都以日本公藏机构收藏的商业书和商人书为对象。1997—1998年我在日本学术访问期间,曾在东京大学东洋文化研究所阅读到一部《杂货便览》,这是一部以华北为中心编纂的商业书抄本[25],我当时花了很大的力气,才用数码摄像机将这部善本拍下带回国内。但后来在徽州，我竟在类似于前述的"垃圾"中陆续发现数十部相近内容的抄本。令人心痛的是，在我接触到徽州文书之前，书商们将名人信函和珍贵的信封留下卖钱，而将普通人的书信悉数焚毁，他们认为那些都是无名小辈的家庭琐事，没有多少价值，更卖不出价钱。其实，由于皖南是商贾之乡，纯粹的务农之家几乎没有，每个家庭或多或少都与商业有关，与外界总是保持着密切的联系。因此，普通民众的情感档案中，实际上有不少都反映了当时的商业人脉、商况市景以及家乡和侨寓地的风土人情、天气收成，等等，这些，对于明清以来社会文化史的研究具有极高的史料价值。譬如，我在皖南的一个旧书店中看到过一箱的书信原件，其中有将一年的书信粘成一卷的，共有十几卷，计两三千张。据摊主说，这批书信经过好几位书商转手，很多人（包括有些公藏机构的研究者）都看过，但没有人曾表现出兴趣。当时我粗略一翻，便感觉这应是清代的商业书信，后来仔细一看，竟然是晚清黟县西递胡氏的书信原件，现在，西递作为联合国教科文组织世界文化遗产保护名录中的皖南古村落之一，这批书信原件对于进一步发掘徽州文化的深刻内涵，无疑具有极高的学术价值。

根据通行的看法，徽州文书并非古董，它不像书画、瓷器等艺术品那样直观，但它在民间收藏中的文化含量最高。据说，从前复旦大学有位名教授在解放前夕因对日后的生活充满疑虑，预先设计过自己的前程，认为将来如果丢了饭碗，开个旧书店应是一个不错的选项。个中原因在于——如何认识旧书的价值，端赖于个人的眼光，需要专业知识，不是一般人所能胜任的。徽州文书抄本的情况，实际上也与此相类似。从上个世纪五六十年代迄今，参加过收集徽州文书的人相当不少，但既是相关领域的研究者，又通过田野调查大规模收集民间文书的人似乎并不多见。而我以为，只有将收集和研究结合在一起，才能

信底,《歙县上丰宋氏家族文书》,抄本(王振忠收藏)

真正理解徽州文书的价值所在,收集到更有价值的徽州文书。或许也正是因为这一点,近十年来我所收集到一万数千件(册)徽州文书,也就成了该领域最具特色的一批收藏,具有极高的史料价值和广阔的学术前景。

五、文书展示的中国传统社会内涵

自上个世纪 80 年代以来,散落民间的徽州文书面临着一个"再发现"的过程。除了文书实物的收集之外,另一个更为重要的"再发现",是指对文书研究内涵多角度的重新认识,也就是,随着学术视野的拓展,人们将从狭义文书(即契约)的研究转向全方位民间文书文献的探讨,这一再发现,将赋予徽州文书以更为丰富的内涵,它大大拓展了徽州研究乃至明清史研究的领域,多侧面展示了中国传统社会的丰富内涵。

《绘事日利》

（王振忠收藏）

以往，我们在传统中国研究中，涉及基层社会和民众日常生活时，常常感到心有余而力不足。因为在传统文献学的视野中，反映民众生活的史料颇为零散乃至缺乏，这使得我们对于一般民众的社会生活所知仍然相当有限。而徽州留存有众多的民间文献，其中，有关下层民众社会生活的史料极为丰富。据此，我们得以深入了解徽州社会各色人等的社会生活。

比如徽州的"新安画派"非常有名，但画家的社会生活以往所知甚少。而在新发现的徽州文书中，歙县文书抄本《绘事日利》，记录了一位歙县画家每天所画作品、与他人交游的状况以及所得报酬的详细情况，这对于艺术社会史的研究极具价值。又如，明清以来徽州的堪舆风水非常盛行，但以往我们只能根据方志、族谱和文集的资料，得到一些概括性的认识，而婺北文书抄本《新安嘉福轩选单》，就记录了一位婺源堪舆先生从晚清至民国三年（1914年）的选单。所谓选单，是指为人看风水、算命留下的记录。这位堪舆师的名字叫詹馨山，自称"圆镜

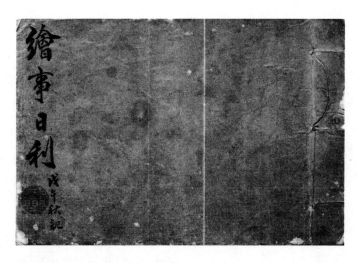

《绘事日利》(王振忠收藏)

山人"，他所扦出的选单叫"新安嘉福轩选单"。作为风水先生的私人笔记,《新安嘉福轩选单》既类似于个人的营业记录,又可成为江湖术士传授生徒、子孙世业的家传秘籍。类似的珍稀稿本极为罕见,为我们研究清末民国时期徽州的民间风俗、徽商活动以及江南商业发展等,都提供了绝佳的史料。从中,我们可以清楚地看出,不仅是在徽州本土,徽商外出贸易,也同样深受堪舆祸福之说的影响[26]。

除了涉及的阶层较为广泛以外,这批新发现的徽州文书的丰富性还表现在——明清民国时期发生的许多重大事件,有不少都可以找到可资引证的相关史料。

明太祖曾在各地建立旌善亭和申明亭,直到现在,婺源的李坑还有申明亭存在。所谓申明亭,也就是"申明大义"之处,是传统村落中宣讲圣谕乡约、调解民事纠纷的地方。我手头较早的一份徽州文书抄本,就是明万历二十三年(1595年)歙县南乡三十六都五图方氏围绕旌善、申明亭基的诉讼案卷,对于研究明代的乡约、里排等,具有颇为重要的学术价值。

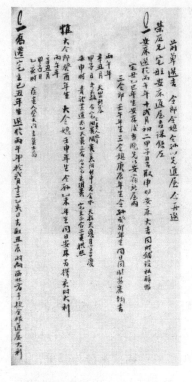

《新安嘉福轩选单》,抄本
(王振忠收藏)

在新发现的徽州文书中,清代文书的数量相当可观。佃仆制度是以往研究较多的课题,最为著名的成果首推叶显恩先生的《明清徽州农村社会与佃仆制》[27]。我收集到的一册《钦定三府世仆案卷》抄本,是有关徽州婺源李坑主仆互控的诉讼案卷。明清时代,婺源是佃仆制度极为发达的地区,但随着社会的发展,此种不平等的制度,愈来愈受到来自各方面的冲击。譬如,明末皖南"奴变"的冲击,以及入清以来、特别是清代中叶以后,小姓为摆脱大姓控制的抗争,均使佃仆对主家的隶属关系出现了松弛的趋向。《钦定三府世仆案卷》中的葛、胡二姓,就希望通过官司诉讼,否定他们与主家余姓之间的仆主名分。

又如,太平天国对于徽州的影响很大。清军和太平军在徽州一带曾反复争战,这对于当地的社会经济造成了极大的破坏。有关太平天国的资料,我收集到的徽州文书有多种,其中比较重要的一种是《敬本堂乩堂判词》(抄本),书名是我根据文书内容命名的。它是徽州歙县一个乩坛判词的记录,该份乩坛判词从咸丰四年(1854年)九月至咸丰六年(1856年)六月,记录了徽州人通过扶乩求问花会赌博,以及太平天国时期皖南战争形势的发展。从中可以看出,太平天国战事在皖南

《钦定三府世仆
案卷》，抄本（王
振忠收藏）

《钦定三府世仆
案卷》，抄本（王
振忠收藏）

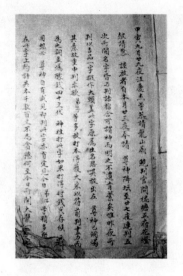

《敬本堂乩堂判词》,抄本(王振
忠收藏)

的发展态势,战争阴影下徽州民众的生活,徽商在各地的境遇,等等。为我们了解太平天国时期的徽州社会史,提供了相当真实的记录。

除了太平天国时期的文书资料外,晚清时期的其他历史事件,也有不少可以在徽州文书中找到相关的资料。如光绪二年(1876年)至光绪五年(1879年),中国北方山西、河北、山东、河南、陕西等省发生大旱灾,史称"丁戊奇荒",台湾的何汉威先生曾作过《光绪初年(1876—1879)华北的大旱灾》,从中可以看到,灾荒发生时,许多省份纷纷出资赈济,徽州文书中也有不少这样的资料。笔者收集到的一张"实收",内容是徽州绩溪人周至仁捐银四十五两四钱,请奖监生。光绪四年(1878年)六月十七日由"安徽劝办山西赈捐总局"发给实收,以凭换照。这是徽商与"丁戊奇荒"的资料。

应当指出的是,以往,学术界对于明清时期的徽州文书比较重视,但反映近现代社会生活的文书史料,实际上也值得我们同样珍视。

明清以后,徽商遍布全国各地,每当战乱,徽州人便首当其冲,商业及人身安全均受到剧烈的冲击,这在许多徽州文书特别是信函、日记中有较多的反映。以抗日战争时期为例,相关的信函就非常多。如夹在一册名叫《定礼府君丧费簿》文书抄本中的两纸信函,与该册文书一起,详细记述了徽商汪柏林在"一·二八淞沪抗战"和"八·一三事变"两次事变中损失之惨烈，以及逃离上海返归故里的艰难历程。另一册日记抄本《腾〔誊〕正日记》，全书近5200字，是一位徽州小女孩写的1937年前后的日记。当时，"七七卢沟桥事变"之后，中日全面战争爆发。11月9日，在上海与日军激战将近三个月的中国军队，被迫全线西撤。此后，上海、常熟和嘉兴等地相继沦陷。11月22日，在徽州，这是个天气阴郁、刮着风的日子，女童在日记中写道："今天，我

《腾〔誊〕正日记》，抄本（王振忠收藏）

看见苏地来的难民，到我徽州不少。我说，很可怜，难民夜里睡的稻草被，一天三餐，也没有一餐饭，难民也是没有法子，但是见他们这样难苦，不由我的眼泪，也就掉下来了。唉！"此后，战争的阴霾渐渐地逼近皖南山城。日本飞机的盘旋骚扰及轰炸，打破了山城的宁静，一时间风声鹤唳，各种传言纷纷。在原本充溢着童趣的小本本里，陡然增添了诸多忧伤，快乐女童也就过早地感受到人世间的痛苦。难得的是，女童虽小，但透过她的记述，我们更可了解这场战争对皖南山区经济造成的破坏。日机对皖南的盘旋威胁以及野蛮轰炸，直接影响到徽州人的日常生活。譬如，歙县的琳村，原

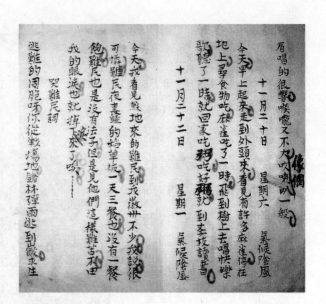

《腾〔誊〕正日记》,抄本(王振忠收藏)

是珠兰花茶的熏制中心,也是歙县内销茶的集散地。茶业极盛时期,琳村厂号多达四十余家,年产珠兰花茶七百数十吨。但1937年的冬季,日军相继占领济南、泰安等地,受战争的影响,山东商人裹足不前。1938年4月30日,女童写道:"去年从七八月和日本战争,失去土地很多,所以山东也失去了,山东省的人,不能到我本地来收珠兰花做茶叶,养珠兰花的人,没有钱进,苦了很多。"民国时期,随着盐、典等传统生业的衰落,在皖南,依靠茶业为活者日益增多。而日军的侵华,则使本已竭蹶困窘的民众生计更是雪上加霜。徽州女童的战时日记,正以生动的笔触,描绘了此一严酷的历史事实[28]。这些个案的资料,从普通民众的立场,反映了日军侵华对商业的破坏,真实地展现了徽州人对于战争的恐惧。

除此之外,一直到解放后,实际上也还有反映当时社会变动的一些文书。比如说土改和镇压反革命的一些文书档案,其格式基本上与以前明清时期的徽州文书一脉相承,所以我觉得应当归入徽州档案文书的范畴[29]。

徽州文书除了有很强的连续性之外,涉及的地域更是相当广泛。明清以来,长江中下游地区素有"无徽不成镇"的说法,从徽州文书揭示的内容来看,这句话实在不是一句无稽之谈。徽州歙县上丰宋氏家族的一批文书,大约有数百件(册)。前文述及,上丰宋氏在清代前期是两淮盐务八大总商家族之一,虽然在嘉庆、道光年间一度有所衰落,但他们在太平天国战事尚未结束时就重操旧业,从盐业经营开始,在扬州以及苏北的盐城、汉口等地经营盐业、茶业、典当等。在宋氏家族文书中,有不少信底、日记、诉讼案卷和账簿等。比如,宋氏家族在湖北通山县杨芳林、新桥、湄港和藕塘一带开设茶庄。在该家族的文书中,有关这方面的文书,至少有八册。以往,在湖北社会经济史研究中,我们看到较多的是茶业经营中山西商人的活动,对于徽商的活动似乎没有多少了解。这八册中,至少有五册是信底(徽商发信后自留的底稿),利用这些资料,可以比较深入地研究徽州茶商在湖北的活动。另外,宋氏家族在湖北还从事盐业、典当等商业活动,相关的"信底"迄今也保留了下来。这些,对于研究徽商的商业活动及社会生活,具有较高的史料价值。

此外,在江苏、浙江、湖南、湖北、江西和四川等地,都有相关的徽州文书。由于徽州文书不仅涉及明清以来徽州的区域社会,而且与全国各地特别是中国南方的社会、经济及文化,均有着密切的联系。因此,徽州民间档案文书的研究价值,绝不仅仅局限于旧徽州的一府六县。"徽(州)学"的研究,应在更为广阔的视野中,研究徽商在侨寓地的商业活动以及所形成的相关文化现象。

六、研究徽商经营文化

利用这批新发现的徽州文书，可以使此前一些起点较高的课题，在研究水准上更上一层楼。

比如徽商研究，自从上个世纪 50 年代日本学者藤井宏博士利用明人文集《太函集》中丰富的徽商史料，写成了《新安商人的研究》一文后，徽商研究历来盛行不衰，成为徽州学研究中学术成果最多的领域。1995 年出版的《徽商研究》，已开始利用徽州文书研究明清徽商的经营方式，当时利用的文书，主要是《徽州千年契约文书》和歙县芳坑江氏茶商资料。由于类似于歙县芳坑江氏茶商资料那样成批文书的发现，毕竟是可遇而不可求的事，所以这方面的研究后来并没有更多的进展。不过，由于传世历史典籍对于商业记载颇为笼统，因此，徽商的原始账簿、家书等，对于商帮和商业史研究，就具有重要的意义。这些原始的资料，有助于我们弄清徽商的资本积累、经营活动、资本出路和社会生活等诸多侧面。

除了账簿、信函之外，其他研究徽商(特别是下层徽商)的资料也有不少。如有关契约，以往人们主要关注土地契约，商业契约发现较少。一般说来，现存的徽州文书中的土地契约盈千累万，相比之下，商业契约却所见有限。这可能是因为土地契约涉及徽州本土的经理管业推税纳粮(有时这还是身份的一种象征)，故而较易在本土保存；而商业契约多是徽商在侨寓地所订立，当商务收歇后，能带回本土并保存迄今的商业契约并不多见。而在新近发现的徽州文书中，则有不少商业契约原件。如民国二十八年(1939年)，芜湖胡开文沅记笔墨商店的租约两张，为研究著名的胡开文墨庄提供了新的史料。徽商在严州开设商店的契约四张，真实地反映了徽商在金衢严三府的活动。晚清民国时期浙江淳安天和、福元号徽商的一批契约书信，基本上反映了徽州商号从创立至收歇的整个过程。此外，徽商分家书、账簿、商业合同、商标广告和各契纸抄录等，则提供了徽商从事经营活动真实可靠的诸多例证。

在以往的研究中，人们对于徽州巨富商贾(如盐商、典商、木商等)的关注较多，但对那些小本起家的下层徽商之研究相对较少。而在新发现的徽州文书中，有关小商贩的记录相当不少。如民国三十二年(1943年)由两浙盐务管理局丽水分局发放的《肩贩官盐护照》，规定了婺源肩贩郑金耀于丽水仓配盐一担，经松阳至遂昌、衢县、常山、开化，最后到婺源销售。另一张是1943年，由婺源县豸峰乡第五保办公处保长夏元出具的通行证，证明该保第二甲居民胡怀发前往开化际溪购运食盐。这些，都提供了下层徽商小贩的生活和经营状况。另外，有关下层徽商的文化追求，也有一些文书方面的资料。如徽商胡得卿的《弄月嘲风》，就是一个婺源布商抄录前代名人及个人诗作的文集，对于我们了解下层徽商的社会生活和文化追求，具有重要的史料价值[30]。

除了徽商研究外，明清时代商业书的研究，此前中外学者的研究成果颇多。其中，以陈学文《明清商业书与商人书研究》最为系统[31]。明清以还，徽州人以擅长经商闻名遐迩。徽商编纂的诸多商业书类，一向为学界所瞩目。而在新发现的徽州文书史料中，单单是路程原件就超过十种以上，涉及南中国特别是长江中下游不少地区的商路及商业。其中，绝大部分均较以往刊行的路程图记更为详尽，有的则提供了另外的一种版本。此外，其他商业书也颇多发现。如《开卷见源》、《杂货名目》、《商贾格言》、《江湖辑要》、《便蒙习论》、《商贾便览》和《士商类要》(以上两种与学界此前所知者版本及内容均不相同)等商业类著作,对于研究徽州民间的从商经验、徽商经营的商品种类、商业道德规范、学徒从业的基本知识以及各地市面的行情等,都具有极高的史料价值。在"无徽不成镇"的明清时代,徽州人在盐业、典当、钱庄、木业、制墨、榨油和粮食业等各个方面,都留下了为数可观的专业文书。譬如,《徽墨烟规则》(抄本)对于徽州墨局中的司事、司作、做墨司、填做司、柜夥、做墨学生、填字学生、柜上学生、司作、刻印和修坯各色人等,都订有详明、严格的规章制度。内容涉及其人的职责、操守、薪俸及待遇,甚至对岁时节俗三餐的饮食酒醴,均有极为详尽的记载,生动地反映了墨业中人的社会生活。该书的发现,使得我们对于婺源墨商、徽墨的技术工艺以及徽商在湖南、四川等地的活动,有了进一步的深入了解[32]。类似于此新发现的珍贵文书史料尚有不少,均足供揭示出徽商在某一行当中的活动。

以前许多学者研究商业文化或经营文化,有不少是从道德修养层面去探讨,集中讨论是否贾而好儒的问题。商业文书之大批发现、整理和研究,为徽州经营文化的进一步探讨,提供了更为扎实的史料基础。从商业文书中我们可以看出,徽州经营文化的精髓所在,固然与强烈的契约意识和商业道德规范息息相关,但诸多行当之所以成为家传之秘、子孙世业,显然又得益于详尽的行商规则和制作工艺之订定。对于商人家庭或家族而言,这些商业文书作为重要的经商知识或经验世代相承,从而培养出一代又一代的新安商人,并在徽州形成了厚实的商业文化积淀,使得徽商在总体上作为一个区域人群历数百年而不衰。

七、从徽州文书认清历史事实

有的徽州文书还修正了人们对历史事实的一些认识。譬如,1999年1月,上海三联书店出版了美国哈佛大学孔飞力(Philip A. Kuhn)教授的《叫魂——1768年中国妖术大恐慌》一书。该书说的是乾隆年间让全社会卷入的割辫案,作者以叫魂案为中心,向我们展示了统治者如何"利用操纵民众的恐惧,将之转变为可怕的力量"。这部书出版后,在中国大陆非常走俏,学界评介颇多,除了个别极端的帖子外,可谓是好评如潮。

这当然是部相当精彩的著作。不过,我在皖南从事村落人文地理考察期间,偶然收集到一些与"叫魂"事件有关的徽州文书,促使我重新阅读《叫魂》一书,觉得仍有重新检讨之必要。其中的一份文书中除了一些咒符外,主要有:

> 查雍正十三年治割辫符方/如有割去辫者,用黄纸硃砂写三字,照写二张/以一张贴在割辫之处,以一张烧灰用水冲服,写符时念语三遍/"割符割和尚,祸害自己当;疾速归家去,独自守桥梁"/药方:硃砂、藁本、盐花、诃丁、独蒜、雄黄(各等分)右方吃一半,洗一半,外符一张,用黄纸硃砂诚心写就,做红布口袋一个,带在身上以防割辫。

该份徽州文书是张印刷品,这说明它曾在徽州一带广泛散发。一般说来,对于此类文书,时过境迁之后往往会随手丢弃或焚毁,故而能够保留迄今还真不容易!孔飞力引用了《朱批奏折》中一首防范妖术的符咒:"石匠石和尚,你叫你自当,先叫和尚死,后叫石

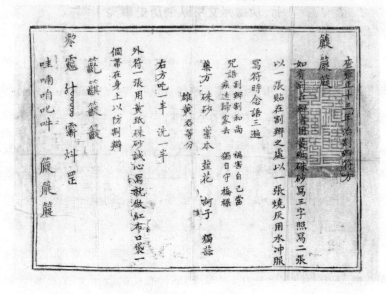

有关"叫魂"事件的文书（王振忠收藏）

匠亡。早早归家去，自家顶桥梁。"这与上述的文书相近，但字句略有不同。我以为，前引文书不仅是首次发现的一张"治割辫符方"的实物，而且它还表明，"叫魂案"的产生年代，应当早在以往学者所了解的乾隆时代以前。

我作上述的推测，自信是有相当根据的。此前，日本学者谷井俊仁和孔飞力等曾为我们描绘出18世纪人口持续流动的画面："移民与过客，商人与江湖骗子，僧人与进香者，扒手与乞丐，拥塞在18世纪的道路上。"（页50）这种画面的出现，其时间可能更早一些。早在康熙年间的徽州文书中，就有不少针对乞丐及游方僧的措施。如婺源北乡文书抄本——《目录十六条》中，就有《约保禁帖》：

　　某约保甲为严禁游丐以清地方事。本约保甲节奉上司明文、县主钧示,盘诘奸细,稽察匪类,凡有面生可疑、异言异服之人,驱逐境外,不许容留在住,所以防奸止盗,安靖地方也。时直隆冬,更宜严加禁饬。今见有等游丐成群,日散村落游食攘窃,夜聚庙宇,酗酒呼卢。若不严禁,窃恐奸宄潜生,贻患叵测,为此出帖通知,嗣后凡遇游丐,立行驱逐,不许庙宇容停住宿,市肆不许贸易酒肉,倘有斋窃等情,会集保甲获拿,呈官究理,庶奸宄潜消,而地(按:此为衍文)而地方得以安靖矣。特帖。

康熙　　年　　月　　日 乡约、保长、甲长、地方人等全白。

康熙三十九年(1700年),婺源县浙源乡嘉福里十二都庆源村詹氏宗祠就曾"出帖驱逐一切闲游僧、道及面生可疑等人,以耳闻邻邑有儿童辈被其阴害故也"[33]。这条记载与乾隆朝的叫魂案颇为相近,由此看来,前引徽州文书透露的雍正十三年曾经出现的割辫事件,应当不是空穴来风。割辫引发的危机,早在清初的康熙年间就已出现,并在有清一代时隐时现[34]。

新发现的徽州文书,还有助于开拓一些新的领域。由于徽州文书中有大批反映民众生活和大众文化的内容,故而对于徽州社会史的研究尤其具有重要的价值。特别是村落社会史研究,必将会有进一步的突破。村落社会史是本世纪中国社会史研究的一个重要领域,而在新发现的徽州文书中,有极为可观的村落文书,其数量之多,内容之丰富、详细,可能是任何一个地区所无法比拟的,这极大地弥补了此前村落社会生活史料匮乏的限制。

徽州是个著名的商贾之乡,"人家十户九为商"[35],在徽商如日中天的明清时代,大批财富源源不断地输回本土,促进了"小徽州"(徽州一府六县)区域社会的发展,使得当地成为精英文化和通俗文化并重、社会发展较为均衡的地区。于是,自明代中叶以来,徽州社会的聚落景观和社会风貌都有了重要的改观,特别是村落社会的发展,尤其引人瞩目。众多的村落文书,对于村落社会的研究,提供了具体而微的绝佳史料。譬如,清代前期不同年代编纂的《新安上溪源程氏乡局记》抄本两种,详细辑录了婺源上溪源村落社会变迁的诸多档案文书,反映了18世纪婺东北的村落布局和人地关系,为我们相对接近地复原明清以来徽州村落社区的组织形态和社会生活,提供了难得的研究素材[36]。利用这批资料,我们可以对徽州的村落社会史作非常详尽、细致的研究,并以此为基础,确立村落社会史研究的类型,从而为村落社会区域类型的比较研究,奠定可靠的基础。

又比如说,徽州文书与历史地理研究。从南宋以来一直到解放后,徽州遗存下国内目前所知为数最多的契约文书,契约散件和簿册文书可谓汗牛充栋。其中,黄册、鱼鳞图册和保簿等各类文书的数量均相当可观。这些资料,提供了大量徽州各地无微不至的地名史料,通过细致地分析,可以在一定程度上复原南宋以来(尤其是明清时代)皖南的土地利用状况,从地名演变的轨迹探讨地域文化之特征和地理环境的嬗变。在徽州文书中,都图地名方面的资料相当不少,如抄本《歙县都图总谱》、《歙县四乡地名总录》、《歙县各都图字号乡村地名》、《歙县都图地名及各图字号》、《徽州府休宁县都图地名字号便览》、《黟县花户晰户总簿录》、《新安海阳地名图说》、《绩溪县城市坊村经理风俗》和刊本《明清两朝丈量田亩条例(附田形图式)》(歙县集成书局,1937年)等。其中,《歙县都图总谱》首页另题"歙县都图全载并附十六乡名新丈字号",分歙东、歙北、歙西和歙水南四个部分,共记录地名1191处,为县域范围内的地理概念提供了清晰的图景。此外,徽州大量的启蒙读物中,对于各类地名的特征,也有详尽的罗列和动态性的描述。鉴于地名史料的巨量蕴藏,有关徽州地名学的研究,显然是尚待发掘的宝库[37]。

今后徽州学研究资料的编纂,应当是以更为细致的分类资料编纂为主。这是因为,以往的《明清徽州社会经济资料丛编》两集和《徽州千年契约文书》四十卷,都不是分类文书资料汇编,因为当时的条件尚不具备,对于文书的整理和研究还比较单一。现在,由于新发现的徽州文书涉及面极广,史料价值也很高,因此,有必要也有可能对之加以分类整理和研究。在分类整理的基础上,对之作专题性的研究,形成相关的资料集及研究专著。

八、总结

综上所述,徽州文书的大批发现,为人们开启了徽州学以及明清社会文化史、经济史研究中的许多新课题,使得以往无从下手的许多研究,一下子增添了不少内容翔实而生动的新史料。这批资料的整理和研究,必将进一步推动徽州学及明清社会文化史、经济史研究的深入。

当然,对于徽州文书的整理和研究,仍然存在着一些困难。在国内的图书馆、博物馆和档案馆中,收藏着许多极富价值的徽州档案文书,但不少公藏机构有着这样或那样令人匪夷所思的规章制度,始终无法为学者提供强有力的学术支持。等而下之者,甚至以种种借口人为地封锁资料。但我以为,徽州文书不是古玩,更不是古董,离开了学术研究就无法体现它的真正价值。殚思竭虑详尽收集资料是学术研究的第一步,但单纯依靠占有乃至垄断资料,却并不足以提升个人或研究机构的学术水平,人为地封锁资料[38],以资料的垄断制造并满足于"某某学在中国"、"某某学在某地"之类的虚幻其实并没有多大意义。我以为,徽州文书作为水云深处的历史记忆,不仅是中华民族的珍贵文化遗产,也是全人类共同的重要文化财富,个人或机构的保存永远都是暂时的。

注　释

1. "民间文献"是指有别于正史、文集等传世典籍的文献，它来源于田野乡间，包括契约文书散件、未刊稿本或抄本，以及少量流传范围有限的刊本。国内目前已知明清以来的民间文献有不少，徽州文书是其中最为著名的一类。

2. 王国键《徽州文书档案与中国新史学》，《徽学》第 2 卷，安徽大学出版社，2002 年 12 月，页 23。

3. 严桂夫主编《徽州历史档案总目提要》，黄山书社，1996 年，页 26—27。

4.《与郑秉珊》，《黄宾虹文集》书信编，上海书画出版社，1999 年，页 325。

5. 陈智超《(美国哈佛大学哈佛燕京图书馆藏)明代徽州方氏亲友手札七百通考释》，安徽大学出版社，2001 年。

6. 黄宾虹、邓实编《美术丛书》第 1 册，江苏古籍出版社，1997 年，页 24—34。

7.《与许承尧》，《黄宾虹文集》书信编，页 173。与黄宾虹、许承尧一样，对乡邦文献有兴趣者，还有罗长铭。黄宾虹在《与许承尧》信中指出："近与罗君长铭拟搜邑中旧闻，藉社中资力梓行一二乡邦文献著述。里中书籍，虽经兵燹荡然，残编断简，犹有存者。"(页 172)

8.《与许承尧》，《黄宾虹文集》书信编，页 150。在 1936 年的另一封《与许承尧》信中，他又借鉴上海博物馆的建设经验，指出："上海市博物馆落成，惟古书画搜求最难，因措钜资不易，其余皆家乡人家所称老货楼之拉杂，如绣鞋、乌裤，皆是可列陈设之物。歙中有闲，可收旧先破烂茶担、杯盂、椅垫之属，为将来博物馆计亦佳，迟则毁弃将尽耳。"(页 147)

9.《与曹一尘》："歙中古物，经兵燹后丧失殆尽。近数十年于沪上、燕都犹时见乡先辈手迹及旧藏之物……新安书籍久散佚，旧书价日昂，且不易购。北甚于南。"(《黄宾虹文集》书信编，页 190)

10.《与汪聪》,《黄宾虹文集》书信编,页46。

11.《歙事闲谭》,"安徽古籍丛书",黄山书社,2001年。

12.这批论文以"战乱中所得资料简略整理报告"为题,发表时间集中在1971年至1973年。

13.《黄宾虹文集》书信编,页10。

14.《与曹一尘》:"仆于沪上得(家风六)山人所镌金印、绢本仕女轴,在粤得潭渡村图,花卉见过数轴,力不能致,为之放去。"(《黄宾虹文集》书信编,页190)此处,黄宾虹仅就潭渡族人书画作品纷纷流入各地市场有感而发,从中可见徽州古董文献之散佚。1953年《与汪聪》一信:"徽宁,古之宣歙,文人学士,收藏美备,赏识高深,已超江浙而上。以黄山名胜,山川钟毓特灵,经兵燹后散佚无存,流传于北京、香港,或偶有之。沪市较多,不能久藏。"(页50)

15.《与曹一尘》,《黄宾虹文集》书信编,页189,1936年,黄宾虹在《与许承尧》信中,就曾指出:"家次苏太史书籍,曾记光绪丙戌年,有南乡同宗住阴坑者,代其家族携所藏书往屯溪求售,收款颇费周章。"(《黄宾虹文集》书信编,页150)据此可知,自光绪年间起,屯溪已成为徽州民间文献买卖的中心。

16.郑振铎《西谛书话》,三联书店,1998年,页509。

17.关于五六十年代皖南徽州文书的收集,最新的报道可见汪志伟的采访。《余庭光:"中国历史文化第五大发现"的第一功臣》,载《徽州社会科学》2005年第5期。

18.严桂夫主编《徽州历史档案总目提要》,页26—27。

19.1995年张海鹏、王廷元先生主编《徽商研究》(安徽人民出版社,1995年),利用过这批江氏茶商的史料。后来,1997年,王世华教授撰写《富甲一方的徽商》一书(浙江人民出版社,1997年),周晓光、李琳琦教授出版了《徽商与经营文化》(世界图书出版公司,1998年),也都利用到这批资料。但严格说来,江氏茶商文书的资料尚未得到充分的发掘和利用。

20.《故纸堆》乙,页36—37。清光绪十七年会书,中的"宋翰翁"为上丰宋氏家族之一员。

21.《故纸堆》乙,页 80—81,合同租约。

22.《故纸堆》丙,页 86,介绍地理专家。

23.(清)程文桂等修《新安岑山渡程氏支谱》六卷,清乾隆六年(1741 年)木活字本,8 册(2 函)。

24.参见拙文《一个徽州山村社会的生活世界——新近发现的"歙县里东山罗氏文书"研究》,《中国社会历史评论》第 2 卷,天津古籍出版社,2000 年。

25.关于该书的简要介绍,参见拙文《抄本〈杂货便览〉》,载《历史地理》第 15 辑,上海人民出版社,1999 年。

26.详见拙文《堪舆先生的私人笔记》,《文汇读书周报》2002 年 9 月 20 日。

27.《明清徽州农村社会与佃仆制》,安徽人民出版社,1983 年。

28.详见拙文《徽州女童的战争日记》,《安徽师范大学学报》2005 年第 2 期。

29.如 1953 年元月汪永益户的《土改复查丈后编号册各部图形式》,详细记录了汪永益户的土地、住宅厅屋的四至,以及土地上栽种的茶树等作物。又如民国三十八年(1949 年)九月休宁县的"悔过自新书"、"保状"、1952 年 8 月的"人民法院判决书"和 1953 年 4 月 5 日休宁县人民政府公安局管制反革命通知书,共四张。内容是徽州商人李隆权,在 1943 年曾担任回流乡干部以及国民党区党部监察委员,1946 年又担任回流乡参议员、保长等。他在三十八年九月写下了"蒋党人员悔过自新书",并由一个叫汪新洲的人写下"保状",经人民法院判决,最后由休宁县人民政府根据管制反革命分子暂行办法的规定,给予二年五月的管制。之所以说这批解放后的档案也属于徽州文书的范畴,是因为其格式(如上述的"保状")与历史时期一脉相承,所以也应归入徽州文书的范畴。

30.详见拙文《清代徽商的〈弄月嘲风〉》,《寻根》2002 年第 4 期。

31.陈学文《明清时期商业书及商人书研究》,"国学精粹"46,台北,洪叶文化事业有限公司,1997 年。

32.参见拙文《晚清婺源墨商与墨业研究》,复旦史学集刊第 1 辑《古代中国:传统与变革》,复旦大学出版社,2005 年。

33.(清)詹元相《畏斋日记》康熙三十九年六月二十一日条,中国社会科学院历史研究所清史资料室编《清史资料》第 4 辑,中华书局,1983 年,页 191。

34. 详见拙文《从新发现的徽州文书看"叫魂"事件》,《复旦学报》2005 年第 2 期。

35. 佚名《歙西竹枝词》,见《徽学》第 2 卷,安徽大学出版社,2002 年,页 373。

36. 参见拙文《徽州村落文书的形成——以抄本〈新安上溪源程氏乡局记〉二种为中心》,日本国文学研究资料馆、史料馆主持国际合作项目"历史档案的多国比较研究"第一次国际学术会议("近世东亚的组织与文书")论文(汉城,韩国国史编纂委员会,2004 年 11 月),载《历史的アーカイブズの多国间比较に关する研究》研究成果年次报告书平成 16 年度,2005 年。

37. 详见拙文《民间文书与历史地理研究》,载《江汉论坛》2005 年第 1 期。

38. 详见《我的徽州文书缘》,载《中国档案》2005 年第 11 期。

第三讲

鱼雁留痕

传统时代的情感档案

一、以书信表达情感

大概自从有了人,就需要交流思想,沟通信息。特别是在短暂或长久的分别中,彼此之间更需要以某种方式相互联络,表达相思或爱慕之情。这样的沟通有多种多样的方式,既有通过实物传情达意,又有运用文字来互诉衷肠。

唐人樊绰《蛮书》卷一〇有一段记载,说南诏为了表示愿意归附唐王朝,送上一具"金缕合子"。这里的"合",通盒子的"盒",里面装有几样东西:丝绵、当归、硃砂以及金石。这几样东西分别代表不同的含义:丝绵非常柔软,表示自己完全臣服于大唐;当归是一种中药,这里可以望文生义,取其字面上的意思,当归,应当归附,指南诏愿意内属于唐朝;而硃砂呈红色,故有丹心向阙之意,对朝廷忠心耿耿,一片赤诚;金属是非常坚硬的东西,南诏用它来表达自己归附唐朝的决心非常坚定。

《蛮书》也叫《云南志》,是作者樊绰于唐朝懿宗咸通三年(862年)充当幕僚时编写的一部著作,为研究唐代云南等地各民族历史地理的一部重要资料。当时,统治云南等地的是少数民族政权南诏,南诏于唐玄宗开元年间(713—741年),在唐朝的支持下统一了六诏,全盛时期辖有今云南全部、四川南部和贵州西部等地。南诏部分采用了唐朝的政治制度,并与唐王朝保持着密切的联系。她以绵、当归、硃砂和金来表达自己柔服、内属、丹心向阙和意志之坚……

这种用实物来表达心意或者情感的方式,在后代亦屡见不鲜。清初文人施闰章曾写过一首诗,叫《枣枣曲》,诗歌这样写道:

> 井梧未落枣欲黄,秋风来早吹妾裳;
>
> 含情剥枣寄远方,绵绵重叠千回肠。
>
> 封题寄去凭君语,枣甘谁道妾心苦;
>
> 闺中不识望夫山,君看泪湿床头土。[1]

施闰章是清朝初年宣城县(今安徽省宣州市)人,宣城县属宁国府,后者与徽州府毗邻。这首《枣枣曲》见于施氏的《学余堂诗集》卷二,它以妇人的口吻状摹,字面上的意思是说:天井里的梧桐树叶尚未落下,但枣子皮快要变黄了,秋风来得很早,吹着我的衣裳。我满怀深情地剥开枣子,将它寄往远方。这枣子里寄托着我的无限情感,枣子很甜,但有谁知道我内心的痛苦?我在闺中并不清楚望夫山在哪里,但因为您不在家中,睡床的另一头日久生尘,被夜夜滴下的泪水浸湿了……"望夫山"是中国民间传说中的古迹,在许多地方都有,最著名的当推今辽宁省兴城市西南的望夫山。相传这里是秦始皇修长城时孟姜女望夫的地方,上面盖有孟姜女庙。其他的如安徽、湖北、江西和山西等地,也都有"望夫山"。在中国的历史典籍中,"望夫山"通常是作为一种意象,用以抒发女子思念丈夫的情感[2]。

这首诗歌的前面有个小序，说枣枣是两颗枣的意思。这种枣叫香枣，系徽州府休宁县的一种特产，具体做法是将两颗枣子切开，叠在一起，两颗枣子中间撒上一些茴香粉，然后再用蜂蜜腌制。腌制而成的蜜枣，为馈赠远方好友的土产。这种腌制蜜枣的方法，据说最早是一些商人妇(亦即徽商的妻子)所创，为的是寄给在外经商的丈夫，取其谐音，意思是让丈夫早早回乡。

写信场景

商人妇用本地土产寄给徽商，表达某种愿望和情感，这当然是天各一方的夫妻之间情感传递的一种方式。

无论是南诏送给唐朝的金镂盒子，还是徽州商人妇腌制的"枣枣"，都以实物交流思想、表达情感。这种实物，只有在约定俗成的背景下才有意义。在这里，唯有心有灵犀，才能彼此沟通。否则，便很容易产生歧义。因此，除了要含蓄地表达情感之外，在通常的情况下，沟通情感、交流思想的最好方式当然是文字，也就是书信。

二、暗号式的"画信"

异地人群相互沟通的交流之上选，虽然说是文字形式的书信，但在传统时代，下层民众中有很多人是文盲，他们不识字，因此，有的就以"画信"(在信纸上画些图画)来表达自己的情感,或者传达某种信息。

譬如,在福建沿海,以前有许多人外出谋生,尤其是前往南洋(东南亚)一带的人相当之多,故而在福建沿海的不少地方,都流传着"画信"的故事。如福清县,就流传着《阿秀巧识奇信》的故事。这个故事说的是福建省福清县海口镇有一对恩爱夫妻,丈夫叫阿明,妻子叫阿秀。阿明前往新加坡谋生,在当地割橡胶、拉黄包车和做苦工。到春节时,他将平日积攒下来的一百块大洋,拜托一位叫陈三的人兑成银行汇单带回唐山,并且附了一封信,交给自己的妻子阿秀。陈三接到汇单和书信后,心里暗想:"这个阿明分明是个文盲,怎么还会写信,真是笑话!"他悄悄地将信打开一看,却发现里面只是画了一些乌龟王八和狗,顿时就起了贪念,到福清时,便只交给阿秀五十块大洋。没有想到,阿秀拆信后,看到信中画有四只狗和八头鳖,很快猜出阿明寄回的应为一百块大洋,而非五十块。她的理由是——在福清方言中,"狗"与九同音,"鳖"与八的发音相近,四只狗为四九三十六,八头鳖则是八八六十四,三十六加六十四,正好是一百元。听到阿秀的这番剖析,陈三只好乖乖地交出另外的五十块大洋[3]。

类似的故事,在福建沿海的其他地方也有发现。如福清县龙田镇亦有《一封"画信"》的传说,说的也是大同小异的故事,不同的地方只是——信上画着八只鳖、四只猴、一棵柳树和一艘船。八只鳖(鳖音八),八八六十四;四只猴(猴音九),四九三十六;两项加起来,也正好一百元。至于一棵柳树和一艘船,则表示写信人翌年三月或五月会回家一趟。这是因为当地歌谣有:"三月里来柳树开,五月里来划龙船。"[4]而闽南石狮的蚶江镇,也流传着《阿全写信》的故事,说的也是类似的事情,只是信上画的是八只狗,七个寺院。狗与九、寺与四闽南音相同,八九七十二,七四二十八,也正好是一百[5]。

这些"画信",类似于一种猜谜,或者说是一种暗号,显然,只有恩爱夫妻心心相印,或是朋友之间的约定俗成,这样的"画信"才有意义,才有可能得以正确的解读。

除了下层民众的"画信"之外,有时,画信也是标新立异的情感表达方式。据说曾经有一个女郎,给她的相好写信,信的开头一个字都没有,只是先画一个圈,再画一个套圈,再连续画几个圈,再画一个圈,再画两个圈,再画一个完整的圈,再画一半的圆圈,最后是画无数的小圈。看到这样的一个"画信",有一位好事者就题了一首词:

> 相思欲寄从何寄,画个圈儿替;
> 话在圈儿外,心在圈儿里。
> 我密密加圈,你须密密知侬意。
> 单圈儿是我,双圈儿是你,
> 整圈儿是团圆,破圈是别离。
> 还有那说不尽的相思,把一路圈儿圈到底。[6]

这种"画信"的方式,除了标新立异之外,原本是无奈的选择。因为与前揭以实物表达情感的方式一样,也极易产生歧义,而白纸黑字的书信,显然更受世人的信赖。

三、伤脑筋的方言

不过,要用白纸黑字的书信还有一些具体的困难。因为在民间社会,除了一般民众中有许多人不认识字之外,方言也是一个很大的障碍。中国幅员辽阔，各地方言纷繁复杂，而彼此沟通交流的文字，则主要是一种书面语言。如何将方言土语翻译成书面语言，有时也是一件令人伤脑筋的事。元末明初陶宗仪所编《说郛》中有一段记载，就反映了方言口授、文人代笔的困难：

> 族婶陈氏，顷寓严州，诸子宦游未归。偶族侄大琮过严州，陈婶令代作书寄其子，因口授云："孩儿要劣，女尔子又阒阒（音吸）霍霍地。且买一柄小剪子来，要剪脚上骨出（上声）儿肐[7]（音胖）胝（音支）儿也。"大琮迟疑不能下笔，婶笑云："元来这厮儿也不识字！"闻者哂之。
>
> 因说昔时有京师营妇，其夫出戍，尝以数十钱托一教学秀才写书寄夫，云："窟赖儿娘传语窟赖儿爷：窟赖儿自爷去后，直是忔（音乳臭未肸憎）[8]，每日恨（入声）特特地笑，勃腾腾地跳。天色汪（去声）囊，不要吃温吞（入声）蠖托底物事。"秀才沉思久之，却以钱还，云："你且别处倩人写去。"与此正相似也。窟赖儿，乃子之小名。[9]

上述记载中的第一段是说——浙江严州府妇人陈氏，有好几个儿子出外做官没有回来。有一次，族侄大琮经过严州，她就想让大琮代笔，写信寄给儿子，于是就向他口授了一封信，她说的话都是严州当地的方言，大致的意思是说：孩子很顽皮好动，希望买一把小剪刀来，将他的脚趾甲剪掉。因为讲的是方言，大琮不知道该怎么翻成书面语言，故而迟迟不能下笔，这引起了陈氏妇人的误会，她笑着说：原来这家伙跟我一样也不认识字！听到这件事的人，都觉得很好笑。

上揭第二段又说了一个故事——北京军营里有个女人，丈夫出征去了，她就花了几十个铜钱，请一名教书先生写信寄给丈夫，她儿子的小名叫"窟赖儿",所以她就向那位教书先生口述说:你要这样写,窟赖儿的娘写信给窟赖儿的爹,窟赖儿自从他爹走后,非常可爱,每天笑啊,跳啊,一刻不停。接着她嘱咐丈夫,现在天气转凉了,不要吃那些不冷不热的食物。她口述的这段话里面也都是方言,所以那位教书先生想了半天,觉得无从下笔,只好将钱退还给她,说:你到别处找其他人写去吧!

由于方言与书面文字的差异,所以在明清尺牍教科书中,有的就是教人们如何将方言土语翻译成通行全国的书面语言。

我手头有一部清朝光绪十三年(1887 年)刊行的《指南尺牍生理要诀》,其中有"俗语"和"正话"的对照:

> 方注俗语,乃本邑土音,多从土解,别字或逢有言字,权用相似之音写落,逐句配念正话……写信之时,当写正话,不可误写俗语,便别处之人难读。

"俗语"也就是方言,"正话"则是指书面语言。写"正话"是为了让其他地方的人便于理解。兹举书中的两例说明:

俗语	正话
甲伊新年着倒来,依囝大汉,梅规矩,着来教训,只节那梅训,较大汉卜再样。	嘱伊明年须返来,伊子长大,不守分,须来教示。此时若不教示,至长大要如何。
我看伊毒日甲人相打,那梅就食酒拔缴,我教训伊都梅听,磨汝共阮兄说叫安生。	我观他逐日与人相斗,不然则饮酒赌博,我教训伊总不理,烦汝与吾兄陈及如此。

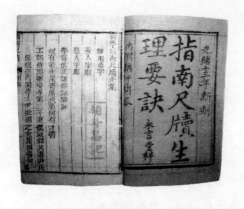

《指南尺牍生理要诀》(王振忠收藏)

上述第一段是说：叫他明年要回来，他的儿子长大了，不守本分，应当好好教导，现在如果不教导，到长大了会怎么样？第二段是说，我看他每天与人争斗，不然的话就是喝酒赌博，我教训他总是不被理睬，麻烦你与我的兄弟说一下这件事。在上面的教科书中，左边一段是方言，右边的另一段则是文言的解释，相互对照，以便于学习。"囝"这个词是福建和广东方言，唐朝诗人顾况《囝一章》有"郎罢别囝"句，"郎罢"就是父亲，"囝"也就是儿子。

从《指南尺牍生理要诀》中的用词来看，应当是清代闽南的方言。除了方言与书面语言的一一对照外，《指南尺牍生理要诀》中，还收录有一封完整的书信，题目叫《何有能在泉寄广与弟何有才书》，是一个叫何有能的商人，在福建泉州，写信给在广州的弟弟何有才，内容反映了闽粤之间的商业贸易。这部书的第一页上盖有"胡号昌记"的红色店号章，再加上该书发现于徽州，可能是在福建或广东经商的徽商在当地购买的图书。

除了闽南方言外，用粤语写的书信应当也有不少。福建、广东一带，自宋元以来就有大批人到海外谋生，因此，海外的华侨相当之多，他们与家乡亲人的通信，有个约定俗成的说法，叫"侨批"。所谓批，是福建、广东一带的方言，也就是书信的意思，"侨批"亦即华侨的书信。这些书信中，应当有一些是以广东方言书写的。

宋元以来,在海外华侨中,闽粤一带的人为数最多,在台湾地区、东南亚以及日本等地,来往经商之人的方言背景大致相同,这使得闽粤方言有着广阔的使用空间——这应当就是方言书信出现的背景。

与闽粤一带的情况稍有不同,徽商的经商之地虽然遍及全国,但其主要的活动空间是在长江中下游地区,他们需要与不同方言背景下的人群打交道,书信作为一种礼尚往来的交往方式,必须以通行的书面语言作为基础。而且,徽州的文化普及程度较高,再加上为人们寄送书信的信客,往往也有代人写信的义务。因此,保留下来的徽州信札除了夹杂有少量方言字词以外,到现在尚未发现完全用土话撰写的书信。

四、徽商书信反映的各阶层生活

明清以来,徽州是个高移民输出的地区。早在明代,嘉靖、隆庆时人王世贞就曾指出:

> 大抵徽俗,人十三在邑,十七在天下;其所蓄聚,则十一在内,十九在外。[10]

可见,大约只有十分之三的人在徽州本土,却有十分之七的人到全国各地去务工经商。到了清代以后,这种高移民输出的状况仍然未曾改变。由于大批人外出务工经商,他们与本土的亲戚朋友声气相通,彼此的通信极为频繁。因此,直到现在,当地还保留下来相当之多的书信尺牍。其中,既有乡绅官宦的鱼雁往返,又有下层民众(如中小商人、学徒)的来往信函,它们具体反映了徽州各个阶层的社会生活。

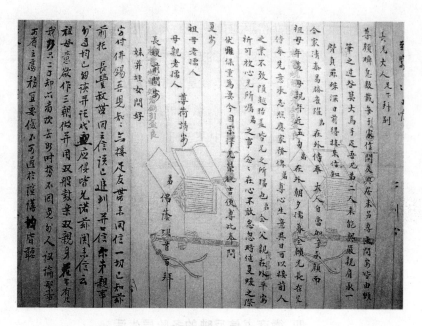

黟县西递胡氏家族书信原件（王振忠收藏）

就目前所见，徽州保留下来的书信有三种类型，一是书信原件，二是信底，三是书信活套。

比较著名的书信原件，是现存于美国哈佛大学哈佛燕京图书馆的明代歙县方氏书信七百通。这批书信早在 19 世纪末的光绪年间就流失到日本，第二次世界大战日本战败后，又辗转卖到美国，现为哈佛燕京图书馆收藏。后经陈智超先生的编辑，出版有《(美国哈佛大学哈佛燕京图书馆藏)明代徽州方氏亲友手札七百通考释》[11]。这批手札是国内目前所知数量最多的一批明人信札，对于明代史的研究，有一定的史料价值。我在近十年的田野调查中，也收集到一些颇有价值的书信原件，如来自黟县西递村胡氏家族的一箱信函，有不少是粘在一起的书信长卷，字迹秀逸，具有极高的史料和鉴赏价值。作为皖南古村落

徽州信底《鱼雁留痕》抄本（王振忠收藏）

的主要代表，黟县的西递和宏村一起，于世纪之交被联合国教科文组织列入世界文化遗产保护名录，在这样的背景下，该批信函原件也就成了我们进一步挖掘徽州人文内涵的典型史料。在徽州，类似于黟县西递胡氏这样的信函相当之多。

除了书信原件外，在徽州，还有许多汇集成册的信函汇编，有的称"信底"，有的称"信根"，也有的称作"鱼雁留痕"、"鸿雁留迹"、"尺素常通"、"鸿爪遗踪"、"往来书柬"或"家书摘录"等。一般来说，信底的价值要略逊于书信原件，但也不能一概而论，因为信底是成规模的信函汇集，容易看出事情的来龙去脉，有的信底的价值就相当之高。如晚清时

婺源墨商信底《詹标亭书束》

期在湖南经商的婺源墨商抄本《詹标亭书束》，就极有价值。这家墨商叫詹彦文，出自婺源县东北乡的岭脚村，墨店开在湖南的长沙，另外在湘潭等地开有分店，其商业网络遍及湖南、湖北、广东、广西、四川、贵州、河南和江西等地。该抄本除了抄录来往信函的内容外，还将信封上的内容(如寄收信人名字地址、信局、酒资等)也都一一照抄下来。因此，除了可供商业史方面的探讨外，还有其他多方面的研究价值[12]。

信函原件和信底之外，还有书信活套。所谓活套，是一种尺牍范本，供各类人等在写信时模拟、套用。2005 年 2 月 21 日 BBC 中文网上有一篇文章叫《代写情书和情书软件》，说情人节前夕，市场上出现了一种"情书软件"，依靠它可以在极短时间里发出成百封内容各不相同的情书。根据使用过这一"情书软件"的人说，在电脑上，花不到半分钟时间,下载一个名为"某某情书"的软件,而后在界面上"你的名字"和"他(她)的名字"两栏中,分别输入名字,然后在行数一栏,输入具体要求,如情书的长短、行数等,最后点击"开始",不到几秒钟,一篇情书就显示在计算机屏幕上。更换几个模板和组合,每次写出的情书都不相同。据说,这些情书往往"情意绵绵","辞语华丽",只是"毫无个性","类似公文"。其实,这就是当代的书信活套。

在传统时代,有许多教人撰写书信的教科书,其中有许多书信活套,大都分为问候、思慕、庆贺、慰唁、馈送、邀约、借贷、荐托、箴规、索取、延聘等类,各类都有套语。这是各种各样的应用文,有的也叫"写信不求人",意思是应用者不需要找人帮忙,只要填入对方和自己的名字就可以了。有的活套甚至被编成了四言的启蒙读物,将写信时的措词用语,都一一编入。如《汪大盛新刻详正汇采书信要言》(简称《书信要言》)¹³全书为四言,有些旁边注有读音,如"惟虑耄倪"的"耄",旁注"帽"。这本书印刷有点粗糙,其中还有一些错讹。从"汪大盛"的名字来看,这应是徽州人编辑或出版的一册启蒙读物。《书信要言》首先说:

> 眼前紧要,外戚内亲,往来书信,传递家音。
>
> 先行具礼,开写某人,顿首百拜,要辨彝伦。
>
> 接交亲眷,当论旧新,辞取达意,不必奥深。
>
> 事理通达,言语和纯,卑呈尊长,□肃敬陈,
>
> 薰沐叩首,上覆殷勤,简牍启札,奉答禀申。
>
> 誊写字样,务要楷真,语言的当,莫砌虚因。

接着谈到写信的格式,开头怎么写,结尾怎么写,如何称呼对方,以及如何自称,等等。对于信封的写法,文中也有交代:"封皮格式,不

《汪大盛新刻详正汇采书信要言》
（王振忠收藏）

可潦草，必要功书，内信一道，敢烦顺车，稍〔捎〕带某处，某府州县，望付某人，亲手收开，增勿沉滞，感感不浅"。最后有："是为活套，简切粗浅，一字之差，千里之远，随时酌用，学者自勉。"这说明该册《书信要言》确为活套之一种。

在《书信要言》的中间部分，分门别类地列举了写信的活套。一般"家书类"都分各种情况，如"祖在家（示孙）"、"孙在外（禀祖）"、"孙在家（禀祖）"、"父在家（示子）"、"子在外（禀父）"、"父在外（示子）"、"子在家（禀父）"、"伯叔在家寄侄"、"侄外奉伯叔"、"伯叔在外寄侄"、"在家奉伯叔"、"兄在外寄弟"、"弟在家奉兄"、"兄在家寄弟"、"弟在外奉兄"、"母示子书"、"子在外禀母"、"夫寄妻"和"妻寄夫"等。而《书信要言》也分六种类型，一种是妻子写给丈夫的信：

> 女儿起嫁，我难作主，接他不多，你回议处，无人嘀量，实难应许，盆桶有限，奁仪使女，首饰衣服，箱笼橱椅，衣架须毯，门幔帐坠，器皿铺陈，布袋包袱，线筐篮妆，糖铧匙筋，茶饼节糕，样样难拒，上贺手巾，答鞋送去，虽无献驾，门面要与，备办不周，受他言语，儿女分上，再三难阻，你躲不归，尽是我举，讨尽日吉日舌，受尽苦楚。（说女儿出嫁，备办嫁妆的破费及难处）

> 时下作田，节临谷雨，浸谷撒秧，当先预备，灰粪牛租，临期难

具，割麦莳田，无人相助，早起夜眠，十分忧虑，正值人忙，撺他不住，先要工钱，方肯应赴，倩人挑灰，耘锄稯穮，酒饭安排，方达时务，支当怠慢，心中恼怒，便做羁迟，愈加耽误，鸭子咸鱼，粿粽酒腐，整治现成，不能将就，你不寄回，我无摆布。（说雇人做农活，遭磨洋工，丈夫寄钱不多，不够应付）

《汪大盛新刻详正汇采书信要言》
（王振忠收藏）

媳妇儿孙，不受训诲，生事冤家，惹人恼燥，柱〔枉〕废〔费〕心机，全无所靠，四处嬉游，家赀荡废，此样不才，后背〔辈〕依例，汝我命低，终难过世，不得他力，反加着恬，玷辱祖宗，带累亲戚，光棍行移，结交乖戾，倚靠狠凶，动辄用势，好处不行，偏耽艰计，说谎话风，其余不济，性子蠢愚，肚里又滞，家事冗忙，无人可替，讲他不是，就做把戏，要吃砒霜，投河自缢，搬唆炒闹，赌咒发誓，不知廉耻，全忘恩义，偷食博嘴，抵诋骂詈，好吃懒做，不学手艺，龌龊月仓脏，邋遢臭秽，针指懒拈，衣不补缉，只好闲游，惫懒泼佞，发祸生灾，拆篱打壁，报是报非，东挑西递，似此胡行，终无了日，讨死讨活，难宗难系。傍早回家，分他自吃。（涉及婆媳矛盾，提出的解决方案是分家另过。）

你在途中，务宜将息，晏些起程，早些歇息，且自宽心，不可恼

恓,忍耐回家,嘀量算计,只此报知,收拾仔细。(最后嘱咐丈夫在外保重,不可气恼)

《书信要言》中的第二种活套是丈夫出外经商,写信给妻子。第三种是儿子出外经商,写信给父母。第四种是哥哥外出,弟弟在家写信。第五种是儿子外出,母亲写的信。第六种是外出的儿子,寄信给母亲。显然,根据写信和收信人的不同,书信可以分成许多种。在形形色色的书信中,夫妻之间的书信因其情意绵绵,说是情感档案尤其当之无愧。

通常情况下,活套的价值要低于书信原件及信底。但有一些活套,却也反映了某个区域普遍的情形,因此具有特别的资料价值。譬如,星源(婺源)汪文芳所辑的《增补书柬活套》,是流传很广的书信活套,在徽州,几乎各个县份都有该书的刊本和抄本。单单是笔者寓目者,除了徽城(即歙县县城)程聚文堂、大成堂、文林堂和屯溪杨同文堂等多种版本外,尚有不少的抄本存世。从时间上看,此书抄本早在道光十八年(1838年)就已出现,此后的光绪七年(1881年)、二十六年(1900年)都有刊本。从1838到1900年,前后相距半个多世纪。其中的活套,反映了徽州人日常生活及商业活动中的诸多应酬。如《贺开典》的来往书信:

> 兄台济世才也,而经营质库,以周人缓急,是利人利己,一举两得,行旺取不伤廉,而坐获千倍,窃谓陶朱意计所未能及也,聊奉贺仪,预为赞喜。
>
> 心逐蝇头,神留质剂,虽曰缓急时有可以济人,实则子母相权,利归于己,惟兄台不鄙为垄断足矣。过蒙珍贺,拜惠汗颜。[14]

《贺开杂货店》：

> 足下负经济鸿才，寄迹市肆，小鲜之烹，聊试其技，然而何有何无，当不让五都之市，从此泉货流通，财源充积，不可量矣。兹奉菲仪，聊申燕贺，幸勿见外。
>
> 弟以水面生涯，风霜劳顿，日无宁足，偶图开肆以资糊口，其实劳劳虚度，力只为疲，而所觅者真蝇头耳。敢望日新月胜，累百盈千乎？过蒙珍贺，汗颜拜登。[14]

此外，还有《贺开绸缎店》、《贺开布店》、《贺开衣店》、《贺开京货店》、《贺开行》、《贺开药店》、《贺开酒店》、《贺开烟店》、《托经纪取账》、《托外买货》、《托家买货》、《寄货回家托卖》、《寄货出外托卖》、《借银》、《讨银》、《代借代讨》、《托求宽限》、《托人讨银》和《邀友经商》等，都从不同侧面反映了商人的经营状况。尤其应当指出的是，该书中还有一份《海洋来往活套》：

> 海天辽阔，不获时通信息，罪歉良深！而异乡身体，惟宜珍重自爱。早眠晏起，强饭加衣，乃旅人之大方法，幸祈垂意焉！异域风土，非可久羁，惟愿顺时自重，稍可如意，即当归棹，毋使故人望洋而忆也。阻被汪洋，徒切怀人，水天遥远，能不依依？回浪千层，萍踪如许奔波。飞舟匀一叶，形影相随天外。梦寐思维，君其亦同此离别情乎？奔走天涯，原图觅利，言旋须速，不可以异乡花草为恋。海阔天空，思情如缕，水远音积，离想若割。何日再睹光仪，聚首谈心，以舒积悃耶？汪洋迢隔，鱼雁难通，惟有临风怀想而已！[15]

根据我的研究，这显然是大批徽州人从事海外贸易背景下的产物，它凸显了清代前、中期徽商在苏州与日本贸易方面的重要角色[16]。

五、两地书

夫妇之间的两地书很早就已出现，在敦煌文书中，就有《夫与妻书》和《妻与夫书》之类的书仪，供人模仿套用。唐人张敖编撰的《新集诸家九族尊卑书仪》中，就有一往一复的天涯芳信：

> 自从面别，已隔累旬；人信劳通，音书断绝。冬中甚寒，伏惟几娘子动止康和，儿女佳健。此某推免，今从官役，且得平安，唯忧家内如何存济。努力侍奉尊亲，男女切须教训。今因使往，略附两行，不具一一。（《与妻书》）
>
> 拜别之后，道路遥长，贱妾忧心，形容憔悴。当去之日，云不多时，一别已来，早经晦朔。翁婆年老，且得平安，家内大小，并得寻常。时候，伏惟某郎动止万福，事了早归，深所望也。（《妻答书》）[17]

据敦煌学者的研究，《新集诸家九族尊卑书仪》是现存敦煌本《吉凶书仪》类中最为简要的一种。而类似的夫妻对答，在其他残篇遗简中亦颇有所见[18]，这说明经过魏晋南北朝以来的发展，两地书的形式已相当成熟。信中的"几娘子"和"某郎"，在有的两地书中或作"次娘子"和"次郎"，"几"或"次"相当于后世尺牍活套中的"某"或"△"，是一种泛指，供写信人套用。

敦煌书仪之大量出现，反映了上层礼仪向一般民众的扩散过程。随着时代的变迁，这种传播更加深入和广泛。元末明初陶宗仪《说郛》

卷三四有一个段子说：

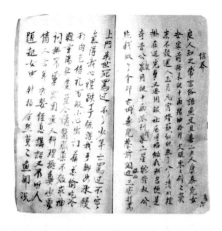

徽州的两地书，佚名无题抄本（王振忠收藏）

> 绍兴辛巳，女真犯顺。米忠信夜于淮南劫寨，得一箱箧，乃自燕山来者，有所附书十余封，多是敌营妻寄军中之夫。建康教授唐仲友于枢密行府僚属方圆仲处，亲见一纸，别无他语，止诗一篇，云："垂杨传语山丹，你到江南艰难；你那里讨个南婆，我这里嫁个契丹。"[19]

这段记载是说，南宋绍兴三十一年（1161 年），金人进攻南宋，米忠信乘着夜色前往劫寨，结果缴得女真人的一个箱子，里面都是妻子写给丈夫的信。其中有一张纸上只有一首诗（应当是打油诗），内容是一个名叫垂杨的妻子捎给丈夫山丹一句话，说：你到江南打仗很辛苦，干脆我们两人就散伙吧，你到那里讨一个南蛮婆子算了，我在北方就嫁个这里的契丹人吧。它是笑话女真男人出外打仗，侵略南宋，没想到后院起火，老婆难耐寂寞，很快就有了契丹相好，所以要求与女真人分手。这是南宋士大夫从汉文化三纲五常的角度，来取笑北方民族的夫妻关系。

这种夫妻间的两地书，在明清时代所见颇多。我手头有一册徽州文书抄本，其中收录了一份相当有趣的信函。信是一个女人写的，它的开头这样写道：

> 信奉良人知之：常言俗语无文，且喜二大人康泰，儿女安宁。
>
> 前接来银十两，猪油拾斤，欠账零零碎碎，算来不够还人。

"良人"也就是对丈夫的称呼。妻子先是照例寒暄，说公公婆婆及儿女一切都好，接着说收到寄来的银钱十两和猪油十斤，临了还抱怨说寄下的银钱不够开销。

这一段话有浓厚的徽州乡土背景。我们知道，徽商外出，经常要往家中寄送猪油。据说，明清以来，在江南各地，有一种人拿着竹节，每天到肉摊上收猪油，收来后就装入桶内销往徽州[20]。胡适先生在其口述自传中就曾说过："……我们徽州人一般都靠在城市里经商的家人按时接济。接济的项目并不限于金钱；有时也兼及食物。例如咸猪油(腊油)，有时也从老远的地方被送回家乡。"[21] 因此，这封信的徽州乡土色彩极为浓厚：

> 正月元宵灯节，红烛点了八斤，清明标挂在迩，冤孽又要用银。社屋呼唱〔猖〕做戏，班名便是奇音，公众用银十两，派到我家二星。驼背叔公点戏，做了《舍郎》、《古城》。

元宵、清明等岁时节日有不少开销，如红烛就点了八斤(以前的蜡烛是论斤计算)。"标挂"也叫"挂钱"，是指清明扫墓时，将白纸条挂在坟墓上。在徽州，"社则有屋，宗则有祠"，如果说宗祠反映了一姓的血缘关系，那么社屋则凸显了人们的地缘关系。在社祭时通常要祭祀五猖神，亦即呼猖。而祭神时要做戏，做戏的戏班名叫奇音班，由大家凑钱聘请。从这封信来看，当时，全村共花了十两银子，写信的妇人家出了"二星"。"星"是秤杆上标记斤、两、钱的小点，这里的"二星"可能是

指二钱。戏是由驼背叔公点的,做了二出戏,一出叫《舍郎》,一出叫《古城》:

> 喜儿台前闯祸,三害打骂上门,"半世死"骂过不了,"少年亡"骂过不宁,气得我心里跌丁丁,骇得我手脚如冰,馒头、肉包倍〔赔〕礼,百般小心出门。

这是说儿子(喜儿)在看戏的台前闯祸,一个名叫"三害"的人打上门来,自己遭人辱骂,被骂得非常难听,什么"半世死",什么"少年亡",什么难听的就骂什么。自己虽然气得不得了,但也只好忍气吞声,拿出一些食物来赔礼道歉。这个女人说这些话,意思是说家里没有男人支撑门户,所以受了欺负,也以此衬托出自己既当爹又当妈、管束子弟之不易。

> 荷花偷吃冷粽,重阳肚痛,至今请医服药不效,求神问挂〔卦〕不灵,菜园无人料理,挑粪也要倩人。

荷花可能是个丫环,因重阳日偷吃了冷粽而一直肚子疼痛,无论是请医生还是求神保佑都不奏效,所以无人浇菜挑粪,家务可谓千头万绪。说这些话,又是表示自己持家相当不容易。

> 今年新娶任息〔媳〕,讲话又不听人,题起女中针指,全然莫莫〔默默〕无闻,况且好吃懒做,兼之又不成人,日日人家去坐,时时多嘴多唇,得在邻居呕气,人人看家面情,不但人品丑陋,而且塔鞋拖裙。

俗话说:三个女人一台戏。其实,两个女人就足够演一台戏了。年纪大的总归看不惯年纪小的,年纪小的也同样看不惯年纪大的,从上述的这段描述中可以看出:刚过门的侄媳妇人长得丑陋不堪,穿着疲疲沓沓,不仅不会女红,而且好吃懒做,四处游荡,多嘴多舌,经常与人嗨气。"嗨气"亦即淘气,也就是生气的意思。

> 癫痢叔公酒后,无得〔缘〕无故出言骂人,与他理论几句,反彼〔被〕强闯欧〔殴〕凶,意欲下府告状,幸看庞伯讲请〔情〕。

癫痢叔公酒后撒疯,无缘无故骂了我,我与他理论几句,反而被他打了一顿,我很想到徽州府告状去,但被中人庞伯劝阻。这也是说家中没有男人主持门户,屡屡受人欺负。

> 黑娘日前分娩,生下一位千金,送我鸭子十个,外有喜酒一壶,回去银锁一把,肚肺一副三斤。玉招姑娘生日,又要送盒人情,岷原喜烛一对,洪坑索面三斤,百般家用浩大,人情四季纷纷。家中无去〔处〕想法,千万多寄些银。

这是说徽州社会日常生活中的应酬交往颇多,黑娘生了女儿,玉招姑娘生日,又要送上喜烛、素面等,人情开销实在不少,希望丈夫多寄些银钱回家接济。

> 大女儿年岁不少.二女儿长大成人,麻瘩姑娘作代〔伐〕,亲家也在本村,大女婿苏州生意,二女婿亦在阊门,闻闻(按:疑衍一"闻"字)得小官伶俐,家私却有千金,偏嘴姨夫会过,说来亲上加亲。

此处讲到二位女儿的亲事,找的女婿都在苏州做生意,为人也都相当聪明伶俐,而且家里也很有钱。当时的苏州(阊门),就像前十年的深圳、现在的上海一样,是个赚钱的好地方。找了这么好的亲家,岂非暗示自己非常能干?

> 大孩儿在店生意,早晚叫他用心,银水教他看看,戥(等)秤要学称称,将来年纪不小,家中已曾说亲,姑娘年有十二,人品也还精伶,好过亲家太太,聘礼不接多少,只接好银一斤。

这是嘱咐丈夫要教大儿子认真学做生意,学好生意场上的各种基本功——如看秤、识别真假银钱,等等。并说自己已为长子找好媳妇,不仅还比较聪明,而且还不需要花多少聘礼,可以说是拣了个大便宜。这也同样是在夸耀自己的能干。

> 细儿二月上学,送从富贵先生,只好描红把笔,教法看来中平,吃饭几碗不饱,菜蔬一扫尽空,好酒壹壶不醉,还说供饭不精。从前托他写信,他推肚痛不能,一连过了几日,并无一字回音,此信竟无人写,恰过幸亏细心叔公,但略一笔挥成。

这是抱怨请来的私塾先生教书非常平庸,但却吃得很多,吃饭要吃好几碗,而且风卷残云地将菜一扫而空。又喜欢喝酒,酒量很大,喝了一壶酒居然还不会醉。尽管吃了这么多,他也还抱怨说东家供应的饭菜不够好。平常连信都不肯代笔,只是推托自己肚子痛,所以交代他写的信好几天都没有写出。幸亏那位细心叔公,帮我写了这封信。

根据文献记载,有的徽州人对于私塾先生相当刻薄,胡梦龄的《黟俗小纪》指出:"我邑风俗,于蒙师非但不知所择,而且待之甚薄,束修极菲,子弟相从,还讲情面。而山村小族更不加意,只贪便宜,虽市夫匠艺,可充馆师,鲁鱼亥豕之诮,往往皆是……"[22]这虽然指的是黟县一地的情况,但在徽州的不少地方均较普遍。塾师待遇既薄,教书自然平庸。

　　在上述的陈述中,写信的女人从各个方面论证自己持家极为辛苦,也相当能干,言外之意无非是说——像我这样出色、能干的女人,你能娶到手做老婆,真是你前辈子修来的福气,你还有什么不满意的呢?

　　在摆了自己的一大堆功劳之后,这封信笔锋一转,以骤雨打新荷之势兴师问罪:

> 　　所闻你在外娶妾,如何大胆糊〔胡〕行? 年纪有了四十,也须灭了火性,思前我待你恩情,如果有了此事,星夜赶到店中,骂一声"狐狸精贱人",看你如何做人? 且问你为何停妻再娶,吵闹不得安宁。

　　实际上直到此处,妇人才真正转入正题。听说丈夫在外讨了小妾,这个女人威胁说自己要赶到店内吵闹:我听说你在外面找了小老婆,怎么这么大胆? 你年纪也有四十岁了,已经不是小伙子了,本来不应该那么花心。你想想我以前对你的恩情吧,如果确有这种事情,我会昼夜兼程地赶到你的店里,骂一声"狐狸精贱人",看你如何做人? 再问你为什么停妻再娶,吵闹不得安宁。接着,妇人下了最后通牒:

倘若无有此事，限你四月回程，家计现在逼迫，为何又娶妖精？我今旧病发作，险遭一命归阴，幸门〔蒙〕祖宗保佑，又许一个愿心：来家杭州经过，多带几把金银，头脚鞋面多要，头油也要几斤，大女儿胭脂花粉，二女儿要丝带头绳，细儿无有暖帽，衣裳多不合身，有庆裤袜旧破，荷花亦无单裙，我也不要别物，只是虚亏，要吃人参。

此处让丈夫限期回到家里，并指明要他在回家时，应捎带各种各样的礼物，送给家里的儿女以及奴仆、丫环。这里是软硬兼施，以柔克刚，说自己是"旧病发作"，险些丧了性命，表现出弱不禁风的样子，以博得男人的怜悯和疼爱。说不要别的东西，"只是虚亏，要吃人参"，这里又狠狠斩了男人一刀，让他出点血，买点人参给自己补补。

接着，又对丈夫赶回徽州的旅程做了细致的安排，从中可以看出这个妻子的细心周到和办事果断：

叫船须当赶快，不可沿途搭人，富阳、桐芦〔庐〕经过，七里龙〔泷〕也要小心，到了严州加纤，水路更要赶行，船上出恭仔细，夜间火烛小心，路上冷物少吃，尤恐吃了坏人，平安到了梁下，千万不可步行，雇轿抬到家里，铺盖交与足人。

此处仔细叮嘱在回家途中应注意的事项。她丈夫应当是在江浙一带，所以是从新安江逆流而上回到徽州。

新安江水路素有"一滩复一滩，一滩高十丈。三百六十滩，新安在天上"的说法，逆流上滩的艰难于此可见。由于上滩的艰难，沿途需要一些纤夫拉纤。如在严州府下，"舟楫上水，在此叫纤"——这是明清商编路程图记中的提示[23]，所以信中也说严州加纤，亦即在严州上滩时找人拉纤。

信中还特别告诫说"船上出恭仔细"，这是出门人的经验之谈，因为船上没有厕所，要想大便当然只能直接排入江水，但这样做有时会有危险。徽州商业书抄本《便蒙习论》中就有"登舟"条，提到：

> 凡登舟，不论大小，不可立在蓬〔篷〕后，恐风转有失。不可对船头出恭，踏两脚船，挂窗坐，手不可放在船傍之外，不宜顿脚，不立桅下。[24]

上述这段话是说不要在船头上大便，以免船头摇晃或船只掉头时，一不小心掉入江中。这显然可以作为这封信中"船上出恭仔细"的注脚，从这一细节来看，妇人对其丈夫的关心可谓无微不至。

不过，一番关心之后，又转回正题，再次施加压力，她仔细叮嘱说：

> 你要恋新弃旧，吵闹你不得安宁，此信须当紧记，四月即要回程，寒暑自宜保重，此信寄与夫君，管城〔陈〕难尽，余容面陈。

最后仍然是软硬兼施，一方面对丈夫喜新厌旧加以谴责和威胁，另一方面又对丈夫表示出无限的关心，一手硬一手软，刚柔相济，相得益彰。

这封信的起承转合，一张一弛，节奏掌握得相当之好，我们不清楚她的丈夫是否真的娶了小妖精，但我想在如此猛烈的攻势下，徽州朝奉一定如五雷轰顶，乖乖地缴械投降……

当然，这些只是我的想象。新安江是徽商外出、经商的一条水上通道,徽州一向有早婚的习惯,男子到十二三岁就要成家,成家之后就外出经商,所谓"前世不修,生在徽州,十二三岁,往外一丢"。在外经商的丈夫,长年与妻子分居两地,只能几年或十几年回家一次,所以,徽州以前有"一世夫妻三年半"的说法,是说做了一辈子的夫妻,真正待在一起的时间,加起来也不过只有三年半的时间[25]。因此,出门经商者难免在外眠花宿柳,有的是出入花街柳巷,这在三言两拍之类的小说中时常可见;有的则是另娶一房,过起"两头大"的生活,所谓两头大,就是在家乡和侨寓地都有女人,两边均为妻子,也不分正妻和小妾。而在另一方面,早在明代,就有人说徽州是"妒妇比户可封"[26],这说明徽州的妇女相当能干,也颇为强悍。

上述的书信,非常生动地反映了徽州地区的夫妻关系,以及妇女的社会生活。其中谈到的徽州日常生活中的应酬开销,徽州妇女持家的不易,等等,与其他徽商信函原件中反映出来的情况非常相似。

六、反映历史事件的书信

明清以来的徽州是高移民输出的地区,大批徽州人外出务工经商,他们通过鱼雁往返,与桑梓故里保持着频繁而密切的联系,这使得黄山白岳之间,迄今遗存下为数可观的民间书信,其数量之多,在国内可能首屈一指。除了反映日常生活细节之外,徽商书信中也有不少反映了大的历史事件及其背景。

众所周知,近数百年来,江南一带素有"无徽不成镇"的说法,有大批的徽州人外出务工经商,这些人,给全国各地(尤其是江南一带)的城镇和社会,带来了商品经济的活力。与此同时,徽州本土的民生日用大部分也依靠侨寓各地的徽州商人加以接济,两者休戚相关。这使

得明清以来中国社会发生的每一次动乱,都给徽州本土的社会生活造成了莫大的冲击。明末抗清义士、休宁人金声曾指出:

> 新安不幸土瘠地狭,能以生业著于土者,什不获一,其势必不能坐而家食,故足迹常遍天下。天下有不幸遭受虏刘之处,则新安人必与俱。以故十年来天下大半残,新安人亦大半残。[27]

这句话中的"虏刘",意思是劫掠或杀戮。可见,每当发生社会动荡,徽商所受的冲击往往疮深痛巨。而在日常的经营中,资金的融通、信息的传递,均有赖于徽州人固有的人脉及其相关的商业网络,这些又极大地受制于世道的治衰。在这种背景下,徽商往往特别重视海内外形势的风云变幻。因此,遗存迄今的徽商信札中,多有反映社会变迁和民众心态的诸多史料,弥足珍贵。

例如,明清鼎革、咸同兵燹、庚子事变以及现代的中日战争等,无不对徽州人的社会生活带来重大的影响,这在各种书信中有不少反映。不久前,笔者在安徽省歙县南乡读到一批徽商书信原件,这批书信绝大多数字迹秀逸,其中之一是某年"巧月念二日"的书信:

> 父亲大人膝下:前月十三日接恒利局带到手谕,并代男批来八字一张,领收,因典事匆忙,未暇即禀复,殊深抱罪!逐际初秋,遥惟大人福与时增,秋祺迪吉,定符下颂。男在衢典,一切均叨荫如恒,身子平安,请望放心。示及三月间寄张足带里物件,嘱男具信回徽,问及收到否。本月初十日接母亲大人来谕,示及阖家平安,均望放心。并云五月间寄与大人回信一封,不卜是收到物件回信否,便中求赐知。兹当秋令,伏望大人保重玉体为祷。近闻

日本国灭高丽国,而高丽主求救于中华,现已拨兵与日本国对敌,而胜负均未闻有实信,未知中华兵能堪水战否?可获胜焉?衢州已调去精兵五百名,于二十日起程矣,想申地该无碍也。而大人得暇时,祈赐知一二为祷。肃此奉禀,敬请金安,诸希珍重,不宣。男守春百拜,巧月念二日。

　　诸位先生前均此请安。

　　从其他信函透露的信息来看,这批书信的收发双方原籍均来自徽州歙县水南的烟村及其附近的礼堂厦。写信人是在浙江衢州典当铺从业的郑守春,故信中提及自己"典事匆忙";而收信人则是他的父亲——徽州茶商郑曦棠,后者当时正在上海安亭镇裕大茶叶号经商。信中提及的"恒利局",是活跃于江浙及徽州各地的信局;而"张足"指的则是姓张的一名信足(亦作信客)。在现代邮政局和邮递员出现之前,信局和信客即专门为人们传递书信、寄运货物。

　　阴历七月七日之夜(即七夕),根据中国的传统习俗,妇女穿针乞巧,故七月亦被称为"巧月"。由信函内容来看,此年应即光绪甲午(二十年,1894年)。当年,朝鲜政府以东学党起义声势浩盛,官方束手无策,遂请求中国救助,李鸿章奏派叶志超等自海道赴援,并按照中日天津条约的约定,通知日本政府,日本遂乘机派兵大举入朝。五月,东学党失败,日方不仅拒绝中国同时撤兵的要求,而且一再增兵,并令其驻朝鲜公使大鸟圭介威胁朝鲜宣布独立。六月,大鸟圭介要求朝鲜改革内政,已如愿以偿,但以朝鲜不愿与中国断绝关系为由,率兵拘禁国王,拥立大院君主政。六月二十三日(7月25日),日本胁迫朝鲜宣布中朝间所有商约无效,并"授权"日军驱逐中国军队。中日战争爆发,日本海军袭沉中国装载援兵赴朝之高陞号轮船于丰岛,击伤"济远"、"广乙"

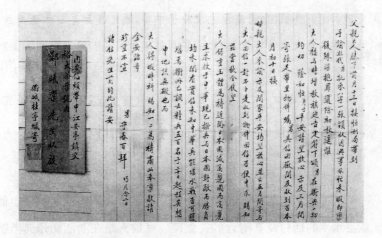

中日甲午战争时期徽商郑守春的一封家信
（王振忠摄于安徽歙县大阜）

舰,并俘获"操江"炮舰。七月一日(8 月 1 日),中日相互宣战。

从这些史实来看,上揭书信显然是中日甲午战争时期徽商郑守春的一封家信,其中附及甲午战事。七月二十日(8 月 20 日),朝鲜国王密电李鸿章乞援,这大概就是郑氏所谓的"高丽主求救于中华"云云。而"巧月念二日"当即 8 月 22 日,当时清廷命李鸿章饬令平壤中国各军统将克期进军汉城。此时,徽商郑守春对清军"能堪水战否"及有无胜算颇为忐忑。因僻处浙西,消息闭塞,但他也感到形势的紧张,因为自己所在的浙西衢州,亦调兵遣将起程戒备。而父亲所在的上海华洋杂处,信息灵通,有鉴于此,他遂请求郑曦棠抽空能将战情通告一二……这些都反映了徽商对时局的关注[28]。

又如,20 世纪 30 年代的抗日战争,在上海的徽商书信中也有不少涉及:

母亲大人新禧,入岁以来,诸凡迪吉,万事锦祥,敬贺叩贺。

敬禀者:旧庚岁尾,上海发生战事颇烈,宝山路既变作战场,男于廿五日离沪来松(引者按:即松江),暂俟稍宁无硬〔碍?〕,再行还申,料此事不久当可解决。何期还申,现尚未定。外面父亲与男均皆安吉,请勿远念! 旧庚岁底开支应付情形,有假〔暇?〕望祈赐复。再,尉莩之款,未知可否清楚,请一并答示为要。特此敬请福安,并祝新禧百益!

男 柏林叩贺

　复示寄松可也

1932 年 1 月 28 日,日军进攻上海,驻守上海的国民党第十九路军在蒋光鼐、蔡廷锴的指挥下奋起抵抗,从而爆发了"一·二八淞沪抗战"。1 月 28 日恰值阴历十二月廿一日,故曰"旧庚岁尾"。宝山路所在的闸北一带是当时抗战的主要战场,停泊于黄浦江战舰上的日机飞临闸北轰炸,著名的商务印书馆及东方图书馆即在此次事变中为日机炸毁,闸北一带受到了惨重的损失。徽商汪柏林就是在这样的背景下避居松江(松江早自明代开始,便是徽商重点经营的据点)。

上述信函是写在两页红纸上(徽州人新年信函例用红色信笺),夹在一册《定礼府君丧费簿》文书抄本内。这册文书是民国二十四年(1935 年)的一册文书。从其内容来看,作者汪承烈(当即汪柏林)生于宣统三年(1911 年),是歙县南乡人,"世代相传,以农耕为活",到他父亲这一代起才开始弃农经商,有个侄子在上海新陆正大绸布号,尚未满师。文书中的《自序》对于前述信函的内容,有着更为详细的记载:

　　……民国十九年岁次庚午,余随父亲于松江。廿年二月间,

戈鲲化之梅花笺（哈佛大学档案馆藏）

赴沪，初学百货，同事有程观生、章养芳，皆徽人。至下年阴历十二月廿一日夜，日人寇沪，闸北悉为飞机所毁，店毁无遗，余随身行李箱囊价值两百金，均为国牺牲。然余逃避至松江父亲处，至二月，同程观生由松起身赴杭，由陆路回里，该岁是民国廿一年岁次壬申……廿六年……三月偕灶荣回沪，七月沪战起，是为举世瞩目之八一三也。余困沪五年，未返故乡，延至今岁四月十九日离沪。随吴润生、方秉衡、方和顺等趁火车至苏州，再趁小船穿太湖，入鸿桥，到梅溪（以上皆沦陷区，梅溪即国军守线），入孝丰、安吉、於潜、昌化等县，而入本邑。途行七日，旱程四百廿里，坐小推车半程，共费旅费百十元……

1937年8月13日(阴历七月八日)，日军向上海大举进攻，当地中国驻军在第九集团军司令张治中的指挥下奋勇抗击日军，此即举世瞩目的"八·一三事变"。徽商汪柏林在"一·二八事变"中损失惨重，事变结束后数月才返回上海，经同乡介绍，就职于北河南路的涌锡祥南号。"八·一三事变"之后五年，历经艰辛方才逃回家乡。文书备述两次事变中损失之惨烈及逃离上海返归故里之艰难[29]。

关于抗战时期的书信，在徽州民间文书中还有不少，如苏州典当商信札，衢州商人与歙县老家亲人的通信等，都反映了徽商在抗战期间的经历及其复杂的心理感受。

此外，歙县南乡太平天国前后的《信柬》抄本下册，不仅有不少反映太平天国时期兵燹战乱及徽商活动的情况，而且，《致苏垣同乡劝捐公函》及答函，更涉及歙县茶商随缘乐助设局引种牛痘的史料，对于中华医学史的研究颇有助益。有的书信，还是考证中外关系的重要史料，如美国哈佛大学档案馆收藏的徽州休宁人戈鲲化之梅花笺，就是一例[30]。

七、总结

书信原件和信底，较之徽州文书中的其他资料，反映的内容是全方位的，社会生活中遇到的所有问题，几乎都可以在书信中得到反映。在相互的嘘寒问暖中，在彼此的互诉衷肠里，我们读到了徽州人侨寓异地的诸多心理感受，体味到异乡游子对于桑梓故土的真情流露和眷念。至于其中反映出的诸如年成、物价、灾害、疾病和风俗等方面的记载，更成为徽州社会史研究的绝佳史料。

注 释

1.（清）施闰章《学余堂诗集》卷二，《景印文渊阁四库全书》第 1313 册，台湾商务印书馆，1983 年，页 368。

2.（唐）王建有《望夫石》诗："望夫处，江悠悠，化为石，不回头。山头日日风复雨，行人归来石应语。"见何立智等选注《唐代民俗和民俗诗》，语文出版社，1993 年，页 470。

3. 福清县民间文学集成编委会《中国民间故事集成·福建卷·福清县分卷》，1990 年，页 255—257。

4. 福建省福清县龙田镇民间文学三集成编委会《龙田民间故事》，1989 年，页 105—106。

5. 石狮市民间文学集成编委会《中国民间故事集成·福建卷·石狮市分卷》，1991 年，页 589—590。

6. 郑逸梅《尺牍丛话》，上海古籍出版社，2004 年，页 35。

7."胳"的异体字。

8. 悖入悖忔憎：本为可爱的反语，多用为可爱之意。黄庭坚《好事近》词："思量模样忔憎儿，恶又怎生恶？"

9.（明）陶宗仪《说郛》卷三四上。

10.《弇州山人四部稿》卷六一《赠程君五十叙》，《景印文渊阁四库全书》第 1280 册，台湾商务印书馆，1983 年，页 92。

11. 上中下三册，安徽大学出版社，2001 年。

12. 参见拙文《晚清婺源墨商与墨业研究》，载《复旦史学集刊》第 1 辑《古代中国：传统与变革》，复旦大学出版社，2005 年。

13. 刊本 1 册，王振忠收藏。

14.（清）汪文芳《增补书柬活套》卷一,〔日〕波多野太郎编、解题《中国语学资料丛刊·尺牍篇》第三卷,日本,不二出版,1986 年,页 348—349。

15.（清）汪文芳《增补书柬活套》卷三,《中国语学资料丛刊·尺牍篇》第三卷,页 382。

16.参见拙文《〈唐土门簿〉与〈海洋来往活套〉——佚存日本的苏州徽商资料及相关问题研究》,载《江淮论坛》1999 年第 2 期、第 3 期、第 4 期。

17.转引自周一良、赵和平《唐五代书仪研究》,中国社会科学出版社,1995 年,页 29。

18.刘复编《敦煌掇琐》中亦见有夫妻之间的两地书,中研院历史语言研究所专刊之二,台湾商务印书馆,1991 年影印版,页 337。

19.（明）陶宗仪《说郛》卷三四上。

20.清佚名稿本《杭俗怡情碎锦》"果食类":"猪板油,专有买者用盐拌熬化,盛小甬,徽州山乡收去,盐油亦大销场。"("中国方志丛书"华中地方 526 号,台北成文出版社,1983 年,页 35)另一首题作《收猪油》的竹枝词这样写道:"两只竹节收猪油,每日派人肉铺兜。猪油收来做何用,装入桶内销徽州。徽州地方少猪肉,猪油燉酱夸口福。更把猪油冲碗汤,吃得肚肠滑漉漉。"(引自沈寂主编《三百六十行大观》,上海画报出版社,1997 年,页 76)

21.唐德刚译注《胡适口述自传》,华东师范大学出版社,1993 年,页 3。

22.民国《黟县四志》卷三《风俗》,"中国地方志集成"安徽府县志辑第 58 册,江苏古籍出版社,1998 年,页 27。

23.参见拙文《新近发现的徽商"路程"原件五种笺证》,《历史地理》第 16 辑,上海人民出版社,2000 年。

24.参见拙文《抄本〈便蒙习论〉——徽州民间商业书的一份新史料》,《浙江社会科学》2000 年第 2 期。

25.唐德刚译注《胡适口述自传》,页 2。

26.（明）谢肇淛《五杂组》卷八《人部四》,"历代笔记丛刊",上海书店出版社,2001 年,页 147。

27.《金太史集》卷八《碑记·建阳令黄侯生祠碑记》，故宫博物院编《故宫珍本丛刊》明代诗文别集第 529 册，海南出版社，2000 年，页 171。

28.参见拙文《寄往上海安亭镇的晚清徽州典商信札考释》，载《亚洲研究集刊》第 3 辑《迎接亚洲发展的新时代》，复旦大学出版社，2007 年。

29.参见拙文《新近发现的反映日军侵华的徽商信函及文书》，《中华读书报》1999 年 6 月 23 日。

30.参见拙文《戈鲲化的梅花笺》，《读书》2005 年第 4 期。

第四讲

漂广东
徽州茶商的贸易史

一、何谓漂广东

在中国古代,从中原看帝国陆地版图的最南部——广东,那里在很长的一段时间里始终意味着财富与冒险。

说到财富,司马迁的《史记·货殖列传》中所列举的西汉十多个大都会中,番禺(亦即现在的广州)是其中之一。当时这里是"珠玑、犀、玳瑁、果、布之凑",也就是说广州是各种珍宝、水果(如龙眼、荔枝等)和布匹的集散中心。稍后班固的《汉书·地理志》所载也大略相同,只是多出了象牙、银和铜三项。上述的那些珠玑、犀、玳瑁、象牙等均为热带特产,大都由海外输入。这些海外的奢侈品,在一般人眼中是一些奇器淫巧,但却能给商人带来巨额的财富。所以,从这个意义上来说,出入岭南也就意味着抓住了财富。

而在另一方面,岭南长期以来又是极不发达的未开发地区,人们常常称这里是"蛮烟蛋雨之地"。不仅海外贸易风险极大,而且瘴气弥漫,令人动辄生病,甚至一命呜呼。因此,生活在岭南,又意味着是一种冒险,长期以来,岭南被中国人称为"瘴乡",这一瘴气弥漫之地,历来为中原王朝流放罪人的场所。在明代之前,岭南还是个化外之地。对此,明人叶权就曾指出:

> 岭南昔号瘴乡,非流人逐客不至。今观其岭,不及吴越间低小者,其下青松表道,豁然宽敞。南安至南雄,名为百二十里,早起半日可达,仕宦乐官其地,商贾愿出其途。余里中人岁一二至,未尝有触瘴气死者,即他官长可知。何昔之难而今之易也?意者古昔升平,大抵不满百年,即南北阻隔。自南雄达省城,群蛮出没,无他陆路,舟行艰难,往来者少,故山岚之气盛,如大室久虚,即阴沉不可住,况山川有灵气者耶?客子在途,心摇摇而多畏,恐触之而病,宜矣。我朝自平广东以来,迨今承平二百年,海内一家,岭间车马相接,河上舟船相望,人气盛而山毒消,理也。[1]

叶权是徽州府休宁县人,生于明朝嘉靖元年(1522 年),卒于万历六年(1578 年)。他的这段话意思是说:岭南以前被称为瘴乡,除了那些被流放的人,谁也不肯去。其实,看看那里的山岭,还比不上江浙一带的低山,山岭之下,青松掩映,有宽敞的道路。从南安府(今江西省大庾县)到南雄州(今广东南雄),虽然号称有一百二十里,但如果行人一早起来,半天就可通过。因此,无论是当官还是做生意的,都愿意前往岭南。叶权的家乡休宁县是徽商辈出之地,他说自己的乡亲每年都有一两次要到岭南去,但从没有人因感染瘴气而死亡,那些当官的,条件比商人更好,就更不用说了……

由此,叶权设问——为什么过大庾岭到广州从前那么艰难,而现在却变得这么容易呢?

他接着分析说:因为以前太平的时代大都不过百年,不到百年之间,南北往往就因动乱的原因相互阻隔,因此,从南雄到达广东省城广州,大约八九百里路,许多少数民族出没其间,陆路只有这一条,行舟又相当困难,所以来往的人很少,人流既少,山上的岚气也就很盛,这就像一间房屋里面长久没有人住了,空关了很长一段时间,阴气沉沉的,山川自然就没有灵气。偶尔过往的人,一路上胆战心惊,心理素质不好,抵抗力下降,碰上瘴气就容易抱病而亡。不过,到了明代,情况就大不相同的。明代平定了广东,到叶权生活的隆庆、万历年间,太平的日子已有两百年的时间,海内成了一家,江西、广东山岭之间车马络绎不绝,水上的船只也鱼贯而行,人气这么盛,瘴气之类的山毒自然也就消失了。

从叶权的分析中我们可以看出,明代的岭南已从昔日的"瘴乡"转而成为一片乐土。他所说的"商贾愿出其途",显然是因为在商人眼中,岭南更是个发财的好地方。换言之,在岭南的传统印象——财富与冒险二者之间,此处更成了财富的代名词。

在这种背景下,不少人纷纷前往岭南经商,在徽州民间,早在明代,就已经有了"走广"的习惯语。所谓"走广",也就是到广东去。及至清代,徽州民间更有"漂广东"、"发洋财"的说法[2]。

所谓漂广东,大概是徽州人特有的说法,指的是经营外销茶,也就是将茶从徽州运往广东,卖给洋商,再转销到欧美各地。

为什么叫漂广东呢? 根据安徽师范大学王世华教授的说法:因为从徽州运茶至广东,沿途跋山涉水,千里迢迢,非常辛苦。茶商一般是先将茶叶送至屯溪,雇船运到黟县渔亭,再雇挑夫经过数十里的山间小道,将茶叶运到祁门,再雇船经昌江、浮梁抵达饶州,穿过鄱阳湖抵南昌,沿赣江而下,经丰城县、樟树镇、吉安府、赣州府和南康县抵达南安府(今江西大庾县),其中要经过著名的赣江十八滩,然后在南安府起旱,雇挑夫行数十里翻越大庾岭,到达广东南雄府(今南雄县),再雇船沿东江、北江而下,经韶州府(今韶关市)、英德县、清远县至广州。从徽州到广东,全程共需两个多月时间[3]。可能是因为其间大部分途程是在水面上,所以时人称运茶销往广东为"漂广东"。

除了"漂广东"外,当时还有一种说法叫"发洋财"。揆情度理,茶是卖给洋商的人,发的自然是洋财。而由于卖给洋人的外销茶通常利润较高,一般人中遂流传着这样的说法:"发洋财就好比去河滩拾鹅卵石那么容易。"[4]对此,同治四年(1865年)公开出版的夏燮之《中西纪事》记载:

> 自海禁大开,茶叶之出口岁益加增……据外洋月报,道光十三四年间,花旗曾销过茶叶一千八百余万棒,以每棒十二两计之,则十四五万石之数,此五港未开以前粤东一口之销数,亦仅花旗一国之销数也。又月报言,近年中国出口之茶多至七千余万棒,则五十余万石,然亦非其旺盛时。盖皆在壬寅以前也。徽商岁至粤东,以茶商致富者不少,而自五口既开,则六县之民,无不家家蓄艾,户户当垆,赢者既操三倍之贾,绌者亦集众腋之裘。较之壬寅以前,何翅倍蓰耶![5]

"壬寅"也就是道光二十二年(1842年),是年八月,中英《南京条约》签订,开放广州、福州、厦门、宁波和上海五处为通商口岸。因茶叶经营具有厚利可图,在徽州,经营外销茶者更是前仆后继。

二、商编"路程"

　　由于不少徽商都从事此类茶业贸易,他们在长期的商业贸易活动中,积累了相当多的经验,形成了独特的经营文化。其中,徽州茶商的"路程",就反映了徽商经营文化的一个侧面。

　　所谓"路程",是指人们外出经商或旅行时,作为交通和商业指南的书籍。最简单的路程上只记载某处至某处几里,以便人们能据此掌握旅行的方向和时间。有的路程附有地图,称作"路程图"。比较复杂的路程,其文字部分既有各地名间的里距,还有旅途中的注意事项以及相关的诗歌(有的路程歌,亦以竹枝词的形式出现)等。早在南宋时期,李有的《古杭杂记》就指出:"驿路有白塔桥,印卖《朝京里程图》。士大夫往临安,必买以披阅。有人题于壁曰:'白塔桥边卖地经,长亭短驿甚分明。如何只说临安路,不数中原有几程。'"北宋的首都是在汴京(今河南开封),而南宋时在杭州卖的《朝京里程图》却只是以临安府(今浙江杭州)为中心,所以说"不数中原有几程"。此一首诗意在讽刺南宋政权之偏安一隅,姑且不去说它,但由此可见,早在南宋时期,路程图即已出现。当时的路程图以京师临安为中心,应主要是供士大夫进京赶考或公干之用。

　　及至明代中叶以后,商编路程大批出现,尤其是徽商和晋商所编的路程,现在保留下来的还相当之多。从徽商和晋商所编的路程来看,他们往往是根据自己的需要,将商业经营时途经的地点,编成路程,供个人和子孙师徒使用。以徽商为例,新安江是徽商前往长江三角洲的重要通道,因此,有关新安江的水程歌也就相当不少。而长江中下游地区素有"无徽不成镇"的说法,有关长江的水程歌亦不止一种[6]。这些,都是许多徽商长期贸易活动的经验总结。

俗谚说得好:"好记忆不如烂笔头",各地的习惯不同,在另外一个地方经商必须入乡随俗。而商业经营中有许多环节,各种经历都需要记录下来,作为下次外出经商时的备忘录。而且,传统商业活动往往是父子相承、子孙世业,故此,也需要将这些经验传授给后人。因此,徽商往往将经商活动中的各个环节,都详细地记录下来,以备此后乃至子孙世代行商之需。对于商人家庭或家族而言,这些商业文书作为重要的经商知识或经验世代相承,从而培养出一代又一代的徽州商人。这些,应当是这些商编路程出现的地域背景。

在明清时期,徽州的一府六县中,有不少徽州人都有过"漂广东"、"发洋财"的经历,故此,现存的从徽州至广东的路程不止一种。目前我所寓目的徽州至广东的路程共有三种,其中一种收藏于安徽,另两种为我个人收藏:

1. 清道光七年(1827年)《徽州至广东路程》札记(抄本),安徽师范大学徽商研究中心资料室(现改为皖南历史文化研究中心)收藏。《徽州至广东路程》札记是歙县芳坑江氏茶商资料之一种,江氏茶商资料是上个世纪80年代安徽学者发现的一整批徽州文书,数量极为可观。这批资料的当事人是歙县南乡芳坑人江有科(字静溪)和他的儿子文缵(1821—1862年,字绍周)。父子二人均以贩茶为业,他们的经营活动,主要是在歙县开设商号,就地采购茶叶,经加工制作后,运往广州售给洋商,转销外洋。有科父子生意最兴隆的时期,大约是在道光二十三年至三十年(1843—1850年)之间,也就是中英《南京条约》签订之后。《徽州至广东路程》札记一册,详细记载了沿途所经城镇村庄五百五十余处,对各城镇村庄之间里距以及乘舟或起旱起点、关卡所在及治安状况等,都作了具体的记录[7]。

2.《万里云程·徽州府歙县至广东省路程》,抄本一册,墨迹楷体

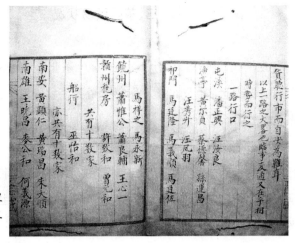

茶商路程《万里云程》抄本（王振忠收藏）

书写于"隆盛"账册上，计四十五页，每半页八行，分上下两栏。其要目有：徽州府歙县至广东省路程、广东潮信长退日期、晨下孖肩有名色者、各处平头较准本号司码、各处钱串、一路则例便览、一路行口、回南便览、韶关税例和风暴日期。该书指出，从徽州府歙县到广州城，共路程三千四百二十三里。关于《万里云程》的作者及反映的年代，抄本没有明确的标示，据笔者推测，这可能是属于歙县芳坑江氏茶商文书之一种，其成书年代大致在嘉庆十二年(1807年)以后[8]。

3. 从婺源到广州的《□□至广东水路程》

抄本一册，上有"施和顺号"章，书名中的"□□"，可能是婺源的"诗春"，内容是诗春(村)至广东水路程。这个水路程也同样是将从徽州至广东沿途历经的地名、村落、寺庙、滩峡和衙门等详细记录下来，并对投牙纳税、写船拉纤等诸多应酬也一一详录。

三、茶叶贸易状况

在清代,就销售市场状况而言,徽州茶业可分为内销和外销两种,内销主要销于北京及北方其他地区,外销俗称洋庄,先是运往广州,后来运往上海。

广东是清代海外贸易的重要窗口,鸦片战争以前,广州的十三行商人享有对外贸易的特权,专揽茶、丝及其他大宗贸易。反映19世纪广州市井风情的传世绘画中,就有有关茶业生产和销售的诸多画面。如筛茶、差〔踩〕茶、搓茶、晒茶、猴子采茶、斩茶、渡茶、装茶、舂茶、拣茶、试茶、分茶、整茶饼、号茶箱、装箱、炒茶和洒水等[9]。其中的"猴子采茶",画面右上角山崖上有一只猴子,左手扯着一棵茶树,右手正向下抛撒茶叶[10]。其下站着一位和尚模样的人,则用布袋接着撒来的茶叶。皖南茶叶中有"太平猴魁"之类的茶名,茶农中常有让猴子攀到山崖上采取珍贵岩茶的说法,广东人称之为"马骝掫"[11]。揆情度理,所谓猴子采茶的传说,显然是内地茶商抬高茶叶身价的一种说辞。

在广州对外茶叶贸易中,徽州茶显然占有重要的地位。德国籍传教士爱汉者(即郭实腊)等编的《东西洋每月统纪传》道光甲午正月至五月(道光十四年,1834年)共五期的末尾,均有专栏"市价篇",详细报道了"省城(即今广州)洋商与各国远商相交买卖各货现时市价",其中经常可见"屯溪茶"的名目。徽州茶产于徽州的一府六县,除仅产红茶的祁门之外,其余五县均产绿茶,皆呼之为徽州茶。因茶都集散于屯溪,故徽州茶也叫"屯溪茶"。英国人前来中国采购各地的名产,"Twankay"(屯溪)和"Keemun"(祁门)二词,也随着茶叶(祁红和屯绿)输入到英文里去[12]。

猴子采茶

在茶叶贸易兴盛的时代,茶商颇为富庶。何渐鸿有一首《羊城竹枝词》描摹道:"茶商盐贾及洋商,别户分门各一行。更有双门底夜市,彻宵灯火似苏杭。"[13]其中的茶商,颇有以经营徽州茶致富者。《万里云程》中有《晨下孖肩有名色者》,记载有"畅记"、"玉记"、"利贞"、"和发"、"经和"、"信记"、"慎祥"、"隆记"和"溢彰"九家。关于"孖肩",也就是商人,借自英语的 merchant。其中的"隆记",可能即广东十三行之一的"隆记行"。据载,其创始人张殿铨年轻时曾避居苏州,他"日与皖、浙茶商稔习","皖茶正皮珠、雨松萝两种,得通守公(张殿铨)发明制法,乃倍有名。回粤,在城西十三行,自设隆记茶行"[14]。由此可见,原先的安徽绿茶常为行商所轻,但自从采用了张殿铨的茶叶工艺后,才得以畅销无滞。

茶是皖南的重要物产之一,早在唐代,歙州(即宋以后的徽州之前身)婺源、祁门和邻近的饶州之浮梁、德兴四县均盛产茶叶,这一带的

广州十三行

从河南望十三
商馆

方茶曾大量销往北方各地，白居易笔下浔阳江头商人妇所说的"前月浮梁买茶去"之背景即在于此。及至清代，徽州的"祁红屯绿"最为著名，"祁红"是指产自祁门的红茶，而"屯绿"则是由屯溪加工、出口的绿茶。

在明清茶叶运销广东的过程中，有不少徽州人均从事与此相

祈红商标（王振忠收藏）

关的商业贸易。当时，在广东从事茶业的徽商，建有徽州会馆，设立徽州同乡的慈善组织——归原堂等，这些，作为乡族结合的重要举措，在一定程度上也反映了在粤徽人人数之众多。晚清婺源佚名无题稿本、茶商孙和通的家庭档案中，有"有本氏自述年事"，涉及道光年间孙氏家庭业茶的情况。从中可见，从道光二十年（1840年）开始，孙和通的父亲就连年请人或亲自前往广东卖茶。直到道光二十七年（1847年），因"被洋行倒空伤本"，原本从事广东茶叶贸易的孙氏才转向了上海。类似的例子，在徽州各县方志及文书资料中所见颇多。

近读《（葡萄牙东波塔档案馆藏）清代澳门中文档案汇编》，发现几条在澳门活动的徽商史料。其一为第1336档《监生王邦达为与荷兰领事呗咓哑交易银钱纠车葛事呈理事官师爷禀》，主要内容是说徽州

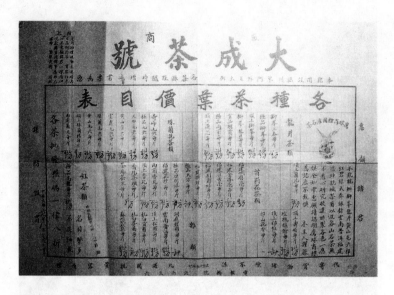

各种茶叶价目表（王振忠收藏）·

婺源人王邦达，年七十岁，已在澳门贸易四十六年，因运气不佳，生活惨淡，只得在澳门当地借代客经手买卖维持生计。道光二十四年（1844年）十二月，外江茶客源泉号送来1360件茶，托他寻找外国人出售，或者是将茶借银，或者是寄卖茶叶。王邦达随即为之"觅路消受"，他找到"大西洋人喀唎"，此人"现在住眷澳门，并有夹板船发趁"，喀唎认识荷兰大班叽哗哐，后者有荷船一只在此，不日回国。遂由喀唎居中介绍，向茶客取去茶样。不久，叽哗哐回音，说有船回荷兰祖家，源泉号送来的茶叶可以代为销售。此后，茶客源泉号、喀唎和王邦达三人前去面见大班，谈好价钱及付款方式，并由喀唎、咶口兰吵二人签名为据，"大班与茶客各执壹张为照"。道光二十四年十二月二十七日，茶商交付茶叶后，只收到价银三千元，仍欠三千元，洋商推无现银，"只有现存口司口打沙滕八百余担，联浼茶客代装上省，照市时价发卖"，抵扣货款。茶商只得于道光二十五年正月初旬代为雇艇，收运沙

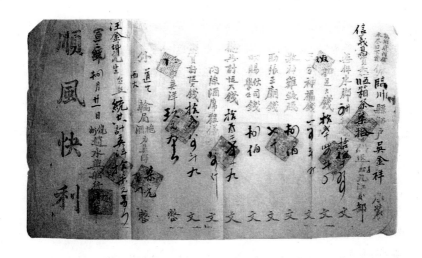

清末运茶合同（王振忠收藏）

滕到广州销售,最终,洋商仍欠四千元,一再推无现银,双方由此引发
了一系列的纠纷。故此,王允中(即王邦达)上禀咪嗢唝咘嗻喇呢师
爷(Joao Rodrigue),请求调解和裁判这场纠纷[15]。

"沙滕"亦作沙藤(rattan)[16],即藤条、藤杖。这里提及的外江茶客
源泉号,也就是指通过水路前来珠江三角洲的内地茶商。从情理上
看,最有可能的便是王邦达的同乡——徽州茶商。从中可见,徽州茶
商经由广州、澳门,与荷兰等欧洲国家有着较为密切的贸易往来。

徽州茶商在岭南的活动,也留下了一些实物。2006年6月澳门博
物馆举办有"粤港澳文物大展",该展览汇聚了广东、香港和澳门三地
博物馆珍藏的百余件(套)融合东西方文化底蕴和艺术风格的珍贵文
物。展览的内容结集而为《东西汇流——粤港澳文物大展》一书。该
书中的"嵌贝(螺钿)折枝花纹茶箱"、"描金制茶纹漆盒和锡镶茶罐",
都与茶商的经营活动有关。以"嵌贝(螺钿)折枝花纹茶箱"为例,该图
的说明文字如下:

此茶箱用贝壳薄片制成花草的纹饰,然后镶嵌在髹漆的箱面上。正面"同安"二字,可能是指福建省的同安县;闽南人心目中重茶于酒,所以同安一带有"寒夜客来茶当酒"的说法。福建是清代产茶的中心,在鸦片战争前,闽茶须先运至广州,然后售与广州的外商,再转销欧洲市场。[17]

其实,在我看来,茶箱上的"同安"二字并不一定表示地名,或许只是寓含吉祥之义的两个字而已(因为当时的同安茶并不十分有名)。真正值得注意的,倒是这个茶箱顶上的"顶上天都眉熙"六字,其中的"天都"是徽州的别称,"眉熙"为屯绿的花色品种[18],因此,该茶箱倘若不是直接与徽州茶有关,那至少也受到徽州茶业的重要影响,以至于直到 20 世纪,茶箱上仍要主打"天都"的旗号。

四、徽州与广东的贸易

徽州与广东的贸易,对于徽州区域的社会经济有着较大的影响。道光年间,中国益智会编纂的《东西洋考每月统纪传》提及:"福建、安徽之务茶叶之农,未卖出物产,家事萧条,口腹是急。"[19]当时,婺源县教谕夏炘在《景紫堂文集》中也指出:

> 婺邑近时业茶者,多远至广东,与洋人贸易,奢华靡丽,全失先贤浑朴乡俗,其实起家者少,破家者多,今亦未暇深论。惟当出茶之时,开局检茶,多以女工为之,男妇聚杂,外观既不雅驯,其中复多暧昧……
>
> 鸦片流毒,海滨为甚,婺邑居万山之中,染此者亦复不少,推

运茶合同，抄件（王振忠收藏）

原其故，皆由业茶所致，然就余所见，有商贾终年在广而不吸食者，有偶为茶客雇工，一至粤城便染恶习者，可见鸦片虽然害人，实人之自为所害。[20]

> 婺源居万山中，以山为田，以茶为稼穑，以采买贩鬻，往来江右、粤东为耕耘，以精会稽，权子母，与海舶竞废著为收获，其弊也往往逐利而忘义，计锱铢而不明大体，是以儒者恒病之。[21]

在这里，夏炘指出了赴广州的茶叶贸易，给徽州婺源社会带来了一系列的变化，主要是风俗方面的奢华靡丽。

清代前期，在徽商众多的扬州城内，人们常说"漂洋"的俗谚，还有人"想发广东财"。对此，乾嘉时代扬州人林苏门解释说："广东洋货沽来，鬻于他省，利息厚大，但洋面风波最险，即谚云所谓'漂洋'者。扬俗求财若辈，往往有财未发而卒至祸不旋踵者，皆不知冒险之故，一朝失足,贻憾终身,其举念可妄动耶？ 嗤之者曰:'想发广东财'。"[22]概括言之,所谓想发广东财,应当是指广东洋货因与海外贸易相关,获利丰厚,但也具有一定的风险。由此看来,"广"字往往与"洋"字结合在一起,至少从清代以来,各地有广货,有洋货,还有广洋杂货。民国《南川县志》记载:"自清中叶,西南洋货物来华自广东入,故通称外来货物精巧者曰'广',与'土'对。今则不曰'广'而曰'洋'。"南川县在四川省,从这部方志可以看出,在民众心目中,"广"字就代表着新奇的物品,代表着来自海外的奇技淫巧。在清代民国时期,各地有广锡制品,如广锡奁具、广锡粉妆、广锡镜架、广锡烛台、广锡粉盒、广锡蝴蝶、广锡漱碗、广锡灯台、广锡果盆、广锡汤壶、广锡酒罐、广锡暖锅、广锡茶罐、广锡面磕、广锡烛照、广锡卤壶、广锡通壶、广锡灯壶、广锡手照、广锡香碟、广锡茶瓶、广锡饯锶、广锡灯台、广锡斟壶、广锡茶壶、广锡酒盂、广锡香盒、广锡书灯和广锡油壶等,这些,显然与当时对广东商品的喜爱分不开。人们对于广东货非常喜欢,如在徽州,在祭祀中使用海产品是规格较高的一种祭品,通常有所谓的"五海"(也就是五种海产品),五海中就有"广爪"。日常生活用品中有"广锁"、"广箱"等,广锁也叫"广东锁",广箱也就是精美的皮箱。总而言之,凡是时髦、新奇和精致的东西,往往就被冠上"广"字。所以,广东在某些方面引领全国时尚,早在清代就是如此。

任何贸易活动及其相关的交流都是双向的,徽商的茶叶贸易亦不例外。他们在回南时,往往购置大量广东商品返销徽州,从而对徽州社会产生了一定的影响。当时,直接通过茶叶贸易经赣水流域进入皖南的广东商品有相当不少。抄本《万里云程》的记载显示,从广东"回南"的物品中,洋货占有一定的比重。其中,《回南便览》中便有"所买洋货、海味"的记载;而《韶关则例》和《赣关则例》则更详细地开载了徽商所买货物的内容：

> 点锡、黑铅、洋靛、潮花、玻璃、洋布、大呢、哔吱、羽纱、呢袍套料、呢马卜料、呢器、洋布被面、洋布手巾、洋参、燕窝、铜器、铁器、花棉紬、程乡茧、梭布、夏布、绵布被面、破片、烧料器、石料器、角皮器、枝木器、杂木器、纸线器、蜡丸、铝粉、银朱、陈皮、砂仁、牛胶、蔡扇、藤器、桔饼、糖果、鱼米、枝元、檀香、红木香、烧料香、白糖、胡椒、藤黄、海参、铜扣、花生、黄丹、铜箔、牙器、耳锅、藤线、铁线、广砂、捧香、沙鱼皮、石贡粉、粗纸、棉纸、茶饼。

随着大批广东货品的输入，僻野山乡的徽州时尚，也受到了一定的冲击。道光时人倪伟人的《新安竹枝词》曰："缠臂双环明翡翠，垂耳双铛缀玫瑰。姊妹争怜好容采，阿郎新向广州来。"[23]这是说一位女子浑身的珠光宝气，引起周围小姐妹的羡慕，而这些珠光宝气，显然都是因为她有个情郎刚从广州回到徽州。这首竹枝词，反映了广州高档消费品流入徽州的情形。与此同时，洋布在徽州愈益盛行。孙氏茶商家庭档案中有《做衣服帐》，其中就多次提及"洋青"的使用[24]。另外，《韶关则例》和《赣关则例》列有"点锡"、"大呢"各目，它所反映的广东物品流入徽州的情况，亦可得到其他资料的印证。有一册抄写精美的《奁谱》，备列了道光年间一个歙县绅商之妻的嫁妆，其中就大量用到了以广锡制成的日常什物及大呢等。从中可见，广货在徽州民间有着广泛的使用[25]。

五、茶叶在中外贸易中的地位

《茶叶全书》引用 1785 年出版的英国诗刊上英国自由党人的茶

诗,曰:"茶叶色色,何舌能别? 武夷与贡熙,婺绿与祁红,松萝与工夫,白毫与小种,花熏芬馥,麻珠稠浓。"[26]婺源是徽州产茶最多的县份,婺绿亦称屯绿,它与祁红、松萝等,都是出自徽州的茶叶。由此可见,徽州茶在对外贸易中占有重要的地位。

当时,西方人对于茶叶极感兴趣,以至于见到中国的植物,往往就会马上联想到茶叶。譬如,广州外销画家庭呱画过一幅画,是以一名妇女采摘桑叶为题材,这和另一幅藏在马德里民俗博物馆的通草纸画题材相同,这幅图样同时又制成木刻版画,在 1857 年的《伦敦时事画报》上刊登。《伦敦时事画报》误将桑叶说成是茶叶,并且附载了一篇看似精深博大的文章,大谈中国人如何重视茗茶[27]。一些西方人善于阐发意义,往往用一套又一套的理论讲得头头是道,但事实究竟是什么,有时对于他们来说似乎显得并不十分重要。将茶叶误读为桑叶,便是一个明显的例子。

关于茶叶在中外贸易中的地位,在不少商业书中都有反映。19 世纪以来,随着中外贸易的拓展,西方商人也编纂了不少商业书。譬如,美国哈佛大学各图书馆,就收藏有《中国商务指南》的多种版本:

(1) *A Chinese commercial guide*, consisting of a collection of details respecting foreign trade in China, by John Robert Morrison, Canton: Albion Press, 1834.[28]

(2) *A Chinese commercial guide*, consisting of a collection of details and regulations respecting foreign trade with China, by John Robert Morrison. 2nd ed. , rev. throughout and made applicable to the trade as at present conducted. Macao: S. W. Williams, 1844.[29]

(3) *A Chinese commercial guide*, consisting of a collection of details and regulations respecting foreign trade with China, by John

Robert Morrison. 3rd ed. , rev. throughout and made applicable to the trade as at present conducted. Canton : Office of the Chinese Repository. 1848. [30]

(4) *The Chinese Commercial Guide* , containing treaties, tariffs, regulations, tables, etc, useful in the trade to China & eastern Asia; with an appendix of sailing directions for those seas and coasts, by S. wells Williams, 5th ed. , HongKong, A. Shortrede & co. ,1863. [31]

综上所述,最早的《中国商务指南》由马礼逊之子马儒翰(John Robert Morrison)编纂,第一版于道光十四年(1834 年)在广州出版,十年后在澳门出了第二版,再过四年又在广东出了第三版。因未见第四版,不清楚具体情况如何。但第五版于同治二年(1863 年)在香港出版,并改了书名,作者也换成了卫三畏(Samuel. Wells Williams)。就目前所见来看,前三版的篇幅虽有所增加,但总体结构变化不大。但第五版较前三版增加了很多内容,篇幅也扩大了许多。前三版的《中国商务指南》中,有中英文的报单及照会多份,兹抄录中文部分如下。

其一:

本船系某某国船某某字号,船主名某某,装载各样等货,由香港来,现过虎门,入赴黄埔,理合报知。

道光二十三年十二月二十二日未刻报单。

过虎门关口报单。

其二:

特调住劄广州管理英国事务李　　为照会事。现据英国商人

△△公司禀报，于六月二十九日有英国第壹号船矮阿，船主名真坚，已到黄埔木定泊。查按此船牌照，船可载货四百四十六口顿，船上梢人二十名，装载各货，已将报单与船牌诸件缴在本署收贮，理合照会，请烦查照，准予开舱起货可也。须至照会者。

计开进口报单：

大呢三千丈；

黑铅二千七百八十一担；

哔叽九千丈；

白洋布五千八百疋；

黑铁一千八百担；

水石艮十五担。

右　照　会

钦命督理粤海关税务文

道光二十三年七月初二日报。

其三：

英国商人某某公司，今将第壹号英船矮阿船主名真坚应纳税银六千两，请烦查照代缴

钦命粤海关大人查收，所有货物饷银数目列后，

计开：

进口货物第壹单至十三单六千两，

另，每百两加镕费银一两二钱，共计应

加银七十二两，合共计银六千零七十二两，

上

粤海关银铺

合盛大宝号照

道光二十三年八月初一日单。

其四：

特调住劄广州管理英国事务李为照会事。现据英国商人某某公司具禀,欲于十九日将后开各货在潮兴栈房装落刘亚坤驳艇,载赴黄埔交第壹号英船矮阿其船主名真坚收手,理合报知,请烦查照施行,须至照会者。

计开：

茶叶五百件三万斤,每百斤二两五钱,

税银七百五十两,十九日下过了。

右　照　会

钦命督理粤海关税务文

道光二十三年闰七月二十九日

第壹号下货单第六艇

其五：

特谓住劄广州管理英国事务李为照会事。现据英国商人△△公司赴案投递出口报单,禀称英国第壹号船矮阿,船主名真坚,今已满载,定期回国,理合先行报知,代请查核船钞及进出口各货税银若干两,已纳者若干两,未纳者若干两,以便完纳,发给红牌,准予行驶回国,实为公便,为此照会,须至照会者。

计粘出口报单：

茶叶三千五百六十件；

大黄六百二十二件；

瓷器十件；

紫花布七十七件。

右照会

钦命督理粤海关税务文。

道光二十三年八月十九日。[32]

以上所引，下划线者为人名、船名等专有名词。除了第一份报单外，其他照会都是有关英国商船的交涉文件。其中，第一至五份是有关进口货物的报单及照会，而第六份和第七份照会则反映了五口通商之后一只英国商船出口所运载的物品及其数量。其实，这些照会可以看成是一种固定的格式，就像徽州文书中的活套一样，供人临时随机套用。而这些固定的格式文本，与现存于哈佛大学商学院贝克图书馆中的文书原件基本相同[33]。前三版的《中国商务指南》中，有"关税表中物品的中文名称"（Chinese names of the articles in the tariff），其中，出口的部分有：

礜石（白礬），八角（八角油），信石（人言，砒礵），手钜（烧料钜），竹帘，铜簿，瓦砖、瓦片等造屋之料，骨器、角器，樟脑，竹竿、鞭竿，三籁，桂皮（桂子，桂皮油），冷饭头（土茯苓），磁器粗细各样，衣服，铜器、锡器，土珊瑚（假珊瑚），花竹响爆，澄茄，手扇，杂木器，良姜，黄藤，玻璃片、玻璃镜、烧料等物，土珠（草珠），土胶（鱼胶，牛皮胶），夏布、麻属诸类，石黄，牙器，雨遮（纸雨伞），漆器，铅粉，红舟，云石,花石片,席(如草席、竹席各等),海珠壳器(云母壳器),麝香,紫花布棉属诸布,画工(大油漆画),通纸花,纸扇,纸类,假珠,糖姜及各样糖果,藤帘、藤席及藤竹诸货,大黄,胡丝、土丝,天蚕丝,胡丝经及各等丝经,丝带及丝棉各样,绢、绉、纱、绫、剪绒及各等绸缎,丝绵杂货(如棉紬及丝毛各样),靴鞋,檀香木器,豉油,金银器各样,白糖、黄糖,冰糖,锡簿,茶叶,生热烟、水烟、黄烟、子子姑烟各等,黄姜,玳瑁器,皮箱、皮杠等物,金银洋钱及各样金银类,银珠。

至于进口的部分有:

阿魏,洋蜡(密蜡、砖蜡),槟榔,海参,官燕(上等燕窝),常燕(中等燕窝),毛然(下等燕窝),冰片,子丁香(上等丁香),母丁香(下等丁香),自鸣钟,时辰镖,千里镜,字盒,梳妆盒,各样金银首饰,香水香油,各钢铁器,刀剑等物,帆布,巾里布,呀吒米,玛瑙石片(玛瑙珠),棉花,白洋布,原色洋布,原色斜纹布,白袈裟布,印花布,大手帕,小手帕,柳条巾,旗方巾,颜色布,剪绒布,丝棉布,毛棉布,棉纱(棉线),牛黄,儿茶,象牙,鱼肚,火石,玻璃片及各样玻璃水晶器,槟榔膏,洋参,金银钱,安息香(安息油),乳香,没药,水牛黄牛角,犀角,麻布(白色幼细洋竹布,粗麻布,半棉半麻布,丝麻布),豆蔻花(玉果花),珠海壳(云母壳),铜制品,铁制品,铅(黑铅),钢,水石艮,洋锡(番锡),马口铁(锡片),白铜(黄铜),豆蔻,胡椒,木香,沙藤,苏合油,洋硝,鱼翅,生熟牛皮,海龙皮,狐狸皮,虎皮、豹皮、貂皮等,獭皮、貉獾皮、鲨鱼皮等,海骡皮,兔皮、灰鼠皮、银鼠皮等,洋青(大洋),洋卤见(番卤见),柴鱼(干鱼类),海马牙,金银类,洋酒,乌木,檀香,苏木,木料(如红木、紫檀木、黄杨木等),大呢(哆啰呢),小呢(哔叽),洋白毡,羽缎,羽沙,羽绸,羽布,绒货(如素毛、丝毛、棉毛等),绒绵。[34]

18、19世纪之交的瑞典历史学者龙思泰(1759—1835年),在其所著的《早期澳门史》中指出:"江南,该地区现在分成江苏和安徽两个省……每年都有大量的产品运到这里,换取西方世界的物产和制品。运到广州的货物主要有绿茶和丝绸,通常能使商人获得丰厚利润。"[35]他还说,这份关于中国国内商业报告,是采自一本本地的手抄本。这个手抄本说明,中国的每个地区都或多或少地对外国产品有所需求[36]。《早期澳门史》补编《广州城概述》附录三为《中国的度量衡》,第五章为《广州的主要进出口商品》,在这些部分,作者指出:"这些(英国)船只运到中国来的有哆啰绒、哔叽、羽纱、英国白布、绒线、棉纱、棉布、孟买、马德拉斯和孟加拉的棉花、鸦片、檀香、乌木、沙藤、槟榔、木香、胡椒、丁香、胭脂红、乳香、洋硝、毛皮、象牙、琥珀、珍珠、玛瑙石片、钟表、铅、铁、锡、水银、鱼翅、鱼肚、柴鱼等。从中国运回去的有茶叶、生丝、丝织品、糖、肉桂、樟脑、朱砂、大黄、白矾、麝香和其他各种货物。"[37]这些,均可与中外文献中的记载相互印证。

《东西洋考每月统纪传》道光戊戌年(1838年)三月"新闻":"今生意愈盛,十二月间英吉利船十二只载货,事务殷繁,外客纷纭往来,街路闹热,西瓜扁舟云集,将今年生意较上年贸易,只有其三分之一矣。诚恐茶叶价虽贱,不得尽载出,商贾终不安心……"[38]五月"杂闻":"茶叶、湖丝等货,载于外国起价,及省城之生意繁盛,洋舟俱载货返棹……今年之贸易始亏乏,终兴盛矣。"[39]九月"新闻":"年稔谷丰,万物殷殷,生意甚盛。外国之船陆续进口,所载之棉花甚多,而价尚平也。据愚想,今年之贸易顺达,百意百随,只可恨英吉利上年所用之茶,比较前年减少四百万斤,所销卖之顶好茶益增,而下等日少,大茶白毫各项一均纳税,未有上下贵贱之别,故好茶之价落,而下项之价昂。亚默利加所用之绿茶不同,其居民月增年添,所用之茶亦更多也,是以今年所载,卖于本国之货,比前年渐增也。"[40]这几段记载,状摹了鸦片战前中外贸易的实况。

同治年间出版的《中国商务指南》第五版中,有对进出口物品的描述,内容较前三版详细得多。其中一一列举了各种茶叶,有关徽州茶的部分这样写道:

> ……北纬35度的松萝山,也以绿茶著称。这些茶部分来自安徽(Nganhwui)的征州(Hwuichau),在广州称为Fychow茶;其他的则来自同省的太平(Taiping),通过扬子江被送到芜湖……屯溪(Tun-kai)茶来自太平府……绿茶也叫松萝茶,产自丘陵地带,根据来自三个地区的名称,而有武园(Wuyuen)、平水(Pingshui)和屯溪(Twanki)三个等级,都是高质量的茶叶……征州(Hwuichau)茶来自整个征州府,该府幅员数千公里,因此质量相差很大,其中的一些如以前所知的休宁,即该府的一个地区……征州或Fychow的茶更黑,叶子有白色的斑点……屯溪(茶)标示着出自安徽太平的屯溪(the river Twan),叶子卷曲、稀疏、明亮,制作上与熙春茶相似,有些实际上就是好的熙春茶。[41]

上述的"征州"也就是徽州(征的繁体字"徵",与"徽"字形近而讹),而"武园"应即婺源(此为同音而讹)。婺源茶与屯溪茶一样,都是徽州茶的一部分。"Nganhwui"的发音,可能源自广东人听到的皖人带有方言音调的自称,而徽州茶在广州被称为"Fychow"茶,则显然是因为闽粤一带方言将"h"发成"f"所致。

除了上述的商业书外,一些语言方面的资料,也反映了洋商和徽商的活动。如哈佛大学 Houghton 图书馆收藏的语学资料,无疑是当年西方人学习汉文的课本。该书中的对话一(Dialogue I),就是与船员的对话(with a shipman and visitor):

请坐。

请坐。

倒茶来。

请茶。

请茶。

久违,你一向得意得很。

好说,托庇你宝行,生意好得很。

我一向少来问候。

岂敢,生意这些时很有限,为在是闲月,况且洋船亦未曾到得,所以没有什么生意。

是呀,今年洋船如何来得迟,往年已经早到了,这是什么缘故?

我耳闻说海面不很太平,常有夷人打仗,所以来得迟。

是今年洋船不到,只怕洋货要起价。

是呀,如若这个时候船不到,各样洋货都是要贵的,再者,买卖生意亦难做。

是呀,若船早到就好了,我亦想买些零物送人,但目下价钱太贵,俟船到了再来帮趁。

好说,若船到,我打发人来奉请大驾,赐顾赐顾。

好说,如此告辞了。

再请坐坐。

不,舍下还有些微小事。

如此不敢奉留。

好说,少陪。

恕不远送。

岂敢。

请。

请。

对话二(Dialogue II)则有:

老爷好!

你好呀。

我要看你欢喜办事。

你几时到了广东。

我到了有半个多月。

果然是,我今日才听说你到了,若我先知道,早前拜你去。

我多谢你得很。

一路平安么?

不平安,路上难行。

未多宽路,我坐轿子行。

我想尊驾一路都是坐船来的。

果然是。惟今年因热得很，所以河道都干了，虽然如此，到底我看尊容有些风色。

你几时回南京去？

新年之前我不能起身。

既然你还在省城，日子长，我们必有机会常见面。

好说，我想今日到府上奉拜，但恐怕你不在府，如今我也要去拜别的老爷们。

我在舍下奉候，或者我有俗事不在家，你可以等一会。

我不能长在外，因舍下有俗事颇多。

我来时，若你不在府上，我逛一会就回来。

你若未曾拜大班，不如而今先到他家去。

该当我也愿意，但怕一早不能拜多人。

若是你的意思狠好，只是不用在各人家耽误工夫，若是一日全拜他们更好。

好呀，就是这样做。

我而今告辞，恐防有事，请你叫你的跟班到我船上找我来。

我要告辞，再者，而今请你家人在我船上叫个人来。

这显然是有关洋商为了与中国人做生意，学说中国话的课本。对话二中的"南京"，是对明代南直隶的习惯称呼，到清代则用以指称江南省——江南省于康熙以后分置为江苏和安徽二省，当然也包括徽州府。

而在另一方面，为了做生意，中国人也要积极学习外语。此前，中央电视台播放的专题片《徽商》，其中的第二集叫《徽骆驼》，中间曾采访一位徽州茶商的后裔,他说自己的祖先做生意时不会外语,但有一个习惯让他赚了大钱,什么习惯呢?原来,这位茶商洗脸时,毛巾是不动的,只是头在摇,因此,洗一把脸头要摇好几摇,外国人在旁边一看,一定是价格谈不拢,于是就加价,所以等他洗好脸,茶叶的价格也就翻了好几番……

这虽然出自茶商后裔所言,但将它当作传奇故事或笑话来看待,可能更为接近历史真实。因为不可能每次与洋商谈价钱时,都用洗脸来应付,因此,学点外国话显然是必要的。

譬如,前述的歙县芳坑江氏茶商江有科为了同西商接洽生意,就对外国语言、度量衡制度等都时时留心在意。他有一本札记专门抄录这类问题,该札记中分言语问答、茶名、布头名、年月日时礼拜、各港、职事人物、衣服等门类。对某些常用的英语单词、短语都用汉字注明意义和读音。如"系"字下注"爷士";"他"字下注"希";"去"字下注"哥";"星"字下注"士打";"衣服"下注"个罗士";"石"字下注"士敦"。上述数字,显然是英文 yes、he、go、star、clothe、stone 等字读音的注释。札记中用这种方式注释英语多达数百字[42]。周振鹤教授认为,这应是抄录流行在广东的一些浅显的英语读本,如《红毛番话》之类的著作[43]。事实上,广州当地出版的一些商业书和商人书,成了中外商人参考的重要著作。

我个人也收藏有一册徽商抄录的《各国数法》,开首为佛兰西国、嗳兰国、喘国、嗹国、西洋国、咪唎坚国、嗼咭唎国的磅与中国的斤之对应关系。如"嗼咭唎,每一百磅七十五折成斤"[44]。其次为红毛、佛兰、嗳兰国、喘国、嗹国码长,与中国尺的关系。以下分"数目门"、"单字门"、"二字门"、"三字门"、"四字门"、"药材门"、"杂货门"、"出入口疋"、"颜色门"、"珠宝物件"、"皮草门"、"茶酒门"、"口子门"、"禽兽"、"虫蛇类"、"衣

《各国数法》抄本（王振忠收藏）

服类"、"身体门"、"时礼拜"、"人物执事门"、"各港口名"、"倒装句法"和"合语长短句"。

在《各国数法》中，茶写作"咃"（也就是 tea）。如武夷茶作"武夷咃"，松萝茶作"松萝咃"，珠兰茶作"珠兰咃"，安溪茶作"安溪咃"。当时，徽州茶统名松罗茶，而松罗山实际上只是休宁县境内的一座山，方圆不过十余里，每年的产量有限，难以应付商贩的需求。清代所谓的松罗茶，"大概歙之北源茶也，其色味较松罗无所轩轾，故外郡茶客胥贩之于歙，而休山转无过问者矣"[45]。清人叶梦珠《阅世编》卷七《食货六》亦曰："徽茶之托名松萝者，于诸茶叶尤称佳品。"明清时代，松萝茶在全国各地均颇为流行。前述广州十三行"隆记"行创始人张殿铨之发明雨松萝，应当就与此种时尚有关。松萝茶，中文写作"松萝咃"，而英文则作"singlo"。Singlo tea 和 Twankay tea 都用以指称徽州茶[46]。

除了茶叶之外，其他的一些单词也颇为有趣：

"墺门"作"骂交"。Macao.

买办，今不多。Comprador.

水手头，波士。Boss.

九五折，挥八仙。Five percent.

太长，刀冷。Too long.

太大，刀喇治。Too large.

太短，刀杀。Too short.

太贱,刀口接。Too cheap.

好多,刀抹治。Two much.

容易,衣治。Easy.

我唔明白,挨那口晏厘士丹。I not understand.

这些,都应当是广东英语(Canton English)。而由徽商抄录的这些广东英语中,我们可以从一个侧面了解清代徽州与广东的经济联系和文化交流。

《各国数法》,抄本(王振忠收藏)

六、《英吉利国夷情记略》

茶叶贸易是徽州人通往外部世界的桥梁。徽商的贸易活动促使徽人较早地关注海内外的风云变幻,因此而留下了诸多独具特色的文献。道光二十一年(1841年)黟县文人汪文台撰著《红毛番英吉利考略》,该书虽然还是属于掌故的范畴,只是抄录前代的方志、笔记和奏折等,但此书的撰写,早在魏源的《海国图志》第一种版本问世之前,这显然反映了徽州人对于外部世界的强烈关注。

在《红毛番英吉利考略》出版后的第二年,《海国图志》五十卷刊刻问世。在这部划时代的巨著中,魏源收录了歙人叶钟进的《英吉利国夷情记略》[47],该文后来被编入《小方壶斋舆地丛钞续编》。此文在以往的学者论述中有所涉及[48],但它与徽商的关系却未见有人提到。

《英吉利国夷情记略》上下篇,上篇介绍英国所在的欧洲之耶稣信仰、礼仪婚嫁习俗、财产货币制度、士农工商及赋税情况、工艺制作、衣食住行、度量衡、军事体系、官方语言和刑法律令,等等。下篇则专门记录广州中外贸易中的英国公司(包括公司资本的形成、公司的组织、船员的构成等)、英国的航海技术以及船只入泊广州黄埔的手续、兰墩(伦敦)的文化礼俗、英国与花旗国的战争(亦即美国的独立战争)、英国在东南亚和南亚的殖民统治以及中英之间的冲突和交涉等。《英吉利国夷情记略》特别注意西方的船坚炮利,文中有对西方火轮船和枪炮的生动描摹。综观上下两篇,叶钟进不是抄撮前人旧闻,而是对英国及中英贸易的状况有着切身的体会。所以一般认为,他的著作"反映了鸦片战争以前中国人对英国的认识水平"[49]。譬如,《英吉利国夷情记略》对于广州的茶叶贸易,有特别详细的记录:

> 英吉利国,前明始大,自大西洋葡萄牙通中国,乞得澳门以居,置买茶叶、大黄等物,归售各国,各国慕之,闻风踵至。乾隆年间,大开洋禁,以粤东为市易所,设洋商通事,西南各国麇至……至是澳夷始不得独擅其利,乃以澳门夷屋赁与各国居止。澳夷向有番差一人以约束、理词讼,司达一人,治赋税。英吉利既常来,遂于乾隆四十几年间创立公司。公司者,国中富人合本银设公局,立二十四头人理事,于粤设总理人,俗谓大班、二班、三班、四班,外有茶师、写字、医生及各家子弟来学习者,共数十人,每年七八月夷船到时,始至十三行夷馆,许雇唐人买办食用,年终事毕船归,各夷仍往澳栖止。驾船者有船主,统管一舟人,有大、二、三、四伙长,测星日,看罗经,量刻漏,对洋图,以掌舵行舟,有写字人登记数目出入,有医生治疾病,有兵卫掌枪炮,有水手管风帆,以及舟扁船驳货出入,嗣海道日熟,递次减少,今每舟不过三四

百人。

其初设公司，所来呢羽，立股份售与洋商，总商有三股、四股者，散商有两股、一股者，所买茶即以股分为则，其茶价照客价明加，每石有银十两、八两不等，名曰饷磅，以此重唉洋商。收茶时，用以上下其手。洋商媚夷者，茶多溢额，如近年东裕行两股，呢羽交茶，逾怡和四股之数，此明验也。洋商中贤愚不一，每每互相倾轧，倘有泄外夷之短者，该夷公司必知，遇事挑斥，故洋商遇地方官询以夷事，皆谬为不知。而中国用人行政，及大吏一举一动，彼夷翻无不周知。闻嘉庆年间，夷船到口，该大班等恭请红牌到省馆，诘朝穿大服、佩刀剑，到各洋行拜候，稍有名望之商，必辞以事不见，俟其再来，然后往答，迎送如礼，一惟洋商言是听。迩年来船益多，销茶益盛，洋商仰其厚润，于是夷船将到，洋商托言照应，过关即出远迎。又复常蹈十三行之英夷，知汉字，能汉语，常矜其出入口税饷每年几及百万，而澳夷货来甚少，税饷极微，翻得坐享澳门市易租赁之利，每欲效之。盖不独彼国土产来此销售，而茶叶、大黄，实彼生命攸关。

从中可见，《英吉利国夷情记略》内容显然是采阅夷情，其来源主要有两个方面。叶钟进在全文末尾写道："澳门所谓新闻纸者，初出于意大里亚国，后各国皆出，遇事之新奇，及有关系者，皆许刻印，散售各国无禁，苟当事留意探阅，亦可扎各国之情形，皆边防所不可忽也。"这可能说明《英吉利国夷情记略》中的许多描述，应出自当时澳门的"新闻纸"之类，此为一个来源。另外，文中有："……澳旁高山，西夷建一望海楼，面零丁洋，用大千里镜，远观可见数日后可到船，并能认知何国旗号。山后向有小路可上，原许一切人登眺，至是西夷不许该班登眺,翻将山后小路铲去,大路设卡,彼亦无如何。时有英夷在葛剌巴犯事,潜逃来粤,原告踪至,控于澳夷目,将该夷拿禁炮台议罪,该班为之缓颊,不听,及令他夷往视,又为守官拒,不得入,因相口角,一并拿禁。诸班哑忍不能致辞。以上闻之通事头人蔡刚,定非虚言。"[50]可见,文中的叙述,也有一些应是叶钟进个人的见闻。

道光二十五年(1845年)广东学海堂学长梁廷楠所撰的《英吉利国记》末,有曰:"叶钟《寄味山房杂记》论公司既散,则易于管束,然二十年内扰之事,皆出领事曦律一人,以是观之,似犹未为通论矣。"[51]此处的"叶钟",当即"叶钟进"之讹。梁氏虽然对叶钟进之说不以为然,但实际上,他的著作中有多处大段抄袭叶钟进的《英吉利国夷情记略》。

《英吉利国夷情记略》的作者叶钟进字蓉塘,徽州歙县人,长期在广东一带活动,并强烈关注中外贸易活动。而从徽州与广州的茶叶贸易史来看,叶钟进可能是徽商,而且很可能是徽州茶商。

七、徽商与牛痘推广

与徽州茶叶贸易相关的,还有一些其他方面的影响。譬如,中国近代著名的铁路专家詹天佑,就是婺源茶商的后裔。他的曾祖父詹万榜在乾隆时,因茶行已破产,故再迁南海,以耕读为生。据载,詹天佑小时,在香港等地活动的同乡茶商谭伯村对他爱护有加。詹天佑生于咸丰十一年(1861年),其父破产时,大概也就在道光年间,这与大部分徽州茶商的命运是相同的。

又如,牛痘在徽州的推广,徽州茶商也起了一定的作用。天花(Smallpox)是由病毒感染而致,是一种传染性极强的急性发疹性疾病,对儿童的危害很大。明代后期以来,人痘接种法就在中国的不少地方得到广泛应用。及至清代嘉庆年间，西洋传入的牛痘法也逐渐在广州等地推广，当时，广东人邱火喜为许多人接种牛痘，并著有《引痘略》一书行世，这部书对徽州有较大的影响。至于徽州何时开始改种牛痘（当时称为洋痘），限于所见不得而知。不

《重刊牛痘新书》（王振忠收藏）

过，近年来在徽州各地陆续发现的一批与牛痘相关的书籍：

（1）《引痘略》，抄本 1 册，原本上书"嘉庆丁丑（1817 年）季冬镌，百兰堂藏板"；

（2）《牛痘新书》，刊本 1 册，封面用毛笔题作"胡性初氏"，前有同治四年（1865 年）黄家驹的"刊牛痘新书序"；

（3）《重刊牛痘新书》，刊本 1 册，封面用毛笔题作"治种牛痘全书 / 方根甫记 / 李廷圭记"。

这些文书来自徽州歙县和婺源，应当反映了当时徽州人对牛痘法的兴趣，其中有的可能与茶商的广州贸易有关。而从现有的文献记载来看，晚清牛痘新法的推广，也主要是由当地的慈善机构负责，清末屯溪有公济局，"以施药、送棺、收婴、施牛痘为目的"。屯溪公济局创设于光绪十五年（1889 年），捐输人员最早就以茶商为主。

八、总结

明清以来,地处皖南的徽州是个著名的商贾之乡。不仅盐、典、木等传统商业活动极为活跃,而且,该地盛产的茶叶(著名的如祁红、屯绿),更使得徽州的商业活动自古迄今一脉相承,成为徽州人连接外部世界的重要纽带。徽州人的商业活动促使他们较早地关注到东西洋世界,乾隆年间汪鹏的《袖海篇》即是徽商对日本社会文化的细致观察[52],而道光年间叶钟进的《英吉利国夷情记略》等著作,则较为系统地反映了徽州人对西方世界的认识。徽商出于商业发展的目的,不经意间成了近世较早睁眼看世界的中国人。

注　释

1.(明)叶权《贤博编》附《游岭南记》,"元明史料笔记丛刊",中华书局,1987年,页41。此处引文句读略有改动。

2.参见王世华《富甲一方的徽商》第4章《歙县芳坑江氏茶商兴衰记》,浙江人民出版社,1997年,页276;张燕华、周晓光《论道光中叶以后上海在徽茶贸易中的地位》,《历史档案》1997年第1期。

3.王世华《富甲一方的徽商》,页111。

4.王世华《富甲一方的徽商》,页276。

5.《中西纪事》,岳麓书社,1988年,页295。

6.参见拙文《新近发现的徽商"路程"原件五种笺证》,《历史地理》第16辑,上海人民出版社,2000年;《新安江的路程歌及其相关歌谣》,载《史林》2005年第4期。

7.张海鹏、王廷元主编《徽商研究》,安徽人民出版社,1995年,页590—591。

8.《清代徽州与广东的商路及商业——歙县茶商抄本〈万里云程〉研究》,《历史地理》第17辑,上海人民出版社,2001年。

9.黄时鉴、〔美〕沙进编著、美国皮博迪·艾塞克斯博物馆藏画《19世纪中国市井风情——三百六十行》,上海古籍出版社,1999年,页105—113。另,澳门博物馆收藏有一件19世纪初的描金制茶纹漆盒和锡镶茶罐,"此漆盒运用了描金的工艺,是清代常见的漆器类别。茶叶是明末以来中国出口货的大宗,荷兰东印度公司早于1606年至1607年从澳门贩运中国茶叶至巴达维亚(今印尼雅加达),约于1610年转运至欧洲。由于欧洲人对茶叶的喜好,制茶图案是外销商品的常见纹饰"。该馆还收藏有一件19世纪初的描金制茶纹游戏盒,八角形盒内有七个小盒和十只方碟,大盒及小盒的盖面均有制茶工序的纹饰。据称"为配合茶叶外销的需要,广州河南区在清嘉庆、道光年间,已设有甚具规模的手工艺制茶工场,这类工场的运作是外销商品的常见纹饰"。此外,香港艺术馆收藏的 19 世纪中叶关联昌画室水粉画本中,亦见有茶叶装箱外销的场面。(广东省文化厅、广州市文化局、香港特别行政区民政事务局、澳门特别行政区政府文化局联合编著《东西汇流——粤港澳文物大展图录》,页 120、138—139、134。)《对中国茶叶耕殖及制作的描述》(*An account of the cultivation and manufacture of tea in China: Derived from personal observation during an official residence in that country from 1804 to 1826*,by Samuel Ball,Esq. London. 1848.)一书中,也有不少插图,如制茶的锅灶、炒茶、筛茶、踩茶和晒茶等(页 214、216、218、225、237),与《19 世纪中国市井风情——三百六十行》一书中制茶的线描组图颇为相似。据前书的封面称,这些插图都是由最专业的中国和欧洲画家绘制的。

10. 黄时鉴、〔美〕沙进编著《19 世纪中国市井风情——三百六十行》,页 107。

11. 此一说法,承郑培凯教授提示,特此致谢。

12. 罗常培著《语言与文化》,1989 年,语文出版社,页 43。

13. (清)何渐鸿《羊城竹枝词》,见《中华竹枝词》第 4 册,北京古籍出版社,1997 年,页 3002。

14. 张锡麟撰《先祖通守公事略》,转引自梁嘉彬著《广东十三行考》第二篇"本篇"第三十四节"隆记行",广东人民出版社,1999 年,页 340—341。

15. 刘芳辑、章文钦校《(葡萄牙东波塔档案馆藏)清代澳门中文档案汇编》下册,澳门基金会出版,1999 年,页 684。该书上册第 541 档《署香山县丞李为饬催俺哆哚缴还欠汪华玉茶银事下理事官谕》(嘉庆十六年八月二十七日)、第 542 档《署香山县丞李为饬催俺哆哚缴还欠汪华玉茶银事再下理事官谕》(嘉庆十六年),其中"被控假办洋装茶叶,骗局夷妇"的商人汪华玉,从其姓氏上看,可能是徽商(页 296—297)。

16. 1848 年发行的第三版《中国商务指南》,页 194。

17.《东西汇流——粤港澳文物大展图录》,页 119。

18. 长形称眉,块形叫熙,道光年间盛行二十四花色,即"十雨八珠六熙","六

熙"中的二号熙就是"眉熙"。(胡武林著《徽州茶经》,当代中国出版社,2003 年,页 63)

19.《东西洋考每月统纪传》道光戊戌年四月《贸易》,中华书局,1997 年,页 359。按:《东西洋考每月统纪传》前期由郭实腊在广州编纂,后期迁到新加坡,由中国益智会编纂。

20.《景紫堂文集》卷七《附讲约余说》,页 16 下—17 上,页 19 下。见《景紫堂全集》第二十册,清同治元年(1862 年)王光甲等汇印本,复旦大学图书馆古籍部藏。

21.《景紫堂文集》卷一三《江济川家传》,页 18 上。

22.(清)林苏门《邗江三百吟》卷一〇《戏谑方言》"想发广东财"条,见李坦主编《扬州历代诗词》第 3 册,人民文学出版社,1998 年,页 487。

23. 雷梦水等《中华竹枝词》第 3 册,页 2254。

24. 需要说明的一点是,洋布及其他物品之输入徽州,不仅仅只有广东这一窗口,江南各地也是另一重要途径。

25. 详见拙文《清代徽州与广东的商路及商业——歙县茶商抄本〈万里云程〉研究》,《历史地理》第 17 辑,上海人民出版社,2001 年 6 月。

26. 转引自王郁凤《徽州茶叶史话》,载黄山市徽州学研究会编《徽学》第 2 期 "徽商研究专辑",1990 年,页 191—192。哈佛大学商学院贝克图书馆收藏有 A poem upon tea,by peter Anthony mottevx. London,1712。

27. 中山大学历史系、广州博物馆编《西方人眼里的中国情调》,中华书局,2001 年,页 24。

28. 哈佛大学 Lamont 图书馆缩微胶卷。

29. 哈佛燕京图书馆善本书。另,商学院贝克图书馆另藏一册。

30. Widener 图书馆。另,哈佛大学商学院贝克图书馆另藏一册。

31. 哈佛燕京图书馆善本书。另,此书有台北成文出版社 1966 年版。

32. 1848 年发行的第三版《中国商务指南》,页 124、204、206—208、210—212。

33. 笔者在哈佛大学商学院贝克图书馆查阅到二十多张照会、报单:粤海关外洋船牌(道光十六年)、虎门报单(咸丰三年两张)、闽海关南台口美商红牌(咸丰四年一张、咸丰五年两张、咸丰六年一张)、闽海关厦门口花旗商红牌(咸丰八年)、江海关收税单(咸丰十年)、南台口美商 俄单(咸丰四年一张,咸丰五年三张)、江海关执照(咸丰六年)、江海关运米执照(咸丰五年)、闽海南台大关照单(咸丰五年两张,咸丰六年一张)、江南海关照验税单(咸丰十年)、江海关收税单(咸丰十一年)。

34. 1848 年发行的第三版《中国商务指南》,页 188—196。

35.〔瑞典〕龙思泰《早期澳门史》,吴义雄、郭德焱、沈正邦译,章文钦校注,东方出版社,1997 年,页 303。

36.《早期澳门史》补编《广州城概述》第 4 章《国内商业、对外贸易、外国商馆、行业与人口》(1833 年 11 月),页 304—305。《东西汇流——粤港澳文物大展》中,即有澳门博物馆收藏的手抄本《粤海关税货则例》,该书胪列了各种商品所需缴付的货物税(页 129)。此书的格式及内容,均与拙藏的徽州文书抄本《芜湖关事宜户工则例》颇相类似。

37.《早期澳门史》,页 312—313。

38.《东西洋考每月统纪传》,页 347。

39. 同上,页 373。

40. 同上,页 433。

41. 1863 年发行的第 5 版《中国商务指南》,页 144—145。

42. 张海鹏、王廷元主编《徽商研究》,页 591。

43. 见其短文《与徽商有关的中英语接触资料》,载氏著《逸言殊语》,浙江摄影出版社,1998 年,页 55—57。

44.《早期澳门史》补编《广州城概述》附录三《中国度量衡》:"一常衡磅等于 3/4 斤。"(页 325)所以一百磅就等于七十五斤。

45. 许承尧《歙事闲谭》卷一八《歙风俗礼教考》,黄山书社,2001 年,页 603。

46. Samuel Ball 所著《对中国茶叶耕殖及制作的描述》中,有一节专门论及屯溪茶(Singlo or Twankay tea)(页 235)。

47.《海国图志》卷五二《大西洋》,岳麓书社,1998 年,误作"叶种进"(页 1433)。

48. 参见马廉颇《晚清帝国视野下的英国——以嘉庆道光两朝为中心》,人民出版社,2003 年,页 31。

49. 马廉颇《晚清帝国视野下的英国——以嘉庆道光两朝为中心》,页 31。

50. "通事头人"应即马儒翰所说的"Head linguist",一般有四至六名。1848 年发行的第三版《中国商务指南》,所列姓蔡的通事有蔡懋(行名宽和)、蔡俊(行名顺和)(页 161)。

51. "近代中国史料丛刊"续编第 512 册,台北,文海出版社,约 1978 年,页 101。

52. 关于汪鹏的研究,参见唐力行《商人与文化的双重变奏——徽商与宗族社会的历史考察》第 6 章,华中理工大学出版社,页 193—200;王振忠《徽州社会文化史探微——新发现的 16—20 世纪民间档案文书研究》,上海社会科学院,2002 年,页 544—545。

第五讲

商路上的武艺

徽商与少林功夫

"浮屠善幻多技能,少林拳法世稀奇"[1],少林武术虽然闻名遐迩,但徽商与少林武术的渊源,却未见有人论及。笔者对此一问题的关注,始于十数年前在安徽省图书馆阅读到的《休宁碎事》中的一则史料。继而于数年前,又在皖南书肆经眼一精美的《少林棍谱》(明代徽州文书抄本),唯因书商索价极昂,故虽摩挲久之,却终未能购藏。2003—2004 年笔者在美国哈佛燕京图书馆,日以阅读珍稀文献为课,偶然间看到该馆所藏的两种少林武术资料,恰与先前所见、令人难以释怀的史料颇相接近,遂结合公私收藏的其他文献,对少林武术与徽商及明清以还的徽州社会作一简要的探讨。

哈佛燕京图书馆收藏的少林武术资料,其一为刊本《少林棍法阐宗》,三卷,明程宗猷撰,十二行二十二字,一函三册,书末钤有"国立北平图书馆收藏"章[2]。该书前有婺源大畈人汪以时、陈世埈和程子颐的序,后有程宗猷兄弟叔侄程同、程胤万、程胤兆[3]和程继康的跋。上卷和中卷为棍谱、棍图、枪式和棍势歌诀等,详细叙述了各类棍法的招式,列举了五十五种执棍姿势,每一种都配有精致的插图,并缀以解释性的歌诀。下卷为问答四十条。此外,该馆另藏有《少林棍谱》一种,该书显然是以前者为母本的抄本[4]，只是更为简略而已。

本文首先分析程宗猷的生平事迹，其次对少林武术与明清徽商的经营活动及少林武术与徽州社会的关系等，加以较为详尽的探讨，最后则是简短的结论。

一、有关程宗猷生平事迹的几点分析

《少林棍法阐宗》成书于万历丙辰(即万历四十四年，1616 年)[5]，该书题作："新都程冲斗宗猷著"，据此，程宗猷当字冲斗[6]。参校该书者有他的两位叔祖、两个弟弟和两个侄子，另有三位甥孙和三位侄子"阅梓"。其叔程继康在《〈少林棍法阐宗〉后序》指出：

> ……余侄冲斗生负奇气，智勇性成，凡与闻人秘艺遇，靡不习之，靡不精。嗣入少林，遇异僧号按□[7]堂，艺出诸家之表，从游岳寺，未尽其奥，乃千里秣马，迎请至六安，敬事忨恳，无二所亲。僧高冲斗谊，亦授无余隐。后即□禅麻埠之广福寺，未几寂化。冲斗为心丧，偕同门弟子叔新明为龛垅焉，于是冲斗得以尽其法而超悟之。素负雄力绝技者，远相访谒无虚日，一交臂间，辄索然如小巫而去。故声走海内，闻者亦避舍逊焉。昔倭虏寇朝鲜，颖兵宪詹公数使军中教师讽冲斗出。万中丞镇天津时，藉冲斗甚，介王都司折柬招之，人皆以此时冲斗当为知己用矣，辄谢曰："古之报知己者无如聂政之于严仲子，政以老母在，此身尚不敢许，吾安能效温太真作绝裾事？"皆不就。辟道途之警，横槊赴敌，群盗侦知其名，辄遁去，其先声夺人类如此。然赋性仁厚，崇礼让，有以武艺请者，率谢不能。余侪于暇日强试其奇，见坐作击刺之方，即

山崩潮激未足谕其勇也，烈风迅雷未足谕其严且整也，环相咋曰："技至此乎，而以为祀、为养之故，未及勒功燕然，以光吾族。"余曰："不然，冲斗以深沉之资，负绝世之学，非炫一时名，其将有待也。"越兹《棍法阐宗》成，不致广陵散绝响之叹……

从上述的序文可见，程宗猷自少年起即志向远大，为得神功绝艺，凡听闻有名拳师，即不畏千里前往讨教切磋。这里有几点颇值得注意。

一是程宗猷的出身及其学艺过程。从《少林棍法阐宗》等书中，我们并没有获得关于程宗猷身世的多少直接记载，所见的史料也大多比较笼统。如程氏族人称赞程宗猷为"族之奇士也，磊落魁伟，慷慨然诺，真古侠丈夫风。且孝多淳笃，恂恂儒也。儒不授，转而试武"[8]，等等。不过，我们从笔记史料中却看到：程宗猷首先是到少林寺习学武艺，据载："少林例：学成者能打散众木偶，方许出寺；否则必欲去者，乃由狗窦出耳。宗〔冲〕斗学既久，独能打散木偶"[9]，所以顺利走出山门。根据上文《〈少林棍法阐宗〉后序》的描摹，程宗猷似乎没有完全学到本领，或者确切地说是他对所学到的并不十分满意，而是精益求精。他千里秣马，将异僧迎请至六安[10]专门授课，以期求得真传。从这一点上看，程宗猷必有相当的经济实力。事实上，据《怀秋集》记载："休宁程宗〔冲〕斗弱冠好枪棍，祖付三千命贾，宗斗携往河南少林寺学武艺，罄其橐。"关于习学武艺的费用，近人徐珂在《清稗类钞·技勇类》中指出："少林寺拳法著于世，学者先存赀若干，衣食之费皆取给予赀之息。学成将行，从庙后夹弄出。门有土木偶，触之，即拳杖交下，能敌之而无羌，可安然行矣。行时，僧设饯于门，反其赀。不然，仍返而受业。有数年不成者，即越墙逸去，赀亦不可得矣。"[11]对照《怀秋集》的记载，应当可以说明此种惯例行之久远。程宗猷在少林学艺十余年，后又迎请少林异僧至六安,因此,他为学艺而花费不赀,显然是可以想见的。在明代中后期的徽州社会,"中人之产"的标准是"十金"。"数千金"至"万金"的资金规模,则是"上饶之家"[12]。因此,"三千(金)"无论从何种意义上来讲,都是一个不小的数目。可见,程宗猷原先是要出外经商,应是一名具有相当经济实力的徽商,或者至少是典型的徽商子弟。

二是程宗猷的师传。嵩山少林寺为少林武术之传播地,隋末少林寺僧助唐太宗征讨王世充(俗称"少林寺十三棍僧救秦王"),其后,少林寺遂以武术闻名遐迩。及至明代,出现了一种传说——元至正初年,红巾军围困少林寺,危难之际,原在厨下负薪烧火的僧人持一火棍挺身而出,大喊"吾乃紧那罗王也!"遂以拨火棍击退红巾军。故此,相传少林寺棍法源出紧那罗王,为神传之技。明万历九年(1581 年),王士性游少林寺时,看到"寺四百余僧……僧各习武艺俱绝"[13]。可见,当时的少林拳棍就已颇为有名。不过,此类武功"相传甚秘,自非趾其门者不授也"[14]。根据程宗猷的自述,"余自少年即有志疆场,凡闻名师不惮远访。乃挟赀游少林者,前后阅十数载。始师洪纪师,溷迹徒众,梗概粗闻,未惮〔殚〕厥技。时洪转师年逾八十耄矣,棍法神异,寺众推尊,嗣复师之,日得闻所未闻。宗想、宗岱二师,又称同好,练习之力居多。后有广按师者,乃法门中高足,尽得转师之技而神之,耳提面命,开示神奇。后从出寺同游,积有年岁,变换之神机,操纵之妙运,由生诣熟,缘渐得顿,自分此道,或居一得。至于弓马刀枪等艺,颇悉研求,然半生精力瘁矣"。由此可见,程宗猷到少林寺练武十余年,初拜少林寺武僧之首——洪转为师学习棍法。洪转枪棍俱精,著有《梦绿堂枪法》一书传世。程宗猷又与宗想、宗岱两师习武练棒,以后还从广按(广按是法门中的高足,尽得洪转之真传)谈拳论棒。

程宗猷到少林寺拜师学艺,又四方寻益友,在吸收众家之长后独

创一法。在《少林棍法阐宗》"问答篇"中,他指出:

> 或问:长枪则有杨家、马家、沙家之类,长拳则有太祖、温家之
> 类,短打则有绵张、任家之类,皆因独步神奇,故不泥陈迹,不袭师
> 名。今子棍法通玄,不让枪拳诸名家,即谓之程家棍,非夸也,何
> 斤斤以少林冠诸首哉?
>
> 余曰:惟水有源,木有本,吾虽不敢列枪拳之林,然一得之见,
> 莫非少林之所陶镕,而敢窃其美名,背其所自哉?

在问答中,问者设问——程宗猷的棍法已自成一派,亦可称为"程
家棍",不必冠以"少林"二字。而答者则以为此棍法源自嵩山少林寺,
冠以"少林"二字,实以明其渊源所自。其实,"棍艺擅少林,四方尸祝
久矣"[15],程宗猷将自己的棍法标为"少林棍法",以表明衣钵传承之有
自。他认为:"少林三分棍法,七分枪法,兼枪带棒,此少林为棍中白眉
也。"[16]少林棍中白眉,是指少林棍为棍法中的翘楚,后人将程宗猷所传
棍法称为"少林白眉棍"[17]实际上是不了解上述一文(尤其是"白眉"二
字)的含义致误。

除了少林高僧洪转传授的棍法外,程宗猷还有被人誉作"无不精
绝"[18]的诸般技艺。其双手刀法得自浙江刘云峰,枪法得自河南李克
复,弩法则是其游寿春遇土人、得穴中铜机而创。程宗猷鉴于"火器之
便于负荷者莫如铳,恨施发为迟,乃潜心古制"[19],他的弩法,吸收了火
器的一些优点(如照门等),经过改造,"弩身不满尺七,而担稍有加,或
支诸腰,或悬诸肘,携带似于甚便,力较擘张,而雄张较腰开而速,临敌
似于甚裕,张不藉于多人……用力收效,又似于甚捷"。他的改古新制
铜弩,对初学者以及实际使用上均颇为方便,"中力即能挽,下愚亦可

习……朝学可以暮成"[20]。

综前所述,程宗猷枪棍俱精,兼及弓马刀弩之术,心手俱化,随心而应,诸般武艺皆有造诣,卓然成家。

三是程宗猷学习武艺的目的,主要是为其家族的经商保驾护航。万历二十年(1592年),日本丰臣秀吉侵略朝鲜,明朝出兵援朝抗日,此役延续了七年之久。官府屡次希望程宗猷出山教授武艺,但程宗猷似乎不为所动。他的绝世武功,看来主要还是为父辈经商提供保护。据《怀秋集》记载:

> 程宗猷出少林寺后,"惧祖责,不敢归,父遣人访得之,闭诸室,不令他游。后父挟重赀,偕之往北京,道遇响马贼,父惧甚,匿草间,宗〔冲〕斗独敌数十人,皆辟易。响马惊拜曰:神人也! 邀其父子至山,宴而后归其橐,宗〔冲〕斗从之。方半酣,偶闻门外喧哗,急跃起如飞鸟掠檐间,忽不见。群盗惊甚,少顷,自门外从容来曰:吾乍闻喧,将试吾拳勇,乃下人嘈杂,不足辱一挥也。盗皆色然恐,还其行装,送其父子归。其父亦讶甚,囊亦不知其技勇若此也。后恐其将入匪类,不令出游,遂以商贾终焉。"

这段史料与前揭程继康《〈少林棍法阐宗〉后序》中的"辟道途之警,横槊赴敌,群盗侦知其名,辄遁去,其先声夺人类如此"的描述颇相接近,只是《怀秋集》的结尾称:程宗猷中以经商而终其天年。对于他的后半生,程子颐的《小序》指出,程宗猷"声震南北,当路者屡物色,而欲爵之,终不应。余尝诘之,曰:'人稍抱一长,即企以干世,如公绝技,而固深藏,何哉?'公曰:'吾方以老母在,而不敢出,又以吾未嗣,而不容出,姑置之。'"不过,休宁知县侯安国的《耕余剩技叙》对于程宗猷的后半生,却有另外不同的说法。他说自己曾劝程氏应募,"群答云:家事颇饶,口(?)为自保身家计,实不欲仕出……逾月,天津巡抚李公闻其名,羌官以礼币聘之,且以书相托。余即命陈簿同其官持币往,程生自来谒,辞语犹如昔日"。后来因侯安国发怒,斥之为"食肉麋、饱糟醴无用之匹夫"。程氏受此一激,方才答应以身报国,遂父子兄弟并带其家丁八十人,自携粮饷赴军门从戎,以所创强弩及刀枪诸法日夜训练津兵,颇见成效。程宗猷被授以金书,子颐以守备,诸子弟皆把总等职,休宁还建有"义勇可嘉"坊以彰圣宠。虽然,侯安国叙文提及程宗猷的后半生与《怀秋集》的说法有所歧异,但程氏习武的最初目的,却是为了"保身家计",这一点应当是没有什么疑问的。而"家事颇饶",则显然与其为经商之家有关。

二、武术与明清徽商与徽州社会

前文提及,除了《少林棍法阐宗》这样的刊本外,哈佛燕京图书馆还藏有《少林棍谱》抄本一种。而在皖南,类似于《少林棍谱》这样的抄本实不在少数。前述笔者在皖南书肆所见明抄本徽州文书,与《少林棍法阐宗》的内容大同小异。另外,在歙县南乡等地,笔者经眼的有关棍法之文书抄本,亦不在少数,这也从一个侧面说明《少林棍法阐宗》在徽州各地的影响。程同在《〈少林棍法阐宗〉跋》中指出:"此集一行,海内豪杰之士阅图抉秘,则人各干城,国足御侮,虽功不在一己而在天下不朽。"类似的评价还有不少,如汪以时的《〈少林棍法阐宗〉集序》指出:"程君冲斗负奇节,遨游梁、楚间,憩少林者屡矣,遂师交其魁杰,得尽其技。已复精思悟会,更为阐发,图会成帙,各缀以诀,向所谓秘莫问者,披阅了若指掌,都人士尚武者缮写服习,竞景附之,甚有冒其名以诧四方。君不知,问且曰:是代吾广布者也。"如果说这还只是友好亲朋的赞美,那么,著名军事家茅元仪的评价,应当更为中允且权威。《少林棍法阐宗》刊行后不久,他即评论道:"诸艺宗于棍,棍宗于少林,少林之说,莫详于近世新都程宗猷之《阐宗》,故特采之。"[21]茅元仪对《少林棍法阐宗》一书称赏备至,认为所有的武术器械皆以棍法为宗,而棍法则皆以少林为宗。鉴于程冲斗的《少林棍法阐宗》叙述棍法极详,可谓前无古人,茅元仪将其全文(还有《蹶张心法》等)收入自己所著的《武备志》中。清人吴殳(修龄)在其《沧尘子手臂录》自序中亦指出:"余所得者,有石家枪敬岩也,峨嵋枪程真如也,杨家枪、沙家枪、马家枪,其人不可考。少林枪,余得者洪转之法。汉口枪则程冲斗也,有《耕余剩技》、《少林阐宗》、《长枪法选》诸书刻印行世。此七家者,其法具存……今就七家之言,真如一门,而入一师而成一于纯者也……少林全不知枪,竟以其棍为枪……少林去棍则无枪也。然少林尚刚柔相济,不至以力降人,冲斗止学少林之法,去柔存刚,几同牛斗,而今世冲斗之传江南最盛,少林犹不可得,况其上焉者乎。总而论之,峨嵋之法既精既极,非血气之士日月之工所能学。沙家、杨家专为战阵而设,马家、少林、冲斗,其用于战阵,皆致胜之具,惟江湖游食者不可用耳……"[22]吴殳对程宗猷的棍法颇多评论[23],并将"程冲斗枪法十六势"附于《手臂录》后,并称之为"程家枪法"。尽管吴殳对少林武术及程宗猷多有微词,但上述一段话却也说明程宗猷的《少林棍法阐宗》一书,在江南各地有着广泛的影响。

《少林棍法阐宗》等拳术械技之作的出现,与明代中叶以后的社会背景,有着一定的联系。

明代中期以还,外则边徼骚扰,内而萑苻窃发。嘉靖年间,东南沿海乃至内陆腹地均遭受倭寇侵扰。譬如,通州"当江之委,而浮于海

(清)吴殳《沧尘子手臂录》（见故宫博物院编《故宫珍本丛刊》）

溏，南直吴会，北汇淮泗，外屏岛夷，内疏漕道，岁收醝利，以给大司农九塞，其为地也甚重"。嘉靖三十三年(1554年)，因倭寇蹂躏，"城下之庐不遗甓碍，城中民溢食匮，有如处釜，几糜烂焉"[24]。当时，倭寇的进犯，给通州造成了巨大的破坏，百姓生命财产损失严重。嘉靖三十四年(1555年)，"岛夷自越突新都，且薄芜湖"，也就是倭寇从浙江突袭徽州，将到达芜湖。"芜湖故无城，守土者束手无策。"当时，在芜湖经商的歙县岩镇人阮弼"倡贾少年强有力者，合土著壮丁数千人，刑牲而誓之……寇侦有备，而宵遁"[25]。另一份传记也提到，嘉靖年间，"时吴越间奉倭，旁及吾郡（徽州），郡中故无备，警至，率褓负入山，长公（休商程锁）宣言曰：'吾以岩郡阻上游，寇未必至，至则境内皆倭也，何避焉?'乃勒里中少年，召三老豪杰，分据形胜，列五营，长公军中军，营立一强干者为之长,乃分部伍,聚缑粮,诹日为期,长公执牛耳,盟忠壮祠下……由是悉遵约束,人人幸自坚。顷之,寇略郡东,寻遁出境"[26]。嘉靖三十七年前后,倭寇进袭扬州,端赖于流寓扬州的数百名西北贾客(山西、陕西盐商家属善射骁勇者)守城自卫,扬州城才免于遭难[27]。倭寇进犯杭州,胡宗宪"委山阴尉巡檄关外。尉急,自计贼势张,安能以空拳抵饿虎之喙。椎牛酒,悉召城外居民市户及新安之贾于质库者,皆其乡人也,醵金募士兵可数百人,劳以酒食,具为约令之,众酒酣,扬兵出,罕遇倭,直前,薄其垒,倭骤出不意,小却,我兵贾勇大奋,倭各鸟窜散"[28]。综上所述,倭寇对于东南各地的侵扰,使得活跃其间的徽商西贾,不得不面对着保卫财产和生命的严峻考验。于是,实用的商人也开始留心于防御攻取之间。

程宗猷的"小弟"(可能是族弟)程胤万即曰:"余自秦入燕,归而有城守火器战车诸十数辩,苟非仲兄(引者按:指程宗猷),余将抑郁谁语?"[29]有理由相信,程胤万对于城守火器战车的关心,与当时的形势有着一定的联系。事实上,程宗猷的《单刀法》,即吸收了倭刀的长处。万历四十一年(1613年),福建建宁府推官陈世埈在《〈少林棍法阐宗〉集序》中亦曾指出:"今北虏未靖,南夷方张。"程宗猷的侄子程儒家跋曰:"……今边鄙多定,征书四至,公雅不喜筮仕,尝忆公著书之时,当东事未动之先,每谓余曰:成平已久,武事废弛,吾侪今日之讲求,未必非他日之实用也,汝曹其志之! 何其事之即起,尽如公言哉。"这些都说明,《少林棍法阐宗》之撰写,与当时的时代背景,的确有着一定的关联。不过,除了这种时代特征外,徽州武功典籍及武术大师的出现,也有着浓厚的地域色彩,它与明代徽州习武之风的炽盛密切相关。

1. 武术与徽州社会

早在南宋淳熙《新安志》的时代,徽州当地就有"其人自昔特多以材力保捍乡土"的记载[30]。程胤兆的《少林棍法阐宗》跋指出:"吾族自晋、梁、唐、宋以来,理学文章之外,间以武功显。即有未显,而不乏其人,说者谓是亦山水有自钟者。"近人许承尧也有类似的说法:"武劲之风,成于梁、陈、隋间,如程忠壮、汪越国,皆以捍卫乡里显。"[31]在明代,徽州各地都组织有乡兵。据歙西《重订潭滨杂志》下编"乡兵"条记载:"前明之末,吾邑村落皆习乡兵,保守闾里,各自为社,争延武师以教子弟。"潭滨亦即潭渡,据该书记载,当时潭渡黄家雇有樊塘人"程一腿",擅长用腿,前后左右开弓,神妙异常。黄吕(《重订潭滨杂记》之作者)的叔叔黄琬,年纪仅十三岁,就学到了这一绝活,并能挥舞单刀,而当时他的身体还不及单刀的长度。基于各种现实需要,延师习武在徽州民间屡见不鲜[32],故而徽州文书中屡有延请拳师的"拳关",兹举十数例如次:

(1)学拳关书序

今夫人莫贵于闻身,围身即能守身,守身即为孝心也。予尝闻奔走之劳人,行经险道,遭难微躯,小则发肤丛伤,大则身体致毁,非无手足,莫能围身焉。惟习乎拳,斯身可围,身可围,即身可守,身可守,将我有发肤,其谁伤之耶? 我有身体,其谁毁之耶? 三牲虽未备,而孝心庶乎无愧耶! 爰表芳情于卷端,兼列弟子于简右。[33]

(2)投师文

立投师文人△都图某姓名,自愿将身拜到某师傅名下,习学武艺,听凭教训。面议几年为则,出师之日,谢礼银若干。其银面付一半,仍至技艺精通找足,不致爽。倘工艺不精,师留不传,乃师之惰;身好游不练,乃身之过。自立投师文之后,二各毋得反悔,如有此情,甘罚银若干,与悔人受。恐口无凭,立此师文存照。

(3)拳关

立关书人△△,今邀到左近邻居戚友兄弟叔侄人等,各人自愿,敦请拜到△△西宾名下,习学武士拳、枪榜〔棒〕,二项俱学,训诲日期,随时教诲。习徒者朝夕舞扬不歇,训师者昼夜传教扳迫不急揿。倘若师留不严,乃师之惰;弟子好嬉不练,乃身之过。望开茅塞,而吾感激无淮〔涯〕矣。[34]

(4)关书

立关书人△△△△等,窃惟持己接人,守分为奉;止奸御盗,用武防身。以故风淳俗美,在乎发政施仁;治乱持危,必也文武兼备。遇文王用礼乐,世以兴仁忍让之风;逢桀纣动干戈,诚有不得不然之势。由此观之,国以甲兵而卫外,民以拳棍而防身。此上下相同之理也。余等生居于世,守分安农。无如积弱成懦,事事受人欺凌;法远山高,每每被强披制。法条虽肃,有理难伸;弱莫强何,含冤受气。诚有不立不生之势,常怀家倾事败之忧。是以无可奈何,爰集同人,敬请△△先生,恭迎敝舍,教演拳棍,惟冀循循善诱,俾得武艺高精,谨之防身,可使出人头地,庶几奸盗之辈,莫生觊觎。而持接之间,当存恻忍也已。[35]

(5)学武关书

立关书人〇〇〇等,盖闻文学足以辅世,武事可以防身,武之一事,人生所不可少也。我党青春之辈,虽无文质,可立武功。如不修治,必流放荡,是以邀集青春十数位,会议集成倅资〇〇元正,恭请〇〇〇先生降舍训练一场,以为薪水之劳。但愿投样之后,各遵教训,同里毋许参商,如有此情,凭师严责不贷,恐口无凭,书此为序。

(6)学武关书

立关书人〇〇〇〇〇〇等,窃思文可定国,武可安邦。诗曰:清清多士,为国之祯。赳赳武夫,公侯干城。近世学堂,文有体操一科;武备学堂,每星期有作文一课,是知文武,固国家之要紧关头也。吾辈天姿不敏,不能习文,则必习武,是以敦请〇〇〇武先生降临草舍,训诲武力一厂〔场〕,为徒者虽聪明,不善教,不能得其法,但愿教者诚意,学者专心,俨如桃李得春风,花枝畅茂,仿佛为亩逢时雨,秀实者多,是为序。

(7)学武关书

立关书人〇〇〇,窃以文为经邦之略,武多保卫之方,然民国以来,各府州县,所以有文学武备学堂之设也,文学有体操一科,武备有作文一课,是知国家于文武之端,即为重要务也。吾党青年,天姿不美,文不能习,武可以为,特以邀集数人,合集倅资,敦请〇处〇〇武先生降临寒舍,训练武功。为先生者虽有善教,不勤学,不能得其术,即为徒者,虽其聪明,不用功,不能知法。总之,教者努力,学者专心,日有就焉,月有将焉。所谓赳赳武夫,亦可以干城矣,是为序。

生徒芳名束修于后。[36]

(8)学武关书

立关书人△△等,今因地方蛮横,山窝旷野,凶徒习恶,三五成群,八九为党,故意生端斗扭,如此不合,是以邀集有能少壮之人,自愿拜到△△老师为徒,专学武事,各各防身后患。如有寒冬雨雪闲慢月来,务使用心精教,不可大略。如若不习,乃身之责;教之不精,是师之惰。其有供膳,轮流挨次,毋得推却……谨陈徒弟俸资名列于左。[37]

(9)关书

盖窃思善人教民,务农讲武,诚以武之不可不讲,亦犹文之不可不教也。况吾辈之人,冲幼之时,未获诗书,致成人而后,徒然玩愒光阴,静而思之,则问男儿之节,不亦有愧耶?爰是慕善……诚心立学,至于有勇知才,亦不至赆讥于宫墙外望也。议订束修,以应耳提之劳;豫言却礼,聊慰面命之劳。卜以来春,训徒一载,定如此日,矢口子钧,恭请△△老夫子设帐。

谨将人束修列后。[38]

(10)习武关书

昔者圣人云:益者三友,损者三友。盖益友宜当相近,而损友切莫相交。故居必择邻,交必择友,毋得辱焉。今集益友几人,敬拜某某先生名下，习学防凶武艺，仰祈不靳真传，惟愿声应气求是望，不可虎头蛇尾，庶免孙庞之辱，恒以诚思之诚。[39]

(11)学武关书

尝闻司徒造士，原尚文谋，而善人教民，亦兼武备。此非独戎行之列，亦以是为守望之须也。我村僻处乡间，远离城郭，倘不素娴武艺，则遭贼盗，何以戒不虞也哉。适有△△先生武功出众，拳法无双，是以邀同比户，会集连庐，自愿习学。一年谨奉修金△两，庶有备无患，不惟可保乡里无虞，亦足以为熙朝升平之一助云尔。[40]

在民间日用类书中，类似的"拳关"或"学武(拳)关书"不胜枚举。上述的《学拳关书序》，首先以儒家伦理立论："身体发肤，受之父母，毁之不得。"于是顺理成章地引出人以护身、守身为要，守身即为孝心的逻辑。外出经商奔走，行路多难，只有习拳练武，方能护身以恪尽孝道。而习学的内容，则有武士拳和枪棒等。

以汉口程氏为例，据陈世埈指出："新都程氏甲于邑里，其族数千人，多业儒，取甲第，朱轮华毂相望。即去而善贾，亦挟儒以行。"[41]由此可见，程氏以业儒和经商为主，故而程宗猷将《少林棍法阐宗》等四种，合称"耕余剩技"付梓。另外，《少林棍谱阐宗》一书题作：

新都程冲斗(宗猷)著

叔祖云水(廷甫)、伯诚(宗信)，弟同物(同)、俟民(胤万)，侄君信(儒家)、涵初(子颐)校

甥孙广微(致广)、观其(时澜)、仲深(时通)，侄禹迹(时涞)、德正(时泽)、观正(时浈)阅梓[42]

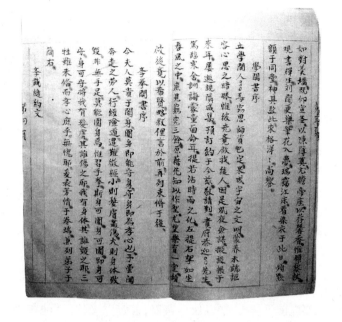

《学拳关书序》、《契约诗文称呼便览》,民国年间徽州日用类书文书抄本(王振忠收藏)

以上圆括号为笔者所加,内中应是作者的名字。程宗猷在《纪略》中自述道:"余叔祖武学生云水,侄君信,太学生涵初,昔曾同学少林者。"这几位无论是武学生还是太学生,全都在少林习武。程涵初在书前还作有《小序》,其中提及自己曾游淮阴,"讲艺于云水公之门。云水公与公同源(引者按:指程宗猷)而长者也,习攻杀击刺之法,疾若鸷鹰,徐若游龙,一段摧坚靡锐之气,直令万夫辟易,技至此已谓极矣,然犹不能忘情冲斗公也"。此外,《少林棍法阐宗》由程胤万"为之点定"[43],书前有程胤万和程胤兆的题词,书后则有程同和程胤万的《〈少林棍谱阐宗〉跋》。在跋文中,程同指出:"予少习丘坟,妄控武备,日从冲斗仲兄游,见与四方之士较量,无变色,无留难,而果如弩发机,如鹰博兔……令当者吐舌,观者骇心。人莫不高之,予亦同声和之。"这些都说明,程氏家族中习武者颇不乏人,而且,对于武术有兴趣的更是大有人在。

事实上,在汉口程氏一族,父子兄弟辈中的许多人都能少林棍法。县令侯安国曾令他们在当地的衙门内表演武术:"程氏子弟十余人,各手持其器至,刀戟犀利,鞭简皆重数十斤,始命之独舞,再对舞,继之群舞,飘花飞雪,回若旋风。"后来程宗猷率八十人应募,"上奉圣旨有'义勇可嘉'等语"。天津巡抚李公称:"宗猷所携子弟兵虽仅八十人,可当数千之用,使非门下教习有素,恐有闻钲鼓而思逃者矣。"[44]对于程宗猷及其兄弟子侄的战斗力,当时的军事部门有着极高的评价。

徽州的尚武风气,一直延续到晚清、民国时期。民国时期编纂《绩溪庙子山王氏谱》的王集成指出:"儒以文乱法,侠以武犯禁,吾庙子山村民,乾嘉以前无儒士,而以侠自奋者,盖皆以义起。"[45]他在该谱中的"武士传"及"农人传"中,多列有当地人习武的记载:

> (1)纵步作势为刺状,曰:咨咨。咨者,刺人之呼声也。十六七从人学为少林术,既而术精,数十人不能敌。洪杨之乱,匪据绩溪县城,分赴四乡搜山,村人纷避地,兆盛恒为之殿,匪将及,弱者惧不免,则回顾兆盛而相慰曰:灶在,吾辈无忧。兆盛亦自负,曰:吾庙子山王灶也,逆吾者以头来试。一日,兆盛行经前村碓,突遇一匪荷矛而前,兆盛击以腿,中其小腹,匪扑地大呼而毙,十余匪闻声踵至,围攻之,矛落如雨,兆盛预格点闪无少失,间伏地纵步潜进,伤匪一人,匪胆慄辟易。兆盛遥见余匪甚众,知终不可敌,且战且退,抵小溪,拔步越溪,以利刃自解上衣,赤其膊,怒发上冲,叱咤而言曰:来来,一个个葬鱼腹耳。匪惧,又以溪阔水深,不敢渡,乃退。自是匪无不慄王灶名,辄不敢犯。[46]

（2）（农民王兆和，太平天国以后）勤耕作课，植蚕桑，业稍振。愤邻村之欺侮也，使子安灿习武艺，卒获售，为邑武生[47]……（王安灿）身躯瘦悍，习武艺极精，尝树的百步外，于败篾中检得"嵩"字粘于上，张弓告人曰：杀其头。矢发而的破，视之块然存者"高"也，观者以为快。后一试为邑武生。初，王氏自应元公迁庙子山，生四子，号四房，王氏第四房满琼子社宁，迁居一都扬溪，其后人口渐繁，至是亦有考武者。安灿、邦锡并赴府城，为之摒挡试事……[48]

（3）（王邦锡）生性豪旷，喜弄弓马。一日，邦锡行经广场，有习武艺者俱在，邦锡张弓发矢，矢贯的。又驰马，亦步勒有序，若熟习然。群惊曰：寄大可考武秀才。寄大者，邦锡小名也。于是邦锡发奋习其业，期年技熟，光绪间赴县试获前列，府试亦如之。及院试，邻村有无赖某姓者嫉之，宣言庙子山王氏从无考者，欲阻考，邦锡觅廪生曹立浩保，立浩者，汪村前人也……亟保之，遂与试，案发入泮，为武学生员。[49]

（4）（农人王兆明，泰平天国后归家）生子安烈，使习武艺，获售为武学生员。[50]

从当时的实际情况来看，习武的目的，除了应武举一途外，直接的刺激则是民间纠纷中那些门祚低微、丁少人寡之家常受的欺侮。如第2例的王兆和，就因受邻村欺侮，愤而令其儿子习武。这恰恰印证了前引第4份关书所提及的："余等生居于世，守分安农，无如积弱成懦，事事受人欺凌，法远山高，每每被强掎制，法条虽肃，有理难伸，弱莫强何，含冤受气，诚有不立不生之势，常怀家倾事败之忧，是以无可奈何，爰集同人，敬请△△先生，恭迎敝舍，教演拳棍，惟冀循循善诱，俾得武艺高精，谨之防身，可使出人头地，庶几奸盗之辈，莫生觊觎，而持接之间，当存恻忍也已。"[51]而第 1 例中的王兆盛，从人所学者即为少林术，这是相当值得瞩目的现象。

具体说来，徽州人苦练拳脚，主要有两方面的需要。一是在地方社会，练习武术是自保身家的一个重要手段。从程氏家族的情况来看，《休宁县兵防志序》曰：

> 休宁之为邑，崇山邃谷，深林密箐，拥蔽周遮，其中则一水萦萦于研参怪石中，百折迂回，以达于杭。其四出之道，亦皆溪涧盘互，岭嶂重叠，以此险巇，宜无事于守矣。乃界连江、浙，唐宋以来，萑苻之聚，往往而有。粤自苏寇方戢，继以黄巢，厥后宋有睦寇、江东寇、常山寇，元有蕲黄寇，明有姚源寇。盖自元以前，无防遏消弭之兵，虽宋有郡守谢采伯调兵以御衢寇，而不能专卫乎邑。明巡抚何执礼设操兵于五城，邑虽有兵，顾积弛而媮，转为民累……[52]

程胤万《〈少林棍法阐宗〉跋》云："吾郡在万山中，四方多罹其沈，而汉川又当邻郡之界，族人士因得仲兄指授以来，略无标劫之警，阴受其福久矣。又得此书(引者按：指《少林棍法阐宗》)，面承讨论，传之不替。设年岁不获，而萑苻多虞，若有以此技奋义如先世，岂特为皇家保生民，而桑梓得借以安粖宁也。"汉川亦即汉口，上述这段话的意思是——此处地当要冲，但因程冲斗传授的棍法，不少人多有武功，遂使当地较少匪警。诚如程宗猷自称的那样："山野之民，警寇是惧，亦惟以此寓于从禽角猎之间耳矣。"[53]从禽角猎，意指田猎。

除了防范盗贼外，增强在地方纠纷中的实力，也是人们谈拳论棒的一个重要因素。徽州人彼此畛域分明,故而田地、山场和林木方面的纠纷相当频繁,虽然徽州人素有"好讼"之名,但打官司并不是唯一的解决方法。纠纷的解决,除了依赖官府外,还有民间的调解,以及纠纷双方实力的较量。曾有生员王国贞呈控,被告则"恶恨切齿,声言:'你有好笔头,我有好拳头'"。这让原告非常担心自己的生命安全,"狭路相逢,必加残害"[54]。这种担心,其实并不是毫无缘由的。徽州地处万山之中,在僻远的乡间,官府虽有声威,但毕竟无法事事躬亲,难免有鞭长莫及之处(即前述第四份《关书》中所称的"法远山高")[55]。拳头即是强权,在某种程度上仍是真理[56]。歙县南乡的诉讼教科书称为"蛮词"[57],"南乡蛮"则远近闻名。《默识刑例》抢掳类:

> 白昼劫抢,法纪昭彰,拦途打劫,脉络难通。
>
> 狭路相逢,不能躲避,半路截抢,目无法纪。
>
> 沿路纠抢,藐法难堪,藉棍无赖,扰抢为生。
>
> 拦路夺抢,藐法滔天,纠伙打劫,犯法弥天。
>
> 黑夜强抢,器皿一光,地棍伙掳,强狠莫制。
>
> 凶徒刁狡,搅抢横行,恶棍刁猾,劫掳孤庄。
>
> 纠众藉出,横抢耕牛,聚众截抢,道路难通。
>
> 狭路阻劫,觚道无行,横行盗抢,绝路凶打。
>
> 恃强欺弱,白日劫掳,倚势强蛮,抢掳截凶。
>
> 纠党聚众,沿河强抢,党恶为非,伙抢藐法。
>
> 劫抢孤庄,农民难活,假扮强抢,法律难甘。
>
> 夜黑涂脸,妆盗打劫,白昼抢夺,法律昭彰。
>
> 势横强蛮,截抢窜逃,恃势欺孤,劫抢山庄。
>
> 诈扰为生,殃害无休,刁强逞夥,打劫凶殴。

撞骗夺抢，恐遭不测，诱断围抢，躲匿难防。

断路劫夺，财命两绝，黑夜闯门，捆殴掳掠。

素残凶毙，呈叩偿填，残暴不仁，扰害滋生。

暗害难妨，屡遭莫测，阻抢凶殴，命悬难保。

捆抢杀命，蔑法欺天。

前引第8条《学武关书》中提及教演拳棍的原因，就是"地方蛮横、山窝旷野，凶徒刁恶，三五成群，八九为党，故意生端斗扭"，与上述的情形颇相类似，故此需要邀集少壮，拜师习武。而一旦发生宗族械斗，人多势众，武功高强者自然能够占据上风。新发现的徽商自传小说《我之小史》(詹鸣铎著)记载：民国元年春节，"西山下人，赤膊着，在那太阳之下，学拳习武……查西山下余姓，系早年跳梁的逆仆，所谓'与我同壤，而世为寇仇'。他本在(詹氏)九姓(世仆)之内，他去年请拳师来教授，将来要与我詹姓对垒交锋，今朝天气晴和，闲暇无事，故在那操习武功，比较武力"。"至初八日，他们忽然纠众，登碧茂公家前次结讼的坟山，强斫荫木。碧茂公的侄辈荣富与他格斗，大被棍伤。他们把荣富二人，打得头破血出，挑而投之于水，甚至(?)逢人乱打，耀武扬威，看他情形，大有不可一世之概。我詹姓的人向来如散沙，畛域各分，秦越相视，经此一激，忽然通体集合起来，万众一心，剑及屦及，是日大队出发，直将西山下人家所蓄养的池鱼十一塘，一扫而空。村内人人捕鱼，个个吃鱼，此也鱼来，彼也鱼往，闹得下半日两阵对圆。我村有名富祥哩，肩荷鸟枪，长驱直捣，且到该处牵得一牛来，要将他宰割分吃，势焰之盛，可想而知。西山下人至此，虽然学拳习武，却无抵抗能力。后到脑坑多请力士，亦不过能保巢穴，要想出而制胜，万万不能。"[58]正是在这种背景下，即使是一些儒生亦习武练棒。《我之小史》

中的婺源思口人程光荣，"英年入泮，才思翩翩，且习拳术，自夸武力"。黄宾虹笔下的"雨墩先生"，"才美焕发，艺兼文武，凡经史子集、九流三教之书，无所不通，骑射拳勇、蹴鞠弹唱之技，无一不习"[59]。可以说，称戈立矛，引弓击剑，练武风气在徽州各地均相当盛行。

除了大姓外，小姓也颇多习武。如前述"脱壳"[60]的小姓——西山下余姓，即是一例。至于依附大姓的世仆，更有专门的拳斗庄。据叶显恩先生的调查，祁门县十五都，俗有"查湾三千郎户，八百庄"的谚语，郎户即充当家兵的佃仆。这一称呼一直保留到1949年前。凡年龄十六至四十五岁的男子，均在应服拳斗劳役之列。每年冬天，由武艺高强的师傅负责教习武艺，每期四十天。郎户亦称"拳斗庄"，以服家兵劳役为主要内容，负责守卫山场、财产，防备外界和越界开山种粮或其他不测事件。发生械斗时，这些人总是被驱作充当打手。而在主人外出经商时，则往往是作为保镖，以保护主人的生命及财物不受侵犯[61]。

2. 镖师与徽州行商

对于徽商而言，外出行商，经常会遇逢道路不靖，为魁悍武桀的响马所劫夺。前述程宗猷与其父亲挟重资往北京经商，即曾遭遇响马。天启六年（1626年）出版的《士商类要》，记录有不少从商经验。如"天未大明休起早，日才西坠便湾泊"条即指出："不论陆路、水行，俱看东方发白，方可开船离店。若东方冥暗，全无曙色，寒鸡虽鸣，尚属半夜，若急促解缆陆行，恐堕奸人劫夺之害，不可不慎。至于日将西坠，便择地湾船投宿。俗云'投早不投晚，耽迟莫耽错'也。"[62]又如告诫商人"逢人不可露帛，处室亦要深藏"，指出："乘船登岸，宿店野行，所佩财帛，切宜谨密收藏。应用盘缠，少留在外,若不仔细,显露被人瞧见,致起歹心,丧命倾财,殆由于此。"[63]
再如,"客商慎勿妆束,童稚戒饰金银"条则指出:"出外为商,务宜素朴,若到口岸肆店,服饰整齐,小人必生窥觊,潜谋劫盗,不可不慎。"[64]《士商类要》一书中,也有不少有关盗贼的直接描述。其中,尤其是对船户的描摹特别之多:"雇船如小买之由,要看人船好恶……船家乃暗贼,往来介意提防。"[65]"谚云:'十个船家九个偷'……张家湾、河西务车脚,甚是能偷。"[66]"苏、杭、湖船人,载人居上层,行李藏于板下,苟不谨慎,多被窃取。"[67]此外,《买卖机关》中有:"卸船无埠头,防生歹意。"意思是说:"凡卸船,必由船行经纪,前途凶吉,得以知之。间有歹人窥视,虑有根脚熟识,不敢轻妄。倘悭小希省牙用,自雇船只,人面生疏,歹者得以行事,以谓谋故,无迹可觅,为客者最宜警惕。"[68]明隆庆年间徽商黄汴所编的《一统路程图记》[69]中,更具体指出诸多盗贼和响马活跃的地点:

编号	路程	治安状况	卷帙
1	北京至南京、浙江、福建驿路	自北京至徐州,响马贼时出,必须防御。	卷一,页146
2	南京至广西水、陆路	本府(桂林府)由平乐府水至梧州等府,瑶贼恶甚。	卷二,页157
3	本司(广西布政司)至柳州府、庆远府路	瑶贼恶甚,水陆皆难。	卷三,页165
4	柳州府至田州府、泗城州路	瑶贼恶甚,水陆皆难。	卷三,页165
5	南京由漕河至北京各闸	贼有盐徒;晚不可行,船户不良,宜慎。	卷五,页182

编号	路程	治安状况	卷帙
6	淮安由南河至汴城水路	船户谋客可防,虽有船伴,亦宜谨慎。	卷五,页183
7	瓜洲至庙湾场水路	小安丰至朦胧五十里,盐徒卖私盐为由,实为强盗,谨慎。	卷五,页184
8	巢县由汴城至临清州路	自颖州至大名府,响马贼甚恶,出没不时,难防。	卷六,页189
9	淮安府至海州安东卫路	右路晚亦可行,盐徒甚恶……	卷六,页190
10	扬州府至山西平阳府路	自宿州至汴城,有响马,宜慎。	卷六,页191
11	徐州西至汴城路	马牧(徐州至此,响马多。)	卷六,页194
12	嘉定州平羌镇至峨眉山路	自湖广至仪真,强盗出没不时,有夹洲处,贼尤甚。夏港口有斜沙入江心,未过沙而转尖者浅,其沙上货无粗细[70],一例而掳掠。凶年贼多。	卷七,页200
13	大江上水,由洞庭湖东路至云、贵	草鞋夹中,虽谨慎,无风浪之防,夜偷摸,粗细货皆要,日调包,闻贼休买。	卷七,页202
14	江西城由广信府过玉山至浙江水路	江西至玉山,水缓,夜有小贼,可防。	卷七,页202
15	杭州府、官塘至镇江府水路	盘门、五龙桥、八尺、王江泾、大船坊、塘栖小河多,凶年有盗,艘船无虑,早晚勿行。	卷七,页203

编号	路程	治安状况	卷帙
16	杭州迁路由烂溪至常州府水路	烂溪、乌镇无纤路，水荡多，人家少，荒年勿往，早晚勿行……平望鹰胫湖中，风、盗宜防……自常州至浙江，牙行须防，价值难听，接客之徒诓诱，阊门市上货杂，不识休买，剪绺宜防。	卷七，页203
17	陶桥至各处	南翔地高，河曲水少，船不宜大，过客无风，盗之念，铺家有白日路来强盗之防……由泖湖双塔船至苏州，有风、盗、阻迟之忧，船大多……泖桥东去黄浦，西去黄泖，南往嘉兴，北去松江，早晚多盗，宜防。	卷七，页206
18	衡州府到岳州府水路	自衡州至长沙，日无强盗，夜宜谨慎。	卷七，页207
19	湖口县由江西城至广东水路	自湖口至于康郎山，盗贼不时而有，江中强盗得财便休，唯此湖贼凶贪无厌，杀人常事。北入吴城，南入赵家围，风、盗渐可省……滇江多滩无石，上难而下易，船大无虑，峡中山蛮宜防。	卷七，页208
20	广东至安南水、陆路	濛江口。（有贼）	卷七，页208
21	湖口县至广信府玉山县水路	康郎山（……山在湖中，前后多盗，谨慎……）	卷七，页209

编号	路程	治安状况	卷帙
22	江西由休宁县至浙江水路	江西至饶州,湖中贼出不时,荒年尤多……富阳之下,有潮有盗……	卷七·页211
23	祁门县至湖口县水路	饶州牙行用筐子船出湖接客,好恶难分,必不可上。	卷七·页211
24	吉安府至茶陵州路	自吉安府至路江,每处十里……中途土豪口称"粮长",每挑索银五分,不与即打,有司不知,过客甚受其害。	卷七·页212
25	扬州府跳船至杭州府水路	嘉兴至松江船,昼去而夜不行,此路多盗。	卷七·页213
26	杭州府至休宁县齐云山路	冬间,夜有盗。	卷八·页222
27	徽州府至崇安县路	沙溪有盗,宜慎。	卷八·页223
28	休宁县由几村至扬州水、陆路	自呈坎至几村,不可起早,日调包,夜偷摸,打闷棍常有者,冬有强盗,谨慎。	卷八·页224
29	芜湖县至徽州府路	自芜湖县至徽州府,每处十里,早有闷棍,日有调包,夜有盗,宜慎。	卷八·页225

从黄汴所编的《一统路程图记》来看,虽然该书记录了全国的商业路程,但书中述及南方(尤其是长江中下游地区)盗贼状况及车匪路霸的条目,明显多于其他地方,但这并不表明长江中下游的治安状况比其他地方更差,而是因为:这一方面是徽商重点经营的区域在长江中

下游一带(长江中下游地区素有"无徽不成镇"之谚),故而对于这一地区特别熟悉,更能知危识险。另一方面更说明,南方的广大地区,治安恶劣之处远少于北方,故能一一详列。而北方则险处丛生,除了少数路线(如到开封的各条路程)外,徽商也相对地不那么熟悉,故而只能笼统地指出:"自北京至徐州,响马贼时出,必须防御。"所谓"响马",是指结伙拦路抢劫的强盗。因马身系铃,或抢劫时先放响箭,故有此称。清人褚人获《坚瓠乙集》卷一《各省地讳》:"各省皆有地讳,莫知所始,如畿辅曰响马,陕西曰豹,山西曰瓜,山东曰胯,河南曰驴,江南曰水蟹,浙及徽州曰盐豆,浙又曰呆,江西曰腊鸡……又李时尝以'腊鸡独擅江南味'戏夏言,言即答以'响马能空冀北群。'"[71]李时、夏言,均为明人,"响马"竟成为畿辅一带之地讳,这说明早在明代,响马贼是陆路沿途商卖中的顽症。明沈德符《万历野获编》指出:"窃谓此地为畿辅要害,而去州县稍远,响马大伙多盘踞其中。无守令弹压,任邱各大家,又为之窝主,几不可诘问。"[72]明代徽商方良材曾让人从开封携带千金同其他的商贾一起到杭州买货,中途却被"暴客乘快响马尽夺之",只得向官府报案,几经周折,才将罪犯缉拿归案,并追回赃款[73]。官府衙门虽有缉匪捕盗之责,但并不是每个案件均能侦破。因此,长途行商,需要武功高强的人方能保住性命及财产。不难想见,倘若没有技击泰斗程宗猷的保驾护航,程父可能早就命丧黄泉,人财两空了。

可见,在明清时代,无远弗届的徽商在外出经商时,常常历经艰险。特别是在盗匪横行的地区,往往需要加强自我保护。徐野君所作的《汪十四传》,记载了非常精彩的故事:

> 汪十四者,新安人也,不详其名字。性慷慨激烈,善骑射,有燕赵之风。时游西蜀,蜀中山川险阻,多相聚为盗。凡经商往来

于兹者，多辄被劫掠，闻汪十四名，咸罗拜马前求护。汪许之，遂与数百人俱拥骑而行，闻山上嚆矢声，汪即弯弓相向，与箭锋相触空中折堕，以故绿林甚畏之，商贾尽得数倍利。无几时，汪慨然曰："吾老矣，不思归计，徒挟弓矢之勇，向猿猱豺虎之地以博名高，非丈夫所贵也！"因决计归，归则以田园自娱，绝不问户外事。而曩时往来川中者，尽被剽掠，山径不通，乃跟跄走新安，罗拜于门外，曰："愿乞壮士重过西川，俾啸聚之徒大不得志于我旅人也，壮夫其许之乎？"时汪十四雄心不死，曰："诺！"大笑出门，挟弓矢连骑而去，于是重山叠岭之间，复有汪之马迹焉。绿林闻之，咸惊悸，谋所以胜汪者，告诸神，当以汪十四之头陈列鼎俎。乃选骁骑数人如商客装，杂于诸商之队而行。近贼巢，箭声飒沓来，汪正弯弓发矢，而后有一人持利刃向弦际一挥，弦断矢落，汪忙迫无计，遂就擒，入山寨中。贼党咸持金称贺，犹意在往劫汪之护行者，暂置汪于别室，縶其手足不得动，俟日晡，取汪十四之头陈之鼎俎以酬神。忽一美人向汪笑曰："汝诚豪杰，何就缚至此？"汪曰："毋多言，能救我则救之，娘子军不足为也。"美人曰："我意如斯，但恐救汝之后，汝则如饥鹰怒龙，夭矫天外；而我凄然一身，作帐下之鬼，为之奈何？"汪曰："不然，救其一失其一，亦无策甚矣。吾行百万军中，空空如下天状况，区区贼奴何足当吾锋哉。"美人即以佩刀断其缚而出之，汪不遑起谢，见舍傍有刀剑弓矢，悉挟以行，左挟美人，右持器械，间行数百步，遇一骑甚骏，遂并坐其上。贼闻之，疾驱而前。汪厉声曰："来！来！吾射汝。"应弦而倒，连发数十矢，应弦倒者几数十人。贼无可奈何，纵之去。汪从马上问美人姓名，美人泣曰："吾宦女也，父为兰省给事中，现居京国，今年携眷属至京被劫，妾之老母及诸婢子尽杀，独留妾一人，凌逼蹂践，不堪言状。妾之所以不死者,必欲一见严君。又私念世间或有大豪杰能拔人虎穴者,故踌躇至今。今遇明公,得一拜严君,妾乃知死所矣。"汪曰:"某之重生,皆卿所赐,京华虽辽远,当担簦杖策卫汝以行。"于是奔走数千里,同起居饮食者非一日,略无相狎之意,竟以女归其尊人,即从京国返新安终老焉。老且死,里人壮其生平奇节,立庙以祀,称为"汪十四相公庙",有祷辄应,春秋歌舞以乐之,血食至今不衰。[74]

这是一个美人救英雄,而义风侠骨的英雄又千里走单骑、护花至京城的动人故事。此段文字后收入徐珂《清稗类钞·义侠类》,作《汪十四送美人归》[75]。徐珂的文字与上文颇有出入,最大的一处是"闻汪十四名,咸罗拜马前求护",而《清稗类钞》则作:"闻汪名,咸聘为镖师。"另外,文末亦并无汪十四临终前受到祭祀的记载。

《汪十四传》出自笔记,颇具传奇色彩。笔记的作者是徐野君,亦即徐士俊,此人为钱塘人,与徽州出版商汪淇(憺漪子)关系莫逆,两人经常合作出版书籍。汪淇曾说:"野君好观优伶演剧,终夜忘倦。"[76]徐野君作有《曲波园传奇》,因此,徐野君敷演的故事,传奇色彩可能在所难免,不过,有鉴于他与徽商汪淇的交往,《汪十四传》应当有着历史的影子,也反映了特定地域一定的真实状况。

从故事情节来看,汪十四及诸商人活动的舞台是在西蜀,而在明清时代,的确有不少徽商活跃于西蜀各地。如明嘉靖时人许尚质,"负担东走吴门,浮越江南,至于荆,遂西入蜀。翁既居蜀,数往来荆湖,又西涉夜郎、牂牁、邛笮之境"[77]。《初刻拍案惊奇》中的徽商程德瑜,"专一走川陕,作客贩货,大得利息"[78]。徽商许朴庵"少游江湖,久客西蜀,精于奇赢,居积致富"[79]。黟县人汪国俟"与蜀客贾于荆襄间,白莲教匪扰,转徙入蜀",后至重庆府[80]。婺源秋溪人詹文锡,入蜀经商,于惊梦滩凿山开道,方便过往商贾,人称"詹商岭"[81]。这些,都是徽商在西蜀一带活动的背景。徽州有对汪公(华)及汪华诸子(相公)的信仰,不过,一般认为汪华九子,故通常在文献上仅见有汪公大帝及汪公九子的信仰(最常见的是"汪九相公",其次为"汪七相公",再次则为"汪八相公"),而未见有汪十四相公庙。此处的记载,则为我们提供了商人崇拜的一个极佳例子。

明清以来,在盗贼横行、治安状况恶劣的商路上,徽商往往需要有相当的武艺防卫身家。前述程宗猷保护父亲的故事,也同样说明了这一点。所谓"辟道途之警,横槊赴敌,群盗侦知其名,辄遁去,其先声夺人类如此"——身怀奇技的程宗猷之事迹,与此处的汪十四故事颇有异曲同工之妙。不同的是,程宗猷保护的徽商是自己的父亲(或者也可以说是经商的合伙人),而汪十四则是职业的镖师。关于职业镖师或镖客,徐珂所辑的《清稗类钞》中,还记录了一位徽州镖客的经历:

> 徽州汪某以勇称,有大贾延之为镖客,卫之入陕,道逢显官挟重资,约同行止。抵旅舍,甫解装,有童子来投宿,系骑于门外,趋至汪前,曰:"若囊中物,皆攫取而来,予当攫取而去。明旦君若缓发,恐见骇也。"汪讶而不敢言。夜过半,呼起行,诿为倦,请后,约去远,乃就道。十里入山径,见车驮狼藉,童子坐岩上,指溪以示汪,皆死人也。汪大骇,童子曰:"此去山路恶,可速行。"汪叱众急趋,以贪程,失住处,彷徨谷中。见山堰有草庵,求栖宿,一比邱尼年四十余,引至堂东小室曰:"栖此,夜间多虎狼,勿乱窥,骒马置苑中,无妨也。"一更许,闻扣门,徐闻尼曰:"取不义物也,戢其魁,何得多杀人,忘我戒。"即闻以杖击物声。汪众悚惧,未及晓,束

装,谢尼而行。[82]

值得注意的是,上述有关徽州镖客的例子,其背景均在中国西部及西北的川陕一带。

3. 武术与徽州坐贾

除了行商外,徽商坐贾也经常受到地痞流氓的骚扰。在明清时代,随着商品经济的空前繁荣,人口社会流动的增加,各地都滋生出一些"地棍",他们凌弱暴寡,无恶不作[83]。徽州人曾以对联的形式,勾勒此色人等的丑态:"老我生涯鹰攫肉,生计全凭三寸舌;问谁敲吸豹褫皮,贪谋欲吸万人脂。"[84]譬如,明代嘉定南翔镇上侨寓徽商丛集,从事棉布贩卖,"百货填集,甲于诸镇",经济日趋繁荣。万历中,徽商受"无赖蚕食,稍稍徙避,而镇遂衰落"[85]。在明代,江南的"打行"颇为活跃。明末侯峒曾指出:"吴中为奸民者有二:一访行,一打行也。明旨禁访行者,或跳而他匿矣。打行薮慝,敝邑为甚。小者呼鸡逐犬,大者借交报仇,自四乡以至肘腋间皆是。昨岁郭门之外,有挺刃相杀者,有白昼行劫,挟赀乘马,直走海滨者。"[86]侯峒曾即为嘉定人,他的描摹可信度应当较高。及至晚清时期,现存的苏州府碑刻中仍有《禁止地匪棍徒向安徽码头及凉亭晒场作践滋扰碑》、《吴县禁止各船户在安徽码头楼下砌墙摆摊并添竖柱阻碍船户上下之路碑》等[87],这些,显然都从一个侧面折射出徽州客商在异地所受的滋扰。

在这种形势下,徽商为保护自身的权益不受侵害,往往亦须习练武术以求自卫。明代徽商、休宁由溪人程天宠,"挈重赀,贾洧溪,昼则与市人昂毕货殖,夜则焚膏翻书弗倦……于是尽读阴符黄石公诸书暨孙吴兵法,日与诸豪士试剑校射,群英咸集,乃跃马三试之,皆中鹄贯革,海宁诸武胤咸吐舌推毂"[88]。徽商詹鸣铎自传《我之小史》提及婺源城中著名的拳勇程佑生,"一生孔武有力,曾与保卫队斗殴,手擒二人,如打大钹,抛而远之,连擒连抛,见者无不吐舌。城中下流如朱刺等,索债剥衣,强项之至,一逢佑生司,则避之惟恐不及焉。邑中夜摆诗摊,朱博士某公来打诗条,摊上劝以勿打,某公报称我已输了,摊上道:你输了,我给你铜元二枚好了。当时取以给之。既而警察来索取陋规,例给铜元四枚即去。后佑生司来打诗条,摊上连忙立起,孝敬铜元二十枚,请端去吃吃酒。故曰:博士不如警察,警察不如程佑生"。《我之小史》的作者詹鸣铎,在婺源县城开设振记小店,"曾有异地镖客来投名刺,打布施。佑生司走来,提其镖口向外,镖客连忙收拾,望望然去之。佑生司言:兴孝坊一带,上自振记,下至信诚庄,劝你少走为妙云云。"可见,武艺高强的拳勇往往能阻止地痞流氓、镖师剑客的骚扰。许承尧的《歙事闲谭》也记载:"汪霖,字雨苍,号榆园,歙西岩镇人。身工不满七尺,英毅精悍,虽强武者遇之,皆自失。尝游武林之西湖,众无赖子弟数十百人,方劫持一新安客,势汹汹张甚。君视之,故人也。怒,奋臂直入,翼故人纵横出。数十百人,咸自荡击颠踣,有僵不能起者。君顾视大笑,徐把臂去……于是人争传君材武,有愿奉千金请授技者,君麾之去。"[89]这些,都是徽商习武御侮的例子。

广义而言,商界也是江湖,投身商界,亦即闯荡江湖。在某种场合,武术功底与从商技能相互结合,才能为自己营造出良好的商业环境。在侨寓地,有时出于对各类资源的争夺,对某种利益的独占和追求,极易引发纠纷乃至激烈的械斗。根据武术史籍,湖南麻阳人滕黑子,少年以操舟为业,耽嗜拳击技艺。对此,杨杏农的《江汉琐言》记载:

当道咸年间，湘人之业木商者称极盛时代，其木料以运至武汉消〔销〕售者为多，每岁木排之抵汉者，约数千张。（聚集木料数百根，用竹绳扎为一张，故名，木排每排需十数人驾使之。）惟以彼时汉镇泊舟码头，俱为川鄂人以强有力占尽，湘人几无插足地。故木排抵汉时，只能湾泊于鹦鹉洲上流一带，而下流则不准湘人越雷池一步，偶有误泊者，则必遭川鄂人聚众殴击，湘人不敢与较也。滕氏素以驾木排为业，因挟技击奇术，平日义声颇著，故舟人俱崇奉之。彼时适抵汉，因江水暴涨，木排断缆，流至鹦鹉洲下，川鄂人遂将木排扣留，更聚众欲斗。滕氏乃约舟子中之健者十余人，并慷慨相告曰：吾湘因无泊舟码头，日受川鄂人之欺侮凌践，至于忍无可忍，然彼等所恃者，人众而心齐，故敢肆其横强，吾湘则人虽多，竟以身旅客地，而心怯不敢与较，致日任川鄂人之殴责而无了日，未免为湘人羞，今吾拼此生命，一雪此耻，诸君且随我来，毋庸畏怯，彼等人纵多，只须我一人足矣。舟众闻滕言，皆奋发欲与川鄂人一决。滕即率此十余人，至鹦鹉洲上游，命将木排夺回。川鄂人见滕人少，遂群起持木棍攒殴，滕即腾身而起，霎时间，川鄂人被抛入江者数十人，余均鼠窜以去。迨次日，川鄂人呼群而至，人约千余，滕更空拳出而相搏，当之者无不抛掷数丈外，且奋斗时，人只见滕氏如怒鹊横空，往来搏击，捷若闪电。此役也，川鄂人之被击及沉没江心以死者约百余人，并经控告，官吏以川鄂人以众殴寡，先有不合，遂判湘人得直。滕氏之名大著，而鹦鹉洲乃归湘人独有焉。[90]

这是在汉口上演的一出"打码头"的流血械斗。根据武汉地方史的研究，清代嘉道咸时期，徽商与湖南帮为争夺对"宝庆码头"的控制而展开了血腥的械斗。据载，嘉庆初年，宝庆帮（来自湖南宝庆府所属邵阳、武冈、新宁、城步、新化等县来的船民）在长江汉水交汇处、龟山头斜对面的汉口岸边辟有码头，即宝庆码头。另在月湖堤、鹦鹉洲、白沙洲，宝庆帮亦建有码头。汉口宝庆码头开辟后不久，即为徽帮所据。嘉庆中叶，宝庆帮在同乡官僚的支持下，圈占了部分地区，作为宝庆码头用地及同乡船民住地。徽帮并不甘心，数次企图以武力夺回码头。咸丰六年（1856 年），宝庆帮在湘军将领曾国荃、刘长裕等人的支持下，纠合船民，大败徽帮，并乘机扩大地盘。此后，械斗持续不断，直到1949 年方才告终[91]。由此可见，《江汉琐言》中湘人与川鄂人的争端，其实应是与徽商的纠纷。在这里，除了官府势力作为后盾外，拳勇股肱之力亦有相当的作用。

类似的例子在上海、景德镇等地也都有发生。《绩溪庙子山王氏谱》卷二〇《世传六·侠义传》即载："祥株公……天性豪侠，从人学拳术极精，少习木业，为细作佣于上海。是时上海徽人极少，漫无团结。故有徽宁会馆，宁人尤无多，旧日传遗基业，十六七为外商所占，屡争不回。一日勘官议界，外商人众，而有大力，徽宁人不能敌。桂率同伙十余人趋前力争，外商皆挥去之，桂不为动，于是遂启争执。外商围之数重，桂率同伙徒手与角，众尽披靡。勘官知不可侮，乃谕改期。及期，双方均以代表至，外商情无可逭，遂恢复。"[92]光绪以后，庙子山一带外出经商、特别是前往上海经商的男子相当之多。文中有徽宁人与"外商"（其他地区的商人）在上海旧传基业的争执中，拳勇起了决定性的作用，不仅迫使对手让步，而且也折服了勘官——这是发生在上海的一个例子。而詹鸣铎《我之小史·续编》卷二，也提及婺源著名拳勇、段莘人汪伯海在江西景德镇"义救詹〔兆〕林"的故事："盖詹兆林即我的林叔公，向伙景镇南货店，亦以拳勇著名。店中白糖桶，打叠安放,林叔公每举重若轻,店中同事,多服其神力。且南货店友多从司务习拳术,讲到林叔公,无不崇拜。那年适江西会馆万寿宫演戏,林叔公往观。戏台之下,偶言这戏演得不好,江西人素来蛮横,有一人翻驳,谓:没有人请你看,好你就看看,不好你就不要看便了。林叔公大怒道:这是会馆演戏,你叫我不要看么?要叫我不要看,除非到你家老婆房里去演。那人反唇相讥,冲突起来,两下举手斗殴,江西人纷纷扰扰,都来帮打,棍棒交下,板凳继起,砖头瓦石,抛掷不绝。一时喊叫声,辱骂声,妇孺号哭声,闹成一片,戏场大乱,台上停锣。林叔公夺得一棍,左冲右突,被江西人困在垓心。时汪伯海在门外,听得人人喧嚷:打灰〔徽〕州老!打灰〔徽〕州老……急忙赶进一看,见大家攻打林叔公,这还了得?当下夺得一棍,即与林叔公以背贴背,各舞其棍,八面威风。无论棍棒板凳,砖头瓦石,一触其棍,即成反击,打得落花流水,东倒西歪。二人徐打徐出,到了大门之外,疾驰而去。江西人众大败,是役也,伤者百数十人,重伤者七八十人,因伤致死者六人……"[93]这是发生在光绪二十三年(1897年)的事,由此可见,拳棍是民间争斗中最常见的武器。《我之小史》中还提及有一次江西人"打了灰〔徽〕州会馆,六县公呈,蒙省派委员董公查办。董安徽人,断令修理会馆,做戏请酒,凶犯荷枷台前示众。彼时五县人都已认可,惟黟县人不遵,谓打了朱子牌、万岁牌,何等重大,必杀两颗人头悬挂石狮方可。后来缠讼,多延时日,反至蹉跎"。正是因为有诸多纠纷,所以景德镇"南货店友多从司务习拳术"。即使是在徽州本土,由于某种原因与客民亦经常发生激烈的冲突[94]。在这些冲突中,人多势众、武艺高强者自然能占据上风。

三、结语

自宋代以来,火器开始应用于军事,"达远洞坚,遏冲御突"。及至明代,火器的使用更加普遍。作战时,冷热兵器往往根据各自的特点相互协调,配合使用。虽然近距离搏杀,冷兵器仍是唯一的重要手段,但明代火器在其功能及发挥作用方面,在某种程度上超过了近远距离作战的传统拳术械技[95]。故此,戚继光指出:"拳法似无预于大战之技,然活动手足,惯勤肢体,此为初学之艺入门也。"[96]

民间武艺的重心不是武器,而是拳术。《少林棍法阐宗》是冷兵器时代的传统武术技艺,到火器已广泛应用的晚明,此类技艺诚如程宗猷及其族人一再声称的那样,谈拳论棒主要是自卫身家。程宗猷将弩制与长枪、倭刀及棍法合而行世,他自称:"余草莽之臣,耕余所得者也,因目为耕余剩技。"[97]其中,他所辑的棍法,"授诸桑梓,为异日保障丘墓之备"[98]。这些,都绝不是自谦的说法。通过上文的分析可知,其主要用途具体表现为在乡里的抵御欺侮,异地行商时的强身自卫,为贸易保驾护航。至于其后为官方所赏识,并逐渐运用于实战,从而从民间武术转化为临阵杀敌的军旅武术,应当并非程氏的初衷。以往对于程宗猷及《少林棍法阐宗》的研究,多是从后者(也就是武术史或军事史的角度)加以探讨,而从商业史角度的分析则实不多见。

本文的结论是:程宗猷"数十余季极力苦心"[99]钻研武术,与徽州当地的尚武之风及明代中叶以还经商风气的日益炽盛密切相关。关于这一点,以下将进一步申论。

明代中叶以后,各地商帮此起彼伏。行商坐贾以长途贩运、以有易无为主要经营特点。为了保证商业贸易的正常运转,一些商人不得不苦练本领,或雇佣武艺高强者保护自己。尊我斋主人所著《少林拳术秘诀》一书,剖析少林拳术的源流变迁(并不全面),其间勾勒了一些武林高手的生平事迹,从中可见,拳击与商业,实有着密切的关系[100]。他在谈及"南北派之师法"时指出:

> 南北之区分,究以北地为胜,其中有关乎天时地理者,非人力所能为也。盖以燕赵齐秦之郊,多豪侠奇绝之士,且北地苦寒,生于其间者,筋骨实较南方为强,而饮料食物之中,米与麦又大有悬殊。吾尝周历幽燕长城诸地,广漠平原,一望无垠,每至秋冬之交,而南人之初至其境者,已有瑟缩萧索之意,迄至北风怒号,寒飚裂骨,南人之不能撑支,更无论矣。北人则习惯成性,毫无畏缩,虽层冰盈丈,雪花如掌,而鞍马纵横自豪,此北方人之筋骨较诸南人为强健者,乃天演界中之生成的优势,不可讳也。益以北地最重镖客,人之所以此谋生活者不可胜数,因其地绿林豪客,所在多有,其中盗首贼魁,亦常有挟奇技异能者,不可以寻常视之。而商贾之出于其途,欲保持其财物者,势不能不顾聘镖客,此等镖客,必须操极精之技术,而后可以保他人之财物,与自己之生命,此中精微,洵所谓真实本领,而丝毫不可假借,故凡欲以充当镖客为生计者,平日秘密之练习,先必求其普通,而后习其专门。总须择性之所近,力之所能及者,朝夕以求之,必臻乎至精极熟之境,始可出而应镖客之选。此盖由于一生之生活关系,乃以技击一道,为第二之生命,是以操术之精,有非南人所可几及者,正以此也。[101]

尊我斋主人没有提及程宗猷等人的事迹,从其叙述中也颇有重北轻南之势。其实,在明代,与武术结缘的徽州人还不止程宗猷一人。

除了程宗猷外,吴殳还非常推崇"峨嵋枪程真如",在《沧尘子手臂录》一书之后,附有程真如的《峨嵋枪法》。其书题作:"峨嵋僧普恩立法,海阳弟子程真如达意,古吴后学吴殳修龄辑。"吴殳有《评程真如峨嵋枪法》一文:"徽州程真如所著峨嵋枪法……卓哉绝识,枪家之正法眼藏也。"[102]"海阳"亦即休宁,这说明——在明代,徽州休宁至少出现了具有全国影响的两位武术大师,他们分别前往少林和峨嵋学习武术。因书阙有间,我们对于程真如的生平事迹并不十分清楚[103],本文主要以程宗猷的例子,说明徽商与少林武术以及对徽州社会的影响。

在明清时代,南北最具势力的商人是徽商与晋商。晋商与走镖护院的镖客及镖局(亦作标局、镳局)之关系以往多有人论及,根据卫聚贤的研究,"标局是雇用武术高超的人,名为标师傅,腰系标囊,内装飞标,手持长枪(长矛)于车上或驼轿上,插一小旗,旗上写标师的姓,沿途强盗,看见标帜上的人,知为某人保镖,某人武艺高强,不可侵犯。重在旗帜,故名'标局'。标局分春夏秋冬四季运现,至山西太谷县,名'太谷标';又运至祁县、平遥、汾阳,名'太汾标';此时名为标期,又称过标"。卫氏引证万籁声之《武术汇宗》并综合民间传说指出:山西有行意拳法,祁县传为戴大旅(廷桓)、戴二旅(廷栻)所创,据称此法从岳飞传下,兄弟二人在河南从老道人中学习,后来在十家店经商,有一二百里土匪抢掠,被兄弟二人赶走,由此而出名[104]。戴氏兄弟二人与形意拳的关系,与程冲斗之创设少林棍法之情形,颇有异曲同工之妙。

从现有的资料来看,徽商与镖局并无密切的关系,更没有组成镖局那样的组织。然而,徽商与少林武术却有着极为密切的渊源,这显然与明代徽商的经营特点及其时代变迁有着密切的关系。在明代,北中国有很多徽商活动的踪迹。如山东临清,有诸多徽商聚集。而河南开封附近,更是徽商经营的大本营。当时,江南与华北地区有着密切的经济联系,主要表现为北棉南运和南布北运[105],在这一过程中,徽商显然起了重要的作用。他们中的不少人从汴梁购置木棉,再到江南贩卖棉布。此外,四川一带亦是徽州人重点经营的地区。正是在这种背景下,当时在华北和西南出现了程冲斗和程真如那样的技击泰斗。及至清代,徽商的势力主要集中在长江中下游地区。虽然也有像汪十四那样的镖师,但较之北方[106],南方一带的治安从总体上来说相对较好[107],政府对地方社会的控制亦相对严密,而且,相对而言,南北方盗贼作案的手段也有不同,尤其是长江中下游一带,总体上更倾向于诡计巧取,而非暴力豪夺,故此,徽州虽然也出现过类似于汪十四或汪某那样的一些镖师(均以西南或西北为其活动背景),但却始终没有形成镖局那样的组织。在徽州及南方各地,信局的活动似乎更为普遍[108]。

注　释

1.（明）唐顺之《峨嵋道人拳歌》，转引自无谷、刘志学编《少林寺资料集》，书目文献出版社，1982 年，页 419。

2.哈佛燕京图书馆的 Hollis catalog 作"明天启元年（1621 年），FC4876（1058），耕余剩技本"，但胶卷上则作万历年间，后者可能是根据序跋所署的年代著录，误。《少林棍法阐宗》于天启辛酉（1621 年）与《蹶张心法》、《长枪法选》及《单刀法选》合刊行世，名曰《耕余剩技》。1919 年，周越然将之改名为《国术四书》石印出版。最近，《中华再造善本》"明代编·子部"收录程宗猷的《耕余剩技》（据国家图书馆藏明万历四十二年、天启元年程禹迹等刻本影印，北京图书馆出版社，2002 年），计四册，前两册即为《少林棍法阐宗》。该版颇有缺字，字迹、图幅漶漫不清，印刷极为粗糙乃至低劣，完全失去了中国传统善本的神韵，可谓但见"再造"之名，而无"善本"之实。哈佛燕京图书馆另藏有《程氏心法三种》，见陶湘所辑"百川书屋丛书续编"第五册，庚午、辛未涉园陶氏影印本。"百川书屋丛书续编本"虽未列入善本，但却远较《中华再造善本》精致。

3.程胤兆辑有《天都阁藏书》，天启间刻本，一函六册，哈佛燕京图书馆藏。

4.索书号为：T 69769440；FC2114。

5.程胤万《耕余剩技叙》。

6.关于程宗猷，此前仅见有陶孝忠《程冲斗和〈耕余剩技〉》一文（载休宁县文化局编《海阳漫话》第 3 辑，安徽美术出版社，1989 年）。该文简单介绍了程冲斗的事迹（文中虽未见有任何注释，但资料均出自《休宁碎事》及《耕余剩技》序跋），作者将程冲斗定位为"少林武术家和武术著作家"，主旨则在于"把他的事迹掏献给读者，希望能为爱国爱乡教育提供点素材"。（页 280）

7.此下有数字无法辨识，以"□"表示。

8.陈世埈《少林棍法阐宗集序》。

9.见清徐卓辑《休宁碎事》,清嘉庆十五年(1810年)海堂书巢刻本,卷一,页3上—3下。因程宗猷字冲斗,加上"宗"与"冲"颇为相近,故此处的"程宗斗"应即程冲斗。

10.程冲斗的父辈即有在六安一带活动的踪迹。《四库全书存目丛书》集部190册,收录《程仲权先生诗集》,该书是由程可中(仲权)之子程胤万、程胤兆二人所编。程可中笃信佛教,孜孜以"念佛"、"东林西寺,寻僧问法"为念(页160),写下不少与佛教有关的疏、记等。如卷五有《仰山伽蓝碑记》,称仰山伽蓝为"新安丛林第一寺"(页115)。《程仲权先生诗集》卷八为疏,收录其人所作的《灵隐寺建造两廊中塑五百罗汉像募缘疏》、《南京刻续藏经募缘疏》、《珠泉修寺募缘疏》、《祝禧寺精舍疏》和《六安州菊花店建茶庵募缘疏》等。除此之外,书中有关佛教者还有不少。其中《六安州菊花店建茶庵募缘疏》曰:"古者十里一亭,三十里一舍,所以为行旅之居停,末耜之憩止,暴雨烈日之暂避,传餐寄饮之少依,而先王善政所以亟亟焉眷于兹也。菊花店者,其要则箠屝之所必趋,饷馌之所恒系,而平陆莽苍,广野辽阔,风雨之不时,寒温之乖候,露处宵征,仓皇蹢躅,前村尚遥,近关未钥,故茶庵之建,所以为济物之慈也。比丘某首立弘愿,顶礼檀那,爰度地宜,并鸠材植,上以奉玄天上帝香火,下置茶灶,以饮涂旸,洌泉香涌,露茗春芽。龙凤成团,韵辗林中之杵;旗枪始战,涛翻竹下之铛。舌本凉生甘露,喉间香溢醍醐。一橼业举,片瓦功高。一缕一丝而皆可,盈千盈百以何嫌。敢告十方,同发一念。"(页132—133)建茶庵的做法在徽州极为普遍,而且,茶庵供奉玄天上帝。这条资料可能说明休宁汉口程氏在六安一带颇为活跃,故程冲斗才会将异僧迎至六安习学武艺。

11.徐珂《清稗类钞》第六册《技勇类》"以摸钱掷石习拳法"条,中华书局,1986年,页2929。

12.参见拙作《〈复初集〉所见明代徽商与徽州社会》,载《徽州社会文化史探微——新发现的16—20世纪民间档案文书研究》,上海社会科学院出版社,2002年,页70。

13.周振鹤编校《五岳游草》卷一《岳游上·嵩游记》,《王士性地理书三种》,上海古籍出版社,1993 年,页 32。

14. 汪以时《〈少林棍法阐宗集〉序》。

15. 程继康《〈少林棍法阐宗〉后序》。

16.《少林棍法阐宗·问答篇》。

17. 民国庚午(1939 年),沪上书商徐鹤龄易《少林棍法阐宗》之名为《少林白眉棍法》(亦作《少林棍图集》),见"国术丛编"之二,香港,国术研究社。参见无谷、姚远编《少林寺资料集续编》,书目文献出版社,1984 年。

18. 汪以时《〈少林棍法阐宗〉集序》。

19. 程子颐、子爱《蹶张心法序》。

20. 程宗猷《蹶张心法》,页 1 下。

21.《武备志》卷八八《阵练制·练·教艺·棍》,《续修四库全书》子部·兵家类,第 964 册,上海古籍出版社,2002 年。

22.《沧尘子手臂录》,故宫博物院编《故宫珍本丛刊》第 360 册"子部·兵家",海南出版社,2001 年,页 325—326。

23. 如他说:"程冲斗刀法唯破单杀手,其疏可知。"(《单刀图说自序》,页 364)"程冲斗只言重硬,不言轻虚,所以火气不除,此段非冲斗所及,乃少林本法也。但言用时之软,而不言练时之强,实则无根本,所以不及峨嵋。"(《梦绿堂枪法》,页 386)不过,他也评论说:"冲斗论枪,远胜《纪效新书》也。"(《临阵兵枪说》,见《沧尘子手臂录》卷四,页 374)"沧尘子曰:此诸势,皆在冲斗雕板行世书中,而此书原本,以之混于洪转枪法中,余敢改而正之。"(页 387)

24.《程仲权先生集》卷五《筑通州南城记》,页 110—111。

25. (明)汪道昆《太函集》卷三五《明赐级阮长公传》,《四库全书存目丛书》集部第 117 册,齐鲁书社,1997 年,页 452。

26.《太函集》卷六一《明处士休宁程长公墓表》,《四库全书存目丛书》集部第 118 册,页 22。

27. 郑晓《端简郑公文集》卷一〇《擒剿倭寇疏》,《四库全书存目丛书》集部第 85 册,页 383;嘉庆《重修扬州府志》卷五二《人物·笃行》"阎金"条,《中国地方志集成》

江苏府县志辑第 42 册,江苏古籍出版社,1991 年,页 200。

28.(明)丁元荐撰《西山日记》卷上,《续修四库全书》子部·杂家类,第 1172 册,页 296。

29.程胤万《耕余剩技叙》。

30.淳熙《新安志》卷一《风俗》,"宋元方志丛刊"第 8 册,中华书局,1990 年,页 7604。

31.《歙事闲谭》卷一八《歙风俗礼教考》,页 602。

32.在徽州各地,都有一些拳师。如黟县城中桂林人程大猷(1860—1924 年),"自幼习武;注重弓、马、刀、石英钟功夫,操练南拳,武艺高强……从他习武者达数十人"。黟县地方志编纂委员会编《黟县志》,"安徽省地方志丛书",光明日报出版社,1988 年,页 577。

33.《契约诗文称呼便览》,民国年间徽州文书抄本,私人收藏。

34.曹志成《简要抵式》"论杂式",晚清民国徽州文书抄本,私人收藏。

35.汪泽民《应酬类》,《学武关书》,页 9714。

36.以上三种,见《日用类书(吕蒙正破窑赋)》。

37.《通用称呼帖式》。

38.余尹莘录《应酬》,民国歙南文书抄本,私人收藏。

39.胡本盛抄《诸事应酬》,徽州文书抄本,私人收藏。

40.罗会玮抄《议约》,晚清抄本。除了上述文书外,另见有邻近徽州的浙江淳安县蓝皮日用类书中,亦有《学武关书款式》一份。

41.陈世埈《〈少林棍法阐宗〉集序》。

42.除《少林棍法阐宗》之外,程宗猷另作有:《蹶张心法》,该书题作:"新都程冲斗(宗猷)著,弟伯诚(宗信)、侄民(胤万)订;侄涵初(子颐)、君信(儒家)、幼慈(于爱)校;侄观其(时澜)、仲深(时涵)、禹迹(时涞)、德正(时泽)、观正(时淟)、甥孙广微(致广)阅。"是书成于天启元年(1621 年)。《长枪法选》,题作:"新都程冲斗(宗猷)著,弟伯诚(宗信)、侄民(胤万)订,侄涵初(子颐)、侄君信(儒家)、浙江侣仙施升平校梓;侄观其(时澜)、仲深(时涵)、禹迹(时涞)、德正(时泽)、观正(时淟)阅。"《单刀法选》,题名仝上。

43. 程胤兆《跋》。

44. 侯安国《(耕余剩技)叙》。

45.《绩溪庙子山王氏谱》卷二〇,页16下。上海图书馆谱牒研究中心收藏。

46. 同上,页16上—16下。

47. 同上,页5下—6上。

48. 同上,页4上

49. 同上,页3下—4上。

50. 同上,页6上。

51.《学武关书》,见汪泽民日用类书《应酬类》。

52. 道光《休宁县志》卷八《兵防·军制》,"中国地方志集成·安徽府县志辑"第52册,页139。

53.《蹶张心法》自序。清康熙年间休宁县令廖腾煃曾指出:"休宁地方,傍山依谷,东连严、衢,南通遂安,西接江右,一切奸黠,出没无常,动于交界地方,开张饭店,窝人惯盗,及打降拐带之徒,不时略卖妇女丁口于异方,种种不法,难以枚举。"他还指出:"地方豪猾打降之徒,与营伍悍兵私相结连,窥视富商大贾辎重往来,骤起而劫夺之耳。"《海阳纪略》卷下,《四库未收书辑刊》七辑第28册,北京出版社,2000年,页422。

54.《歙县民间诉讼案卷集成》中,三十都八图具禀生员王国贞为匿名饬控奸猾异常再叩拘究事。原书私人收藏,书名据内容暂拟。

55. 在一些地方,官府的声威也时常受到挑战。如王茂荫即曾指出:"旱南乡素有强悍之名……凡为重案下乡,乡民聚乱,人山人海,官有所举动,则群然而哗哄,哄声雷动……"(见曹天生整理《王茂荫未刊稿三种》,载《历史文献》第6辑,上海图书馆历史文献研究所编,上海古籍出版社,2004年,页335),故歙县素有"南乡蛮"的俗谚。

56. 大洲源文会公禀:"大洲一源,地僻山深,素武功之是尚。"载《徽州歙县诉讼案卷集成》。画家黄宾虹也指出:"邑南自深渡而入大周源,其中前有敝族同人远代居此,闻其陡险为外寇所不易入,森林旱粮亦颇足支,土人棍棒武艺谙练者多。"《与许承尧》,载上海书画出版社、浙江省博物馆编《黄宾虹文集》书信编,上海书画出版社,1999 年,页 172。

57.《蛮词》,徽州文书抄本。

58.《我之小史》第十九回《悬横额别饶静趣,剪辫子鼓吹文明》。

59.《与黄昂青》,载《黄宾虹文集》书信编,页 254。

60. 清代前期开始摆脱大姓控制的小姓,在徽州称为"脱壳"或"褪壳"。关于这一点,笔者拟利用新近发现的徽州文书另文论述。

61. 叶显恩《关于徽州的佃仆制》,载《中国社会科学》1981 年第 1 期。

62.(明)程春宇《士商类要》卷二,见杨正泰《明代驿站考》,上海古籍出版社,1994 年,页 298。

63. 同上,页 297。

64. 同上。

65. 同上,页 301。

66. 同上,页 294。

67. 同上,页 297。

68. 同上,页 298。

69. 杨正泰《明代驿站考》,上海古籍出版社,1994 年。

70. 此书原书标点作:"未过沙而转尖者,浅其沙上,货无粗细",似觉未妥,今酌改。

71. 浙江人民出版社,1986 年,第 1 册,页 1 下。

72. 中华书局,"元明史料笔记丛刊",1959 年,页 616。

73.《复初集》卷三二《从弟良材君传》,《四库全书存目丛书》集部第 188 册,齐鲁书社,1997 年,页 197—198。

74. 孙洙辑《排闷录·义侠》,钞本一册,哈佛燕京图书馆善本室藏。

75.《清稗类钞》第六册,页 2774—2775。

76.《尺牍新语》卷二二《技术类》,台北,广文书局,1971 年,页 402。

77. 歙县《许氏世谱·朴翁传》,转引自张海鹏、王廷元主编《明清徽商资料选编》,黄山书社,1985年,页244。

78.《初刻拍案惊奇》卷四《程元玉店肆代偿钱　十一娘云岗纵谭侠》,人民文学出版社,1991年,页69。

79.《重修古歙东门许氏宗谱》卷一○《朴庵公祭田记》,转引自张海鹏、王廷元主编《明清徽商资料选编》,页245。

80. 同治《黟县三志》卷六下《人物·孝友》汪振铎传,(清)谢永泰修、程鸿诏等纂,《中国地方志集成·安徽府县志辑》第57册,页103—104。

81. 光绪《婺源县志》卷二八《人物·孝友二》,"中国方志丛书"华中地方第680号,(清)清汪正元、吴鹗等纂修,光绪八年(1882年)刊本,台北成文出版社,1985年,页2067。

82. 徐珂《清稗类钞》第六册《义侠类》"盗尼戒多杀人"条,页2729。

83. 关于这一点,可参见陈宝良《中国流氓史》(中国社会科学出版社,1993年)等论著的相关部分。

84.《对联便览》,徽州吕绍常文书。

85. 万历《嘉定县志》卷一《疆域考上·市镇》,"四库全书存目丛书"史部第208册,齐鲁书社,1996年,页690。

86.《侯忠节公全集》卷七《与万明府书(崇祯乙亥)》,民国二十二年(1933年)铅印本,页5下。复旦大学图书馆古籍部藏。

87. 参见江苏省图书馆编《江苏省明清以来碑刻资料选集》,三联书店,1959年。

88.《休宁率东程氏家谱》卷一一《明威将军程天宠甫小传》,转引自张海鹏、王廷元主编《明清徽商资料选编》,页431。

89.《歙事闲谭》卷二九《汪雨苍》,页1039。

90. 引自尊我斋主人《少林拳术秘诀》第10章,中国书店,1984年,页80—81。

91. 皮明庥、吴勇主编《汉口五百年》,湖北教育出版社,1999年,页54。

92.《绩溪庙子山王氏谱》卷二○,页15下—16上。

93.《我之小史》续编卷二第五回《为谋事留杭暂搁　过新年到处闲游》。

94. 参见拙文《19 世纪徽州民俗风情的一幅素描》，载《徽州社会文化史探微——新发现的 16—20 世纪民间档案文书研究》，页 309—311。

95 林伯原《谈中国武术在明代的发展变化》，载人民教育出版社编《中华武术论丛》第 1 辑，人民教育出版社，1987 年；国家体委武术研究院编纂《中国武术史》第 7 章《明代武术》，人民体育出版社，1997 年。

96. 戚继光《纪效新书》卷一四《拳经捷要篇》，"丛书集成初编"，中华书局，1991 年，页 49—51。

97. 程胤万《耕余剩技叙》。

98. 程宗猷《蹶张心法自序》。

99. 同上。

100.《少林拳术秘诀》第十章之三《胡氏之技击术师法派别》："胡某，忘其名，黔之黎平人，父业商，家颇饶资财，仅生胡一人，钟爱甚至。胡少年即嗜技击术，凡乡里之以拳勇著称者，无不留之于家，款待极盛。嗣见来者技俱平常，不足餍其所欲，乃挟资游川滇湘鄂间，亦无所得，怏怏返里，仍日夕从事于此，不为少倦。"后得少林异僧一贯点拨，技艺精进。"后又同一贯师挟赀遍游北方，凡燕晋秦齐诸名都大邑，无不游历殆遍，至一地，必访其中之精于此道者。"因家道中落，返里。"以黔中绿林最多，凡他地之往黔运售烟土者，常遭劫夺，胡遂出为镖客，以保护商旅，凡绿林之巨魁酋首，闻胡在其中，即不敢劫取镖铢，胡因是每岁所入颇丰，家亦渐裕。惟是当时远近闻胡名，皆欲执贽为弟子，一习其术，而胡择之最严。时川中某盐商子，挟资巨万，登门求受业，胡见其人有骄暴气，峻拒不纳。"（页 90—93）李镜源，"又号长须李，湖北省之夏口人，父业木商，故家富于资，少年入塾，于课余之暇，即好弄拳棒"，年二十余赴沔阳，遇陕西烟商高某，切磋武艺，后至陕西三原某寺，学习技击术（页 65）。另，清代粤东的洪家拳术，据传出自福建茶商洪熙官。（李英昂编著《古今少林拳图谱》，香港艺美图书公司，1957 年，页 7。）这些人的身世家境，均与程宗猷颇为相近。

101. 尊我斋主人《少林拳术秘诀》第十章《南北派之师法》，页 63。尊我斋主人的生卒年代不详，但此书另见有民国四年（1915 年）上海中华书局刊本（哈佛燕京图书馆收藏)。

102.《沧尘子手臂录》,《故宫珍本丛刊》第 360 册"子部·兵家",页 381。

103. 程真如的《峨嵋枪法序》中指出:"西蜀峨眉山普恩禅师,祖家白眉,遇异人授以枪法,立机空室,练习二再,一旦悟澈,遂造神化,遍游四方,莫与并驾。属余客游蜀中,造席晤言,师每首肯,问及武事,则笑而不答。余揣其意,在求人也。因与荆江行者月空礼师请教,师命余二人樵采山中,经历二载,师笑曰:二人良苦,庶可进乎。我有枪法一十八札,十二倒手,攻守兼施,破诸武艺。汝砍采久,而得心应手,不知身法、臂法已寓于是,遂教余二人动静进止之机,迟疾攻守之妙。久之,余南还,又访沙家枪、马家带棍枪,则意疏浅,较之余师之法,相去远矣。余叙其法,不忘师所自,命之曰峨嵋枪法。"(《故宫珍本丛刊》第 360 册"子部·兵家",页 377)从中可见,程真如的经历与程宗猷颇为相似。

104. 卫聚贤《山西票号史》,中央银行经济研究处,1944 年,页 5—9。

105. 张海英《明清江南商品流通与市场体系》,华东师范大学出版社,2002 年。

106.《清稗类钞》第六册《技勇类》,多有对北方及西蜀治安状况的描述。如"乾、嘉之际,行北道者咸苦盗贼"(页 2904),"嘉庆末……时川、陕之寇,湖、广之苗,虽先后平定,而绿林豪客纠合逋匿,因山泽林箐之形势,探丸鸣镝,阻截要隘者,所在多有"(页 2912)。

107. 江南人即使为人走镖,也是前往北地。如无锡北乡人楚二胡子,"习术于江南某镖客。三年,术成,恒为客商保卫辎重,往来齐、楚、燕、赵间"。《清稗类钞》第六册《技勇类》,"楚二胡子捋腰带",页 2920。

108. 参见拙文《徽商与清民国时期的信客与信局》,载《人文论丛》2001 年卷,武汉大学出版社,2002 年。

《太平欢乐图》

盛清画家笔下的日常生活图景

　　"图文图书"是近年来国内出版界最为流行的一种图书形式,所谓图文图书,通俗地说,就是书中除了文字描述之外,还配插了一些图画或照片。以我个人为例,2000年和2005年在北京三联书店分别出版的《乡土中国·徽州》和《水岚村纪事:1949年》,都是与摄影家李玉祥先生合作的作品。类似的图文图书从2000年以来在出版界几乎是铺天盖地,并呈愈演愈烈之势。

　　由于图文图书的大批出现,早在世纪之交,有人就曾经预言,中国社会的"读图时代"到了。读图时代的到来,与中国社会的转型密切相关——由于社会日趋多元化,人们的生活节奏大大加快,再加上电视、网络等新的视觉娱乐方式的出现,使得一般人的阅读习惯发生了极大的改变。雅俗共赏的图文图书,能够满足许多人快餐式的阅读消费习惯,这应是图文图书大行其道的重要因素。当然,还有一个很重要的原因是与整个中国综合国力的增长息息相关。试想,倘若一个社会没有足够的财富积累,人们又焉能于阅读纯文字时想尽花样地满足视觉享乐?

　　不过,说到图文图书,在中国其实古已有之。上古有"左图右史"或"左图右书"之说,图载星辰、山川、草木、鸟兽之形。古人认为,有插图的读物，不仅使得考镜易明，而且便于人们记览。亘古迄今，此类图书编纂的传统可谓不绝如缕，乾隆时代的《太平欢乐图》，便可算得上是清代的一部图文图书。

乾隆四十五年（1780年），清高宗第五次南巡，浙江画家方薰将《太平欢乐图》册，通过曾任刑部主事的金德舆进呈内廷，结果受到了乾隆皇帝的嘉奖。据说，方薰原创的《太平欢乐图》画册进呈内廷后，曾留了一套副本在金德舆处。因这套画册得到乾

《太平欢乐图》封面（上海学林出版社，2003年）

隆帝的褒奖而名扬天下，故而金德舆保存的副本也为世人所瞩目，周遭的人们争相借阅。这个副本，后于嘉庆十二年（1807年）被嘉兴的一位古玩鉴藏家陈铣所得。道光七年（1827年），嘉兴画家董棨根据方薰《太平欢乐图》的副本，临摹了一册《太平欢乐图》，这就是上海学林出版社2003年出版的《太平欢乐图》（以下简称学林版），里面包括一百幅的彩色图片，题作"（清）董棨绘、许志浩编"。作为编者，今人许志浩指出：

> 据笔者查阅北京故宫博物院、台北故宫博物院、上海博物馆，以及海内外其他大型博物馆、美术馆等收藏资料，现均无方薰《太平欢乐图》正本和副本下落的记载，极有可能已佚。因此，董棨临摹的这部画册，可能是海内孤本，其史料价值是十分珍贵的。[1]

《太平欢乐图》(光绪年间石印本)

事实上,作为一种图册资料,《太平欢乐图》在海内外均不罕见,就在学林版发行的那一年,我在美国哈佛燕京图书馆就曾见到一册《太平欢乐图》,为光绪年间石印本(以下简称光绪版),属于普通古籍[2]。而在我任教的复旦大学图书馆,也有一部残本,亦属常见古籍。想来,《太平欢乐图》一书在海内外各大图书馆均非稀见。因此,如果说董棨的这个本子(也就是学林版)作为彩色的画册之一[3],或许自有其价值所在,但在未交代现存刊本来龙去脉的前提下侈谈其史料价值,似乎有点匪夷所思,至少,"海内孤本"实在无从谈起。

一、《太平欢乐图》的光绪版及学林版

根据光绪版的序文,光绪十四年(1888年)刊印的《太平欢乐图》是根据方薰的《太平欢乐图》副本,用石印的方式刊出。因此,从史料学的角度来看,董棨的这个本子(亦即学林版)只是方薰《太平欢乐图》副本的摹本。换句话说,光绪石印本实际上更接近其本来面目。

我仔细比较过两种版本,发现学林版《太平欢乐图》与光绪石印本有着很大的差别。

在两种版本的一百幅图中,都各有一张未见于另一种版本。光绪

版的《嘉兴净相寺檇李》就未见于学林版,这幅图是光绪本的第四十五图[4],其说明文字如下:

> 案:檇李产嘉兴净相寺,每颗有西施爪痕。朱彝尊《鸳鸯湖棹歌》云:"徐园青李核何纤,未比僧庐味更甜。听说西施曾一掐,至今颗颗爪痕添。"即咏此也。徐园青李亦佳,惟不及檇李味尤鲜美耳。[5]

朱彝尊为清代嘉兴著名学者、词人,亦曾参与《明史》的纂修。康熙年间,他写过《鸳鸯湖棹歌》一百首,将当地的地名、人物、物产和各类典故熔于一体,生动地描述了嘉兴一带的社会风情。《太平欢乐图》一书,就经常引用《鸳鸯湖棹歌》的诗句,作为典故,借以说明市井百态和名胜物产。事实上,浙江嘉兴市的别名就叫檇李,这个地名在先秦的典籍《左传》中就已出现。而这一幅图却不见于学林版。后者为凑足一百幅,却多出了一幅(亦即学林版的第八十五幅《卖柴爿》,该图未见于光绪版)。何以出现这种情况?确切的原因不得而知,推测是因为董棸当时未得《太平欢乐图》的全本,少了一张《嘉兴净相寺檇李》,故而只好模仿原书的风格,临时加了一幅《卖柴爿》。

学林版是董棸根据方薰的《太平欢乐图》副本临摹而成,因此,在构图和画法上均与光绪石印本有着明显的差异。

其一,《太平欢乐图》作为图文图书,其说明文字在光绪版中书于画的旁边,而董棸的摹本则是文图分列,一幅图配上单独的一张文字说明,这是一点明显的不同。

其二,总体说来,学林版描摹的人物形象清隽,而光绪版中的白描则多显得丰颐广颡。准情度理,丰颐广颡或许更符合画家营造太平盛世气象的本意。不仅如此,在一些细部刻画上,学林版也显得比较粗

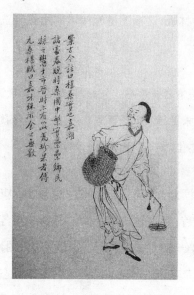

《販桑葚》光绪版　　　　　　　　《販桑葚》学林版

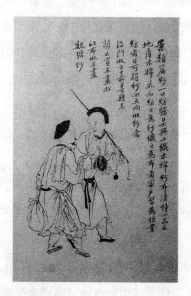

《收纱》光绪版　　　　　　　　《收纱》学林版

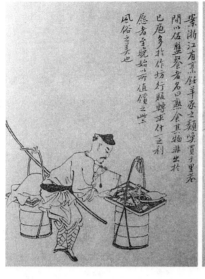

《里巷販熟食》光緒版　　　　《里巷販熟食》學林版

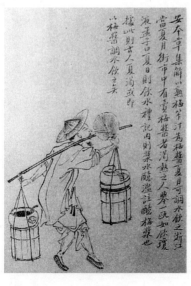

《賣酸梅汁》光緒版　　　　《賣酸梅汁》學林版

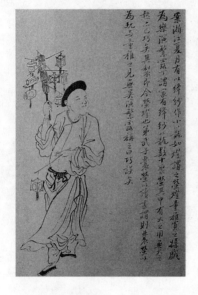

粤浙江夏月有以缚纱作小龛如塔署之萤灯为戏油燃之谓家有缚纱龛点十盏萤其中有大之用无不为玩之童推可见无美凝萤品推百巧诗方熟之色巧夫其制紫命今警得也第武子非聚萤此情圣调则此尖萤

《萤灯》光绪版

《萤灯》学林版

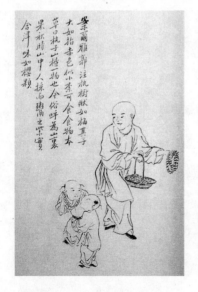

果欧雅邹注就榴欲如梅其子大如指赤色似奎可食食物本草曰枇子山楂二物也今俗呼为岩裹果杭时山中人採而鬻南之棠实合淬味如樱颣

《食山楂》光绪版

《食山楂》学林版

糙,缺乏活力。两种版本中的有些图幅,在画法上更有一些细微的差别。例如,光绪本的《贩桑葚》图,展示了暮春时节的场景:嘉兴、湖州各地桑圃中繁实累累,乡民们将这些桑葚采摘下来,鬻之于市。画面中人右手夹着一个装满桑葚的竹篓,左手则提着一杆秤。我们注意到:在这里,秤砣是下垂的。而在学林本图十八[6]中,则是将秤砣夹在手心。有趣的是,关于秤砣的画法,在《太平欢乐图》的两种版本中,不少图幅都不尽相同。譬如,《太平欢乐图》中有一幅收纱之图,状摹了江南一带因盛产棉花,每家每户都将收获的棉花纺成纱线,于是就有一些人沿门挨户地去收购。图幅中画有面对面的两个人,在光绪版中,右边那人肩上扛着的秤上明显挂有一个秤砣,而在学林版中却未见[7]。再如,学林版的图三十六《里巷贩熟食》[8]中,有个正在秤肉的人,秤上没有秤砣,但在光绪版中,秤上则是挂有秤砣的。看来,董棨似乎很不想画秤砣,遇到秤砣,总是想方设法地将之藏起,仅此一点,颇可看出摹本的偷工减料。

　　类似于此的例子还相当不少。光绪本的《卖酸梅汁》,那名挑担小贩穿着的衣服比较严实,而在学林本[9]中,则是将脖子后的皮肤露出了一大块。再如,学林版第五十一图《萤灯》[10]也与光绪版不同。光绪石印本中人物左手中的一大堆萤灯更形复杂,右手拿着的那盏萤灯之下有一个缨穗,而学林版则未见。学林版第九十图《食山楂》[11],根据说明:"其子大如指。"这就是说山楂应有指头那么大,而画中的山楂无论是大人手中的还是小孩脖子上套的,都显得太小,不像光绪版那么大,那么真实。学林版的图六十六《钉秤》[12],内容是说浙江乃商贾辐辏之区,称量货物必借权衡,所以就有一些人专门制作秤杆,以钉秤为业。关于这幅图,学林版与光绪版颇有差别:光绪版中人物的脑后拖有一根辫子,衣服后面也有带子飘出,这在学林版中则未曾见到。学林版

第五十八图《修鞋匠》[13]，在构图上与光绪本也有所不同。在学林版中，修鞋匠身后的那根棍子是直的，而光绪版的棍子却是弯弯的，后面的那块皮则是挂下来好一块。显然，光绪本在细节上的画法更为精致。

除了图像外，学林版文字说明亦有缺漏。如《元宵灯市》曰："《西湖游览志》正月上元前后，张灯五夜，自寿安坊至众安桥，谓之灯市。朝世际升平，年丰物阜，浙江元宵灯市盛于往昔……"[14]此处的"朝世际升平"文意不通，经查光绪版，可知应作"我朝世际升平"，漏一"我"字。

其三，学林版各图标题均为编者所拟，随意性较大。如第八十一幅《卖恤盐》，内容是引清代的《两浙盐法志》，说是根据规定，"肩引"（引是盐政中销盐的凭证）只许在本县城乡市镇肩挑贩卖食盐，每人不许超过四十斤，一起卖盐的人也不得超过五六名，而且买卖的范围更不准越过一百里之外。又说：由于地近场灶之处，私盐买卖相当猖獗，政府特许一些无业之民前往盐场挑卖，"盖于杜除私贩之中，寓抚恤穷黎之意，圣朝宽典古未有焉"[15]。学林版的编者显然是根据"抚恤穷黎"这句话，将此图定名为"卖恤盐"，其实并无典籍依据。又如，第四十一幅图注有"今我朝右文稽古，开四库全书馆，裒辑群书，文德广披，士子益蒸蒸向学，各州邑书肆遂如栉比，兼有负包而卖者，多乌程、归安人也"。这是说清代乾隆时期对文化高度重视，开四库全书馆，收集、编辑各类书籍，为编修四库全书做准备。这使得读书人更加一心向学，所以天下各个州县的书店鳞次栉比，除了那些有固定门面的书业坐贾外，还有一些背包卖书的行商，而这些人大都来自乌程和归安。编者显然不清楚乌程和归安是湖州府的附郭二县，故将该图拟作"归安卖书人"，显属未妥。实际上，此图应作"乌程归安卖书人"才更为妥帖[16]。

其四，两个版本中各图的排列顺序完全不同，这是关系到全书脉络的重要问题。兹将两书的排列顺序列表比较：

顺序	学林本(括号中与光绪本对应编号)	学林本页码	光绪本(括号中与学林本对应编号)	光绪本页码
1	元旦吹箫(2)	2—3	吉祥如意万年青(100)	1上
2	除夕欢乐图(100)	4—5	元旦吹箫(2)	1下
3	买禾苗(31)	6—7	元宵灯市(20)	2上
4	卖桑叶(26)	8—9	元宵吃圆子(74)	2下
5	卖蚕茧(25)	10—11	(乌程)归安卖书人(41)	3上
6	卖良丝(29)	12—13	湖州毛笔(42)	3下
7	肥田的菜饼和豆饼(33)	14—15	新安墨(43)	4上
8	蔬中雅馔水芹(17)	16—17	刻图章(96)	4下
9	卖糖粥(19)	18—19	捏泥人(53)	5上
10	收纱(88)	20—21	太平纸鸢(63)	5下
11	卖蓑衣笠帽(32)	22—23	吹箫卖饧(92)	6上
12	浙江旧时织布机(30)	24—25	初春韭芽(67)	6下
13	水果之乡(44)	26—27	杭州龙井茶(87)	7上
14	弹棉之弓(87)	28—29	源于九江之鱼(16)	7下
15	中秋月饼(66)	30—31	浙江四季之笋(88)	8上
16	源于九江之鱼(14)	32—33	西湖莼菜(27)	8下
17	杭州泉水(18)	34—35	蔬中雅馔水芹(8)	9上

顺序	学林本(括号中与光绪本对应编号)	学林本页码	光绪本(括号中与学林本对应编号)	光绪本页码
18	贩桑葚(27)	36—37	杭州泉水(17)	9 下
19	蔬菜贩卖(94)	38—39	卖糖粥(9)	10 上
20	元宵灯市(3)	40—41	孵小鸡(65)	10 下
21	赶考市(61)	42—43	卖雏鸭(50)	11 上
22	乡试题名录(64)	44—45	灵芝(99)	11 下
23	乡举卖烛(62)	46—47	杭州兰花(25)	12 上
24	春节书春联(98)	48—49	三羊开泰(82)	12 下
25	杭州兰花(23)	50—51	卖蚕(84)	13 上
26	浙江名瓷(58)	52—53	卖桑叶(4)	13 下
27	西湖莼菜(16)	54—55	贩桑葚(18)	14 上
28	端午小孩戴艾虎(35)	56—57	卖蚕茧(5)	14 下
29	西湖采荷花(46)	58—59	卖良丝(6)	15 上
30	养金鱼(50)	60—61	浙江旧时织布机(12)	15 下
31	夏月卖扇(39)	62—63	买禾苗(3)	16 上
32	菱芡莲藕出西湖(47)	64—65	卖蓑衣笠帽(11)	16 下
33	卖西瓜(43)	66—67	肥田的菜饼和豆饼(7)	17 上
34	卖酸梅汁(42)	68—69	端午包粽子(73)	17 下
35	淘河沙(49)	70—71	端午小孩戴艾虎(28)	18 上
36	里巷贩熟食(90)	72—73	浙江草席(70)	18 下

顺序	学林本(括号中与光绪本对应编号)	学林本页码	光绪本(括号中与学林本对应编号)	光绪本页码
37	吴兴筥帚(85)	74—75	织帘(39)	19 上
38	重阳食栗糕(69)	76—77	制雨伞(72)	19 下
39	织帘(37)	78—79	夏月卖扇(31)	20 上
40	卖砖瓦(52)	80—81	浙江凉鞋(68)	20 下
41	归安卖书人(5)	82—83	湖州鹅毛扇(44)	21 上
42	湖州毛笔(6)	84—85	卖酸梅汁(34)	21 下
43	新安墨(7)	86—87	卖西瓜(33)	22 上
44	湖州鹅毛扇(41)	88—89	水果之乡(13)	22 下
45	古玩贩子(59)	90—91	嘉兴净相寺樏李	23 上
46.	杂货篮(77)	92—93	西湖采荷花(29)	23 下
47	浙江木工(80)	94—95	菱芡莲藕出西湖(32)	24 上
48	水乡蒲团(81)	96—97	萤灯(51)	24 下
49	修锡器(55)	98—99	淘河沙(35)	25 上
50	卖雏鸭(21)	100—101	养金鱼(30)	25 下
51	萤灯(48)	102—103	浙江名鸟(52)	26 上
52.	浙江名鸟(51)	104—105	卖砖瓦(40)	26 下
53	捏泥人(9)	106—107	箍桶(54)	27 上
54	箍桶(53)	108—109	磨铜镜(64)	27 下
55	浙江鸡毛帚(57)	110—111	修锡器(49)	28 上
56	铜杓(56)	112—113	铜杓(56)	28 下

顺序	学林本（括号中与光绪本对应编号）	学林本页码	光绪本（括号中与学林本对应编号）	光绪本页码
57	江蟹（70）	114—115	浙江鸡毛帚（55）	29 上
58	修鞋匠（84）	116—117	浙江名瓷（26）	29 下
59	浙江红绿柿（72）	118—119	古玩贩子（45）	30 上
60	除夕瑞炭（96）	120—121	碑林拓片（61）	30 下
61	碑林拓片（60）	122—123	赶考市（21）	31 上
62	卖土布（89）	124—125	乡举卖烛（23）	31 下
63	太平纸鸢（10）	126—127	插解元草（78）	32 上
64	磨铜镜（54）	128—129	乡试题名录（22）	32 下
65	孵小鸡（20）	130—131	八月赏桂花（75）	33 上
66	钉秤（79）	132—133	中秋月饼（15）	33 下
67	初春韭芽（12）	134—135	食山楂（90）	34 上
68	浙江凉鞋（40）	136—137	杭菊（89）	34 下
69	田泽田螺（74）	138—139	重阳食栗糕（38）	35 上
70	浙江草席（36）	140—141	江蟹（57）	35 下
71	野味（93）	142—143	品字菊（95）	36 上
72	制雨伞（38）	144—145	浙江红绿柿（59）	36 下
73	端午包粽子（34）	146—147	卖豆腐（93）	37 上
74	元宵吃圆子（4）	148—149	田泽田螺（69）	37 下
75	八月赏桂花（65）	150—151	浙江卖油郎（86）	38 上
76	小炉匠（83）	152—153	卖恤盐（81）	38 下

顺序	学林本(括号中与光绪本对应编号)	学林本页码	光绪本(括号中与学林本对应编号)	光绪本页码
77	竹编焙笼(97)	154—155	杂货篮(46)	39 上
78	插解元草(63)	156—157	卖陶器(91)	39 下
79	卖篾器(82)	158—159	钉秤(66)	40 上
80	艺盆梅(95)	160—161	浙江木工(47)	40 下
81	卖恤盐(76)	162—163	水乡蒲团(48)	41 上
82	三羊开泰(24)	164—165	卖篾器(79)	41 下
83	赁春(86)	166—167	小炉匠(76)	42 上
84	卖蚕(25)	168—169	修鞋匠(58)	42 下
85	卖柴爿	170—171	吴兴笤帚(37)	43 上
86	浙江卖油郎(75)	172—173	赁春(83)	43 下
87	杭州龙井茶(13)	174—175	弹棉之弓(14)	44 上
88	浙江四季之笋(15)	176—177	收纱(10)	44 下
89	杭菊(68)	178—179	卖土布(62)	45 上
90	食山楂(67)	180—181	里巷贩熟食(36)	45 下
91	卖陶器(78)	182—183	种树匠(94)	46 上
92	吹箫卖饧(11)	184—185	衢州名橘(98)46 下	
93	卖豆腐(73)	186—187	野味(71)	47 上
94	种树匠(91)	188—189	蔬菜贩卖(19)	47 下
95	品字菊(71)	190—191	艺盆梅(80)	48 上
96	刻图章(8)	192—193	除夕瑞炭(60)	48 下

顺序	学林本(括号中与光绪本对应编号)	学林本页码	光绪本(括号中与学林本对应编号)	光绪本页码
97	卖糯米花糖(98)	194—195	竹编焙笼(77)	49上
98	衢州名橘(92)	196—197	卖糯米花糖(97)	49下
99	灵芝(22)	198—199	春节书春联(24)	50上
100	吉祥如意万年青(1)	200—201	除夕欢乐图(2)	50下

学林版的第一百幅《吉祥如意万年青》,在光绪本中排在第一幅。到底哪一种排序更为合理呢? 我们先来看看说明。《吉祥如意万年青》一幅的文字如下:

> 瑞草中有万年青,叶丛生似带,四时郁葱,今浙人比户珍植,
> 辅以吉祥、如意二草。耆老相传,圣祖仁皇帝南巡,幸云林寺,有
> 老僧夙具慧悟,以一桶万年青献,闻之者欣喜忭舞,咸以为本朝亿
> 万年太平一统之征云。[17]

很明显,这是对先皇康熙帝歌功颂德的文字,排在首幅理所当然,而不应当排在最后一幅。在对先皇的嵩呼遥祝之后,接着的《太平欢乐图》按照岁时节序依次展开,这是光绪本的脉络。以下,让我们翻开石印本的《太平欢乐图》,逐页感受乾隆时代人们在一年四季中的生活实态。

二、光绪本《太平欢乐图》的岁时节序脉络

首先是元旦吹箫,浙江人每到元旦,闾阎稚子俱吹箫击鼓,作为娱乐的一种方式,其箫曰太平箫,鼓曰太平鼓。元旦过后,很快就到了正

月十五,乾隆朝时际升平,年丰物阜,所以浙江的元宵灯市非常热闹,街巷间搭起彩棚,悬挂各色花灯,上面书写着"天子万年"、"天下太平"、"五谷丰登"、"风调雨顺"等字,好一派万民同乐的景象!在元宵佳节,无论士庶,必买粉团互相馈遗,谓之灯圆。民谚有"上灯圆子落灯糕",吃灯圆,取岁岁团圆之意。

春节过后,挟册操觚的读书人便要开始努力学习,为功名奔波了。于是,街衢巷陌间各类与科举考试有关的人群纷纷出现。如湖州府乌程县、归安县的书商,湖州归安善琏等村的笔商,徽州婺源县的墨商,等等,纷纷背负行囊,带着书籍、湖笔和徽墨等走街串巷,跋山涉水,走访书塾,向读书人兜售。由于应试之先需要各取保结,对于读书人而言,图章必不可少。故此,路边便有粗晓六书者,以篆刻为业,卖起了昌化石、青田石之类的图章。

春天来了,人们纷纷外出踏青,杭州人到西湖游玩,一些手工艺人就制作了湖上土宜(如泥孩、花湖船等)兜售给游人。此时,芳草如茵,菜花满地,小孩们往往聚在一起放飞纸鸢(风筝)。据说,春天放风筝,令小孩张口望视天空,有助于消除郁积在身体中的内热。当时,有小贩以麦芽糖做成禽鱼果物之类卖给儿童,嘴里还吹着像箫一样的竹管,称为卖饧箫。

春天到了,各种时鲜蔬菜纷纷上市,如初春的韭芽,因是刚刚上市,价格很贵,数十茎就需要十余钱。新鲜的春笋(园笋、莺笋、紫桂笋)、香粹滑柔的莼菜以及蔬中雅馔——芹菜等也相继登场。除了蔬菜,浙江东西濒江控海,鳞族繁衍,鱼类资源相当丰富,如六和塔下钱塘江之鲥鱼、吴兴太湖之白鱼、苕溪之鳖鱼,等等,很早就见诸载籍。及至清代,人们往往会到江西九江一带购买一些初生的鱼苗,养在池中,以备日后的食用。这时,龙井新茶也开始上市。因杭州井水味咸,不可用以煮茶,而西湖多山泉,虎跑、白沙二泉尤其甘洌,所以郊区的村民往往汲取山泉,担鬻城中。

春天不仅是万物复苏的季节,而且也是农村人口四处贩卖农产品、进城打工的好时光。于是,在城市乡村,卖小鸡、贩雏鸭的小贩纷纷出现在街头。另外,各地的人也纷纷前来杭州等大城市务工经商。为了满足这些人的需要,每过中午,街上就有人卖糖粥,供往来如织的行人吃饱。

杭嘉湖各府都以养蚕为业,其中以湖州府最为繁盛。每当养蚕的季节,就有人担着蚕种在市面上兜售。与这种生产结构相适应,杭嘉湖各府肥沃的土壤都用来栽种桑树,桑叶也同样可以在市场上销售[18]。桑树的果实(桑葚)是一种珍果,相当好吃,暮春时节在市场上也可以买到。春蚕吐丝后结茧,不善编织的人都将蚕茧卖出。当然,也有一些是供自家纺织之用。但纺成的丝,亦有不少流入市场。四五月间缫车既停,人们携丝入市货卖。从养蚕纺纱织布的整个过程来看,各个环节都有很高的商品化程度。部分食物及生产资料和生活用具的日渐商品化,反映了人们的生产和生活与市场的关系愈来愈紧密。

除了养蚕外,农业耕耘自然更是本务之一。浙江在三四月间,人们选择好的种子,以水浸泡,让它发芽,然后播种在田间,渐长成苗。这种秧苗也是用来出卖的,村农买了这种苗,称为分苗,再将它种在田里,是谓插苗。春夏之交正是江南多雨的季节,所以农作时的蓑衣笠帽必不可少。至于肥料方面,原先是用草,将其沤烂作为肥料。但在乾隆时代,人们也到市场上购买菜饼和豆饼来肥田。

转眼之间,端午到了,按照传统习俗包粽子,据说有很多人并不自己包裹,而是从市场上购买。这一情节,反映了社会分工的精细以及民众日常生活节奏的加快。端午节时,一般人还买来菖蒲和雄黄,并让小孩头戴艾虎,取其耆艾之意。

此后,天气渐趋炎热,床上该换草席了,这些草席通常是由绍兴人所织[19]。其实,太阳光的直接照射不仅晃眼,而且还会使室内的温度升高,所以遮光的窗帘必不可少,它是用竹子编成的。

稍晚,梅雨季节接踵而至,出门必须撑把纸伞。同时,闷热的天气让人实在受不了,各类夏令用品纷纷登场。不仅是用的,如折叠扇、油纸扇、鹅毛扇和凉鞋等,还有吃的夏令消暑饮品酸梅汁,以及西瓜等各种各样的水果。关于夏令水果,《太平欢乐图》中罗列了西瓜、杨梅、樗李和莲藕等诸多名色。

夏天是萤火虫出没的季节,浙江人用绛纱作小笼如灯,里面放一些萤火虫,称为萤灯,供小孩子玩耍。

由于天气炎热,人们可以下水作业,于是就有人下河挖取灰土,据说将这些灰土放在炉中燃烧,可以得到一些银铢(可能是指一种鲜红色的颜料,亦即红色硫化汞),此种营生叫做淘沙。

与此同时,人们在劳作之余,也不忘休闲娱乐、怡情养性,如养金鱼、画眉、鸽子之类。

尽管天气炎热,但平头百姓还是要在烈日下劳作。如浙江造房子用的砖瓦主要来自杭州、嘉兴一带,有人就挑着砖瓦在街上兜售。在街头,还有箍桶的,磨铜镜的,修补锡器的,为人鼓铸铜勺的,卖鸡毛掸的,卖瓷器的,担卖古董的,卖碑帖的……这些市井上的各种营生,都很值得关注。比如说修补锡器的那一幅,文字说明指出:"广州锡器最擅名,顷浙江亦能仿照。"明清时期,因海外贸易的繁盛,使得广州在一些方面引领全国的时尚。"广"字在当时是一种精致、时髦的代名词,广州锡器就是一种时尚的日用品。原先,此类锡器只有广州可以制作,但到清代前期,浙江也能仿造了。

在描写市井百姓的劳作之余,《太平欢乐图》也没有忘记读书人的活动。唐代士子参加科举考试,餐具炭火等都需要自己准备,宋代以后,这些东西均由官方提供,但参加考试的士子自己要带些果品、糕点之类的。到清代,人们赶考时需带插蜡烛用的烛墩、用以磨墨写字倒水用的水注,以及用来放糕点果品的竹篮。所以,就有一些商人专门兜售这些东西,其地点就在科举考试之所在——贡院的东西桥一带聚卖,称为赶考市。《太平欢乐图》接着考证说——从唐代开始,举子考试,到了傍晚就给蜡烛,每天晚上给三条蜡烛,后代沿袭这种做法,让举子挑灯夜战。故而每到乡举之年,在考场附近就有人卖考烛,称为三元烛(其寓意当然是连中三元)。浙江士子,乡试考举人时,还有一些风俗,如买青蒿插在帽子上,作为簪花之兆(亦即攀蟾折桂的好兆头),这种青蒿就被称为解元草。这里有一个典故。因为乡试的第一名称为解元,《诗经·小雅》中有一句叫"呦呦鹿鸣,食野之蒿"。蒿,也就是青蒿。《鹿鸣》是《诗经·小雅》的篇名,是贵族的宴会诗,系宴请群臣时嘉宾所用的乐歌。明清时期乡试放榜的第二天设宴,唱《鹿鸣》这种乐歌,通常是以巡抚主持其事,届时,新科举人都要前来参加宴会,称为鹿鸣宴,所以用插青蒿来作为中举的兆头。在乡会试之年,有《题名录》出现,《题名录》也叫《登科录》(亦即中举者的花名册)。当时,乡试揭晓之日,士庶皆聚观榜下,住得比较远的人,就拿市面上印行的《题名录》来传看,如果看到自己认识的人中了举,往往就很高兴地指给别人看,据说那是一件很光彩的事。

科举登科,比较文雅的说法是叫蟾宫折桂。《太平欢乐图》在叙及《登科录》之后,紧接着就画了杭州人在七月初贩卖桂花,"大约皆蚤黄也,更有丹桂、银桂诸种。八月始花,产天竺、月轮山、西溪诸处,步屧过之,香盈岩壑"。这种起承转合相当自然,反映了《太平欢乐图》的各个图幅之间,的确有着一种内在的脉络。

日子很快到了中秋,八月十五,民间以月饼相互赠送,也是取团圆之义。月饼有各种名色,如桂花饼、枣儿饼和豆沙饼等,闾阎互相赠遗,称之节礼。到了秋天,山楂(又称山里果)也登场了。这时,杭州郊外的农民又采摘野菊,将它焙干,卖给人们泡茶喝,称为茶菊[20]。直到现在,杭白菊还相当有名。

到了九九重阳节,要食重阳糕了。很快的,湖蟹、江蟹也上了餐桌。持螯赏菊,这是金秋时节的风俗,于是街上又有了担卖菊花盆景的人。与此相同时,柿子也上市了。浙江市面的柿子有红、绿两种,来自浙南处州的松阳柿最为珍果。

可能是自重阳迄至年终,没有更多的岁时节俗或时鲜物产可以展示,再加上此时正值秋收之后,农民又开始出外找活,所以接着又穿插着一些没有季节特征的市井营生,如卖豆腐,卖田螺、蛤、蚬的,卖油的,零星卖盐的,提着杂货篮卖杂货的小货郎,嘉善卖陶器的,钉秤的,做木工的,卖蒲团的,卖竹器的,为人修冶钥匙铰链的小炉匠,做鞋修鞋的,卖扫帚的,到建筑工地打工的,弹棉花的,种树的。此时,在杭嘉湖的乡村和市镇中,还有沿门收纱和兜售棉布的。随着市井营生的繁荣,饮食业也相应发达。有走街串巷的熟食担,这些熟食担上的熟食,均由挑担者从固定的熟食作坊中批发而来。

秋冬之际,橘子上市,其中以衢州的橘子最为著名,有绿橘、红橘、狮橘各种,香味俱佳,市贩者称为衢橘[21]。这时候,也正是猎人进山打猎、捕捉鸟兽的最佳时节,浙西的衢州府、严州府地处山区,是打猎的好去处。杭嘉湖地处平原水乡,只有海宁县的山鸡、德清县的黄雀最好,偶尔也会有一种像鹿但又比鹿小的麂,猎人捉到后,卖到市场上去,称为"野味"。

此后又穿插着一些日常营生(如卖菜的、卖梅树盆景的)。接着很快到了腊月,天气冷了要烤火,浙江市面上出现了卖松盆柴的,还有的是将炭捣碎成粉末,用米汤想办法将之糊弄成团,称为欢喜团。到除夕时放在盆子中烧,周围再用柴火围起来,一家老少围坐在炭盆前娱乐,取吉利的意思,称为瑞炭。其时,天气冷了,取暖烤火的工具也上市了,这就是薰笼,也叫焙笼。腊月二十四日,是中国人的祭灶时节,灶王爷要上天向玉皇大帝汇报工作,俗称"交年"。民间通常要准备一些黏糊糊甜蜜蜜的食物(如胶牙饧、糯米花糖和豆粉团等),以图粘住灶王爷的嘴巴,让他尽量说好话。因此,此日有沿门卖饧者。到了腊月,新年即将来临,人们用红笺书写前人偶句嘉言贴在门上,称为春联。市场上,也有专门书写春联出售的。

大年三十,也就是除夕之夜,家家户户买五色画纸粘于壁间,其上图案往往是《太平有象》、《眉寿福禄》、《和合如意》等,总名为《欢乐》。

至此,光绪本《太平欢乐图》中的一百幅悉数落幕。从中可见,光绪本中各个图幅之排列顺序,显然是以一年四季的自然变化为脉络。此种脉络顺序,与乾隆以后出现的不少民俗著作(如《清嘉录》等)颇为类似。据此,我们可以按时序串起一长幅完整的城乡生活画卷。反观学林版《太平欢乐图》,整本书的排列极为混乱,其中的第二幅《除夕欢乐图》,实际上应排在光绪石印本中的最后一幅。这是因为《太平欢乐图》的总体脉络是以季节为序,《除夕欢乐图》被列为第一百幅(亦即最后一幅)显然更为合理。另外,第二十幅《元宵灯市》[22],本应排在第三幅;第七十四幅《元宵吃圆子》[23],本应排在第四幅……这些,除了正常的时序外,光绪本对于一个节俗的介绍前后也相当完整。如果按照学林版的排列顺序,则各个节俗相互分割,如前述元宵节俗中的"灯市"和"吃圆子",就分别列在全书的不同部分。类似的例子还有很多,在此无须赘言。总之，学林版《太平欢乐图》全书缺乏正常的脉络。我以为，作为画册，该版可能是在辗转流传、摹写以及重新装裱的过程中发生了严重的错乱，因此，关于《太平欢乐图》一书的排列顺序，应以光绪的石印本为标准。

三、《太平欢乐图》创作者的身份

石印本前有光绪十四年（1888年）钱塘吴氏序："图为金鄂岩比部倩方先生兰坻所绘，凡百叶，各附以说，出赵味辛、朱春桥诸公手笔，鲍先生以文题以《太平欢乐》。乾隆五次南巡，进呈御览，蒙恩给缎定，事载《桐乡县志》。"这是说《太平欢乐图》系由金鄂岩让方兰坻画的，共一百幅，画旁附有说明，这些说明出自赵味辛、朱春桥等人之手，最后由鲍以文将之题为《太平欢乐》。这段翰墨因缘主要涉及三个人：一是画家方兰坻，二是金鄂岩比部，三是鲍先生以文。方兰坻即方薰，根据一般的说法，他是浙江石门人，而在事实上，其人祖籍来自徽州。据余霖纂《梅里备志》：

> 方薰，字兰坻，一字懒儒，号樗庵，石门布衣。先世自歙迁石门，父梅，工诗画，号白岳山樵，杨谦尝为作家传。薰生而敏慧，十五岁即随父历三吴、两浙，与贤士大夫游，亦以画名于时。后侨寓禾中梅会里。父殁，假馆桐乡，历主程氏及金氏，又主濮院濮珊园家。以累世未葬，积馆谷，卜地于桐乡郭公桥。[24]

"白岳"即徽州的道教名山齐云山，可见方氏祖籍应来自徽州，其人出生书画世家。在乾嘉时代，徽州除了有大批盐、典、木商活跃于东南繁华都会中,还有许多医卜星相画师百工出没其间。这一点,我们只要读一下乾隆时代的《扬州画舫录》等书即可明了[25]。方薰当时活跃在浙江石门一带,在当地,有不少徽商活动。早在明代弘治以前,徽州人就到石门经商。石门县治北的石门镇,自明代以来即是江南油坊业的中心。当地油坊的生产组织(包括管理人员)有"出使朝奉(今之供销员)"、"管作朝奉"(今之车间主任)和老大(经理或经理代理人)等。其中的"朝奉"、"老大"之类的称呼,应当都与徽商有关。与石门毗邻的桐乡,徽州人的活动也相当频繁[26]。光绪《桐乡县志》卷一五《人物》下寓贤中,有不少徽州人。所以方薰出自徽州,并不令人诧异。光绪《石门县志·艺文》,列有方薰的《静居遗稿》四卷、《词》二卷、《诗话》二卷、《画论》一卷,对作者的介绍中指出:"方兰士山水花卉得宋元人之秘法,工诗,极清厚,在大历十子间。"该书的《遗文》中,还收录了洪亮吉的《跋方布衣薰所作〈春水居〉长卷后》。这位同为侨寓徽商后裔的著名学者,对方薰的画艺给予了高度的评价。

至于金鹗岩,他曾做过刑部主事,所以被雅称为比部。光绪《桐乡县志》记载:

> 金公德舆,字云庄,号鄂岩,县城人,官刑部奉天司主事……公七岁即能诗,稍长,嗜读书,考求金石图史,收藏名人翰墨,兼工书画。乾隆庚子南巡,献《太平欢乐图》册、宋板《礼记》等书,蒙恩赏给缎疋。后宦游京师,喜结纳当世贤士大夫,率以风雅相高,数年告归,筑桐华馆于邑中,延致四方名流,极谈宴唱酬之乐。凤敦友谊,喜振拔单寒,亲旧以缓急告,施与无吝色,家本素封,坐此中落。[27]

另据梁章钜的《吉字室书录》引《蒲褐山房诗话》,金氏"以赀官刑部主事"。从以上几点来看,金德舆是位商人,他的刑部主事应是捐纳而来。

与《太平欢乐图》有关的人物还有"鲍先生以文",他是乾隆时代极负盛名的徽商,叫鲍廷博,以文是他的字,其人号渌饮,徽州歙县人,父思翊因经商赴浙江,最早侨寓杭州,后迁居桐乡县青镇东乡的杨树湾。鲍廷博为歙县诸生,好古博雅,喜购秘籍,为清代前期著名的藏书家,编有《知不足斋丛书》。其人手校书卷尾,多有"红袖添香夜勘书"小印,极富情趣。乾隆朝编修《四库全书》,鲍廷博献家藏古籍善本六百余种,受到乾隆皇帝嘉奖,获赐《古今图书集成》一部。鲍氏与金德舆过从甚密,据光绪《桐乡县志》记载,金德舆"与知不足斋老人鲍渌饮善。一日,渌饮过访共饮,方谈笑间,掷杯于地,呼之已逝矣"[28]。这段记载反映了二人关系之莫逆,可谓一醉方休的生死之交。

综上所述,上述三人均系商人出身:画家方薰祖籍徽州,是金德舆招养的门人,而徽商鲍廷博则为金德舆之好友。《太平欢乐图》一书从选题策划至题名,再到最终供奉宸赏,是他们三人共同的杰作。

在清代,康熙和乾隆都先后多次南巡,沿途文人奉献珍玩古籍图画已成惯例。以康熙皇帝的第五次南巡为例,现保存在汪康年《振绮堂丛书初集》中的《圣祖五幸江南全录》就记载:

> (康熙四十四年三月)十六日,皇上开船过高邮州……至晚,抵扬州黄金坝泊船。有各盐商匍匐叩接,进献古董、玩器、书画不等候收,扬州举人李炳石进古董、书画不等,上收《苏东坡集》

一部。

（四月二十二日）有舒城县监生沈弘祚跪献《万年有道颂》
册页。

二十三日……江宁县陈进献古董、册页并鹦哥、画眉、八哥
各笼架。又有上江各府贡监生童名士人等，赴行宫进献诗赋
册页。[29]

及至乾隆时代，类似的贡献仍屡见不鲜，有的人也因此而纡青拖
紫飞黄腾达。远的不说，就以桐乡画家金廷标为例，其人系桐乡望族，
父亲金宏工泼墨山水，金廷标得其家学，"花草士女，俱入能品，善取
影，白描尤工"[30]。乾隆丁丑（二十二年，1757年）第二次南巡时，他画
了十六阿罗汉册献给皇帝，被招入皇家画院。乾隆每次看过他的画
作，都会御题称赏，曾有"七情毕写皆得真，顾陆以后今几人"之褒。廷
标去世后，乾隆不仅赋诗纪念，表达惋惜之意，而且还下令将他生前所
作悉数装裱，收入著录清代内府所藏历代书画珍品的《石渠宝笈》。金
廷标的生平际遇极受世人艳羡，光绪《桐乡县志》卷首就发过这样的感
慨，说乾隆皇帝为金廷标的画题诗多达一百六十首，而金氏不过是桐
乡这样一个偏隅小县的读书人，只因有一点小小的技艺，备受垂青宠
召而荣登云路，供奉内廷绘事，他的画作收入《石渠宝笈》，姓名也列在
皇家的御屏之上，真可谓幸运之至！类似于金廷标这样的人，在康乾
时代相当不少。因此，金鹗岩将《太平欢乐图》献给乾隆，也是希望"学
成文武艺，货与帝王家"，得遂瞻天仰圣之夙愿。

四、反映乾隆时代的社会风俗

明清时代，"上有天堂，下有苏杭"，这一带人们的生活相对较为富

庶,社会经济亦最具活力,是中国社会的黄金地段。《太平欢乐图》敷展的正是 18 世纪江南社会丰富多彩的风俗画卷。

当时,由于城市商业的繁荣,有许多外来务工经商的人聚集在各大都市。"浙江频岁以来,屡逢大有,筑场纳稼之际,有负杵佣春者,比户登登,闻声相庆。《东观汉记》梁鸿于皋伯通家赁春,《汉书》公沙穆为吴祐赁春,力役之事,贤者为之,遂为佳话。"[31]乾隆时代,风调雨顺,年成一直很好,人们有了钱,于是颇多兴作,这时候就有一些人带着工具前来受雇于人,出卖劳动力。这段文字引证《东观汉记》和《汉书》中的记载,说汉代梁鸿、公沙穆那样著名的贤人,都曾经为人赁春。其中,梁鸿是东汉文学家,与妻子孟光隐居于霸陵山中,以耕织为业,后来到吴地,为人佣工春米。每次回家时,妻子孟光为他准备饭菜,都要举案齐眉,以示敬爱。公沙穆东游太学,没有盘缠,就扮作佣工,为吴祐春米。后者与之交谈,对其才学极为感佩,"遂共定交于杵臼之间"——后世遂以交友不嫌贫贱为"杵臼之交"。《太平欢乐图》举梁鸿、公沙穆这两个典故说明,受人雇佣、替人干体力活,并不是什么可耻的事,古代的贤人也干过这样的事情。这一看法颇为难得,而类似的观点在书中尚不止一处。

其实,在清代,许多人对于下层劳动者仍然存在着一定程度的蔑视。《太平欢乐图》中有一张箍桶的图画,关于箍桶,在徽州就流传着一个故事,说婺源当地有一个官宦人家,门上对联写着"一门九进士,六部五尚书",说这一家族出了九个进士,在中央的六部(吏、户、礼、兵、刑、工)中有五个尚书。后来,在当地务工的一位江西都昌的箍桶匠,觉得这副对联很好,就将它原样抄下,贴在自家门上。有一次,都昌县令路过,见状极为感佩,以为是个官宦大家,就从门口一直拜进去,到了里面,才发现只有几个箍桶,遂极为恼怒,厉声质问箍桶匠,要他交代清楚此联从何而来。后者承认是从婺源县抄来的,并说自己实际上是"一门九桶匠,六桶五只箍"。县令听罢,紧接着刁难他,问他怎么箍,因为桶没有箍是要散的,箍桶匠回答说:有一只瓦桶是没有箍的,总算将这个难题应付过去。这个故事的内涵,是反映徽州婺源与邻近的江西都昌之间的雅俗之分,意思是说徽州为文风鼎盛之地,而江西都昌则是一个文化比较落后的地区,那里的人多以下等的手工艺谋生,如箍桶就是一个典型的例子——这当然反映了读书人对于下层民众(如箍桶匠之类)的蔑视。而光绪本《太平欢乐图》图五十三《箍桶》曰:

> ……今规木为圆,以篾箍之,亦曰桶。箍桶之技,匠之末技也。然可以代耕,人亦习之。《谈薮》云:二程子入蜀,至大慈寺,见箍桶者口吟易数,就揖之,质所疑,酬答如响,此儒而业于匠者也。[32]

作者认为:箍桶是手工匠人最一般的一种技艺,但借此却可以谋生。理学家程颐、程灏有次入蜀,到大慈寺,就曾向一位箍桶匠请教,其实箍桶匠中也有一些读书人。换言之,与前揭的赁春一图相同,作者认为:腿脚奔忙的力役之事,贤者亦在所难免,箍桶匠中也有贤人。像二程那样的圣人都没有轻视过劳力者,我们这些人有什么理由歧视那些"民工"呢? 有了这条理由,一向高高在上的文人士大夫,才有兴趣采里巷之故事,绘一时之人情,对社会底层的三百六十行作细致的观察,并将他们的形象生动刻画出来。借此,似乎还可以在全社会形成"正确的舆论导向"——劝导民众无论劳心劳力贱贵穷通,皆当安分守己随缘度日,从而共同构建欣逢盛世喜戴尧天的和谐秩序……

也正因为这一点,使得《太平欢乐图》生动地展示了18世纪纷繁多姿的城乡生活风貌。除了箍桶匠外,《太平欢乐图》中还有许多市井中的营生,我们不妨再举个例子,如卖油郎。明代话本选辑《今古奇观》第二十八回,有一篇脍炙人口的《卖油郎独占花魁》,写的是名妓从良的故事——一位叫莘瑶琴的女子初入青楼,即抱定了从良之决心,数年的青楼生活,她一直在物色合适的从良对象。最后,卖油郎秦重以异乎寻常的痴心,深获莘瑶琴的芳心,这位花魁娘子终于以身相许。《卖油郎独占花魁》后来在各种说唱中也有出现,如有一种传统鼓词就唱到:

> ……正东来了卖油郎,此人名字叫秦钟,父母双亡离故乡,苏州城内曾贸易,卖油为生度日光,担油正在大街走,猛抬头看见一位女娇娘……[33]

鼓词中的情节显然来自小说,而在《今古奇观》中,那位卖油郎秦重不是苏州人,而是临安城(杭州)。他是临安城清波门外一开油店的朱十老过继来的小厮,原是从汴京(开封)逃难而来的,后因油店内的人事纠纷,秦重成了走家串户的卖油郎,人称秦卖油。他所兜售的油,除了贩与住家外,还有的则卖与寺庙。《今古奇观》中卖油郎秦重的生活时代,是以南宋的杭州城为其背景。其实,小说反映的年代应是明代。因此,走街串巷的卖油郎之形象,至迟从明代以来应当是司空见惯的。有鉴于此,《太平欢乐图》中有那么一幅浙江卖油郎的图画,他挑着菜油、麻油、豆油三种食用油,在街衢巷陌间向市民兜售,应是颇为典型的形象。

自明代中叶以来,由于生存竞争的日趋激烈,分工协作愈来愈精细、严密。在江浙地区，某种职业与人群紧密相连，成为一种新的现象。当代的不少职业，至少已延续了数百年。如路边刻图章、弹棉花的，在《太平欢乐图》中都有反映。以刻图章为例，据说中国最早的图章通常皆以铜铸，及至元代，才开始以花乳石刻之。从《太平欢乐图》中可以看出，清代前期浙江人在路边摆摊刻图章，应已蔚然成风。这样的图景，即使是在当代中国的许多地方还可以看到，只是刻章人的服饰有所改易而已。

对于杭嘉湖一带的日用饮食往来酬酢，《太平欢乐图》也多所描摹。尤其值得关注的是，《卖糖粥》一图显示，每过中午，街上就有人卖糖粥，供那些不能在家就餐的人们吃饱——这相当于现代都市中为满足务工经商者的快餐盒饭，从一个侧面反映了清代前期城市流动人口数量的巨大。

在日常的家居生活中，蔬菜是人们日用佐餐之必备。以西湖莼菜为例：

> 案：《萧山县志》谓莼出湘湖，味胜他产。其实湘湖无莼，皆从西湖采去，浸湘湖中，一宿乃愈肥耳，非产自湘湖也。阅《耕余录》曰：莼菜生松江华亭谷，武林西湖亦有之，其味之美，香粹滑柔，略如鱼髓蟹脂，而轻芬远胜……[34]

湘湖是浙江省萧山一带的湖泊，《萧山县志》中说：湘湖是出产莼菜的，味道比其他地方的莼菜要好。但《太平欢乐图》的解说则指出，其实湘湖的莼菜，都是从杭州西湖采来的，然后泡在湘湖里，过了一个晚上，就变得更肥美了，并且被人当作是湘湖所产的莼菜。这个记载耐人寻味。南宋著名诗人陆游曾写过数十首描写莼菜的诗作，其中有

"携友共采湘湖莼"的诗句,明人袁宏道亦以湘湖莼菜比之荔枝,"足知其味之珍美"[35]。直到现在,萧山市还建有萧山湘湖莼菜厂。可见,湘湖莼菜可谓源远流长。揆诸实际,莼菜是江南各地较为常见的一种植物,深绿色的叶子呈椭圆形,生长在清水中,通常是浮于水面,嫩茎和叶背有胶状透明物质,所以上述的说明称,它的味道很鲜美,"香粹滑柔",口感有点像鱼髓和蟹脂那样。春夏季节,人们往往采摘嫩叶作为蔬菜。莼菜不仅口感较好,而且它还是一种让人生发出某种情感的蔬菜。《晋书·张翰传》曰:

> 翰因见秋风起,乃思吴中菰菜、莼羹、鲈鱼脍,曰:"人生贵得适志,何能羁宦数千里以要名爵乎?"遂命驾而归。

从张翰的"莼鲈之思"看出,早在西晋,莼菜羹就已相当有名,它与江南水乡的意象(或是记忆)已紧密地联系在一起了。

除了蔬菜外,杭嘉湖地处江南水乡,蚌壳类的水产品、螃蟹等别具风味,自然成了人们的至爱:

> 案:《嘉善县志》:分湖中产紫螯蟹,殊美。《湖州府志》:蟹出曹溪者佳。《咸淳临安志》:西湖多葑田,产蟹。《蟹略》云:西湖蟹称为第一。今湖蟹难得,卖者率江蟹耳,有产于溪河间者,居民作簖采之,谓之簖蟹。菊黄时,煮食尤美。[36]

这里首先是引证了嘉兴、湖州和杭州三地的方志,说明这一带产蟹的概况。所谓葑田也称"架田",是在沼泽中用木桩做成架子,四周及底部用泥土和水生植物封实,形成一个飘浮在水面上的农田。也就是说,当时人们用这种飘浮在水面上的农田养殖螃蟹。所谓的簖,是指插在河流中拦捕鱼蟹的栅栏,这种栅栏由芦苇或竹子做成。上述这段话指出:西湖蟹最好,但湖蟹难得,市面上所卖的都是江蟹而已。

秋风渐起,黄叶飞舞,菊黄蟹肥,人们持螯赏菊,此为一大乐事。世人将金秋时节的吃蟹、饮酒、赏菊、赋诗,视作岁时节俗中的一段闲情逸致。

在人们的日常餐桌上,鱼类自然更少不了。浙江省境内河流众多,湖泊星罗棋布,东面又靠海,所以鱼类并不缺乏。《太平欢乐图》指出:近时(应当是指清初以来),市面上所卖的鱼大多是鲢鱼,据说鲢鱼的鱼种出自江西九江。这些鱼苗买来时细如发丝,将之养在池里,用草饲养,就会逐渐长大。该段文字说明揭示了一个相当重要的信息,那就是鱼的人工饲养及其商品化倾向。乾隆年间歙县盐商方西畴在回徽州故乡时,写有一批《新安竹枝词》,其中有一首这样写道:

> 大通江口买鱼花,昼夜星驰早到家,
> 青鲩白鲢须拣择,朝朝割草饲糟渣。

这首诗的意思是说:从安徽铜陵县长江东岸的大通镇江口,买了鱼花(亦即鱼苗),昼夜兼程赶回家中,因为怕鱼苗死亡。青鲩(草鱼)、白鲢应该挑选一下,每天都要割草,喂它糟渣。之所以如此,诗诗原注曰:"鱼苗买自大通,饲以糟渣,始不作土气。"[37]对此,徽州绩溪人胡适先生指出:"徽州是山地,很少鱼虾的。家里有喜事,要早一两年去买鱼种来放在池塘养大备用的。"[38]《太平欢乐图》和《新安竹枝词》的记载说明,清代乾隆时代,食用鱼的人工饲养已极为盛行,人们从长江中捕捉鱼苗,然后运回本地饲养,或出售,或自用。可见,鱼苗的经营有着很高的商品化程度,这一点无论是在江南的杭嘉湖还是皖南的徽州都是一样的,不同的只是杭嘉湖地区是到九江去买鱼苗,而徽州则到大通一带采购。

除了粗茶淡羹的日常饮食外,人们对于野味亦情有独钟:"浙江当秋冬之交,猎人入山捕取鸟兽鹿豕之类,惟衢、严诸山郡有之。杭、嘉、湖多沮洳薮泽,所产惟海宁之山鸡,德清之黄雀为最佳,间有似鹿而小者谓之麂,猎人得之鬻于市,名曰野味。"[39] 中国人素有"家花不如野花香"的心理,吃惯了山珍海味的人们,往往希望别出心裁。在作者笔下,野味主要来自浙西的衢州、严州山区以及海宁茗山、湖州德清等地。除了山鸡、黄雀、麂子之类,也有人喜吃果子狸,这在美国马塞诸塞州赛伦市(Salem)的碧波地·益石博物馆(Peabody Essex Museum)所藏的19世纪中国市井风情画中有所刻画[40]。

鱼肉类蛋白质之外,水果也是人们日常生活所不可或缺,《太平欢乐图》中有不少四时鲜果,如夏天的西瓜、杨梅和桑葚。有些水果还制成各种果酱,并调成夏令饮品。如夏天卖的酸梅汁,就是由梅酱调制而成。

盛清时代,杭嘉湖一带是中国最为富庶的地区,人们非常注重家居装饰,在住宅中,盆景的运用极为普遍。如将万年青这样的瑞草(也有的是用兰花、灵芝、菊花、桂花、梅花等),或置诸庭院,或栽于小盆,人们买来放置在几案间以供雅玩,营造出一种水边篱下的情调。适应这种家居装饰及休闲娱乐的需求,有人对花卉采用了类似于温室栽培的技术。譬如,杭州府的余杭县、富阳县都是盛产兰花之处,每年腊月,就有人挑着瓯兰花来卖。其栽培方法是将兰花中花蕊繁盛者,携置烟霞岭之水乐洞中。其时,虽然洞外是冰天冻地,寒冷异常,但洞内却气暖如春,所以过不了几天,兰花就绽然盛开了。这种将兰花置于山洞中的做法,与温室栽培的技术颇相类似。而在清代,对盆景的观赏是全国性的闲情逸趣。扬州盐商就有以摆放许多盆景夸奢斗富的例子,这在《扬州画舫录》中有生动的描述[41]。而在南通[42]、苏州[43]、福州[44]和南昌[45]等地,人们也以妆点盆景作为时尚。除此之外,杭嘉湖市民还饲养金鱼以及各种鸟类,并在春天时外出放风筝,这些,也都成了普通民众颐养身心的生活方式。

节日是烘托民众生活气氛的重要契机,《太平欢乐图》中自然少不了有关佳节庆会的画面,如祭灶、写春联、除夕烧瑞炭、元宵灯市、端午节习俗等,均一一摹写。"庭缭绕空,羽觞醉月,士女倾城,金吾不禁。"值此春花秋月好景良宵,人们以各种特别的饮食点缀佳趣,如祭灶吃麦芽糖,元宵吃圆子,端午节吃粽子,八月中秋吃月饼,重阳节吃栗糕,等等,让人睹物兴怀。除了节日食物外,还有一些是小孩的玩具。如《捏泥人》:

> 西湖每当春桃秋菊之时,游人接踵,有售泥孩者,买之以娱童稚。《西湖志》曰:嬉游湖上者,买泥孩、花湖船等物回家,分送邻里,谓之湖上土宜。张遂辰《春游词》曰:"柳阴舟子笑相呼,手抱泥孩出酒炉。"形容如绘。[46]

此类的朝欢暮乐,实际上不只局限在杭州西湖,在东南的许多城市中,也都有类似的场景。乾隆时代,在扬州西郊的蜀冈一带(蜀冈也是春秋郊游的好场所),当地没有固定的商店,只用布帐竹棚搭起销售点,白天营业,傍晚收摊,所卖的都是小孩的玩具。如雕绘的土偶,有不少是扬州春台班新戏中的角色,如打花鼓之类。还有苏州人用五颜六色面粉捏造人形象,称为捏像。捏像的人不仅手上一刻不停,而且嘴里还吹着竹箫,称为"山叫子"。也有的是用铜做成的哨子,放在舌尖上歌唱各种小曲[47]。看来,《太平欢乐图》中的吹箫卖饧和捏泥人,实际上就是扬州的"山叫子"。除此之外,在杭嘉湖地区,夏天还有装着萤火虫的萤灯,也是买来供小孩玩耍的。

杭嘉湖一带是中国文风最为兴盛的地区之一,《太平欢乐图》中有不少反映科举考试及民风士习的图幅,如赶考市、三元场烛、插解元草和题名录等。与科举的兴盛相关,江浙一带读书、藏书之风相当浓厚,故而各类书商均异常活跃。《太平欢乐图》中湖州乌程、归安县的书商,不仅在各地开店,而且还背着书包到处兜售。其实,在清代,湖州的书船也相当有名。清同治《湖州府志》就曾提及:湖州的一些书船,"南至钱塘,东抵松江,北达京口",奔走于士大夫之门,搜访奇书。此种情形,早在乾隆中叶就已相当有名。江南的一些藏书家如鲍廷博(也就是将这个图册命名为《太平欢乐图》的那位徽商),便与书商过从甚密。这批湖州书贾船只,不仅在江南各地极为活跃,而且还将大批的图书销往日本和朝鲜,促进了中外文化的交流[48]。

《太平欢乐图》还留心注目于与科举相关的文房用具,如湖笔和徽墨。以徽墨为例,学林版中有"新安墨"一幅[49],画面中一位头戴暖帽面朝左看的清人,左手拎一包袱,右手捧着一盒徽墨,其注曰:"徽州之新安墨盛行于浙,凡携篋走书塾觅售者,新安墨也。"这是有关徽州墨商的一条珍贵史料。据南宋陆游的《老学庵笔记》记载,早在绍兴年间,新安墨工戴彦衡就主张制墨要用黄山松[50]。从南宋到明代,戴彦衡墨店都相当著名。及至万历年间,徽州一府六县的墨业愈益兴盛。徽州人"例工制墨",当地人"家传户习"[51]。而到了清代,徽墨更是闻名遐迩。据周珏良先生的概括:当时,墨商的出身地主要是徽州府的歙县、休宁、绩溪和婺源诸县。清代的贡墨由歙县包办,文人自制墨也大多由歙县墨家代造,当地的徽墨具有质地上好、隽雅大方和装潢精美的特点;休宁墨的特点是华丽精致,雅俗共赏,特别迎合附庸风雅的富商大贾之口味;而婺源墨则大部分比较粗糙,主要是面向普通民众。对此,著名的古建筑学家陈从周先生有一篇回忆"旧式商贩"的短文这样写道:

> 少时曾见肩贩商,有安徽徽州属之笔墨商,浙江绍属之兰花商,青田之青田石(刻图章石)商,皆徒步千里,沿途成交者。徽之笔墨商,肩落货物,沿新安江入浙至浙江九县。又有经绩溪、宁国入长兴、吴兴至浙者。至一地暂住,藏笔墨于蓝布袋中,此袋前后置物搭于肩上,沿途叫卖,早年乡居于学塾门首,每从此购笔墨。货售毕再进当地之货物,步行返歙。[52]

陈氏为浙江杭州人,生于1918年。而从学林版《太平欢乐图》中可见,那位"携篋走书塾觅售"的墨商,左手拎的正是一个蓝布袋。由此可见,自18世纪的乾隆时代一直到20世纪的民国初年,在浙西一带走街串巷的徽州墨商可谓络绎不绝,"新安墨盛行于浙",百余年间均未曾改观。而陈先生在上文中提及的绍兴兰花商人、青田的青田石商人,在《太平欢乐图》中也有描述。

读书风气的浓厚,也使得江浙一带近视的人数颇为可观,眼镜遂成了读书人的一种日常必备。《太平欢乐图》曰:"今村镇间有提筐售卖荷包、眼镜并牦梳、牙刷、剔齿签之类,琐细俱备,号杂货篮。"[53]走村串户的小贩手中提着小筐,里面放着荷包、眼镜、头梳、牙刷和牙签等。这种提在手上的杂货篮,说明从明代传入中国的眼镜已非常普及,价格也相当便宜。

说到眼镜,乾隆三十一年(1766年),杭州人严诚、陆飞和潘庭筠三

《归安卖书人》(学林版)

人前往京师参加会试,住在北京南城的天升旅店,偶过琉璃厂书肆,邂逅朝鲜燕行使团中的一个随员。后者见严诚所戴的眼镜,便借机搭讪,表示自己非常喜欢,严诚随以相赠。以此为机缘,严诚、陆飞和潘庭筠三人与朝鲜著名学者洪大容以及其他的朝鲜燕行使者,结下了深厚的友谊。对此,洪大容的《杭传尺牍·乾净衕笔谈》中,对此有相当详尽的描述:

> 二月一日,裨将李基成为买远视镜,往琉璃厂,遇二人容貌端丽,有文人气,而皆戴眼镜,盖亦病于近视者,乃请曰:我有亲识求眼镜,而市上难得真品,足下所戴甚合病眼,幸卖与我,足下则或有副件,虽求之亦当不难矣。其一人解而与之,曰:求于君者,想

是与我同病者也，吾何爱一镜，何用言卖？乃拂衣而去。基成悔
其轻发，不可公然取人物，乃以镜追还之，曰：前言戏耳，初无求之
者，无用之物，不可受也。两人皆不悦，曰：此微物耳，且同病有相
怜之义，何君之琐琐如是！基成惭不敢复言，略问其来历，则以为
浙江举人为赴试来，方僦居正阳门外乾净同云。[54]

　　18 世纪的"远视镜"，亦即现代的近视眼镜。在严诚等人眼中，眼
镜是"微物"，这或许可以从一个侧面印证，在江南，眼镜应是杂货篮中
所卖的地摊货。

　　除了科举文化外，《太平欢乐图》中还有不少反映农村生活的画面，
从中可见农民的辛勤劳作。如《卖蓑衣笠帽》描摹布谷既鸣，负蓑戴笠
者奔走阡陌，开始了田间的耕耘劳碌。而田间耕作需要肥料，农民便从
市场上买来菜饼和豆饼壅田。根据明清史学者的研究，豆饼作为肥料
出现在《农书》上，始于明代中叶。及至清乾嘉时期，豆饼用作肥料开始
普及，尤其是在长江下游地区，农家将其作为肥料广泛利用[55]。而作为
商品肥料的豆饼之大量使用，大大提高了劳动生产率，这应当反映了当
时较高的农业商品化程度。其实，在江南农业生产的诸多环节中，商品
化的现象随处可见。譬如，在农耕播种阶段，有人专门培育禾苗嘉种，
卖给农民用于插秧。除了农耕外，在江南男耕女织的家庭结构中，织布
也是重要的生产活动。在养蚕织布的过程中，同样存在着买卖桑叶、蚕
茧、良丝、纱线等诸多市场化的现象。此外，家禽的饲养，亦存在着商品
化的倾向。在宁、绍等地，有不少孵化家禽的䞋坊。"䞋"通煦，意思是
温暖。具体做法是"置温火于密室，用竹筐贮鸡卵，藉火上以被覆之，十
八日剖而成鸡。其䞋鸡之室名䞋坊，村人俱向䞋坊贩卖"[56]。䞋坊，相
同时的满族人纳兰常安之《宦游笔记》中，亦被称为"哺坊"[57]。诸如此

类,在《太平欢乐图》中均有生动的展现。

五、繁华背后的众生相

透过《太平欢乐图》,我们直观地感受到了乾隆时代杭嘉湖地区民众的日常生活气息。值得注意的是,《太平欢乐图》一书始终强调"太平"二字。光绪版第一幅的万年青,其寓意就是"本朝亿万年太平一统之征";第二幅浙江闾阎间元旦吹箫击鼓,所吹的箫叫太平箫,所击的鼓叫太平鼓;第三幅元宵灯市中,街巷彩棚所悬的各色花灯上写的字,也是"天下太平";第十幅《太平纸鸢》,浙江人在芳草如茵、菜花满地的春天时节,群儿外出郭外聚放风筝,风筝之上也写着"太平春景"四字,以使"名合嘉征";第一百幅说除夕时人们在墙壁、窗户上张贴五色画纸,其中就有《太平有象图》,这与开篇的"本朝亿万年太平一统之征"首尾遥相契合。

当然,太平盛世的繁华绮丽毕竟难掩社会极度悬殊的贫富分化。当时,东南各地的商人穷奢极欲,纸醉金迷。于是,有一种解释就相当流行——富商大贾的夸奢斗富固然是社会生活中的陋习,但也有利于财富的分散。乾隆皇帝就曾指出:

> 常谓富商大贾出有余以补不足,而技艺者流借以谋食,所益良多。使禁其繁华歌舞,亦诚易事,而丰财者但知自啬,岂能强取之以赡贫民!

所谓"三月烟花古所云,扬州自昔管弦纷。还淳拟欲申明禁,虑碍翻殃谋食群" [58]。烟花三月下扬州,一向被视作是奢侈风雅的一件事,扬州历来就是歌舞升平之地,本来想明令禁止这种奢侈消费,以返璞归真,提倡淳朴的风俗,但又害怕下达了这样的命令,会影响到众多依靠服务业谋生的那些人。乾隆的说法是,有钱人拿出钱来消费,那么靠手艺过活的人才得以谋生。倘若我下令禁止那些富人奢侈消费,当然很便当,但有钱人如果都很节俭,我难道能将他们的财产强行没收,用来赡养穷人吗? 换言之,社会的奢侈消费,有利于养活更多的人。按照现代的话说,是消费创造了就业机会。

《太平欢乐图》是金德舆献给乾隆皇帝的,他在《呈〈太平欢乐图〉原奏》中指出:

> 臣读《汉书·食货志》曰:余三年之食曰登,再登曰平,三登曰太平。《韩诗外传》曰:世之治也,黎庶欢乐,盖世治则时和,时和则景福攸臻,嘉祥迭应,人无俭岁之虞,户有丰年之乐,是故观民之欢乐,足以知时之太平。观时之太平,足以知民之欢乐也。[59]

金德舆说得似乎颇为辩证,他说看到百姓的欢乐,就知道天下的太平,而看到天下的太平,又足以反映百姓的欢乐。他说自己看到乾隆时代风调雨顺、国泰民安,"仓廪实而财用饶,士歌于塾,农忭于野,商贾欢讴于衢路,万汇繁滋,四民欢业,熙皞之象",也就是社会欣欣向荣、非常兴盛的样子,这些,都是他亲眼看到的,所以请人画了《太平欢乐图》进呈给皇帝。易言之,金氏为了表现民安岁乐的圣朝佳话,找人画了令人移情悦目的一百幅图。所谓仓廪实而知礼节,其内在的含义是指,只有当社会达到一定的富裕程度时,人们才会想到动用礼俗的力量来规范社会,平成天地,治国化民。由此,《太平欢乐图》引经据典,探源竟委,证以盛清时代杭嘉湖各地的市语衢谣,形象地反映了长夏余冬灯宵月夕的劳作和生活，勾勒出靡丽纷华的生命景观。

光绪本《太平欢乐图》中的最后一幅《除夕欢乐图》，说明文字这样写道："浙江当岁除，家户买五色画纸粘于壁牖间，其画有《太平有象图》、《眉寿福禄图》及《和合如意》诸图，总名之曰《欢乐》。"[60] 所谓《欢乐》，应当也叫《欢乐图》，这本是江南一带颇为流行的风俗节物。关于这一点，稍后的《清嘉录》在十二月条下写道：

> 门厅之楣，或贴"欢乐图"。图皆买自杭郡，以五色为一堂，剪楮堆绢，为人物故事，皆取谶于欢乐，以迎祥祉。案：马如龙《杭州府志》谓之《合家欢乐图》。[61]

《清嘉录》是嘉、道年间吴县人顾禄编纂的一部反映苏州地区社会生活的民俗著作，书中指出，江浙一带的人家除夕都要贴《欢乐图》，或叫《合家欢乐图》。由此看来，或许《太平欢乐图》就是在民间日常节庆中《合家欢乐图》的启发下，将《欢乐图》从"合家"推广到"天下"，企图营造出一种举国同庆、咏歌太平的气氛。

《太平欢乐图》之后，描摹市井百态的图书尚有不少，这在海外的一些汉学机构(如美国的哈佛燕京图书馆、日本的东京大学东洋文化研究所等)颇有保存。1999 年 12 月，上海古籍出版社出版了由黄时鉴教授和美国人沙进共同编著的《19 世纪中国市井风情——三百六十行》，画册收录了美国碧波地·益石博物馆收藏的 19 世纪 30 年代的中国外销画，描绘的是广州的市井生活。所谓外销画，也称中国贸易画或洋画，是由中国画师绘制而专供输出国外市场(通常是销往欧美)。与这些相比，《太平欢乐图》中的一百幅反映出的都是在统治者眼中从事正当职业的百姓之安居乐业。而在中国外销画中出现的如演法(走江湖)、卖假药、贩私盐、打卦算命、看风水、和尚募化、盲乞儿、唱卦知、发疯妹、凤阳乞丐等社会边缘人群，以及一些看上去上不得台面的职业，如换屎精、倒尿娘、赌尿佬、卖老鼠药和设鬼(做法事)等，则绝不见于《太平欢乐图》，从这一点上看，难怪《太平欢乐图》会让虚荣的乾隆皇帝龙颜大悦。

不过，尽管《太平欢乐图》不无粉饰太平的成分，但也可在很大程度上从中窥见18世纪民间的日常生活实态。换言之，《太平欢乐图》犹如一面时代的镜子，映鉴出乾隆盛世江南芸芸众生的红尘凡世。

注　释

1. （清）董棨绘、许志浩编《太平欢乐图》序言，学林出版社，2003 年，页 5。

2. 1951 年 1 月 22 日《亦报》刊出的周作人短文《太平欢乐图》，亦曾指出《太平欢乐图》的"石印小本"。见钟叔河编《知堂书话》上册，海南出版社，1997 年，页 743。

3. 实际上，关于彩色的《太平欢乐图》，上海图书馆另藏有更为精美的版本。

4. 光绪石印本《太平欢乐图》，楼山书局，光绪戊子（1888 年）版，页 23 上。

5. 关于檇李，清人纳兰常安指出："……嘉兴有李，甘美胜北产，或谓地名檇李，原因李而得名……按净相寺，即古檇李地，所产最佳，寺有五十余树，环寺民居亦得三十余树，逾此则味不若矣。以所产少而争购者多，倍觉矜贵，每枚价约二分，务于春日预定乃得，迟则为他人先。及五六月成熟，外青而内紫，皮薄而脆，啖之如寒冰琼浆，可解醒蠲，惟不能经久。越三四日，液流致败。又，徐园在县南门外六里，所产亦佳。竹垞棹歌云：'徐园青李核何纤，未比僧庐味更甜。'实录也。"《受宜堂宦游笔记》卷二三《浙江五·嘉兴府》"檇李"条，台湾广文书局，1971 年，页 1153—1154。

6. （清）董棨绘、许志浩编《太平欢乐图》，页 36。

7. 同上，页 20。

8. 同上，页 72。

9. 同上，页 68。

10. 同上，页 102。

11. 同上，页 180。

12. 同上，页 132。

13. 同上，页 116。

14. 同上，页 41。

15.（清）董棨绘、许志浩编《太平欢乐图》，页163。

16.类似的例子还有一些，但此处为了比较上的方便，姑且仍然沿用学林版的命名。

17.光绪石印本《太平欢乐图》，页1上。

18.（清）纳兰常安《受宜堂宦游笔记》卷二三《浙江五·湖州府》"育蚕"条："浙省各郡皆有蚕，而茧丝之利，惟湖州最饶。以乡民育蚕，家喂而人饲也。曰蚕曰蚕花，称养蚕曰看蚕，以无刻不需人看也。每谷雨后称蚕市，各村闭户，不闻人声，凡官吏催科狱讼，一切停止，曰停蚕卯。甚至姻友无往来，生徒皆歇业，以蚕性忌生人也。其事蚕为终岁计，至慎且重焉。最要者，饲蚕之桑，先于有桑之家预定买叶，谓之稍叶，先付银者为现稍，得便宜……"（页1169—1170）

19.（清）纳兰常安《受宜堂宦游笔记》卷二四《浙江六·宁波府》"席草"条："浙江席之美者，有温席、洋席，然皆不及鄞席之盛行。至炕床席，尤必以鄞席为之……乡人种席草者，比种禾稻，其利十倍，以故三四月间，青葱遍野，南乡妇女多不理丝麻，以织席为业。当日率以此致富。及今货多利薄，习是业者日就贫困。"（页1209）《受宜堂宦游笔记》序于乾隆十年（1745年），当时，浙江席草主要出自宁波，但到《太平欢乐图》成书的乾隆四十五年（1780年）前，席草则主要出自绍兴。这或许说明席草的主产地在浙东经历了此衰彼盛的过程。

20.（清）纳兰常安《受宜堂宦游笔记》卷二二《浙江四·杭州府》"城头菊"条亦曰："凤凰山产菊，花不甚大，而蒂紫味甘，取以点茶绝佳。每杪秋霜降，千丛竞发，依谷傍坡，烂如黄锦，惜不令陶彭泽住此山也。又城头一带产菊，名城头菊，其花倍小，点茶更佳，砖甃石罅，根株蔓生，不知从何处得种。花发之际，幽香袭人，冷艳溢目，采以充贡，然不可多得。武林市廛，茶菊货诸他方，虽亦名城头菊，实由乡中分畹列栽，花朵大，香味远逊也。"（页1123）

21.（清）纳兰常安《受宜堂宦游笔记》卷二七《浙江九·衢州府》"衢橘"条："衢橘之种不一，有朱橘、绿橘、狮橘、漆碟红、金扁、抚州，自城中以至乡村僻野，无不遍栽，每杪秋霜降，芳实累垂，碧叶丹姿，弥望数十里，可爱也。诸橘中，狮橘皮厚耐寒，可以致远；朱橘色深，红若丹砂，颗肥大胜诸橘，但质易败。商贩用木桶梱载，售于他处，并远达京师。今衢州比户皆有橘园一区，得利颇厚，然衢田禾甚少，往往恒产所入，不足供赋，而橘利反十倍于农。"（页1349）

22.（清）董棨绘、许志浩编《太平欢乐图》，页40。

23.同上，页148。

24.余霖纂《梅里备志》卷五《流寓》，民国十一年（1922年）阅沧楼刻本，"中国地方志集成"乡镇志专辑第19册，上海书店，1992年，页305。

25.参见拙著《明清徽商与淮扬社会变迁》，三联书店，1996年。

26.参见拙著《徽州社会文化史探微——新发现的16—20世纪民间档案文书研究》，"社会科学文库·史丛"第9册，上海社会科学院出版社，2002年，页446—456。

27.光绪《桐乡县志》卷一五《人物下·文苑》，光绪十三年（1887年）刊本，清严辰等纂，"中国方志丛书"华中地方第77号，台北成文出版社，1970年，页559。

28.光绪《桐乡县志》卷一五《人物下·文苑》，页559。

29.汪康年辑《振绮堂丛书初集》第一集《圣祖五幸江南全录》，宣统庚戌（1910年）刊本，"近代中国史料丛刊"第546册，台北，文海出版社，1970年，页19、68、69。

30.光绪《桐乡县志》卷一五《人物下·方技》，页589。

31.光绪石印本《太平欢乐图》，页43下。

32.同上，页27上。

33.原奉天东都石印局版，见陈新主编《中国传统鼓词精汇》下，华艺出版社，2004年，页881—882。

34 光绪石印本《太平欢乐图》，页8下。

35.（清）纳兰常安《受宜堂宦游笔记》卷二五《浙江七·绍兴府》"湘湖"条，页1234。

36.光绪石印本《太平欢乐图》，页35下。学林本说明文字与此不同，煮食尤美，后者作"煮团脐，析姜食之，风味不减于湖蟹"。（页115）

37.转引自张海鹏等主编《明清徽商资料选编》，黄山书社，1985年，页22。

38.见胡颂平所编《胡适之先生晚年谈话录》"1961年3月30日"条，中国友谊出版公司,1993年,页138。

39.光绪石印本《太平欢乐图》,页47上。学林版说明文字与此稍有不同,海宁作"海昌茗山"(页143)。

40.美国皮博迪·艾塞克斯博物馆藏画《19世纪中国市井风情——三百六十行》,黄时鉴、〔美〕沙进编著,上海古籍出版社,1999年,页221。

41.(清)李斗《扬州画舫录》卷六《城北录》:"扬州盐务,竞尚奢丽,一昏〔婚〕嫁丧葬,堂室饮食,衣服舆马,动辄费数十万……或好兰,自门以至于内室,置兰殆遍。"中华书局,"清代史料笔记"本,1960年,页148—150。

42.(清)李琪《崇川竹枝词一百首》:"绮石黄磁小阁深,安排蒲草又茸针。炉香初烬帘初卷,重理王郎一曲琴。"诗注曰:"郡多花匠,善治盆玩……"王利器、王慎之、王子今辑《历代竹枝词》丁编,陕西人民出版社,2003年12月版,页2081。

43.(清)宗信《续苏州竹枝词》:"书卷棋枰与酒樽,荡摇小艇出闉门。山塘避暑归来晚,茉莉珠兰买成盆。"《历代竹枝词》辛编,页3937。(清)艾衲居士《竹枝词》:"曲曲栏杆矮矮窗,折枝盆景绕回廊。巧排几块宣州石,便说天然那嚲生。"《历代竹枝词》丁编,页2090)(清)尤维熊《虎邱新竹枝词八首》:"花市人家学种兰,春兰未发腊梅残。试灯风里唐花早,烘出一丛红牡丹。"《历代竹枝词》丙编,页1490。

44.与《太平欢乐图》相同时的《福州竹枝词》,作者查奕照为浙江嘉善人,曾有"榕枝小树瓦盆栽,当作奇峰列肆开"之诗。《历代竹枝词》丙编,页1449。

45.(清)熊荣《南州竹枝词》:"华堂新障揭三星,折取梅花置胆瓶。争向街头买柏叶,春光爱得是常青。"诗注:"除日,乡村人拗柏枝沿街唤卖。人家竞市,同腊梅插瓶中,以当雅玩,而新年光景在目矣。"《历代竹枝词》丙编,页1352。

46.光绪石印本《太平欢乐图》,页5上。

47.(清)李斗《扬州画舫录》卷一六《蜀冈录》,中华书局,页371。

48.参见拙文《朝鲜燕行使者所见18世纪之盛清社会——以李德懋的〈入燕记〉为例》,载尹忠男编《哈佛燕京图书馆所藏朝鲜资料研究》,韩国景仁文化社出版,2004年。

49.(清)董棨绘、许志浩编《太平欢乐图》第四十三图,页86。

50.（宋）陆游《老学庵笔记》卷五，"唐宋史料笔记丛刊"，中华书局，1997年，页61。

51.（明）沈德符《万历野获编》卷二六《玩具·新安制墨》，"元明史料笔记丛刊"，中华书局，1997年，页660—661。

52.《梓室余墨》卷一，三联书店，1999年，页59。

53.光绪石印本《太平欢乐图》，页39上。

54.〔韩〕洪大容《湛轩书外集》卷二，见"韩国历代文集丛书"第2602册，《湛轩先生文集》，韩国景仁文化社，1996年，页120—121。

55.〔日〕足立启二《豆饼流通与清代的商业性农业》，载《日本中青年学者论中国史》，上海古籍出版社，1995年，页456—492。

56.光绪石印本《太平欢乐图》，页10下。学林版说明文字，食甫字作"蓝"。

57.（清）纳兰常安《受宜堂宦游笔记》卷二六《浙江八·绍兴府》"哺坊"条："……自淮以南，有所谓哺坊者……今萧山、会稽诸邑，亦多哺坊……"（页1269）

58.嘉庆《重修扬州府志》卷三《巡幸志》三，"中国地方志集成·江苏府县志辑"，第41册，江苏古籍出版社，1991年，页57。

59.光绪石印本《太平欢乐图》，页1上。

60.同上，页50下。

61.（清）顾禄《清嘉录》卷一二，上海古籍出版社，1986年，页186。

第七讲

小说中的徽商与徽商撰写的小说
《我之小史》的发现及其学术意义

一、"徽商"的出场

徽商是明清时代的商界巨擘,这早已是众所周知的事实了[1]。但"徽商"一词在史籍中最早始于何时,因传世文献浩繁无数,或许是个谁也无从断言的问题。不过,以往有学者认为:"早在成化年间,徽商一词就已在松江一带流行了。"其主要根据就是明人笔记《云间杂识》卷一(这一段史料也为明清史研究者反复征引)中的一段记载:

> 成化末,有显宦满载归者,一老人踵门拜不已,官骇问故,对曰:"松民之财,多被**徽商**搬去,今赖君返之,敢不称谢。"宦惭不能答。[2]

有鉴于此,他们认为:"松江是徽商早年最活跃的地方,徽商一词首先在这里流行是合乎情理的。"[3]这个论断的前半部分当然没有什么问题,因为在明代,松江是江南棉布业的中心,是徽商尤其是徽州布商活动最为活跃的地方,这一点应当是毫无疑问的。但"徽商"一词是否首先在松江一带流行,则是可以讨论的。至少,《云间杂识》这段记载徽商活动的史料在时间上存在着很大的问题。

近读《淞故述》,发现《云间杂识》上述的记载实际上有着不同的版本:

> 成化末,有显宦满载归者,一老人踵门拜不已,宦骇问故,对曰:"松民之财,多被**官府**搬去,今赖君返之,敢不称谢。"宦愧不能答。[4]

《淞故述》为明人杨枢所撰,杨枢字运之,自称细林山人,江南华亭人,明嘉靖戊子科(嘉靖七年,1528年)举人,官江西临江府同知。"是书乃所述松江一郡遗闻轶事,以补志乘之阙略者。"[5]显然,这部书是反映松江府社会生活的笔记。据万历乙未(二十三年,1595年)八月周绍节的跋称,该书于嘉靖庚寅(九年,1530年)五月,由周禋(字维敬,号一山)"手录而辑订之,存诸笥中,为家藏书"[6],直到万历年间方才付梓。由此可见,《淞故述》的成书年代当在嘉靖九年五月之前。华亭当时就属于松江府,即使假定《淞故述》的完成时间就在嘉靖九年,其时离成化末年也不过四十余年,杨枢以华亭人写松江当地事,他笔下的这段轶事,应具有较高的史料价值。事实上,从《淞故述》后附录的《修志备览》之艺文、墓、志铭及灾异诸条来看,该书应是比较严肃的著作。

再回头看以往学者引述的《云间杂识》,其作者李绍文也是华亭人,他曾作《艺林累百》八卷[7]。据《四库全书总目提要》称:"绍文,字节之,华亭人。是编成于天启癸亥,因《小学绀珠》而变其体例,摭拾故实……"[8]他还另作有《明世说新语》,"是书全仿宋刘义庆《世说新语》,

其三十六门亦仍其旧,所载明一代佚事琐语,迄于嘉隆,盖万历中作也"[9]。换言之,《明世说新语》一书完全是模仿南朝刘义庆的《世说新语》,记述有明一代的遗闻佚事。我们知道,《世说新语》是南朝时的一种"志人"小说,与"志怪"小说相对而言,其内容主要是记述东汉至东晋文人名士的言行,所记事情以反映人物的性格、精神风貌为主,作为史实来看,绝大多数是无关紧要的[10]。从这一点上看,李绍文的一些著作也并非严格的史料,在他笔下,不少故事均刻意赋予了一定的社会内涵和文化意义。以《云间杂识》为例,该书《凡例》称:"是编遍考郡中百年来事迹,或传父老,或垂简编,或忆庭训,不拘巨琐雅俗,足令人回心易虑者,辄用采撷,倘无关世道,弃去弗录。"并说:"近来风俗最为可异者,曰奢靡,曰浮薄,编中谆谆言之,亦冀挽回于万一耳。"由此可知,李绍文采撷条目的标准,主要是考虑是否能针砭时弊、有裨教化。具体到《云间杂识》本书而言,上述那则故事显然是一个讽刺性的寓言,直接讽刺的是这位官僚的贪污受贿,将搜括来的民脂民膏满载而归。另外也透露了一个信息——松江一带的财富多被徽商盘剥而去,如此生动的细节倘若属实,那当然是反映徽商在松江一带活动盛况的绝佳史料。遗憾的是,其原型实际上来自《淞故述》。今查《云间杂识》卷一,发现此前学者的引文并未引全,前述记载之后关键的"见《淞故述》"[11]四个字都被删去,以至于人们无从确知其渊源所自。因此,说成化年间在松江已出现"徽商"一词,事实上值得进一步推敲。

前面说过,杨枢和李绍文都是松江华亭人,后者将"官府"改成了"徽商",显然是意味深长。上述两段史料的核心,是将搬走"松民之财"(也就是松江百姓财富)的主角由"官府"换成了"徽商"。其实,这与明代前中期江南社会经济的发展息息相关。

众所周知,松江府是江南的核心地带,明初的洪武二十六年(1393

年),苏、松、常、镇、湖、嘉六府土田仅占全国总数的4%,而田赋却占全国总数的22%[12]。当时有"江南赋税甲天下,苏松赋税甲江南"的俗谚,所以松江老人有"松民之财,多被官府搬去"的说法,显然并不令人诧异。不过,也正是在这种畸重的赋税结构下,发展了江南多样化的商品经济。对此,明人谢肇淛指出:"三吴赋税之重甲于天下,一县可敌江北一大郡,破家亡身者往往有之,而闾阎不困者何也?盖其山海之利所入不赀,而人之射利无微不析,真所谓弥天大网,竟野之罘,兽尽于山,鱼穷于泽者矣。"[13]显然,尽管苏南赋税之重甲于天下,但多样化的生产经营方式,为当地创造了飞跃发展的良机。其中,商品经济的发展,离不开外地商人及资本的注入,其中,徽商则是极为重要的一支力量。

嘉靖时人何良俊指出:"余谓正德以前,百姓十一在官,十九在田。盖因四民各有定业,百姓安于农亩,无有他志……自四五十年来,赋税日增,徭役日重,民命不堪,遂皆迁业……昔日逐末之人尚少,今去农而游手趁食,又十之二三矣。大抵以十分百姓言之,已六七分去家矣。"[14]正德年间相当于16世纪初期的明代中叶,在此之后,迁业逐末之人骤增。何良俊的观察虽然是一般性的概述,但这种反映大致趋势的结论,也可以从各地的方志记载中得到验证。譬如,万历《歙志·风土》就曾指出,正德末年至嘉靖初年,徽州弃农经商之人日渐增多,方志形容当时的社会状况相当于一年四季中的春分之后、夏至以前,气候渐趋炎热,亦即社会的转型时期。在徽州,官府的赋税措施也对徽州人的经商有着重要的政策导向,据明人吴瑞穀的《大鄣山人集》记载,嘉靖十七年(1538年),官府对于商贾之乡歙、休二县的课赋,比徽州府的其他四县要重[15]。在这种背景下,明代的徽州歙县和休宁,经商风气蔚然成风:"徽郡歙休商山高,逐末江湖□浪涛。辞家万里轻其远,云贵蜀广日策蹇。"[16]其中,江南的松江府一带,是歙、休等县徽商重点经营的地区[17]。

前文述及,《淞故述》成书于嘉靖九年五月之前,而《云间杂识》成书的时间则在万历以后,从两位作者生活的年代来看,我们有理由相信,明代嘉靖、隆庆、万历年间,徽商在松江府的活动有了重要的发展。李绍文《云间杂识》曾指出:"吾郡三十年前,从无卖苏扇、歙砚、洒线、镶履、黄杨梳、紫檀器及犀玉等物,惟宗师按临,摊摆逐利,试毕即撒〔撤〕,今大街小巷俱设铺矣。至于细木家伙店不下数十,民安得不贫。"《云间杂识》一书中的条目有万历乙卯(即万历四十三年,1615年)条,因此,大致可以断定该书最终成书于万历晚期以后,而李绍文所说的"三十年前",则应在万历初年。因史料不足征,虽然我无法判断记载中贩卖歙砚者是否是徽商(这种可能性当然不小),但前述的"细木家伙店"主,则应是来自徽州无疑。何以见得? 稍早于李绍文的范濂在其《云间据目钞》中指出:"细木家伙如书棹、禅椅之类……隆、万以来,虽奴隶快甲之家皆用细器,而徽之小木匠,争列肆于郡治中,即嫁妆什器,俱属之矣。"[18]《云间据目钞》也是成书于万历以后,作者慨叹嘉隆以来"风俗自淳而趋于薄也,犹江河之下下而不可返也"。对照李绍文所说的"至于细木家伙店不下数十,民安得不贫"的感慨,《云间杂识》将搬走松江人财富的主角从"官府"改成"徽商",应是他的有感而发。只是李绍文为了劝化世俗,篡改了杨枢《淞故述》的记载,因此,《云间杂识》的这条史料,实际上只是后人对徽商活动既存事实的追记,不能将该书中有关成化年间"徽商"的记载,作为确切的历史事实加以引证。

至于"徽商"一词在社会上何时成为约定俗成的称呼,显然可以进一步探究。由于明清时代的文献可谓汗牛充栋,欲作全面的考索显然不太可能。此处姑以手头的《四库全书》光盘版,对此问题作一局部的透视。检索显示,徽商在《四库全书》中的"出场",主要有以下14例:

编号	内容	资料来源	年代	备注
1	兴国民吴荣杀徽商张姓者,久未成狱,君廉得荣焚尸藏陶穴中,竟致于法。	明邵宝撰《容春堂集》后集卷四《明故太平府同知进阶朝列大夫屠君暨配陆宜人墓志铭》。	屠氏卒于正德甲戌二月一日。	邵宝为成化庚辰进士。
2	有指挥某者,与徽商友善,往来无间,结为兄弟。指挥富而无子。有三女:一嫁仪真民,一嫁镇江,一嫁武臣。指挥既卒,徽商遂谋袭其官,媚指挥之妻,甚至妻信之,遂许为嗣。既得官,并欲夺其产,沈〔沉〕指挥之妻于江。既事渐彰闻,指挥女在仪真者讼之,刑曹齐韶受赂,竟右商人而诎指挥女,徘徊都市,商杀之,血污女衣,以石沉之井。指挥妻有侍儿,为商所夺,心伤故主,有怨言,商又杀之。有一奴欲讼冤,商又杀之。都下无论贵贱皆痛愤,然畏韶,七年无敢问……及考国史狱牍,则所谓指挥者南京水军右指挥佥事贾福。其姻戚徽商与争官职者陈玟也。	明王世贞《弇山堂别集》卷二三。		亦见黄宗羲编《明文海》卷三四四

编号	内容	资料来源	年代	备注
3	尝闻河埠馆人云：有徽商每二三年驾巨舶一至，货尽即去。	明顾璘《息园存稿文》卷六《谢孝子传》。		《息园存稿文》刻于嘉靖戊戌。亦见《明文海》卷四一二。
4	……高收在即，岁为徽商所贩，以给土民者不十五，更可禁也。禁之则米价可平，低收益裕，以储常平，且有余米……	明刘宗周《刘蕺山集》卷六《与张太符太守（名鲁唯）》。		
5	……微闻徽商健讼，动以人命相诬，剖决稍迟，或遭骚扰，此语未审真否？偶有便羽，不敢不以相闻。	明魏学洢撰《茅檐集》卷八《答唐宜之（又寄）》。		
6	曹七善，南陵诸生，尝于姑苏旅邸获徽商所遗八百金，……	清赵宏恩等监修《江南通志》卷一六一。		
7	王枝，天长人，父卒，母以年饥，鬻枝于徽商。	《江南通志》卷一六二。		
8	朱大启，字君舆，秀水人，万历进士，授南昌推官。郡方缺守，即委署。有徽商杀人，法当抵，以要路请托，抚军发县审释，大启覆，竟置之法。	清谢旻等监修《江西通志》卷五九。		

编号	内容	资料来源	年代	备注
9	万程桥:《嘉兴县志》:在县东白马堰镇。明嘉靖庚申,义商曹旸谋建桥于南津,乃倡捐鸠工,三年未成,曹耻之,遂抱石沉水,众惊援之。徽商程沂、韩应鲤等感激于义,各捐助,不一年落成。	清嵇曾筠等监修《浙江通志》卷三四。		
10	是年(乾隆二十四年),英吉利夷商洪任辉安控粤海关陋弊,讯有徽商汪圣仪者,与任辉交结,擅领其国大班银一万三百八十两,按交结外国互相买卖借贷财物例治罪。	清《皇朝文献通考》卷二九八。		
11	徽商夏月过饮烧酒溺血。	清魏之琇撰《续名医类案》卷一六。		
12	万密斋治徽商吴伢妻……	《续名医类案》卷三三。		
13	江南岁漕五百万石……其法莫若洪、永开中法,凡畿辅之地及山东西、九边各塞,或募徽商,或召土著,或遣谪贪污官吏……	清陆世仪撰《思辨录辑要》卷一六。		

编号	内容	资料来源	年代	备注
14	……吴俗好赛五方神,岁必演剧月余,男女杂沓,无赖子多乘之以导淫贾利,公出见之,杖其首,投神像于太湖。久之,奸宄慑服,盗贼亦远窜屏迹,捕役无以为饵,乃引龙游大盗潜入城,劫徽商质库,计挫其威棱。公夜半闻之,立系诸捕妻孥,勒限三日全获,否则死。果如期获之嘉兴,验质库簿,归所失物,在簿外者赏诸捕而宥之……	清朱鹤龄《畏斋小集》卷一五《富顺刘公传》。	反映的事迹为万历年间,作者为清人。	

上述的14例中,第2个例子虽然发生在权阉当道的英宗正统年间,不过,记载这一事例的王世贞是嘉靖、隆庆、万历时人,当时,"徽商"一词的使用已日趋普遍,而他有可能是用后来约定俗成的名词"徽商"来概括先前的事实,所以据此不能确定"徽商"一词已出现在正统年间(15世纪中叶)。比较早的是发生在正德年间的第1个例子,因此,就目前所见,以《四库全书》收录文献的情况来看,"徽商"一词在文献中出现的时间,较早的是在明代正德年间(16世纪初),比以往所认为的15世纪后期的成化末年要晚几十年。综合其他史料分析,至万历年间,"徽商"一词在社会上的使用已极为普遍[19]。《云间杂识》也正是在这个时代,用当时约定俗成的"徽商"一词置换了《淞故述》所叙故

事中的关键词。

从前揭的各种明清文献来看,徽商出场的情况颇为复杂。既有徽商乐善好施的例子(如第9例),又有徽商作奸犯科的故事(如第2例、第8例和第10例)。徽商时常成为各类案件中被杀害、打劫的对象(如第1例、第14例)。另外,徽商还给世人留下了健讼(好打官司)的印象(如第5例)。这些,都与我们在明清其他各类文献中看到的徽商形象基本吻合。

除了历史文献之外,徽商在明清小说中也频繁出现。

二、明清小说中的徽商[20]

明末天启年间,冯梦龙编著出版了《喻世明言》、《警世通言》和《醒世恒言》,此即"三言"。稍后的天启、崇祯年间,凌濛初也出版了《初刻拍案惊奇》、《二刻拍案惊奇》,也就是"两拍"。"三言两拍"代表了明代短篇小说的成就,这些小说的来源不一,有的是收录改编旧传话本,有的是作者根据野史笔记、文言小说和当时的社会传闻创作[21],具有浓厚的时代气息。

晚明时期,随着城市工商业的繁荣,小说中反映市井人物尤其是商人生活的作品愈来愈多。在三言两拍中,有不少就是对徽商和徽州风俗的描写。如《二刻拍案惊奇》卷三七《叠居奇程客得助,三救厄海神显灵》中就提及徽州从商风气之盛:

> 徽州风俗,以商贾为第一等生业,科第反在次着。
> 徽人因是专重那做商的,所以凡是商人归来,外而宗族朋友,内而妻妾家属,只看你所得归来的利息多少为重轻。得利多的,

尽皆爱敬趋奉;得利少的,尽皆轻薄鄙笑。犹如读书求名的中与不中归来的光景一般。[22]

这些都反映了徽州商业的发达以及"商人重利轻别离"的社会心理。《叠居奇程客得助,三救厄海神显灵》这个故事来源于明代嘉靖年间蔡羽所著的《辽阳海神传》,主要内容是写徽州人程宰,于正德初年前往辽阳经商,因经营失败,亏折了数千两银子,流落关外,穷困潦倒。在一个风雨交加的夜晚,有位明眸皓齿、冠帔盛饰的女子不期而至,两人春风一度,缠绵悱恻,从此以后,程宰不仅是神思清爽,肌肉润泽,而且在商业上也时来运转。这位女子当然不是普通人,而是一位海神,她成了程宰的保护神。女神指点程宰"人弃我堪取,奇赢自可居",根据市场上的商业信息囤积居奇。程宰依此锦囊妙计,先是囤积黄柏、大黄两味药材,接着囤积彩缎,再接着囤积粗布,每次都能赚到大钱,四五年间,资本由十来两本银积攒到"五七万两"[23]。这个故事显然反映了徽商发财致富的人生梦想,显然具有鲜明的时代特色。

类似于此的故事,在明清时代的小说中还有不少。最值得一提的是,清代短篇小说集艾衲居士的《豆棚闲话》,将徽州最为重要的地方神越国公汪华(汪公大帝)塑造成了一位徽州朝奉,也就是从事典当业的徽商。《豆棚闲话》第三则《朝奉郎挥金倡霸》说:

> (隋末唐初的汪华)小字兴哥,祖居新安郡——如今叫做徽州府——绩溪县乐义乡居住。彼处富家甚多,先朝有几个财主,助饷十万,朝廷封他为朝奉郎,故此相敬,俱称朝奉。却说汪华未生时节,父亲汪彦是个世代老实百姓,十五六岁跟了伙计学习江湖贩卖生意。徽州风俗,原世朴实,往往来来只是布衣草履,徒步肩

挑,真个是一文不舍,一文不用。做到十余年,刻苦艰辛,也就积攒了数千两本钱。到了五旬前,把家赀打总盘算,不觉有了二十余万,大小伙计就有百十余人。[24]

这里的朝奉郎兴哥(也就是汪华),原型是历史上的一个真实人物。他在隋末兵燹战乱、天下动荡不安时揭竿而起,攻取了歙、宣、杭、睦、婺、饶六州(也就是今浙江、皖南的许多地方),割据一方,自称吴王。他后于武德四年(621年)归顺大唐,持节总管六州军事,授歙州刺史,位上柱国,封越国公,后来死于长安,死后谥号"忠烈王",归葬歙县。乡人为之立祠崇祀,直到现在,徽州还有不少忠烈祠。忠烈祠也叫汪公庙,汪华被称为越国公汪王神,俗称"汪公大帝"。近数百年来民间尊奉汪华为"太阳菩萨",徽州各地有"游太阳"的祭神活动。越国公汪华是徽州最负盛名的地方神,因此,《豆棚闲话》将汪华塑造成一个徽州朝奉,一个典型的典当业商人,具有重要的象征意义。

明代以来,在江南各地,不仅是通都大邑有典当铺乃至"典当巷"甚或"典当街",而且,典当业的触角更深入到了僻野荒村。俗有"无徽不成典"的说法,一般民众遇到的徽州人,除了垄断价格的盐商外,最多的就是典当商。在民众的心理中,"荒年熟典当",典当业总是乘人之危而暴发不义之财,典当商成了农村社会贫困化的罪魁祸首,典当商往往是"为富不仁"的代名词。这在三言两拍以及清代的《儒林外史》等小说中,有很多典型的例子。如《初刻拍案惊奇》卷一五《卫朝奉狠心盘贵产,陈秀才巧计赚原房》中的卫朝奉,可以说是见利忘义、贪婪成性的徽商形象:

却说那卫朝奉平素是个极刻剥之人,初到南京时,只是一个小小解铺,他却有百般的昧心取利之法:假如别人将东西去解时,他却把那九六七银子,充作纹银;又将小小的等子称出,还要欠几分等头。后来赎时,却把大大的天平,兑将进去,又要你找足兑头,又要你补够成色,少一丝时,他则不发货。又或有将金银珠宝首饰来解的,他看得金子有十分成数,便一模二样,暗地里打造来换了,粗珠换了细珠,好宝换了低石,如此行事,不能细述……[25]

这位卫朝奉经营典铺,通过各种手法盘剥顾客,大发不义之财。在明清时代,在"无徽不成镇"的长江中下游地区,卫朝奉的形象几乎成为徽商的典型,成了唯利是图者的代名词。在当时,"徽州朝奉脸"或"朝奉面孔"相当著名,成了民间耳熟能详的一个形容词:如果说某人"做出徽州朝奉脸",就是形容恶狠狠的高利贷盘剥;而"徽州人口气"或"徽州朝奉口气",则是形容某种令人厌恶的傲慢。以至于在当时,凡是刻意盘剥、贪得无厌者,即使不是徽州商人,也被人类比成为"徽州朝奉"。当时人对于徽商有许多怨毒的称呼,如"徽狗"、"卵袋朝奉"等,连带着对于他们的生活习惯也加以夸张性地丑化[26]。譬如,徽州人素以节俭著称,晚明旅行家谢肇淛曾经指出:徽州人"衣食亦甚菲啬,薄糜盐齑,欣然一饱……至其菲衣恶食,纤啬委琐,四方之人,皆传以为口实,不虚也"[27]。这说明徽州人确实是节俭成性。不过,江南各地的一些民众,为了发泄对席丰履厚的徽商之不满,加油添醋地塑造出徽州人的种种社会形象。例如,《豆棚闲话》第三则《朝奉郎挥金倡霸》中的老朝奉汪彦,让兴哥前往平江(苏州)下路开设典铺,凑足一万两,"照例备了些腌菜干、猪油罐、炒豆瓶子,欢欢喜喜出了门"[28]。腌菜干、猪油罐和炒豆瓶三个道具,可以说是形象地勾勒出徽州人的日常生活嗜好,也真实地反映了徽州人节俭的习性。以下稍作分析。

徽州人的饮食有着比较独特的口味,其最主要的一个特点就是嗜油。虽然说嗜油是中餐饮食中比较普遍的特点,但徽菜在这方面似乎表现得更为突出,尤其是对猪油有着特殊的嗜好。由于嗜油,侨寓外地的徽州人时常将猪油寄往家乡。绩溪人胡适先生就曾说过:"……我们徽州人一般都靠在城市里经商的家人,按时接济。接济的项目并不限于金钱,有时也兼及食物。例如咸猪油(腊油),有时也从老远的地方被送回家乡。"[29]在清代江南各地,市场上有一种生意,专买猪板油用盐拌熬化,盛在小桶中,卖到徽州去[30]。当时有一首题作《收猪油》的竹枝词这样写道:

两只竹节收猪油,每日派人肉铺兜。猪油收来做何用,装入桶内销徽州。徽州地方少猪肉,猪油燉酱夸口福。更把猪油冲碗汤,吃得肚肠滑漉漉。[31]

竹枝词描述说:当时有一类人拿着竹节,每天专门到肉摊上收猪油,收来后装入桶内销往徽州。诗中的"猪油燉酱夸口福",典出江南一带讥讽徽州人是揩油的祖师之笑话。陆人龙《型世言》中《吴郎妄意院中花,奸棍巧施雪里手》,写寓居杭州箭桥大街的徽州盐商吴爌:"家中颇有数千家事。但做人极是啬吝,真是一个铜钱八个字,臭猪油成坛,肉却不买四两。凭你大熟之年,米五钱一石,只是吃些清汤不见米的稀粥。"江浙一带滩簧编出的笑话,说的是"徽州朝奉,富而啬,好绷场面,日进青菜豆腐,而悬猪油少许于墙角,餐后,揩油于唇,立大门前告人曰:我家今天吃猪油炖酱",说徽州朝奉是揩油的祖师[32]。准情度理,猪油和酱都是黏糊糊的东西,两样放在一起燉,至少是没有任何嚼头的,而这实际上是在隐喻徽州朝奉的华而不实。

除了猪油罐外,《朝奉郎挥金倡霸》中汪彦让小朝奉兴哥带出门的还有"炒豆瓶子",这显然也是徽州人的嗜好,亦为小说的点睛之笔。根据胡适的一位亲戚程法德的回忆,徽州人喜欢吃盐豆,也就是用油炒熟黄豆,再撒上盐。对于俭啬的徽州人来说,炒豆也是一种奢侈品,绩溪当地有一句俗谚称:"家有千钟粟,不吃盐豆和粥",意思是说即使家境富裕,也不用油炒黄豆作为下稀饭之菜。这是因为,一碗油炒黄豆的量,可以做成很多豆腐;而且,盐豆香脆可口,很快吃光,倘若做成豆腐则可以佐餐数顿[33]。所以,早在明代,有人就鉴于徽州人的这种嗜好,将"盐豆"的绰号冠乎其上——徽州的"地讳"就叫盐豆。传说,曾有做客苏州的徽州人,自制盐豆放于瓶中,而用筷子钳取,每顿自限不得超过九粒。某日,有人告诉他说:"令郎在某处大嫖。"其人勃然大怒,把瓶中一把豆全都倒了出来,嚷道:"我也不做人家了!"[34]这一则形容"徽州人多吝啬"的笑话,近数百年来在江南一带广泛流传。

通常情况下,创业的老朝奉以勤俭起家,或许每顿只肯吃九粒以下的盐豆,而守成的小朝奉则可能是花天酒地,所谓"年少儿郎性格柔,生来轻薄爱风流;不思祖业多艰苦,混洒银钱几时休"。在明清小说中,除了俭啬外,一些徽商不择手段地追逐女色,也给世人留下了深刻的印象。《杜十娘怒沉百宝箱》和《蒋兴哥重会珍珠衫》,是冯梦龙"三言"中最为脍炙人口的篇章。其中,《杜十娘怒沉百宝箱》中诱惑纨绔子弟李甲出卖杜十娘的那位孙富,就是"徽州新安人氏"。其人"家资巨万,积祖扬州种盐",亦即自其祖上起就一直在扬州从事盐业贸易,孙富是位富裕的盐商子弟。而《蒋兴哥重会珍珠衫》中的陈大郎,为了勾引蒋兴哥之妻三巧儿,以重金买通牙婆薛氏,设计将三巧儿拉入自己怀抱,两人私通半年,这位陈大郎,也就是"徽州新安县人氏"。当然,明代没有"徽州新安"或

"徽州新安县"这样的地名,此为小说家地理概念模糊的表现,但两名商人均系徽州人则断无疑义。

徽州民谣曰:"前世不修,生在徽州,十三四岁,往外一丢。"《豆棚闲话》中说"徽州俗例,人到十六岁就要出门学做生意"。无论是十三四岁,还是十六岁,总之,十几岁以后,徽州男子就要出门经商。从此,要几年、十几年甚至几十年才能回家,与妻子家人团聚,所以徽州有"一世夫妻三年半"的说法。在这种背景下,许多商人在全国各地追欢逐艳,这样的例子不胜枚举,以至于徽州人留给世人的印象就是"轻薄"。凌濛初的《二刻拍案惊奇》卷一五《韩侍郎婢作夫人,顾提控掾居郎署》中说:

> 原来徽州人有个僻性,是"乌沙〔纱〕帽"、"红绣鞋"。一生只这两件不争银子,其余诸事悭吝了。[35]

纵观明清小说中的徽商形象,虽然也有一些挥金仗义型的人物(如《朝奉郎挥金倡霸》的汪华那样)[36],但徽商总体上的形象却颇为负面。在明清小说家的刻画中,徽州人以好色、健讼、俭啬、刻薄闻名遐迩。

当然,这些都反映了明清时期世人心目中的徽商形象,以往还没有发现一部由徽商自己撰写的小说,未曾读到徽商自己撰写的徽商故事。

2002 年,承婺源友人的帮助,笔者意外发现徽商詹鸣铎撰写的章回体自传《我之小史》(未刊抄稿本二种)。这是由徽州人撰写、反映徽商社会生活的小说。

三、《我之小史》的发现及其意义

(一)《我之小史》的创作及抄录

该部章回体自传计有抄稿本二种,此处姑且将之命名为甲乙二本:甲本正编五卷十九回,续编二卷五回;乙本正编五卷十八回(乙本卷首有一目录,至十九回),另羼入应为甲本续编的第五回和第六回的部分残卷。两种版本字迹相近,文字大同小异,但乙本中有不少文字为甲本所未见,而甲本中亦有少数段落不见于乙本。从目前的情况来看,甲乙二本在由作者后人将之重新装订时发生了严重错讹,其中,以乙本的情况尤甚。

综合甲乙二本,自传正、续计七卷二十五回,每回平均在七八千字(但甲本最多的一回为第十八回,竟达九千七百多字),据此统计,全书总字数近二十万言。自传甲本卷首有一序文(乙本未见),曰:

> 余四十五矣,虽属中年,而老景已至,咳嗽疯痛,缠绕不休。环顾吾家,先严见背,五十有一,尚为得享高年;其余如诸叔父与从兄、胞弟妹辈,大半康强而早世;如吾之衰者,其能久存乎? 惟是天地者万物之逆旅,光阴者百代之过客,余忝生人世,乃过客之一,生死亦奚足问! 第回念从前,幼时沐上人庇荫,壮年得兄弟帮扶,至于近来,徒赖小儿维持家计。先严□□〔尝谓?〕余夹缝中过一生,此言诚验。余则光阴虚掷,于□□〔事无?〕补,兴言及此,足增惭恧已! 今余抱孙矣,追溯□□〔曩昔?〕青梅竹马及同学少年,大半已归道山,而□□□□〔苟?〕延残喘,夫妇齐眉,思往日已矣,未□□□□□日经历风花雪月,一一披露,非敢出□□□□□过隙,转瞬皆空,笔之于书,亦以志一时鸿爪□□。时民国十六年

岁次丁卯冬月振先詹鸣铎自序。

由此可见,《我之小史》一书至迟当完成于民国十六年(1927 年)。自传的作者叫詹鸣铎(1883—1931 年),光绪三十一年(1905 年)考中生员,迄今在婺源当地,人们还称之为"末代秀才"。他在小说第一回中自报家门,说:"在下系徽州府婺源县北乡十三都庐坑下村人……诞于光绪癸卯年四月十八日吉时。""癸卯"为光绪二十九年(1903 年),而民国十六年为(1927 年),当时他四十五岁,故第一回所称生年"光绪癸卯"有误,当作"光绪癸未"(即光绪九年,1883 年)。

詹鸣铎出身于婺源木商世家,其人经历相当丰富:曾当过塾师,中过秀才,到过杭州、上海等地经商、游历,出入花街柳巷,进过新式学堂,并以乡绅的身份,在庐坑邻族间排忧解难,参与晚清婺源乡间的地方自治。自己又在婺源开设振记百货店,因不善经营,亏空甚多。

詹鸣铎著有《冰壶吟草》二卷(有清宣统元年〔1909 年〕紫阳书院排印本)行世。此次除了《我之小史》之外,还收集到詹鸣铎的文集手稿六卷——《振先杂稿》卷一、卷二、卷三、卷四、卷六和卷八,另有四册未刊日记。

1. 詹鸣铎《我之小史》的创作

明清以来,小说受到世人的喜爱,商人自不例外。一些徽商相当喜欢阅读小说,他们从小都阅读四书五经,及至长大习为商贾,行有余力,则观演义说部。譬如,清代歙县江村人江绍莲就有《聊斋志异摘抄》(抄本)[37],工工整整地抄录了蒲松龄小说的精彩段落;在道咸年间,婺源人江南春喜读《聊斋》,并模仿前者,作有《静寄轩见闻随笔、静寄

詹鸣铎像

轩杂录》[38];《日知其所无》的作者、民国十年(1921年)前后在汉口活动的茶商汪素峰,平常也喜欢阅读小说,如对言情小说《玉梨魂》就非常痴迷[39]。这些,都是商人喜读小说的例子。

至于詹鸣铎,从他的《振先杂稿》来看,其人对于小说戏曲亦相当留意。光绪癸卯(即光绪二十九年,1903年),他作有《书西厢后》:

大凡人之情,有所怀也必感,有所感也,必发为语言文字,综观今古,比比然也。夫岂独《西厢》哉?然《西厢》之作也,亦必以不得志于君臣朋友之间,然后借题发挥,以自吐其胸臆。明李卓吾称为化工,允矣。顾吾细味之,觉为是书者,才学纵横,胸次洒落,于花花世界,冷眼看破,因欲以此唤醒迷人,为色荒者戒焉。故其立言也,以惊艳始,以惊梦终,俾知才子佳人,两相爱慕,为天地不可无之情,为古今最难尽之情,为生生死死固结不解之情,至一梦而其书顿止,亦即明色色空空之理,所谓一切有为法如梦幻泡影,如露亦如电,当作如是观耳,彼狗尾续貂者何知焉!至于设身处地,传神阿堵,其文采所以工雅之处,其亦有目共赏矣,予故不赘。[40]

詹鸣铎还仔细研读过章回体小说《三国演义》和《东周列国志》,在光绪三十一年(1905年),他作有《批评三国演义》和《批评东风〔周〕列国全志》,对貂蝉、曹操、祢衡、刘备、周瑜和张飞等小说人物,都曾赋诗评论[41]。

当时浙江发生了杨乃武与小白菜案,詹鸣铎对此亦极为关心:"按小白菜即豆腐西施事,详王〔杨〕乃武全集,现在仍在,据传住余杭城外某庵为尼,年已六十余矣,程云樵曾见之。"他还集传奇句,写下《小白菜》诗:

好恶因缘总在天(《幽关记》),含羞忍泪向人前(《琵琶记》),赏心乐事谁家院(《牡丹亭》),日午当空塔影圆(《西厢》)。

伯劳东去燕西飞(《西厢记》),仙草仙花尽可依(《红楼梦传奇》),为说汉宫人未老(《明珠记》),从今孽债染缁衣(《玉簪记》)。

由此可见,詹鸣铎对传奇小说非常熟悉。从小说的写法来看,《我之小史》除了受明清以来徽商自传的影响之外[42],还与当时流行的鸳鸯蝴蝶派小说之影响有关。詹鸣铎曾热衷于投稿,其诗作亦曾刊登于鸳鸯蝴蝶派的代表刊物《红杂志》。《红杂志》周刊,创刊于 1922 年 8 月,终刊于 1924 年 7 月,共一百期,再加纪念号一期,增刊一期。在该刊的二卷一三期上,专门登载过"上海小说专修学校招生及章程"。显然,在当时的上海,不仅小说流行,而且还开办了专门的学校传授写作技巧。无独有偶,詹鸣铎后来也在婺源乡间的私塾中教授学生撰写小说,这从他的日记中可以看到这方面的活动:"八月九号,上午令诸生作小说";"八月十一号,上午令诸生作小说";"八月十二号,上午令诸生作小说";"八月十四日,上午令诸生做小说";"八月二十三号,上午在校,令作小说";"八月二十七日,余到校,上午令做小说";"八月二十八号,余又到校,令作小说";"八月二十九号,上午令作小说";"八月三十号,余饭后到校,令作小说"。这些活动,显然不是一种巧合,詹鸣铎明显受到鸳鸯蝴蝶派小说的影响。至于《我之小史》一名,可能是模仿自杭州作家陈蝶仙(天虚我生)的《他之小史》[43]据哈佛大学韩南教授(Patick Hanan)的研究,《他之小史》分六期发表于1914年至1915年的《女子世界》、1917年中华图书馆出版的《礼拜六》杂志上,曾刊登该书的一则广告。而《礼拜六》也与《红杂志》一样,同属于鸳鸯蝴蝶派的小说范畴[44]。

从总体上看,《我之小史》的写作技法未必非常高明,但因其纪实性,故而从历史研究的角度来看,该书的史料价值极高,特别是书中抄录了不少书信、诉讼案卷等,对于徽州社会文化史、经济史的研究极有助益。

2.《我之小史》的写作过程

根据《我之小史》续第三回《开振记形骸放浪,玩杭州兴会淋漓》所指出的:民国九年(1920年),詹鸣铎将婺源振记店事收歇,携带内眷寄居石湾阜生行内,行内生意,一概不问。闲暇无事,坐在楼上,抄录生平杂稿,并补著《我之小史》续篇第二回。由此可知,《我的小史》续篇第二回成于民国九年(1920年),那么,《我之小史》的正篇显然应成于当年之前。而续篇第三回至第六回,可能成于民国九年至十六年间(1920—1927年)。

《我之小史》成书以后,詹鸣铎即开始抄誊。《詹鸣铎日记》辛未日记续(民国二十年,1931年)六月三十日条曰:"余今日抄《我之小史》之序言及目录。"某年"七月五号,即日历六月刀〔初〕十日,星期六","余自今日起抄《我之小史》,每天一篇"。也就是说,从该年的六月初一日起,詹鸣铎每天抄誊《我之小史》一回。正是由于詹鸣铎的抄誊,才使得《我之小史》出现了至少两个版本,这就是我们今天所能看到的甲本和乙本。

(二)纪实性自传小说:《我之小史》的资料来源

该书最显著的特点在于它的纪实性。在《我之小史》中,作者一再声称自己所述皆为"信史"[45],而从同时收集到的六册《振先杂稿》、四册《詹鸣铎日记》以及光绪《婺源县志》来看,《我之小史》所述的确皆为真实情节。书中的一些故事细节,有不少就直接节录自其人的文集或日记。关于该书的资料来源,此处可举数例:

1.《我之小史》与《振先杂稿》的相互印证

《振先杂稿》是詹鸣铎本人的诗文集初稿,其中各卷收录文字的基本情况有如下表(见下页)。

从表中所列来看,《振先杂稿》的编排顺序基本上是以年代为主,这应是詹鸣铎的初衷,但因尚未定稿,故体例难免有些混乱,如卷二就相当突出。另,主要收录戊申年的卷三,在《清明》诗下注曰:"应入辛亥下。"

(1)《我之小史》第四回状摹詹鸣铎结婚,以一首《定情诗》为证:

> 与卿两小本[46]无猜,疑是前生有自来,为喜同心今结缡[47],合题雅句把妆催。
>
> 名花何不种蓬莱,偏向人间灿烂开,今夜香闺春不锁,刘郎端合到天台。
>
> 彩笔生花夺锦才,只从纸上起风雷,画眉深浅何曾惯,初试毫尖傍镜台。
>
> 醉罢兰房玉液杯,何须蝶使与蜂媒,明年喜事传姻娅,掌上于今有蚌胎。

卷帙	干支	年代	备注
卷一	己亥	光绪二十五年（1899 年）	
	庚子	光绪二十六年（1900 年）	
	辛丑	光绪二十七年（1901 年）	
	壬寅	光绪二十八年（1902 年）	
	癸卯	光绪二十九年（1903 年）	
	甲辰	光绪三十年（1904 年）	
	乙巳	光绪三十一年（1905 年）	
	丙午	光绪三十二年（1906 年）	
卷二			《村居即事》诗之一注曰："时年二十四岁。"有少量是壬寅（光绪二十八年，1902 年）、戊申（光绪三十四年，1908 年）、己酉（宣统元年，1909 年）
	丁未	光绪三十三年（1907 年）	
卷三			卷三丁未年所作者仅两篇。
	戊申	光绪三十四年（1908 年）	杂有辛亥《清明》诗。
	己酉	宣统元年（1909 年）	
	庚戌	宣统二年（1910 年）	
	辛亥	宣统三年（1911 年）	
卷四			
	壬子	民国元年（1912 年）	

卷帙	干支	年代	备注
卷四	癸丑	民国二年(1913 年)	
	甲寅	民国三年(1914 年)	
	乙卯	民国四年(1915 年)	
	丙辰	民国五年(1916 年)	
	丁巳	民国六年(1917 年)	
卷五	缺		
卷六	辛酉	民国十年(1921 年)	辛酉年仅一篇。
	壬戌	民国十一年(1922 年)	有补作庚申年（民国九年，1920 年）作五言排律《忆游》。
	癸亥	民国十二年(1923 年)	有癸亥五月中之日记四页。
	甲子	民国十三年(1924 年)	
	乙丑	民国十四年(1925 年)	
	丙寅	民国十五年(1926 年)	
	丁卯	民国十六年(1927 年)	
卷七	缺		
卷八	己巳	民国十八年(1929 年)	
	庚午	民国十九年(1930 年)	
	辛未	民国二十年(1931 年)	

《振先杂稿》卷一亦有此《定情诗》，只是个别文字不同。如第二首第一句，在《振先杂稿》中作"名花移种自蓬莱。"

（2）《我之小史》第七回《同扣考羞归故里，痛落第哭往杭州一日》中，说"有王卓文先生，约游西湖，我从之。早晨起来，向父亲领取熟罗长衫，即与王仝往走万松岭。那个时候，王自命为雅客，口中吟咏。我跟着他，不知走向何处。记得也叫划船，也步行。及到天竺，见游人雾集，攘往熙来，入谒观音，香火不绝。"第八回《做新爹甲辰得子，游泮水人已成名》接着写道："及回转至灵隐，凡罗汉堂、韬光经、一线天、泉壑堂等处，游玩一番。步行至岳王坟，买舟未成。值天雨后，由大桥走净慈归，一路之中，探访湖山艳迹，赏心悦目，果然无限风光。"这在《振先遗稿》卷一中，有甲辰年（光绪三十年，1904 年）所作的《游西湖记》："……有父执王公卓文茂才者，约往谒天竺观音，于是随之以去。初至雷峰塔畔，苍茫四顾，果然水秀山青。到三竺后，旋反至飞来峰、一线天、泉壑亭、灵隐寺、罗汉堂、韬光径，风光幽雅，颇觉移人性情，继谒鄂王墓，拟买舟至湖心亭、平湖秋月等处，乃风雨骤至，游兴索然，遂共归。"显然，《我之小史》前述第四回和第八回的内容，即据此游记化出。

（3）詹鸣铎的三弟詹鸣球（礼先）因与父亲詹蕃桢龃龉，负气服毒自杀。《我之小史》第十二回《闻弟耗命驾来杭，奉亲命买舟归里》中，有《哭三弟》诗，见于《振先杂稿》卷三。后者所录诗中还夹有诗注，如：

时余客练市，闻耗奔回杭。

弟误服鸦片，命同人多方救治，并抬入日本医院两家，皆不得效。

今春父谕分炊，余具书进谏，内有云田氏分则荆花破碎，唯大人鉴戒焉。不料今日竟成谶语。

季云妹去春三月病殁于杭。

余今春由杭赴练，弟临歧话别，情语宛然。

余在练接弟手书两次，书中极诉苦情。

余去岁来杭，偕诸弟全拍下一小影，题曰《乐叙天伦图》。

弟寄余书，述家庭气节中有和气致祥乖气致戾等语。

弟二十二日故，余之书二十四日始到。

三七拜忏且翻九楼，盖循苏杭俗例也。

这些诗歌自注，与小说中的情节完全吻合。

(4)《我之小史》第十八回《接杭电匍匐奔丧，办民团守望相助》说到辛亥革命时期婺源筹办民团的事，写道，"那时各省光复，各处土匪，乘间窃发，乡间地方，人人畏惧，风声鹤唳，草木皆兵，我婺源宣告独立之后，并令各乡筹办民团，用防土匪，我与宝书、锦屏等极力组织，乃开局于绿树祠，宝书委我为书榜文，我走笔应之"，其下所列榜文很长，直接抄自詹鸣铎的《振先杂稿》卷四《自治局筹办民团启》，只是有个别文字的歧义[48]。第十八回《接杭电匍匐奔丧，办民团守望相助》："是年四月，村内伯纯，在北洋大学毕业，奉旨着赏给进士出身，改为翰林院庶吉士。捷报到家，村人为之一喜。我回忆癸卯年在郡，与他应童子试，提而复摈，后我人已徼幸，他投学堂，分道扬镳，各行其志，今日如此，可谓先我着鞭矣。但他这个翰林，俗称洋翰林，洋货好看，哪及国货的着实，譬如贡缎每尺计洋一元另，洋缎则每尺二角另，货有好歹，价有高低，岂可相提而并论！至于他一生无所表见，只善于扠麻雀，人又称为麻雀翰林，这个头衔却也别致。"《振先杂稿》卷二中有《贺伯纯洋拔贡》："宝贵时光，文明进步；竞争世界，名誉最好。"另有说明："中学毕业，奖励拔贡，与科举时代之明经大不相同，说者谓为洋拔贡，洋货好看,总不及国货之着实,洋学堂、洋学生皆然也,付之一笑而已。"这些,显然也与小说中的冷嘲热讽颇相一致[49]。

(5)续第四回《发哀启为祖母治丧,挂归帆代善儿婚娶》末,抄录了善儿完婚时做出的古风一章,这实际上源自《振先杂稿》卷四《善儿花烛志喜感赋一章》[50],只是两者个别文字有所不同[51],而且,后者另在"春风一曲载赓歌,得子花园满堂福"一句诗后随注:"唱喜曲例先唱《满堂福》,后唱《花园得子》,以为之兆。"

(6)续编卷二第五回《为谋事留杭暂搁,过新年到处闲游》中有《姐妹曲》一首:

> 阿姐粉红衫,妹妹竹布褂,一样具天真,见侬都害怕。
>
> 阿姐初长成,妹妹新肥胖,一样逗春光,自由双解放。
>
> 阿姐年十六,妹妹年十四,一样态[52]娇憨,天然饶别致。
>
> 阿姐在么二,阿妹在长三,一样张艳帜,芳名播瓜山。
>
> 阿姐大马路,妹妹福海里,一样好风光,幽赏我[53]未已。
>
> 阿姐名巧林,妹妹名小囡,一样是名花,玉楼春意满。

该回注明"此甲子年七月二十七日事也",记载民国十三年(1924年)作者在杭州追欢逐艳之情事。此诗亦源自《振先杂稿》卷六。

(7)续第六回《访杭州略书所见,会族众恢复祠租》,詹鸣铎与四弟游灵隐,有诗为证:

> 妙庄严域云林寺,第一灵山著圣湖。直上韬光凌绝顶,海天阔处望模糊。
>
> 名山有约订前来,欲往仍回已几回。今日登峰能造极,胸襟

洒脱果然开。

　　湖光山色焕然新,予季相邀好踏春。顾视清高横空洞,可纵鹫岭悟来因。

　　多谢僧家待客情,安排橄榄把茶烹。此间别辟神仙境,洗尽尘心澈底清。

　　这首诗作于乙丑年(民国十四年,1925 年),出自《振先杂稿》卷六《春日偕四弟游灵隐直上韬光》[54]。

2.《我之小史》与光绪《婺源县志》的相互印证

　　《我之小史》续第四回《发哀启为祖母治丧,挂归帆代善儿婚娶》,抄录了詹鸣铎祖母去世时,所发出一道哀启。其中对其祖母的一生作了概述:

　　　哀启者:先祖妣汪太宜人闺姓明圭,同邑莘源太学生汪讳宗鳌公第七女,幽闲贞静,幼娴母训。年及笄,于归我先王父起凤公,敬顺无违。时先曾祖喜禄公以南货创业昌江,居家时家训森严,太宜人与妯娌行上事翁姑,承欢弥谨。太宜人产子女二:女姑母适余氏,子即先严蕃桢公。先严诞于庚申冬月,才三日,适发贼入境,阖村老幼逃窜山中,先曾祖亦揭眷避难,太宜人怀抱从之。此中苦绪,不言可知矣!明年辛酉,先王父见背,太宜人年仅二十五龄,伤心酸鼻,痛不欲生。奈先严时在褓褓,不得不以青年苦节,矢志抚孤,其懿行载诸志乘,见五十二卷《节孝传》。

　　这里的"志乘",是指光绪八年(1882 年)刊行的《婺源县志》。据该书卷五二《列女四·人物十五》:"詹起凤妻汪氏,詹庐源监生,氏莘源女,二十八岁夫故,遗孤一龄,事舅姑和筑妯,抚孤蕃桢成立,桢亦笃学,善承母志,现年五十,守节二十三年。"[55] 这个传记是光绪《婺源县志》的"壬午新编",也就是光绪八年刚刚采辑而来的事迹。除了"二十八岁夫故",与哀启有所出入外,其他的事迹都完全吻合。传中的"蕃桢",也就是詹鸣铎的父亲詹蕃桢。

此外,《我之小史》中提及的诸多人物及事迹都是真人真事。如小说中提及的"痴先生",根据其他资料的记载,其人名詹文升,"字旭初,环川人。弃儒就医,活人无数,请辄往,不取,人呼为'痴先生',著有医学十四种"[56]。至于书提及的江峰青、江易园、许承尧和董钟琪等,则更是实有其人,且在晚近徽州历史具有重要的影响。关于这一点,以下还要提到。

综上所述,《我之小史》的资料来源,完全是真实可靠的。换言之,《我之小史》的确是作者真实的自传,是一部信史。

(三)《我之小史》的学术价值

目前笔者正着力对该书加以整理、校勘和研究。从初步整理的情况来看,《我之小史》具有多方面的学术价值:

第一,这是目前所知唯一的一部由徽商创作、反映徽州商人阶层社会生活的小说。众所周知,明清以来,"徽州朝奉"的形象曾在三言二拍等不少小说中出现,但那只是小说家笔下脸谱化了的徽商。而《我之小史》则是徽商作为主体自述的家世及个人阅历。在传统时代,徽州盐、典、木商人以席丰履厚著称(俗有"盐商木客,财大气粗"之谚),"安徽省,土产好,徽州进呈松烟墨,婺源出得好木料"(《各省物产歌》),在以往,盐商和典商受到学界较多的关注,而木商则因史料的匮乏极少有人涉及。詹鸣铎出自木商世家，本人及父兄等曾在浙江石门、杭州一带经营木业，书中对于商业经营方面有诸多翔实的描摹，这些，对于商业史研究具有重要的学术价值。

《我之小史》提供了一个木商家庭的个案记录，可以根据这些记录，研究江南徽州木商的经营以及木商的生活方式。关于这一点，我已另文探讨[57]。

第二，《我之小史》是研究明清以来徽州乡土社会实态的重要史料。詹氏迁居婺源庐坑，始于唐代，宋代以后，庐坑詹氏人物间已闻名于世。明代以来，族中更出现了几位簪缨士人。与此同时，族人外出务工经商者，其足迹亦遍及江南各地。外出徽商贸易经营的大批利润被源源不断地汇回庐坑，刺激了当地社会文化的繁荣。《我之小史》对于徽商与婺源乡土社会风俗(如婚丧礼俗等)、文化的变迁，均有不少忠实的记录。如第十一回抄录有不少来往信件，对拈阄分家作了详细的讨论；续编第一回，描述了诉讼纠纷中民间族谱、契据及鱼鳞图册所起的作用；第六回，詹鸣铎等人为阻止九姓世仆中张姓"混考武童"引发的诉讼纠纷；第十九回中，庐坑詹氏与西山下余姓的械斗[58]；其中，有不少远较此前学界对乡土实态的了解更为详尽。

《我之小史》对于研究徽州晚清佃仆制度的衰落，也具有重要的意义。第六回《王母大闹隆记行，詹家全控逆仆案》提及：

> 我们詹家大族，祖宗昔日有九姓世仆，抬轿子，吹喇叭，张姓在内。听得前辈人说：道光年间，为行乡人傩的故事，他们做神近于戏的戏，有无礼犯上之举动，公议惩戒，开绿树祠责打屁股。论王道本乎人情，蒲鞭示辱，本可将就了事。有新建官哩，偏说屁股打轻了，要重新打过，二次又开绿树祠重重责打。不料嫉恶太严，

事反变本加厉,张仆因此叛变,呈办无效,以致九姓的世仆一齐跳梁(按:跳梁就是褪壳[59],俗称褪壳为鳖)。现在骂他是鳖,他气得狠。但张姓虽然褪壳,不服役。然对于我族,尚不敢明目张胆。向称官娘,后改呼先生、老板、先生娘种种,现在仍是。后来渐次立约,益发不遵约束,而我族内犹羁縻之勿绝,未许抗颜争长。前两年西乡甲道修谱,逆仆以数百金前往,贿通张某,做鱼目混珠之事。某邑廪生为甲道的斯文领袖,贪而无耻,竟受他的贿,而以伪谱应之。那年张氏宗谱迎接入村,如张开[60]辈都穿外套,戴纬帽。有张社且戴亮晶晶的金顶子,道他有个鳖九品云。他们做谱戏,闻说戏台上的匾额,是"祖业不忘"四字。我当时听见,为之喷饭,笑不可抑。他的"祖业"请教是何业呢?(尽在不言中)如今他又用重金,贿通张某,替他作保,来此混考武童……

为此,詹鸣铎等五人公议觅得刀笔,做了一个禀帖,连名指控张姓四人来此混考武童,结果如愿以偿。上述引文中的"渐次立约",是指世仆单独设立乡约,这显然是摆脱大姓控制的第一步。其次便是通谱,以获得大姓的庇护,进而跻身于大姓之列。庐坑张氏就因与甲道张氏的通谱,而得以有摆脱小姓的命运的趋势。

婺源虹关的詹庆德先生告诉我,当地流传着小姓江氏攀附大姓的故事。虹关小姓江氏,为了攀附大姓,四处寻找同姓大姓,以期通谱联宗,后来找到江人镜。江人镜便到虹关,找到当地大姓的詹氏祠堂。詹氏早已得知江人镜来意,遂热情接待他,并派一位女仆为之倒茶。当江人镜问起当地江姓的情况时,詹姓回答说:刚才倒水的女仆便是江姓。江人镜闻言,就不再往下问了,回到当地,即在祠堂前立一块碑,大意是告诫后代永远不要与虹关世仆江氏交往。虹关詹氏以巧妙的方式,暗示了虹关江氏的地位,而虹关江氏摆脱大姓的图谋也因此而落空。而从庐坑张姓的例子来看,尽管张姓"混考武童"未能如愿,但他们基本上已摆脱了世仆的地位。

第三,《我之小史》对徽州民间教育和清代科举制度的研究,提供了极富价值的新史料。在明清徽州的一府六县中,作为紫阳故里,婺源文风极盛,充当塾师是当地读书人传统的职业之一。作者的父亲及周围的不少人,都有充当塾师的经历。而他自己从小就读于乡间私塾,成人后又先后多次开塾授徒。对于私塾生活,詹鸣铎有着诸多切身体会,故而在《我之小史》中留下了不少有趣且极富价值的记录,这对于研究晚清民国时期徽州的民间教育,提供了极佳的史料。第七回《同扣考羞归故里,痛落第哭往杭州》就讲到庐坑附近一所学堂里的情况:

> 且山岗坞有学堂,先生偶有事他去,有长毛哩(按:指太平军)遗失的钢刀,学生取以为戏,演《斩包冕》,忽报先生来了,那学生一时不觉,把钢刀放下,竟把"包冕"的头真个锎下来。这个祸事传到如今,闻者都为咋舌。经学生为儿嬉戏,大都一片天机,有一二年长的胆子大些,所做的事,尤为出人意外。闻有某生以字纸篓画作人面形,套在头上,夜伏于楼梯头,一生登楼见之,大惊滚下。又有某生褪下裤子,委人画一人面形,在屁股上,夜伏暗处,使人见之作惊。又有某生戏撰祭文,教小学生做哭祭先生的怪剧。有允宽先生,当日教法最严,学生见之,无人不畏。夏季先生怕热,裤脚扯到膝头,竟有某生打赌[61],去摸他的阳货,某生玩皮,底椿先生笞臀,竟去实行那事,你道奇而不奇?有日先生吃小茄子[62],道这个时新货颇早,一小学生不解事,报道:他们偷来的。先

生恐怕学生们难以为情,骂道:休乱讲。且颂笙案兄,谈起他们当学生时代,盗南瓜菜,人家来捕贼,反被他们殴打,按纳田中。总总妄诞,笔不胜书。

类似有关私塾的记录还相当不少。另外,此前有关清代科举制度的研究,以一些亲身经历过科举考试的耆宿,如商衍鎏、齐如山等人撰写的《清代科举考试述录》、《中国的科名》等最具权威。詹鸣铎先后"到郡七次,皖试四科",历经科场磨炼,直至二十三岁才考中秀才。作为阅历中人,他对于科举制度下徽州的士习民风、科举考试的具体过程以及应试者的心理变化等,都有入木三分的刻画,这必将成为今后研究科举制度方面的重要史料。如写科场中的夹带等弊端,"按院试提覆,功令不准带书。此时我欲带书,有人劝我勿带;我欲不带书,又有人劝我带。我不能决。弟谓我四书版大,不便携带,劝另买版小者带之。清华胡任亦劝道:你这个时候,还惜铜钱么?当下我付钱,委弟代买……次早十九,系书于腰,至院门首,纷纷聚议,言里面搜检甚严,恐盖怀挟,不如卸书勿带,苦怜我又将书卸下,交付虞保"(《做新爹甲辰得子,游泮水人已成名》)。夹带四书,是科举考试中的痼疾,此类小版的四书五经,直到现在仍能时常发现。又如,《我之小史》还提到,当时的县试中经常有人打墙洞:"其时坐两廊的,大半打墙洞,外面有人捉刀,传送进来……且邑试打墙洞,相沿旧俗,习为故常。那墙壁亦不坚固,一挖即破。许焰奎曾与我闲步,至该处,以手挖与我看,果然是真的……据是年李公延庆,考试甚严,外有护勇团守,内有二爷巡查,禁止若辈传书送简。湘伯长子孟符哥,也去打墙洞,护勇阻止不听,反与动武,被护勇将他一把擒起,紧紧贴于墙,受辱已甚。"(卷二第五回《从业师再投邑试,事祖母重到杭州》)湘伯也就是民国《重修婺源县志》总纂江峰青,这里说他的长子江孟符,因打墙洞被护勇羞辱。《我的小史》还提到当时的科举风俗,"徽郡风俗,凡考客入城,人家子女,都寄居亲戚,其房屋则租与考客暂居,街上多摆摊生意,各种投机事业,纷至沓来"(第四回《回家来频年肄业,受室后屡次求名》)。当时的府试是在歙县县城,城里人都要将房间腾出,供考生暂住,做考生的生意。有的人参加科举考试并不真正为了考中,而是为了收租。第四回《回家来频年肄业,受室后屡次求名》中就写道:"他们三人,一为郑理丰之弟,一为程敬斋。这两个据云未尝学问,他们城中祖祠的老例,能应府试,即有租收,故专到此陪考。"也就是说,有的徽州家族,为了鼓励子弟科考,祠堂内规定,凡是能应府试者,即可收租。所以有的人只是来歙县摆摆架势,看重的是经济上的利益,而不是科举上的成功。

詹鸣铎二十三岁考中生员,《我之小史》详细描摹了当时的全部过程,如写发榜时举子的心态,刻画得细致入微。第八回《做新爹甲辰得子,游泮水人已成名》:

约二刻,又闻远为房内呼道:炮响了,出正案了。那个时候,确是生死关头,焉得而不急?于是我乃速携雨伞逃去。至府门前,一面生的人向我道:有的有的!现在想起,此人心意一来为人兆意,二来劝人宽心,此人确是好人。当下我追到榜底,此时大雨纷纷,观者如堵。立后边的人,说前边的雨伞遮目,竟把撕破。看榜的人,竟无一不心慌,无一不着急。我那个时候,大有仰之弥高、钻之弥坚之象。只听得我先生在人丛中告诉他人道:我学生已进府学第一了。我大喜。又闻先生道:系休宁的。我大惊,忽上前看,我仍未见。闻二弟大呼:"还好,还好,还有,还高",急问何处,弟以雨伞指教,我遂见[63],约在十几名。审视明白,于人丛中退出,遇虹关汝华问及,答道:榜上还有,人已苦死。汝华道:自今恭喜,夫复何苦!遇清华胡任问之,我答道:吾适见约在十几名,请复代细看。任乃登高而望之,下来向我道:第十五。我此时如醉如痴,口中暗暗称:挂匾挂匾,散卷散卷。盖我祖母有节孝匾,父亲要候入泮,代为悬挂,乃不得意,以此属望我。我平日勉承父志,盼望已久。且看见他人所刊试草,有名有字,有父兄朋友的批评,私慕殊切,未知何日邯郸学步,如愿以偿,今日如此,实获我心,故二语之出,殆流露于不自觉……当下我连忙写信回家报捷,我坐几畔,犹然寒噤,执笔不成一字,乃托先生代柬。至饭后,神清心定,闲步宕到儒学处,见新进文童名字,已抄贴于墙,前十名拨府,后三十七名为县学,故我在第十五名者,为县学第五名……

徽商的"贾而好儒",与贞节牌坊之间有着密切的联系[64]。科举成功,不仅是个人的成名,而且还与家庭的名誉息息相关。

《我之小史》还描写了科举考试时的一些见闻,相当典型生动。如第十四回《赴景镇再及浔阳,由长江直抵安庆》,说詹鸣铎在安庆考拔贡交卷后,看到一个老人,"三代同考,大约怀宁宿松人。有人问他:你们儿子、孙子帮你的忙么?他说他们还没有做好。那人道:那们〔么〕你老人家帮他的忙?答道:我也不帮。这个老人家,总算得有些趣味。或问这老人家如许年纪,仍要来考贡,得毋名心不死么?"接着,詹鸣铎又讲起婺源一姓施的科场经历。此人"年六旬余,仍应童子试。你看他写卷子,有字画多的,就一字两槅起来。有一年坐我号背后,他一面写字,一面瞌睡,不防一笔走去,致把那卷涂坏,乃自怨自艾,谓人到下午来,全无精神了,此种人真叫做名心不死呢。后来科举既停,听说他仍入师范传习所,学武术,习体操,别人跳,他也跳,以致跌坏了脚,一何可笑！"詹鸣铎历经科场磨炼，屡战屡败，屡败屡战，他对于科举考试的记录，必将成为研究清代科举制度的重要史料。

第四，《我之小史》反映了晚清民国时期一些著名文化人鲜为人知的事迹，特别有助于我们认识乡绅阶层在社会转型期的角色和作用。《我之小史》提及晚清民国时期徽州一些著名文化人，如光绪《婺源县乡土志》的编者董钟琪、佛学家婺源江湾人江谦（易园）、《歙事闲谭》的作者许承尧以及民国《重修婺源县志》总纂江峰青。特别是对江峰青，书中着力的笔墨颇多。江峰青（1860—？年）字湘岚，号襄楠，婺源鳌溪人。光绪十二年（1886 年）进士，由浙江嘉善知县，累官至江西道员。光绪二十八年（1902 年）大学士孙家鼐奏保经济特科第一，侍郎李昭炜亦专折奏保，光绪二十九年（1903）召试钦取优等十七名。宣统元年（1909 年）礼部尚书葛宝华专折奏保峰青"硕学通儒"。宣统间任江西省审判厅丞，后奉母还山，公举省议员及各公团长[65]。江峰青是清末民国时期婺源著名的士绅，其侄女为詹鸣铎的弟媳，江氏与庐坑詹氏为姻娅之戚。而詹蕃桢（詹鸣铎之父）又曾入江峰青娥江厘局、嘉善县署为幕，他与江峰青两人还在浙江石门、杭州江干等地合开木号，在嘉兴府开设江一经堂墨店[66]，集官僚、徽商于一身。在这种背景下，《我之小史》对于研究江峰青的官宦生涯及日常生活，提供了诸多翔实且不为人知的重要史料。

第五，《我之小史》透露的信息显示，传统时代妇女的社会生活远较以往学界所了解的那样更为活跃。在詹鸣铎笔下，不少妇女的形象颇为生动，从中可见，妇女在日常的经济活动和社会生活中均有着重要的影响。在徽州民间，作为调解民事纠纷的基层组织，文会与宗族一样扮演着重要的角色。而妇女充当的文会和乡约——"女乡约"[67]，这在以往从未见诸文献记载，甚至令人颇有几分"骇异"之感。而乡间女人的开塾教徒,青年女子之刺杀仇人,等等[68],亦为此前闻见所未及。关于妇女在文会中的作用,第二回《娶养媳过门成小耦,医秃头附伴赴沱川》载:

> 时下村馨秀婆也教读,在他家客坐内安砚,穷苦的人,多往就学。有某生赖学,捉去笞臀,我辈曾往观之。其客坐颇为狭隘,现在他的令孙,另辟一门,改为店面,取招牌为"复昌祥",即是当年馨秀婆教读之处。馨秀婆性慈善,能知大体,村内文会排难解纷,他也在内。与武王乱臣十人中,有邑姜仿佛相似。在下后来忝附绅衿时,他仍在。尝闻其劝锦屏不要结讼,讼则终凶。又云:我与你们不偏之谓中云云,温文尔雅,书味盎然,在女界中狠是难得。

馨秀婆不仅开馆授徒,而且还在村内文会中,为族人排排解纷——这是妇女在文会中担纲要职的例子。还有"女乡约":

> 好笑女乡约逢人屈膝,急神失智,莫可名言。凤山投词,他不敢收。送到我家来,不知文会先生,尊前施行,我家早已投到。此乃乡约之词,交我则甚? 后来此事平定,他这个词礼,却也晓得来索去买东西吃,这可算卑鄙已极了!(卷四第十三回《办自治公禀立区,为人命分头到县》)

乡约是明清时代官方行政系统下的一种职役,在通常情况下,这往往是由男性充当。可能是由于轮流承充的原因,家中没有男性或男性外出者,则由女性充任。此处的女乡约即是一个例子。这些,都将让我们对以往所认为的程朱理学束缚下妇女在徽州社会中的角色,提供了一个重新思考的机会。

另外,根据清史专家郭松义先生的研究,送养、领养童养媳虽然绝大多数发生在贫苦家庭,但童养媳婚姻并不局限于低层百姓。在中等乃至少数上等官宦人家,也有一些人送养或领养童养媳。其成因除了某些低层士绅的家境贫寒外,总的说来,以其他缘由——如远出做官、学习管理家政、丧母缺人照管以及逃避战乱等——为主。而婚嫁费用的不断上扬,也是促使童养媳婚姻流行的一个不可忽视的原因[69]。而《我之小史》中频繁出现的婺源一带"小嫁"、"小过门"和"小娶"的例子,显然也有助于我们更好地了解民间童养媳的成因。《我之小史》中出现的几条童媳的资料:

茶匙为多女小姨之童媳,夫名祥开。(第一回《幼稚事拉杂书来,学堂中情形纪略》)

本年八月,祖母为我娶查氏,小过门。查氏小字好弟,时九岁,为岭上查显昭(名绳武,国学生)之次女。显昭隐居乡里,半耕半读,父亲与之交好,早有联婚之约。(第二回《娶养媳过门成小耦,医秃头附伴赴沱川》)

前此我家二弟媳,也是小嫁,入门之日,祖父散给新人果子,此景如在目前。(第二回《娶养媳过门成小耦,医秃头附伴赴沱川》)

如今再说当时我已十七岁,未婚妻亦已长成。祖母函致杭州,嘱父亲回家,为我合卺。(第四回《回家来频年肄业,受室后屡次求名》)

按内子查氏,与二弟媳江氏,均幼时小嫁。江四岁入门,查九岁入门,唯查出自寒微,待之少贱。大汜先生课我们读书时,曾令江与同读,而查不与焉。后江未能卒读,仍然目不识丁;查则劳其筋骨,空乏其身,乡里所称为"抱瓮灌园"及"井白亲持"的女德,他却完全都有。提汲一事，初给挑力于社德伯公，谓之"包水缸"。及查氏来，胥于他是赖。后江辛丑回家，甲辰缔好，入厨作羹之下。理家政的，复包水缸于剃头森林，此是后话不表。且说查氏于归我家，至此九年，我祖母掌理家政，克勤克俭，谁人不知，凡小儿媳妇应做之事，他都做过。（第四回《回家来频年肄业，受室后屡次求名》）

月英为我的女儿，去岁内子叶孕，今年七月生，出嫁沱口。（卷三，第九回《迎新学五门道贺，探双亲七夕到杭》）

月英女儿，小嫁沱口，旬日之后，我亦曾去探望之。（第十二回《闻弟耗命驾来杭，奉亲命买舟归里》）

善儿今年已十九，四方衣食劳奔走。求凤未就感朝飞，延误至今迟又久。环观同学少年中，桃夭咸咏酣春风。从弟后先都小娶，一门好事乐融融。（《振先杂稿》卷四《善儿花烛志喜感赋一章》，另见续第四回《发哀启为祖母治丧，挂归帆代善儿婚娶》）

詹氏为婺源木商巨子，詹鸣铎和他弟弟以及家族中的许多人都是收养童养媳为妻，不仅如此，他还将自己刚出世的亲生女儿送去充当童养媳，这些例子说明，送养及收养童养媳，已积淀而为徽州当地的一种民俗，应是以"俭啬"著称的徽州人对于生活的一种"理性反应"，它与男人外出经商、女人提供家内主要劳力的徽州社会生活密切相关，而与嫁娶双方的经济地位并无直接的关系[70]。

第六，《我之小史》为人们展示了19、20世纪之交江南城镇社会生活的诸多侧面，对于晚清民国上海社会文化的研究亦颇有助益。除了婺源庐坑外，作者四处游历，到过杭州、石门、安庆、景德镇、上海和苏州等地，每到一处，观赏戏剧，流连花丛，并将自己的所见所闻、所思所想，一一真实地记录下来。如第十四回《赴景镇再及浔阳，由长江直抵安庆》，对景德镇徽商与江西乐平、都昌人的人文风俗差异，描摹得惟妙惟肖。

……按景镇地方，街路不甚宽广，亦不甚洁净[71]，市面惟十八桥热闹。时当七月，街上往来的人，大都短褂，穿长衫的不多，故时人称为"草鞋码头"。且景镇为千猪万米之地，乐平、都昌两处人多萃于此。该两处人一味野蛮[72]，不讲道理，与他交接，稍一不慎，则起悖逆争斗之风潮。而都昌口音，尤为恶劣，其骂起人来，动称"婊子崽个"，又"凿得尔哆娘个"为普通之常谈，恬不为怪。愚按江西文风最盛，欧阳修、文天祥均江西人，至国朝且有"状元多吉水"之说，何见得野蛮如此[73]。不知他文风虽盛，而尚武精神，则习俗相沿，由来已久。故人家生子，恭喜你发一把刀，长大成人，自然好勇斗狠，杨叶马兆，迭年构怨，相见戎衣，此事看官们大约总晓得。据景镇做生意的人谈起，他们江西人两造格斗，断定杀人不须偿命，只自相点计，决胜雌雄，故锚子一刺倒，提短刀的走去，立把人头割下，官府也不须干预。如官府要来弹压，教你站在一旁，代为监督，今天一役，他杀我方九人，我杀他们七人，收付两抵，仍该人头二颗，准明天再行结账。官府如要多话，连你一齐杀，这叫做"憨不畏法"。客人作壁上观，照例须穿长衫，与你无涉，否则恐有误伤莫怪。地方蛮横，一至于此！但他们的人，性子却都爽直的，从不晓得诈伪。有都昌人到景镇，闻近处有都昌人与乐平人格斗，忙将东西寄存店中，他即赶去帮助，此足见他们的仗义任侠。若别省人，则未免放刁，未必能如此[73]。他看见你们徽州人要穿长衫，拘文牵礼，最不欢喜。如落雨时候，街道泥泞，你穿长衫,他走到有漩涡处,故意大步践踏,将你浑身溅得污糟[74]。你们灰〔徽〕[75]州会馆,每年开祭,雍容雅步,升降拜跪,他们看见,说你们佯死相[76],他们生性是这个脾气。路亭中见他有茶,你叫他给你吃些,他答应道:"尔吃吓!""吃"字音"隙",其音甚高,不知者以为他负气[77],其实他这个还算温和。但他们总晓得蛮横,脑袋里则不大清爽,到南货店买货,要让头除尾。南货店家的账单,打起洋码[78],或讲两,或讲斤,或讲洋,五花八门,看不清悉,名为让头除尾,实则多算些去,他反不知。他们妇人女子,不大做事,连倒马桶都是男人服务的。做丈夫的,娶得一标致妻子,衣以华服,载以二凉小车,自行推上街去,出出风头。如两边店家喝彩,说这娘子排场,他即[79]振刷精神,愈加起劲,否则无精打采的退缩逡巡,且前且却了。你们如到他家去,他们必以妻子的水烟袋取出敬客,内贮[80]皮丝,且洗得非常之洁净,他自己却用钝拐,吃粗烟。故景镇南货店家,有女客来买红枣等礼物,必到账房之内,取出老板自用的水烟袋,特别敬之,也是皮丝,也洁净。他们男子个个硬汉,他的二凉小车,放在大路之上,贮有东西,你去将他打翻,你这个手马上就要断。他这个蛮横,系人人如此的,自古及今,浸成风俗,人亦司空见惯,不以为奇。且景镇地方出瓷器,烧坏的坯料,人家砌作短垣,殆为废物利用。肩碗坯的,每板二三十,沿街走过,脚步轻快,望之一色,颇觉好看。有瓢羹一排,放在肩上,其色尤白,其板尤长。他走路的姿势,顺其自然,人要让他,他不让人,你若替他撞翻,犯罪不小,必代为拾起,亲送到窑中说好话,恕你无罪。若就赔价,则金坯银碗,你讲不清。听说先前故意横行,与人相撞,藉端滋事。你若撞了他一个,他全板抛向地下,与你为难。你若跑入衙堂,逃去不见,他也罢了。如今[81]这个风气好些。至二凉小车一项，景镇最多，自理村以来，络绎于道，其声辚辚，有装货的，有坐人的，每有妇女小孩同坐一车，最为适意。尝见一年少娘子，身穿署凉绸衣裤，面孔亦黑中带俏，明眸善睐，一寸横波，招摇过市之时，笑容可掬。这个车子，下只只轮，颠之倒之，我们坐不惯……

据民国二十六年《江西统计月报》载，旧时景德镇的十里长街，鳞次栉比的店铺有 1221 家，其中，70％以上是徽州人开设的；而在商店中从事劳动的店员和工人，徽州人还要大于这个比例。清末民初以后，旅景的徽州人以黟县人为中心。除了徽帮外，还有的就是都昌帮和杂帮(杂帮是除徽、都两帮外，其他统称杂帮)[82]。他们与徽商多次发生冲突。如《我之小史》续编卷二第五回《为谋事留杭暂搁，过新年到处闲游》中，提及江西人"打了灰〔徽〕州会馆，六县公呈，蒙省派委员董公查办。董安徽人，断令修理会馆，做戏请酒，凶犯荷枷台前示众。彼时五具人都已认可，惟黟县人不遵，谓打了朱子牌、万岁牌，何等重大，必杀两颗人头悬挂石狮方可。后来缠讼，多延时日，反至蹉跎"。该回还提到段莘人"汪伯海义救詹兆林"一事。说的是：

盖詹兆林即我的林叔公，向伙景镇南货店，亦以拳勇著名。店中白糖桶，打叠安放，林叔公每举重若轻，店中同事，多服其神力。且南货店友多从司务习拳术，讲到林叔公，无不崇拜。那年适江西会馆万寿宫演戏，林叔公往观。戏台之下，偶言这戏演得不好，江西人素来蛮横，有一人翻驳，谓：没有人请你看，好你就看看，不好你就不要看便了。林叔公大怒道：这是会馆演戏，你叫我不要么？要叫我不要看，除非到你家老婆房里去演。那人反唇相讥,冲突起来,两下举手斗殴,江西人纷纷扰扰,都来帮打,棍棒交下,板凳继起,砖头瓦石,抛掷不绝。一时喊叫声,辱骂声,妇孺号哭声,闹成一片,戏场大乱,台上停锣。林叔公夺得一棍,左冲右突,被江西人困在垓心。时汪伯海在门外,听得人人喧嚷:打灰〔徽〕州老! 打灰〔徽〕州老……急忙赶进一看,见大家攻打林叔公,这还了得? 当下夺得一棍,即与林叔公以背贴背,各舞其棍,八面威风。无论棍棒板凳,砖头瓦石,一触其棍,即成反击,打得落花流水,东倒西歪。二人徐打徐出,到了大门之外,疾驰而去。江西人众大败,是役也,伤者百数十人,重伤者七八十人,因伤致死者六人。

特别是他多次游历上海,对于十里洋场更是称羡不已。第十五、十六两回,对于上海的法政讲习所、徽宁会馆及沪上的娱乐事业(戏剧、影戏、摊簧、饮食、浴室、花园、东洋戏法、文明游戏园、出品会和运动会等)以及其他的城市风俗文化,均有极为详尽的铺叙,从中可以反映出詹鸣铎这个末代秀才旧眼光中的新事物,对于上海社会生活史的研究,无疑将提供诸多新的史料。如他初次到上海时,看到:

> 按上海为中外通商的地方,穷奢极侈,凡出门的,回家都道上海非凡之好,我平日久欲一为游玩,今日来到,如愿以偿。船及黄浦江头,见各种洋轮,各国兵轮,色色形形,触目皆是。傍岸之后,遥望马路之上,车马辐辏,齐石其[83]以森慎昌茶栈有相熟的,准往暂搁。我立定主意,与他仝去,唤人力车直投北京路清远里来。一路之上望见周道如砥,其直如矢,一时电车、马车、脚踏车、人力车[84]分道扬镳,纵横驰骤,极为兴会淋漓。而外国人汽车一声放

汽,其行如飞[85],尤为异常轻快。洋泾浜一带,高大洋房有三层楼及五层楼,大都飞阁流丹,下临无地,真可谓居天下广居[86]。(第十五回《考拔贡文战败北 投法政海上逍遥》)

　　当日以我的经历,觉得电光影戏,以幻仙为最(在大马路跑马厅),美仙次之(在四马路)。戏台以新舞台为最(在十六铺),群仙次之(在四马路[87]),以下则同春亦颇可看(在宝善街),及后文明大舞台[88],则驾新舞台而上之。至饮食则广东消夜,不但较番菜便宜,且较诸徽馆、苏馆、南京馆、宁波馆尤为公道。雅叙园为徽馆,小帐太大。茶馆以奇芳(在四马路)、文明雅集(在三马路)为上流社会集谈之所,而青莲阁、升平楼(在四马路)则不屑到。书场以小广寒为最,琴仙次之(均在四马路)。浴堂以耀龙池(在大马路)为最,沧浪亭(在大马路街中)、华清池(在三马路)次之。烟馆以信昌祥(在四马路)为最,易安居(在大马路后,十月初九与西人叶议禁止)次之,由是而之焉。凡愚园、张园(在静安寺路)以及城内城隍庙、城外外国花园,亦皆亲历其境。此外则东洋戏法(即大郎仙戏,在四马路)、文明游戏园(在四马路)以及弹子房打弹、跑马厅跑马,虽皆可观,而尤足以纪念者,则莫如出品会与运动会。(第十五回《考拔贡文战败北 投法政海上逍遥》)

此外,他对浙江石门、练市一带的风俗,也多有描述。

第七,《我之小史》对于研究辛亥革命前后的社会变动以及地方乡绅的作用,也具有一定的价值。《我之小史》对于辛亥革命时期基层社会的反应以及乡绅的活动,有生动的描述:

　　那个时候,各省陆续失守,皆是内讧,非由外患。各省督抚,大都被拘，惟山西某全家殉节，不可多得。至于各府州县，闻风而倒，不费丝毫的力，有的直入公署，居然冒充，或奉驴都督命令，或奉马都督命令，着速交印，官府索看公事，他就袋中摸出一炸弹，向他道：你们要看公事，就是这个。官府无法，只得将印交出，据说有些炸弹不是真的，系用泥丸敷以油漆，此种赝货确有点子滑稽，那个时候不怒而威，取州县官实如反掌耳。开我生记行伙友丰某失业之后，也曾走到一处，查了一二天的县印子，你说可笑不可笑？有人谓张飞占古城乱世之事，这也不算稀奇。我婺源时奉机关部文，暂时独立。县长魏公大为畏惧，要想免脱，幸湘伯由江西审判厅遁回原籍，时在邑中当绅士，代抱主意，以致官长坐镇，四乡赖以不乱，维持秩序，保全治安，这场功劳算来确是不小。一日有余某走入公署，冒充革命，也教魏公交印，魏公留他住在公署，次日请入紫阳书院，延众绅士集议，并请他登基演讲，他立上讲台，呐呐然如不能出诸其口。湘伯大怒道：我江西来，甚么革命公事，都看见过，从未见这种混帐的革命，好替我滚出去，还算你乖！那姓余的即时滚出，滚到得胜馆来，垂头丧气。时我家锦屏叔公，与人结讼，正住在得胜馆，看见这个姓余的，乃向他道：我看你委实不像革命党。你这件长衫是鱼肚白的，却穿得半白半黑了，革命党讲究剪辫子的，你后边还有拖拖物，你这个革命自己想想看像而不像？那姓余的听见这话，恍然大悟，马上走到薙头店剪去三千烦恼丝，并破钞了二百余文，到中德西买了一顶洋帽子[89]，高视阔步的口称上省领兵去，他暗中却走回家。时家中剪辫之风尚未盛行，他的娘亲妻子看见他弄得这个样子，对他大哭……

江峰青于宣统间任江西全省审判厅丞,根于清朝的体制,身为法官的江氏并没有守土之责,所以辛亥革命时期,他"奉母还山,公举省议员及各公团长"[90],成为婺源当地极具实力的官绅。

这与鲁迅《风波》及《阿Q正传》中的描写相当类似。对于辛亥革命,一般民众往往是以《三国演义》中学到的知识来加以判断。鲁迅小说《风波》中,茂源酒店的主人赵七爷,那位方圆三十里以内唯一出色人物兼学问家,革命以后,便把辫子盘在顶上,"像道士一般,常常叹息说:倘若赵子龙在世,天下便不会乱到这地步了"[91]。"张大帅就是燕人张翼德的后代,他一支丈八蛇矛,就有万夫不当之勇,谁能抵挡他?"[92]无独有偶,《我之小史》也把辛亥革命时期的政权更迭看成是张飞踞古城乱世。

当时剪辫之风尚未盛行,剪辫是革除陋俗、维护共和的象征,《阿Q正传》中假洋鬼子进了洋学堂,到东洋半年之后回到家里,"腿也直了,辫子也不见了,他的母亲大哭了十几场,他的老婆跳了三回井"[93]。与这里的余某情况颇相类似。有没有剪辫,也就成了是否革命党的标志之一。

中国的传统是改朝换代之后便要改正朔、易服色,辛亥革命也不例外。《我之小史》对此也有涉及,改正朔也就是改变历法。《我之小史》第十九回《悬横额别饶静趣,剪辫子鼓吹文明》称:

> 时满政府退位,中华民国,已举袁为大总统,下共和之令,改行阳历,故阴历正月元旦,在阳历已为二月十八号了。乡间仍循旧历过年。按阳历斗柄初昏,以建寅之月为岁首,子日行夏之时,就是这个阴历,其中二十四气都能适合,天上的月亮,三五而盈,三五而缺,是一定不移易的。杭州钱塘江潮初三前十八后早知潮

有信,潮信亦最凭准。且无论其他,即你的老婆那个桃花洞口泉,你去问问看,每月常道如何……对而不对。古人以闰月定四时成岁,仰观俯察,大有自然的道理。若阳历则不然。国家与外国人交接,外国人都用阳历,不得不也用阳历,与他相符,若我商人及乡间,则仍为旧贯,行阴历。所谓阴阳合历,你过你的年,我过我的年,即是这个时候。

中华民国成立之后,下共和之令,改行阳历,不过,乡间狃于积习,仍循旧历过年。詹鸣铎甚至用女性的生理周期,形容二十四节气并非新式的阳历所能规范。

至于易服色,主要就是"祛除虏俗,以壮观瞻"的剪辫之举。《我之小史》第十九回亦曰:

> 今各省纷纷剪辫,或和尚,或茶瓶盖,样子不一,其有不愿剪的人,如遇革军于路,则以马刀强剪之。景镇此风尤甚,致有误伤人命者。军政分府,见民智不开,每多自保其辫,乃捉得一二有辫的人,打了板子,穿以红辫线,背贴"满奴"二字,罚其洒扫街道以辱之。自是剪者日多。即间有不愿剪的,亦有儳焉不能终日之势。

詹鸣铎的"二弟耀先,未几又由杭坐伕走余杭归,我看他辫子已经剪去,二弟言外面情形甚悉,时中华民国下剪发之令,各府州县,剪者极多,家中仍未盛行。他说外面革军强迫剪辫,万难保住,且大家都剪,一人留之,亦无趣味,杭州城内外一律剪清,独我剪之最迟"。詹鸣铎是见过世面的人,所以他很快起来响应剪辫风潮:

第时当鼎革之交,改正朔,易服色,剪辫子,盛极一时。乡间风气未开,多有不欲剪之者,我于是为发起人,组织一文明剪辫大会,以开风气。查古人有髻无辫,其尊贵者为簪缨,自满人入主中夏,诏天下薙发,始有辫子,垂诸脑后,贻笑大方,说者谓马衣蹄袖,禽兽衣冠,故必用辫子以为之尾饰也。及世界大同之后,改服易装,辫之为物,不合时宜久矣。昔清家洵贝勒游历外洋,蟠辫子于顶,戴外国帽子,会西人,行免冠之礼,那辫子忽露出垂下,洋婆提之,以为戏具,道其狗尾续貂,贝勒大耻,自为剪之。回国时面奏监国,意欲谕令全国,一律剪去,彼时部议,以为凡民之辫,习惯自然,一旦使之尽剪,势必激而生变,于是着学界先剪,而商界平民,听其自由。今大汉光复,普天率土,无不自剪其辫,改为新民。乃乡下人偏自外生成,亦可笑之甚矣。在下本清诸生,暗想与前朝作别,未免黯然销魂,但生当过渡时代,为国民一份子,是与汉人同胞,自不得不如是。由是择定三月刀〔初〕二为会期,先撰《文明剪辫大会广告》文一道,实贴于墙,内有"泰伯断发纹身,孔子称为至德,杨氏一毛不拔,孟子以禽兽目之,彼但知身体发肤,受之父母,不可毁伤者,尚其纵观时局,勿泥勿偏,为君子所窃笑"等语,一时到会者颇众。是日鸣锣开道,鼓吹火爆,冠冕堂皇,用二人前执灯笼,我手捧果盒,善儿提爵杯,连仝一群人等上去,到绿树祠,大开中门,颇为热闹。当下我仝大众敬天地,拜祖宗,一律剪去辫子,我换戴大帽,蒙德风庆贺加冠,乃归而饮宴于立本堂,亦云乐矣。

詹鸣铎的剪辫,完成是一种趋附时尚的举动,他并不完全理解剪辫的意义所在。《我之小史》对于剪辫后的心理,也有生动的描述:

且说我当日剪了辫子之后，回到家中，蒙堂上祖母慈谕嘉贺，道以后青云直上，我乃大喜，愿此后头衔改换，出色当行，可以荣妻，可以荫子，可以封诰及泉壤，可以为宗族交游光宠，文章事业，彪炳当时，学问功名，表扬后世，不致如前此之三十岁虚掷韶光，空抛驹隙，庶不负生平之所期许焉。[94]

可见，民国以后，年届而立的詹鸣铎虽然剪去了脑后的拖拖物，但他作为前清的生员，思想仍然没有多少变化，满脑子想的还是荣妻荫子的那一套。

在传统中国，士乃四民之首、一方表率，"民之信官，不如信绅"——这是一般民众的社会心理，也是乡绅存在的广泛社会基础。尤其是在天高皇帝远的僻远山陬，对知识的垄断，赋予了乡绅以社会权威和文化典范的特殊身份。绅权，也就成了皇权（政权）的自然延伸和重要补充。江峰青以及詹鸣铎本人，都可以作为徽州乡绅阶层的代表，他们在晚清民国时期的表演，也就成了人们窥知传统向现代社会转型时期之乡绅心态、角色的典型例子。

以詹鸣铎为例，《我之小史》卷四第十三回《办自治公禀立区，为人命分头到县》，就谈到他在乡间日常的角色："在下一个书生，寒窗苦读，平日对于族内虚怀若谷，原未尝以乡绅自居。乃自乙巳至今（己酉）五载，村人每求行状，请题红，我亦屡为之。若夫乡邻有斗，约族众调和，我亦忝居其末。投词告理，亦每到我家来。"乙巳也就是光绪三十一年（1905 年），当时詹鸣铎中了秀才。己酉也就宣统元年（1909 年）。这是说詹鸣铎以秀才身份，在乡间的日常生活中，起着重要的作用。而一旦社会发生变动，类似于詹鸣铎这样的乡绅，也起着表率乡里的作用。以剪辫为例，《我之小史》第十九回《悬横额别饶静趣，剪辫子鼓吹文明》说：

> 他以为我的为人平日规行矩步，不越范围，村内人最相信的，我若说辫子这东西不可剪，村内人就不剪了，我若说辫子这东西定要剪，村内人就都肯剪了，所以我发起这事，他就以为适逢其会，极端赞成，从此以来，果然风行一时，信从者众，村内大小老幼皆知辫之宜剪……而且未曾到会的人，亦皆私自剪之，统计村内剪辫的可有什之七八，所有未剪的不过一二之老顽固及少数之野蛮人。

在平常，乡绅对于地方官，也能分庭抗礼。詹茂林开一小店，查姓某等有日为酒醉后，曾向该店滋闹，打得他落花流水。茂林挟有夙怨，即以"纠众拥门，抢洋抢货"投词。县令魏正鸿到绿树词，"此番之来，大忌茂林控一'抢'字。盖清时公事，抢案一出，四十日不办通，连官都要摘去顶戴"。要想他改作"闹店"之控告，以便将就惩办。

> 他向我们说：这"抢"字案情重大，如果是实，不分首从；如果是虚，办他反坐。何谓反坐？抢劫什么罪，办他什么罪，这叫做"反坐"。我不忍以人命为儿戏，故请列位斟酌斟酌。
>
> 我见他的言语，益发不对，我亦以强硬对付，当时应道：回公祖的话，办抢劫办查某等，办反坐办詹茂林，于舍下何涉？任凭公断。但以治晚生鄙见，詹茂林想办通抢劫，固属烦难；查某等要办茂林反坐，亦不容易。
>
> 魏公道：如此说来，他抢劫是实了，请做见证。
>
> 信臣道：他前番抢谷，已具公禀。公祖又不代他办，如今做何

见证呢？

　　魏公大怒道：抢谷的事，我已照会余绅家鼎调处，仰余绅调处，便是代办，如何说不肯代办？这个话叫什么话？说罢，那个头儿一摇，那时式船形的纬帽一动，口中道：这个混话！

　　我见这个样子，谓官绅本对等地位，何堪其辱，大家立起辞出。他以手拦住我道：请你做个证实。我乃大怒，拍胸道：可可，拿纸笔来，你就说我作证罢了。

　　在清代，知县有公事下乡，陪县官起坐之人，除了绅士外，还有的就是生员。对于生员，除有大罪，革其生员科名后才可动刑，遇有小过应受责，知县也无可奈何，必须交教官责罚。因此，遇地方公事，生员往往可以不亢不卑地详陈己见[95]。正是因为这种身份，詹鸣铎对于县令亦敢当面顶撞。

　　对于衙门中差役的敲诈勒索，詹鸣铎更是理直气壮地予以斥责。《我之小史》第十三回《办自治公禀立区，为人命分头到县》载：

　　按原差八人持有公事，蟠踞约保家中，业经两天，人都不敢正眼觑他。我去开销，他想敲诈，被我大骂而去。我说：你们老爷见我尚然客气，何况你们？居然高卧，成何样子？好不混账，给我滚蛋！他乃自知欠礼，连忙立起来，喏喏连声。我又骂道：你仗你有公事么，现下我已调处，吊你回销你这公事，揩屁股得罪了圣贤，有何用处？知趣的好给我滚！盖邑中差警最滑头，看人讲话，每称到细乡村，我这个手便伸长些。你若叫他"差先生"，他就在你家上坐起来；你若摆起架子，他就弯腰儿道"是是是"。这是仆隶下人的贱骨头，一种天性。当下我一番大骂，他连收八饼金，登时走了……

对于为非作歹的警察,乡绅亦敢迎头痛击。《我之小史》续第二回《往邑城带儿就学,赴杭省携眷闲游》说,因庐坑被人栽赃私种烟苗,于是警队入村,横行霸道。"村人以警队如此之横,走报江村湘老,湘老大怒,谓此乃强盗行为,如此为何不打? 于是村人联络张姓,并约岭上人帮忙,一夜之间,大打警队,共计九名,均传之于昭大堂支祠,据言有一警队,身受七十二伤。次日再请湘伯来解决。邑内警队闻之大怒,荷枪吹号,欲全队来与决雌雄,曹公止之,派警察局长程君叔平,只带警察二名,来村查办。程君约胡绅仲文同来,胡绅亦带局警二名。比及到时,而湘老也约各村文社都到,湘老将警队大骂。警队回邑,湘老乃到山踏勘,并无烟苗,遂与程、胡二公及诸文社,拟一公呈,而此案至今虚悬不结"。作为著名的乡绅,江峰青以"暴力抗法",但警队最后也只能忍气吞声。

这些,都可以为我们研究乡绅在地方社会中的作用,提供一些生动的例证。

第八,该书对于晚清民国时期文学的研究,也有一定的价值。作为从僻远乡陬步入繁华上海滩的"文学青年",詹鸣铎颇有发表文章及成名的欲望,他多次撰稿投寄当时的《红杂志》,并有作品发表于该刊的三十二期和四十六期。《我之小史》第十七回有"在下曾有诗咏时装女郎,载三十二期《红杂志》"[96]。《振先杂稿》中也记载:他四月廿三作有《千难万难一打》,于五月廿得见披露于四十六期《红杂志》。其内容为:

记昔台面上听如意说笑话,有团团圆圆……千千万万……千难万难……兹略去团团圆圆,单用千千万万,千难万难,拟出一打投稿《红》杂志,看能披露否?

前清时代,读书应试,千千万万,要想状元,千难万难;

近年以来,争买彩票,千千万万,要想头奖,千难万难;

妇人女子,吃斋念佛,千千万万,要想登仙,千难万难;

长三堂子,报效劝酒,千千万万,要想真情,千难万难;

贿买议员,到处运动,千千万万,要想当选,千难万难;

远东运动,各出风头,千千万万,要想优胜,千难万难;

各处土匪,掳人勒赎,千千万万,要想剿灭,千难万难;

各省官府,争权夺利,千千万万,要想统一,千难万难;

兵即是匪,匪即是兵,千千万万,要想裁撤,千难万难;

不肖奸商,私贩日货,千千万万,要想抵制,千难万难;

寒酸措大,两袖清风,千千万万,要想致富,千难万难;

读《红杂志》,争相投稿,千千万万,要想披露,千难万难。

在上揭的游戏笔墨中,浮沉浊世的詹鸣铎随意生发,若嘲若讽,对于晚清民国纷纭乱象之揭露绘声摹色,可谓入木三分。"读《红杂志》,争相投稿,千千万万,要想披露,千难万难。"这说明詹鸣铎颇有创作及发表欲望,而《我之小史》一书的撰写,可能与他这种创作经历及发表欲望有关。《我之小史》与当时的流行小说之影响有关,"民国以来,上海小说盛行,尚武、言情诸作,学生尤喜阅读",所谓"文人浪笔学虞初,武侠情魔载五车。诲盗诲淫干底事,有时权作教科书",就是当日情形的真实写照[97]。关于这些小说对于商人的影响,笔者手头的《上海店员联合会成立大会特刊》上,有新吾的《小说与商人》(引者按:引文标点均一仍其旧,不作改动):

我们——店员——在店里有空的时候,不是瞎谈天,乱批评人,就是出去作无益的消遣了;再不然,只有拿钱去买淫秽的——自以为新的——小说来看;在一般没思想的人说起来,这是一种消遣罢了,没大关碍的;其实我们的脑筋为此而逐渐昏迷,我们的人格,为此而无形的堕落。

　　……近几年的小说就更糟了,除几部嫖经小说外,真正的小说是没有的。九尾龟,海上繁华梦两部要算出色极了;次之李涵秋老先生的"所谓社会小说"如广陵潮,战地莺花录,魅镜……还有什么《礼拜六》,《红杂志》,《心声》等书,时髦得再版二版……无书可应,甚至于要预定才能买书。

　　这些小说,真害人不浅呀! 看完九尾龟,脑中就想去嫖妓;看完其余所谓名家著作,内容不是某某爱某某,就是姨太太,公子,少爷,姊妹,妹妹等的淫史,肉麻的描写出来;使我们天天胡思乱想,"做了公子,少爷,才配得讨好的女子;做有情人,才得要献媚于所爱慕的女子之前。"于是乎我们就弄得一点无正思,麻木不仁除了专门研究吊膀子为唯一的技能不算,甚至于实行不道德的事! 也绝不觉得是不应该了。[98]

上述的这些言论,对于当时流行的小说及杂志,以及小说、杂志内容对社会风气(特别是对商人阶层)的影响,都作了翔实的描摹。《上海店员联合会成立大会特刊》发行于民国十三年(1924 年)六月,与詹鸣铎撰写小说的年代(《我之小史》序于 1927 年)差不多。而且,其中提及的《红杂志》是鸳鸯蝴蝶派的刊物,也恰是詹鸣铎喜欢阅读、并曾投稿发表的一本杂志。事实上,《我之小史》中的一些素材,可能也就取自《红杂志》中的一些记载[99]。

由此我们或许不难理解——多次声称"出门俱是看花人"的詹氏，对于自己的花丛游历竟会如此地极尽铺张夸饰之能事。《我之小史》第十回《买棹泛湖中选胜，辞亲往连市经商》：

> 且看官们不要取笑，"女色"二字，没有不欢喜的，《大学》言诚意必例之于好好色，《孟子》言大孝必例之于慕少艾，但发情止礼，不可荡检逾闲。如在乡曲之间，正人心，厚风俗[100]，即宜规行矩步，不越范围。且宗族之中，以人伦为重，风化攸关，万不可渎伦伤化。至家庭之内，宜肃家风，尤当防微杜渐。读书的人，宜如何圭璧束身，以端表率。否则江河日下，相习成风，人欲横于洪流，衣冠沦为禽兽。这叫做四维不张，国乃灭亡。是乌可以不讲？若夫秦楼楚馆，他是卖品，招牌高挂，或金红仙书寓，或花宝宝书寓。譬如茶馆，你渴了可以去止止渴；譬如饭店，你饿了可以去充充饥。这分明是做交易，仕商赐顾，请认明本号招牌，庶不致误。出门俱是看花人，这个事情，何足为奇？

关于《我之小史》与晚清民国时期文学的研究，我相信，随着该书的整理和出版，应当可以为相关的研究者提供一个可供利用的小说史料。

四、结语

《我之小史》的内容从清光绪九年(1883年)迄至民国十四年(1925年)，逐年记载一个家庭的社会生活。类似于此长达四十余年、多达二十余万字的连续记录，在以往的徽州文献中尚属首次发现，从这个角度来看,该书的发现,是近年来徽州民间文献收集中最为重要的一次收获。

《我之小史》的发现,对于"徽州学"乃至明清以来的社会文化史具有重要的史料价值。对于徽州研究而言,目前的民间文书虽然为数繁多,但由于距今年代的久远,不少为当时人们习知习见的风俗及民事惯例如今已不甚了了。由于《我之小史》是一部小说,它面向的读者是普通民众,因此,其中的诸多描述脉络清晰且通俗易懂,这对于我们理解明清时代徽州社会的民事惯例,解读徽州文书,无疑会有莫大的帮助。特别是囿于史料的限制,以往人们对于县以下农村社会的实态所知甚少,对于晚清民国时期徽州社会的了解更是相当有限,而《我之小史》恰好为此段历史缺环提供了大量翔实、丰富的史料。它不仅大大丰富了我们对于传统社会向现代转型过程的理解,而且,也可以修正我们对于以往民间社会的固定看法。从这个意义上来说,该书的发现、整理和利用,可以说是近年来徽州新史料发掘过程中最令人振奋的重要收获之一,必将引起相关领域研究者的广泛重视。

除了史学研究的意义外,《我之小史》的发现,也为 20 世纪鸳鸯蝴蝶派小说提供了一个新的文本,在小说史上也具有一定的意义,据此,我们可以研究鸳鸯蝴蝶派小说对于商人阶层的深刻影响。从这一点上,《我之小史》还具有跨学科综合性研究的学术意义。

注 释

1. 有关徽商研究的成果相当之多,目前所见最为全面的,首推张海鹏、王廷元先生主编的《徽商研究》(安徽人民出版社,1995年)。此书为笔者案头常备之书,于此获益良多。

2. (明)李绍文著《云间杂识》卷一,上海黄氏家藏旧本,民国二十四年(1935年)冬上海瑞华印务局印行,页9下。

3. 《徽商研究》,页7。

4. 《续修四库全书》第730册,《艺海珠尘·淞故述》,上海古籍出版社,2002年,页819。

5. 《四库全书总目提要》上册,卷七七"史部·地理类存目六",中华书局,1983年,页671。

6. 《续修四库全书》第730册,页829。

7. 据《云间杂识》民国二十四年(1935年)六月黄艺锡跋,李绍文另作有《云间人物志》。

8. 《四库全书总目提要》下册,卷一三八"子部·类书类存目二",页1174。

9. 《四库全书总目提要》下册,卷一四三"子部·小说家类存目一",页1224。

10. 章培恒、骆玉明主编《中国文学史》上册,复旦大学出版社,1996年,页457。

11. 《云间杂识》卷一载:"杨细林枢,为临江贰守,摄郡篆,午食卜偶以银鱼作羹,忽跃出十三尾于几上,杨悉取食之。须臾,报越狱大盗逸去者十三人,杨曰:不须错愕,当悉成擒,银鱼示异,我已尽食之矣。明日俱捕至。"(页14下)可见,李绍文对于杨枢的事迹颇为熟悉。

12. 唐文基《明代赋役制度史》,中国社会科学出版社,1991年,页87。

13. 《五杂俎》卷三《地部》一,台湾:伟文图书出版社出版公司印行,1977年,页 65。

14. (明)何良俊《四友斋丛说》卷一三,"元明史料笔记丛刊",1959 年,页 111—112。

15.《大鄣山人集》卷三一《志略部·丁口略》,《四库全书存目丛书》集部第 141 册别集类,页 606。

16. (明)方承训《新安歌三首》,《复初集》卷九,《四库全书存目丛书》集部第 187 册别集类,页 660。

17. 有关徽商在这一带的活动,零星资料不少,较系统的则可参见《紫堤小志》和《紫堤村志》等。

18. (明)《云间据目钞》卷二《记风俗》,页 5 上。民国十七年(1928 年)奉贤褚氏重刊本,复旦大学图书馆藏。范濂生于嘉靖庚子(1540 年),《云间据目钞》计五卷,序于万历癸巳(二十一年,1593 年)。

19. 管见所及,《明实录》中出现"徽商"一词较早的,见于《明神宗实录》卷四三四万历三十五年(1607 年)六月乙未条:"……今徽商开当,遍于江北,赀数千金,课无十两,见在河南者,计汪充等二百十三家。"此后,《明熹宗实录》卷四六天启四年(1624 年)九月徐宪卿奏:"……万历庚申(1620 年)苏州因遏籴米腾,一二饥民强借徽商之米,有司稍绳以法,而遂有人屯聚府门,毁牌殴役,几致大变。"而地方志中对"徽商"的记载,也大批出现于万历年间,如万历《杭州府志》卷一九《风俗》:"(杭州)南北二山,风气盘结,实城廓之护龙,百万居民坟墓之所在也。往时徽商无在此图葬者,迩来冒籍占产,巧生盗心。"万历《嘉定县志》卷一《市镇》:南翔镇"往多徽商侨寓,百货填集,甲于诸镇",罗店镇"今徽商凑集,贸易之盛,几埒南翔矣"。此外,笔者中也有不少记载,万历时人谢肇淛《五杂俎》亦指出:"山东临清,十九皆徽商占籍。"沈德符《万历野获编》卷六《内监·陈增之死》:"是时山东益都知县吴宗尧,疏劾陈增贪横,当撤回。守训乃讦宗尧多赃巨万,潜寄徽商吴朝俸家。上如所奏严追,宗尧徽人,与朝俸同宗也,自是徽商皆指为宗尧寄脏之家,必重赂始释。"(中华书局,1997 年,页 175)明佚名所著《云间杂志》卷下:"万历己酉六月,上海徽商家烹一鳖,内有胎,胎中一小儿,长二寸,眉目毕具。时顾无怀在潘同江家,同江则徽商之居停人也，无怀亲往观之。"(《丛书集成初编》第 3157 册，中华书局，1991 年，页31)此外，明万历时休宁人吴瑞毂所编《茗洲吴氏家记》卷一〇《社会记》嘉靖三十一年(1552 年)二月条："讹言徽商私通夷货，致边患，朝廷不时来屠灭，以故邑子逃窜，椎埋之徒乘机剽剥，久之而后息。"

20. 关于这方面的研究，管见所及，主要有以下几篇：钱立成《简论明代话本小说中的徽州商人形象》，载《徽州社会科学》1991 年第 3 期；王振忠《明清时期徽商社会形象的文化透视》，《复旦学报》1993 年第 6 期；程自信《论明清拟话本小说中的徽商形象》，载黄山市徽州文化研究院编《徽州文化研究》第 2 辑，安徽人民出版社，2004 年。

21. 根据韩结根博士的考证，"两拍"中的不少作品，都来自徽州人所编《广艳异编》和《亘史》。而《亘史》的一些文字(如《两滴珠》等)则源自徽州本地发生的真实事件。《明代徽州文学研究》，复旦大学出版社，2006 年，页 457—459。

22.《二刻拍案惊奇》，青海人民出版社，1981 年，页 710—711。

23. 参见谭正璧《三言两拍资料》下册，上海古籍出版社，1980 年，页 875—881。

24.《豆棚闲话》，"中国小说史料丛书"，人民文学出版社，1984 年，页 24。

25.《初刻拍案惊奇》上册，青海人民出版社，1981 年，页 259—260。

26. 参见拙文《"徽州朝奉"的俗语学考证》，载《中国社会经济史研究》1996 年第4 期。

27.《五杂俎》卷四《地部》二，"历代笔记丛刊"，上海书店出版社，2001 年，页 74。

28.《豆棚闲话》第三则，页 25。

29. 唐德刚译注《胡适口述自传》，华东师范大学出版社，1993 年，页 3。

30. 清不著撰人稿本《杭俗怡情碎锦》有"果食类"，曰："猪板油，专有买者用盐拌熬化，盛小甬，徽州山乡收去，盐油亦大销场。""中国方志丛书"华中地方 526 号，台北成文出版社，1983 年，页 35。

31. 沈寂主编《三百六十行大观》，上海画报出版社，1997 年，页 76。

32. 汪仲贤撰文、许晓霞绘图《上海俗语图说》，上海书店出版社，1999 年，页 52。

33.程法德《胡适与我家的亲缘与情缘》,《杭州徽学通讯》1999 年 1 月。

34.陆人龙编撰《型世言》第二十六回,江苏古籍出版社,1993 年,页 423。

35.《二刻拍案惊奇》上册第十五卷,页 336。

36.关于明清小说中徽商类型的归纳,可参见程自信《论明清拟话本小说中的徽商形象》,载《徽州文化研究》第 2 辑。

37.笔者手头有《聊斋志异摘抄》抄本一册,并曾在冷摊上见过另外一册。

38.该书稿本由笔者收藏,已另文探讨。

39.参见拙文《徽商日记所见汉口茶商的社会生活——徽州文书抄本〈日知其所无〉笺证》,载复旦大学文物与博物馆学系《文化遗产研究集刊》第 2 辑,上海古籍出版社,2001 年。

40.詹鸣铎《振先杂稿》卷一。

41.同上。

42.关于徽商的自传,参见拙文《老朝奉的独白:徽商程国倌相关文书介绍》,载香港科技大学《华南研究资料中心通讯》第 29 期,2002 年 10 月 15 日。晚清婺源佚名无题稿本、茶商孙和通的家庭档案中,有《〇〇〇有本氏自述年事》,以编年的方式,叙述了主人的一生。从中我们得知,主人生于道光九年十月十一日,从此逐年记至八十一岁(宣统元年)。黟县牙商程国倌文书中有《履扬自述平生及妻王氏事迹》,履扬应即程国倌,从抄本的记载来看,他生于嘉庆十五年(1810 年)五月十九日。该书首页起初便是"七三老人平生自述",这是指光绪八年(1882 年)程国倌正好七十三岁。该书"自述平生"的目的,主要是为了将"平生心志"传之子孙。换言之,亦即将个人从商经验传之后嗣。上海图书馆谱牒研究中心收藏的《庆源詹氏家谱》卷末所附《福熙自述》,也是徽商的自传。(关于《福熙自述》,笔者指导的博士研究生何建木有比较详尽的研究,见其博士学位论文《商人、商业与区域社会变迁——以清民国的婺源为中心》,复旦大学博士学位论文未刊稿,2006 年)另外,自南宋以来,一些分家书前的序文,实际上也是一种自传。可见,此种自传由来已久。

43.当时以"小史"命名的小说,著名的还有李伯元的《文明小史》等。

44.〔美〕韩南著、徐侠译《中国近代小说的兴起》，上海教育出版社，2004年，页232。

45.《我之小史》第四回《回家来频年肄业，受室后屡次求名》："但在下这书要成一部信史，所有事实，不肯遗漏，所谓李刚主不欺之学，'昨夜敦伦一次'，我殆与他仿佛，看官们不要取笑。"第十回《买棹泛湖中选胜，辞亲往连市经商》："盖在下这书要成一部信史，有什么写什么，开门见山，直截了当，所谓生平事无可对人言。"

46.本，《我之小史》乙本作"早"。《振先杂稿》卷一《定情诗》作"最"。

47.绾，《我之小史》乙本作"缕"。

48.如《我之小史》中的"本局奉县长咨文"，在《振先杂稿》中作"本局奉临时机关部文"等。

49.关于詹伯纯毕业于北洋大学一事，在方志中也有记载："詹荣锡，字伯纯，庐源人，北洋大学工科毕业，奖给拔贡，部试赐进士。"民国《重修婺源县志》卷一八《选举八·学位》，葛韵芬等修，江峰青纂，"中国地方志集成"江西府县志辑第27册，江苏古籍出版社，1996年，页357。

50.詹鸣铎《振先杂稿》卷六，页11—12。

51.如《振先杂稿》卷四《善儿花烛志喜感赋一章》，"开"作"到"，"初"作"方"，"工"作"公"，"先"作"初"，"压"作"扫"，"同心"作"新郎"，"盉"作"盏"。

52.《我之小史》甲本至此为止，以下文字见乙本。

53.詹鸣铎《振先杂稿》卷六《姐妹曲》，"我"作"殊"。

54.詹鸣铎《振先杂稿》中另有《又偕四弟由天竺翻过云栖》。

55.光绪《婺源县志》，清汪正元、吴鹗等纂修，光绪八年（1882年）刊本，"中国方志丛书"华中地方第680号，页4333。

56.陈五元编《婺源历代作者著作综录》，婺源县图书馆，1997年1月版（内部发行），页218。

57笔者已另作有《晚清民国时期江南城镇中的徽州木商——以徽商章回体自传小说〈我之小史〉为例》，载上海社会科学院《传统中国研究集刊》第2辑，上海人民出版社，2006年。

58.《新安庐源詹氏合修宗谱》("中国国家图书馆藏早期稀见家谱丛刊"第六十一种,北京线装书局,2002年)卷末有一份《庐源宅图》,画有依附詹氏的诸姓世仆分布地点,其中就有"西山下余姓伙佃"。

59.《我之小史》乙本作"俗称褪壳"。

60.《我之小史》乙本作"奎"。

61.《我之小史》乙本此处另有"令小学生"。

62.《我之小史》乙本此句作"吃饭,见席上有茄子"。

63.《我之小史》乙本另有"西黄五"三字。

64. 哈佛燕京图书馆收藏的善本书《吴山杂著》抄本第二册《纪高节妇》:"新安高子玉堂,自十余龄入都业贾,能于事,多识一时士大夫。余见其作字甚工,奖励之。玉堂旋以其文质为别,白其是非,而其学益进。因为余曰:"吾此时犹应童试者,欲博一衿,为吾母请旌耳。"今年秋间,其郡试第四,院试亦以第四名入泮,覆试列第三,九月初旬来京告余曰:八月内已蒙学宪给吾母扁额,曰冰霜心清,邑人欲于州牧送学之日,为吾母悬扁以贺,乞君为文以传之……"

65.民国《重修婺源县志》卷一五《选举一·科第》,页313;卷一八《选举九·议士》"江峰青"条,页362;参见:《婺源历代作者著作综录》,页83。江峰青,一作婺源东山人。

66.《我之小史》第三回。

67.《我之小史》第十三回。

68.《我之小史》第十七回《从众劝因公往邑 小分炊仍旧训蒙》:"卓文先生,在王村出人头地,他世兄春甫,后来被人刺杀,他的女儿为兄报仇,又将那人刺杀。这场人命案,弄得荡产倾家。"

69.郭松义《伦理与生活——清代的婚姻关系》,商务印书馆,2000年,页251—274。

70.近读南京大学历史系陈瑞所撰博士学位论文《明清时期徽州宗族内部的社会控制》(2006年6月),该文提及婺源的溺女问题,认为,由于溺女现象的广泛存在,明清时期婺源境内各宗族纷纷通过捐赀救助,倡立保婴会、育婴会、育婴社等途径对溺女之家加以救助,以遏制溺女行为。有的宗族之间,还通过"数姓互养为媳"的办法遏制溺女行为,以联姻的方式促使溺女问题得到一定程度的缓解(页269—272)。这种"数姓互养为媳"的方式,可能也是促使童养媳之风盛行的一种原因。

71.《我之小史》乙本此下另有"不讲究卫生"一句。

72.《我之小史》乙本作:"他们江西风俗,人甚野蛮干。"

73.《我之小史》乙本无"此足见他们的仗义任侠,若别省人,则未免放刁,未必能如此"数句。

74.《我之小史》乙本此下有"他乃快活"一句。

75.徽州,俗亦作"灰州"。祖籍徽州绩溪的胡祖德所著《沪谚外编》中,有"船头上刮镬——灰舟(徽州)"之谚。

76.《我之小史》乙本此下另有"总之和你们气味相投"一句。

77.《我之小史》乙本"负气"作"气愤愤"。

78.《我之小史》乙本"洋码"作"价码"。

79.《我之小史》乙本此下有"古古致致……"数字。

80.《我之小史》乙本"内贮"作"系吸"。

81.《我之小史》乙本作"现在"。

82.参见程振武《景德镇徽帮》。见政协景德镇文史资料研究委员会编《景德镇文史资料》第9辑,1993年。

83.石其,《我之小史》乙本作"锡麒"。

84.人力车,《我之小史》乙本作"东洋车"。

85.《我之小史》乙本此下另有"加上速率"四字。

86.《我之小史》乙本此下另有"行天下之大道"一句。

87.《我之小史》乙本此下有"系髦儿班"数字。

88.《我之小史》乙本此下有"开幕"二字。

89.《我之小史》乙本此处另有"戴起来"三字。

90.民国《重修婺源县志》卷一五《选举一·科第》,页313。

91.《鲁迅全集》第一卷,人民文学出版社,1981年,页470。

92.《鲁迅全集》第一卷,页473。

93.《阿Q正传》,《鲁迅全集》第一卷,页496。

94.《我之小史》第十九回《悬横额别饶静趣,剪辫子鼓吹文明》。

95.齐如山《中国的科名》,见《古今图书集成》续编初稿续25典《选举典》,台北,鼎文书局,1977年,页1085。

96.詹鸣铎《振先杂稿》卷六有《咏时装女郎四绝》,注曰:"本年秋作,次年甲子春载三十二期《红杂志》。"

97.顾柄权《上海洋场竹枝词》,上海书店出版社,1996年,页268。

98.民国十三年六月,上海店员联合会编,页26—28。

99.如从第三十三期开始,严独鹤在《红杂志》上发表"社会调查录",其中有"沪上酒食肆之比较",(《红杂志》第四册,第三十三期、三十四期、三十五期)对川菜馆、闽菜馆、京馆、苏馆、镇江馆、广东馆、回教馆、徽馆、南京馆和天津馆等作了概括性剖析。如对徽馆的说明,即曰:"沪上徽馆最多,皆以面点为主,而兼售酒菜,就目前各家比较之,以四马路之民乐园及画锦里之同庆园为稍胜,同庆园之鸡丝片儿汤,味颇佳。"

100.《我之小史》乙本作"正风俗,厚人心"。

诗意的历史

竹枝词与地域文化

竹枝词"志土风而详习尚",以吟咏风土为其主要特色,故与地域文化结下了不解之缘。它往往在于状摹世态民情中,洋溢着鲜活的文化个性和浓厚的乡土气息,这对于许多学科特别是社会文化史和历史人文地理等领域的研究,具有极为重要的史料价值。随着近十数年来地域文化热的升温,竹枝词也愈益受到世人的关注,各类竹枝词资料集陆续编纂出版,其中,既有分地域编纂的,又有按年代汇辑者。前者以数年前出版的《中华竹枝词》为代表,后者则有2003年出版的《历代竹枝词》。

《中华竹枝词》是竹枝词的大型资料集,总计辑录了自唐代迄至民国初的一千二百六十多位作者之两万一千六百多首作品。计分"京津冀晋内蒙古辽吉黑"(第一册)、"沪苏"(第二册)、"浙皖闽赣"(第三册)、"鲁豫鄂湘粤桂琼"(第四册)、"川黔滇藏陕甘青新"(第五册)和"台港澳其他海外"(第六册)。而2003年11月出版的《历代竹枝词》,则辑录了从唐代到清末历代诗人所作的竹枝词二万五千余首,全书共为八编,以朝代为序,分别为唐宋元明、清顺治康熙雍正朝、清乾隆朝、清嘉庆朝、清道光朝、清咸丰同治朝、清光绪宣统朝,并将未能判别年代者,归入清代外编。

《历代竹枝词》由王利器先生倡导辑录,并提供了私人收藏及海外的一些稀见竹枝词资料。其主要编纂者王慎之、王子今两位先生,长期关注竹枝词资料的收集、整理和研究,曾于 1994 年出版了《清代海外竹枝词》(北京大学出版社),从一个独特的角度,为中外文化交流史的研究奉献了一批资料。除此之外,王慎之女士、王子今教授还发表过二十余篇有关竹枝词研究的论文。此次,他们历经多年的悉心翻检和努力爬梳,终于完成了此一空前的集大成之作。较之《中华竹枝词》,《历代竹枝词》增加了近四千首,这是迄今为止中国国内收录竹枝词最多的一部资料集,其中有一些属首次披露的竹枝词,对于历史学、民俗学、文学等领域的研究提供了相当珍贵的史料。

《历代竹枝词》一书的编纂颇具特色,由于它是按年代排列,从中我们可以相当清晰地把握从唐宋元明迄至清末竹枝词的发展脉络。由此可见,入清以后虽然也不乏文人借题发挥、抒发个人情感的题材,但大致说来,从竹枝词的内容来看主要反映了两种趋势:一是竹枝词涉及的地域愈益广泛,内容也更加多样化,作者不仅来自全国各地,而且域外的竹枝词也层出迭现(除了《历代竹枝词》中收录的少量外国人的竹枝词外,还有如日本人的《日本竹枝词》[1]和朝鲜人的《海东竹枝》[2]等竹枝词资料汇编);二是竹枝词写实的成分愈来愈高,诗注部分的分量明显增加,其总体趋势则是愈来愈贴近民众的日常生活,因此,从社会文化史的角度来看,清民国以后的竹枝词尤其具有极高的史料价值。

一、生动的移民史史料

竹枝词中包含有不少移民史的生动史料,较其他的文献更为生动。譬如,"豫楚滇黔粤陕川,山眠水宿动经年。总因地窄民贫甚,安土虽知不重迁"[3]。这是说江西地狭人稠,百姓背井离乡四处迁徙,无论是河南、湖北、云南、贵州、广东，还是陕西、四川，到处都有江西人的身影。"漫说玉山无玉剖，近闻梅岭有梅探。舟车经过数千里，东北浙西西粤南。"⁴玉山是赣东北的一个县份，当地同样是因生计问题，清代前期有大批百姓或是南下广东，或东进浙西。由此可见，江西的确是移民的主要输出地，这造成了明清史上"江西填湖广，湖广填四川"的移民浪潮。关于这一点，在四川的省会成都，有一首竹枝词这样写道："大姨嫁陕二姨苏，大嫂江西二嫂湖。戚友初逢问原籍，现无十世老成都。"⁵这是说一家中的女人，或嫁与陕西人，或嫁与江苏人，而娶来的媳妇或是江西人，或是湖广人，家庭成员的原籍可谓五湖四海，当时已没有超过十世的"老成都"了。

"湖广填四川"的移民，不仅及于城市，在广大乡村也影响深远。"分别乡音不一般，五方杂处应声难。楚歌那得多如许，半是湖南宝老官。"这是《旌阳竹枝词》的描摹，诗中的宝老官，是指湖南宝庆府人⁶。从中可见，旌阳一带虽然是五方杂处，但以湖南宝庆人为数最多。康熙五十一年(1712年)绵竹县令陆箕永《绵州竹枝词十二首》："村墟零落旧遗民，课雨占晴半楚人。几处青林茅作屋，相离一坝即比邻。"诗注："川地多楚民，绵邑为最。地少村市，每一家即傍林盘一座，相隔或半里或里许，谓之一坝。"⁷由此可见，18世纪初期的四川绵州一带，还是一派地广人稀的景致。而在四川达县，道光时人王正谊写道："广东湖广与江西，客籍人多未易稽。吾处土音听不得，一乡风俗最难齐。"⁸此时的川东达县，可谓五方杂处，方言各异。

随着移民的大批迁徙，经历明清鼎革兵燹战乱的四川，经济元气逐渐恢复，各地商人纷至沓来。在成都，字号放账的都是山西、陕西人，当地人称"老西"、"老陕"，所谓"放账三分利逼催，老西老陕气如雷。城乡字号盈千万，日见佗银向北回"⁹。从这首竹枝词所述可见，山、陕商人在成都的势力如日中天[10]，一般民众只能眼睁睁看着他们将本地的财富源源不断地运回老家。作为商帮势力繁盛的标志，四川各地的会馆相当发达，"秦人会馆铁桅杆，福建山西少者般。更有堂哉难及处，千余台戏一年看"[11]，"会馆虽多数陕西，秦腔梆子响高低。观场人多坐板凳，炮响酬神散一齐"[12]。这些生动描摹了成都一地会馆运作的具体细节。而在鳞栉次比的各地会馆中，陕西会馆显得鹤立鸡群。除了大商帮外，钱铺基本上为江西人所垄断，"江西老表惯营求，兑换银钱到处搜。倒账潜逃讲帐出，蝇头鼠尾作狐谋"。诗注曰："钱铺俱江西人，谓之'老表'。"[13]后来闻名遐迩的"江西老表"是指来自江西的钱商，对此，定晋岩樵叟的《再续竹枝五十首》亦曰："银色从来有定贝呈，元丝九五递加升。怪他老表江西客，多认纹银是水汀。"[14]

除了长江流域的移民外，在西南边陲云南："少作行商多服田，穷来走口极游边。居民半是他乡籍，传说迁从洪武年。"[15]有明洪武年间曾从全国各地将不少人徙居云南，当地的汉民大多数声称自己祖籍是南京，更为具体的说法则是来自南京的柳树湾高石坎。上述的竹枝词，显然也是一条相当生动的移民史料。

随着移民的迁徙，商品的流通交易，人们之间的交流和接触空前频繁，极大地凸显了各地人群的性格特征。清代前期，绍兴师爷就受到成都人的极大瞩目："安排摆设总求工，古董诸般样不同。美服更兼穷美味，师爷气派与门公。"[16]这首竹枝词，叙及绍兴师爷在衣食家居日用方面的与众不同。成都的幕宾都来自浙江，"幕宾半是浙西东，帽盖矜夸律例通。漫说救生莫救死，箧中存案本相同。"诗注曰："幕友初出手，谓'帽盖子'。"[17]关于这一点，周询曾指出，四川省的刑名和钱谷师爷，"十九皆为浙籍"，而在浙江省籍中，又可分为绍兴帮和湖州帮，两帮之中"颇各树党援，互相汲引"。"刑钱为例案所关，业是者，必先随

山西票号日昇昌

师学习,时谓之学幕,俗呼学幕者为帽辫子,即喻其不与师离也。"[18] 在"无绍不成衙"的时代,绍兴酒和绍兴师爷、绍兴方言一样通行全国,清代中叶人称"绍兴三通行"。这种情形,也在竹枝词中得到了生动的反映。在成都,"绍酒新从江上来,几家官客喜相抬"[19],这些绍兴酒往往是由绍兴师爷和胥吏负责推销(或由其亲戚朋友兼营),所以竹枝词有曰:"居然利薮轧官场,南货携来入署忙。笑问师爷生意好,回言件件出苏杭。"诗注曰:南货称"师爷"[20]。可见,绍兴人因以南货业为生,故南货竟亦被直接称为"师爷"。

在绍兴,除了师爷外,当地的贱民阶层——堕民——也相当活跃,对于他们的活动,竹枝词有:"平民莫笑堕民低,呼马呼牛百事宜。春唱年糕秋化谷,闲来携眷钓田鸡。"[21] 这里的"春唱年糕",在另一首竹枝

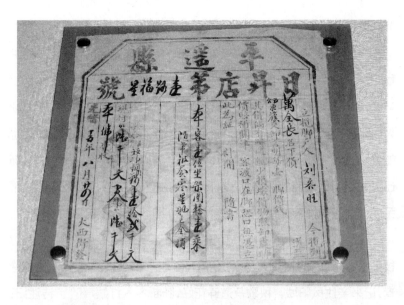

山西票号契约

词中作:"口音清脆堕民婆,甜语如饧总要挖。一饼饧糖三句话,年糕粽子赚多多。"[22]而所谓的秋化谷,则另有:"比栉崇墉庆纳禾,催租未了又催科。堕民稻熟僧香谷,进益虽多出亦多。"诗注曰:"堕民每于刈稻时向各主雇乞谷,名曰收稻熟。社庙住僧亦乘刈稻时向各家化谷,名曰化谷香。"[23]堕民是浙东各地的一个贱民群体,有学者指出:"堕民的服役与其说是尽对平民的伺候义务,不如说是对平民寄附的特权。"这种特权是一种排他性的服役权利,具有极强的依附性和寄生性。其依附性主要表现:对于堕民提供的服务,平民即使心有不愿也不能拒绝,后者只有在远离故土、堕民无法上门行使服役权时才能永远摆脱堕民的服役。堕民有权不上平民家,平民却无法强制堕民上门。平民无法摆脱自己不满意的堕民之服役,而堕民却可以通过买卖"门眷"选择服役对象。而堕民的寄生性,则表现为:服役所得的赏钱赏物远超过其劳动应得的工钱，"整个过程并没有一定的程式，也许只说上一二句口彩，主顾就得给年糕、粽子、艾饺、月饼、新谷、新豆和新麦时节的赏物"[24]。这一来自田野调查得出的结论，与竹枝词所述的"一饼饧糖三句话，年糕粽子赚多多"的描述颇相吻合。堕民的这种服役权随着绍兴移民和商业的发展，而日趋商业化。譬如，自明代以来，一些堕民也随着绍兴人向华北的大批迁徙，以及水田在华北部分地区的推广，而迁至北京。后来，在北京的服务业中，"缠脚梳头雇六婆，赚钱还让惰民多。珠花翠饰为长业，全仗青年话语和"[25]。这里的惰民，亦即堕民。

在明清时代，与绍兴师爷和堕民同样著名的还有凤阳乞丐，从竹枝词来看，他们的活动足迹遍及全国各地。在北京，"赛会时光趁踏青，记来妾住凤阳城。秧歌争道鲜花好，肠断冬冬打鼓声"[26]。诗注曰："打花鼓：风阳妇人多工者，又名'秧歌'，盖农人赛会之戏。其曲有《好朵鲜花》套数。鼓形细腰，若古之搏拊然。"对此，孔尚任的《燕九竹枝词》："秧歌忽被金吾禁，袖手游春真可惜。留得凤阳旧乞婆，漫锣紧鼓拦游客。"[27]不仅在北京，卖艺乞讨的凤阳婆还远达山西，"凤阳少女踏春阳，踏到平阳胜故乡。舞袖弓腰都未忘，街西勾断路人肠"[28]。而在南方，"弹弦卖唱都庐橦，多半邻村逐此邦。还有逃荒好身手，生涯花鼓凤阳腔"[29]，凤阳花鼓也成为各地人群逃荒乞讨的重要道具。

不仅是陆上，水上也漂泊着一些边缘人群，其中浙江的江山船，便是相当有名的边缘人群。黄韶九有《江山船竹枝词》："耶自头撑娘尾摇，调停中路有娇娇。衢州以下杭州上，水面生涯船一条。"[30]关于江山船，另有史善长《江山船即事戏学竹枝棹歌体十二首》[31]、沈清瑞《江山船竹枝词七首》[32]和潘奕隽《江船竹枝词》[33]等均有描摹。

对于都市风俗及人群，竹枝词中有相当多的记载。如金烺的《广陵竹枝词》："十三学画学围棋，十四弹琴工赋诗。莫管人称养瘦马，只夸家内有娇儿。"³⁴养瘦马是扬州的一种畸俗,自明代以来便为世人所熟知。而在北京,与都市生活相联系,也出现了各地人群与职业相结合的人文景观。如放债的多是山西人,"借债商量折扣间,新番转票旧当删。凭他随任山西老,成例犹遵三不还"。诗注:"放京债者山西人居多,折扣最甚。然旧例未到任丁艰不还,革职不还,身故不还。"³⁵卖水的多是山东人,"草帽新鲜袖口宽,布衫上又著磨肩。山东人若无生意,除是京师井尽干"。诗注:"挑水人所穿半臂,名曰'磨肩'。京师卖水俱山东人。"³⁶而做老妈的则多是京南人,"脚下鲜名布襏蓝,女奴多半是京南。老妈称谓何曾老,弱齿无非廿二三"³⁷。

综上所述,竹枝词为移民史和社会地理特别是各地人群的研究,提供了生动的史料。

二、从竹枝词研究历史地理

竹枝词还可为历史交通地理的研究提供重要的佐证,对此,王子今先生曾作有《论郑善夫〈竹枝词二首〉兼及明代浙闽交通》(载《浙江社会科学》2004年第2期),此处,再举一例说明。杨载彤《大理赴乡试竹枝词》:

> 雨衣草帽短烟戈,被套新缝为赶科。请托相知权代馆,束修支过半年多。
>
> ······
>
> 辞行约伴尽勾留,走马斜阳入赵州。明日泥塘深处几,大家谦问马锅头。
>
> 红岩云驿普溯过,取次沙桥过吕河。岭下定西威楚近,木滂坡又广通坡。

禄丰道接老雅关，省隔安宁咫尺间。公馆流娼纷劝酒，先生到此尽朱颜。

峰头立马万山低，阅尽雄关下碧鸡。靴裤麂皮衣氍毹，都知来客是迤西。[38]

从上述的描摹中，我们可以清楚地勾勒出从大理到云南的路程，经过赵州、红岩、云南县、普淜堡、沙桥驿、吕河、禄丰、老雅关和碧鸡关等地一路到昆明。以往的《一统路程图记》中尽管有"云南布政司至所属府"的"本省由各府至金齿卫"[39]，但所述远没有竹枝词来得具体、生动。而在明清时代，江南一些地区编纂的路程图记中，往往也包括竹枝词，这些竹枝词常常有对地形、地貌、名胜等周围景观的描摹，颇具自然及人文地理色彩。事实上，如明代宁波府鄞县人张得中的大本《北京水路歌》[40]，便是七言的诗歌，这首《北京水路歌》记载了沿途"所经之处三十六，所历之程两月矣。共经水闸七十二，约程三千七百里"，诗歌细致描述从宁波赴北京沿途所经地名、名胜古迹[41]。类似的路程歌，实际上也可以称之为竹枝词。何以见得？笔者收藏有《杭州上水程歌、徽州下水路程歌》抄件[42]，这是明清徽商编纂的路程歌，后来又收集到《徽歙南浦口至杭路程竹枝词》，发现其内容实际上就是《徽州下水路程歌》[43]。由此看来，《大理赴乡试竹枝词》显然也可以作为从大理至昆明的路程歌来看待。

不少竹枝词的作者是土产土长的在地文人，他们熟谙乡邦掌故及当地的风俗民情；而另一些作者则是外来的观察者，这些人对于异地的风俗更是充满了好奇，"沿途据所见闻，兼用方言联成绝句，随地理风物以纪游踪"[44]，故而竹枝词对于一地历史文化的研究，具有无可替代的史料价值。尤其是对于小社区的研究，有着极为特殊的学术价值。有的竹枝词也就相当于一地的风土志,譬如,稍早于《历代竹枝词》出版的《中国风土志丛刊》(张智主编,广陵书社,2003 年),就收录了大批的竹枝词,显然,这些竹枝词几乎是被直接当成为风土志。事实上,一些竹枝词,也有的就是以风土志的名目出现。如《西山渔唱》(亦作《西山樵唱》)[45],又名《扬州西山小志》。作者林溥自称:

> 余家居西山陈家集三百余年,其间轶事极多,素无记载,强半遗忘。今年避乱家居,搜索旧闻,已百无一二。仅就记忆所及,编为韵语,略当《西山小志》云。[46]

可见,《西山渔唱》或《西山樵唱》即相当于一部风土志。其《形势六首》开头即曰:"西山自古擅风流,乔木森森棨戟修。甲第极多商贾盛,由来人说小扬州。"自注曰:"以形势论,西山诸集土著大姓中,惟陈家集僧渡桥为最。商贾市廛甲第相属,而陈集尤为天下通衢,车马往来尤多,俗有'小扬州'之称。"[47]揆诸实际,西山十三集星罗棋布,而《西山渔唱》分"形势"、"沿革"、"古迹"、"名胜"、"人物"、"轶事"、"异闻"、"农事"、"岁时"、"市肆"和"嘲俗",这对于研究清乾嘉时代扬州近郊的社区文化,具有极为重要的史料价值。上个世纪 80 年代,笔者在从事苏北历史经济地理研究中,曾在扬州、淮安等地收集到一批竹枝词,如《扬州风土词萃》、《邗江三百吟》和《西山樵唱》等,其中就包含了大批反映盐政制度及社会风尚的史料。以《邗江三百吟》为例,如"丸名再造二引"、"丹号催生二引"、"月折"、"穿店"、"网顶飞轿"、"油篓肩舆"、"用盐撇"、"抢花冠"、"丁家湾公店"、"放头桥"、"请皮票"、"滚总"、"提纲"、"胥头"和"会票"等条,这些资料,为我们提供了一个独特的角度,对于考证明清时代两淮的盐政制度、徽商活动以及淮扬的社会生活,均有极为重要的学术价值[48]。

以下再以徽州为例,进一步说明竹枝词与区域研究的关系。

《中华竹枝词》仅收有清倪伟人的《新安竹枝词》一种,而《历代竹枝词》则收集了多种徽州竹枝词,兹列表如下:

竹枝词	作者	卷帙	页码	备注
《新安竹枝词十三首》	张云锦	丙编	页 1640—1642	
《新安竹枝词》	倪伟人	戊编	页 2383—2385	
《黟山采茶竹枝词》	舒斯笏	庚编	页 3864	民国《黟县四志》卷一五《杂志·诗录》,页 478。
《徽城竹枝词》	吴梅颠	辛编	页 4039—4055	
《采茶曲竹枝词四首》	孙茂宽	辛编	页 4075	民国《黟县四志》卷一五《杂志·诗录》,页 458。
《黟山竹枝词》	佚名	辛编	页 4140—4144	

尽管《历代竹枝词》一书对徽州竹枝词的收罗仍未一网打尽[49],但其中也有一些为以往竹枝词资料集所未见,如第五册(辛编)辑录的佚名《黟山竹枝词》手钞本全帙[50],即是其例,今略举数首以见其学术价值:

　　小东门外是侬家,一径墙阴桑与麻。早制寒衣寄郎去,不栽洛下牡丹花。(旧《府志》云,黟多牡丹,本自洛移植,其后岁盛。宋南渡,无洛花,好事者于此取之。然无益于俗,故今种者绝少。)
　　少妇椎妆总布裙,踏青未肯去寻春。宵来深巷月如水,同纺木棉邀比邻。(《府志》：黟、祁之俗织木棉,同巷夜从相纺绩,女工一月得四十五日。)

才交谷雨采茶忙,紫笋绿芽夸月塘。日午隔篱闻犬吠,门前又到一行商。

思量马鬣何时封,遗骨求荣蛟水冲。犹请地师丁瞎子,明朝去看梅花龙。

老妇烧香地念珠,未知净土往生无。临终更嘱儿孙辈,地狱开完破血湖。

目莲戏夜跳刀门,信女施斋坐血盆。共保平安迎大士,掇金鸣鼓去收瘟。

爆竹连天旧岁除,家家户户换新符。傩神到处抛麻豆,提傀儡偏偏说四都。

瘠土民多籴太仓,终看仰食西江粮。价高价低由庄客,挽土挽糠自碓坊。

家传一首吃亏歌,门巷萧条苦竹多。痛饮浑忘人世事,新词和就醉颜酡。(先祖有《吃亏歌》)

上揭的九首,对黟县俭啬的风俗、妇女的勤劳、堪舆之风、迎神赛会、粮食供应以及徽州人处事待人的态度等,都有极为翔实的描述,不啻为一幅幅生动的风俗画卷。

此外,张云锦的《新安竹枝词》,选自《兰玉堂诗续集》卷一一,亦属首次披露的珍贵史料。其中,有对徽州府城歙县景观的描述:"长桥筑石数河西,太白楼高俯碧溪。老我入城频过此,秋空惟见野云低。"河西桥在徽州府西门外,明初筑木为之,弘治间始建以石,上有太白酒楼。又如,歙县的紫阳书院,"紫阳书院崇冈上,四季都闻诵书声。尽道文风今胜昔,新来山长是康成。"歙县桂林西北有海拔六百余米的飞布山(又名飞蝠山、安勤山或安勒山),山巅有石窟,山上有主簿庙,祀主簿葛显。据称,葛显于唐天宝年间敕谥灵惠,"宋嘉祐封公萧王",墓在县南长陔,"民间祈雨,必祭萧王",所以竹枝词有:"主簿庙中灾禳去,萧王墓上雨祈来。乡村每岁逢春夏,牢醴纷纷雇力抬。"

除了府城之外,《新安竹枝词》对于村落社会的记载也相当生动。如水口是徽州村落最为重要的景观之一,"村居尽处谓之'水口'",徽州人在水口地方多栽大树,起造亭台,"以遮去水"。根据张云锦的描述:当时歙县一带最大的村落水口是唐模许氏、路口徐氏,"两家相匹"。竹枝词对徽州村落的布局作了这样的描述:"乡村尽处构园亭,凿水堆山鸟梦醒。名胜谁家并称最,唐模路口俨丹青。"关于唐模的村落水口,在乾隆时代佚名所作的《歙西竹枝词》中,有:"新开水口指唐模,水面亭台列画图。一带沙堤桃间柳,游人尽说小西湖。"这些,对于村落景观的研究,均有一定的史料价值。

关于徽州的风俗,明代小说家凌濛初《二刻拍案惊奇》卷一五有曰:徽州风俗,婚礼专要闹房"炒新郎",凡亲戚相识的,在住处所在闻知娶亲,就携了酒榼前来称庆,说话之间,名为祝颂,实半带笑耍,直到把新郎灌得烂醉方以为乐。对此,张云锦的《新安竹枝词》称:"风土新安重女郎,挫针治纑守家乡。只嫌恶俗难除却,娶妇新婚夜闹房。"前半段是说徽州妇女的勤俭持家,主持门户,而后两句则是将新婚家之闹房直斥为"恶俗"。此外,对于徽州妇女生活的其他侧面,也有细致的描述。如戴在头上以避田间日色的妇用凉帽,俗呼为"阴帽","芝麻菽粟田多种,蔓草青青共扫除。妇女尽将阴帽戴,不辞手钏去携锄"。妇女下田干活,手上还戴着手钏,这说明一些小康之家的妇女也参与田间劳动。在清代,妇女生活可能远没有一些史学家所想象的那么封闭。清代前期歙县生员程襄龙就曾指出，徽州"女人入庙烧香，戏场观剧"颇为普遍[51]。而村落频繁的戏剧演出中，男女混杂更是在所难免："村演梨园必夜阑，不分男女绕台观。探囊肚箧能无虑，此事还应禁宰官。"虽然官方和文人都对此种现象同声谴责，但即使是三令五申也显然收效甚微。

《新安竹枝词》对于歙县的饮食亦颇多描述。如"岩镇潮糕味特粗，枉将诗句印模糊。不如买取酥糖吃，含弄雏孙尽足娱"，岩镇自明代以来即是徽州最为重要的市镇之一，镇上出产的潮糕相当著名[52]。据清李斗《扬州画舫录》记载，岩镇街有没骨鱼面。而有关徽面的记载，竹枝词提供了生动的史料："早汤纷向肆中过，面长（上声）鸡鱼煮满锅。试与方家翻食谱，唐模不及堨田多"。诗注曰："歙俗晨起过面肆食面，谓之'早汤'，方君士庶谓，唐模、堨田面少而味佳，今惟堨田佳，而唐模远不及矣。"文中的"方君士庶谓"，是指乾隆年间侨寓扬州的歙县人方士庶所作的《新安竹枝词》，其诗有曰："山轿平扛压两肩，中途随处索盘缠。河西桥畔簿儿面，绝胜唐模与堨田。"原诗小注曰："舆人途中餐为吃盘缠，唐模、堨田面少味佳，彼则独嗜簿儿面，盖贪多也。"上述的两首竹枝词，都是我们研究徽州饮食习俗以及考索徽馆起源的重要史料[53]。此外，《新安竹枝词》对于徽州人的停棺不葬等习俗，亦多所揭露[54]。

除了反映徽州乡土社会状况之外，有些竹枝词亦涉及侨寓徽商的活动。婺源人王友亮的《上新河竹枝词》[55]，描述了南京上新河徽州木商聚落，兹举其中的数首：

> 密栅高旗水一湾，行人遥指是龙关。赖他舟筏常时集，点缀才成小市阛。

> 上元佳节兴堪乘，酒价还随烛价增。准备缠头休浪与，居人相约待徽灯。

坝开四月水如天,两岸游人喜欲颠。持比秦淮应较胜,龙船看毕又灯船。

人家以外有沙滩,十里周遭尽属官,非陆非舟君记取,竹篱板屋是阑干。

茅檐虽小惯藏春,底事蛾眉不耐贫。一掷黄金轻远去,小苏州半属徽人。

上新河是徽商尤其是婺源木商麇聚之地,对此,王友亮之子王凤生所著《汉江纪程》[56]记载:"上新河为古白鹭洲,宋初曹彬曾破南唐兵于此,今成聚落,余家在焉,向设新江关征木煤杂税,今统谓之龙江关,置江东巡司。下新河乃石桥至仪凤门外河道,向设有关,明初使张得等御陈友谅出龙江关,即此,今仍设关抽税,谓之下关,置龙江巡司,余家上新河。"《上新河竹枝词》共九首,其中的五首对于徽州研究极具价值。上揭第一、四首是有关上新河徽商聚落的竹枝词,第一首是说上新河一带因舟船云集,而市廛自成一体。第四首自注曰:"徽商木筏聚此,为板屋以居,名曰阑干。"在徽州本土,粉墙黛瓦马头墙的徽派建筑望衡对宇,随处可见,但在各侨寓地却形成了不同的聚落景观。木商聚居的上新河之"阑干"即是一种,而在苏北新安镇,"饶者构瓦舍,次构草舍,草舍居什七,舍盈五六百间",另一种记载说:"鱼昌口芦舍鳞次,瓦室百一。"[57]当地的聚落既有瓦房又有草舍,而以草舍居多。这些,都与徽州粉墙黛瓦的村落景观迥然有别。《上新河竹枝词》的第二、三首,则是有关徽州灯的记载。关于徽州灯,甘熙的《白下琐言》:"徽州灯,皆上新河木客所为。岁四月初旬,出都天会三日,必出此灯,旗帜伞盖,人物花卉鳞毛之属,剪灯为之,五色十光,备极奇丽。"直到太平天国以后,这一带的龙灯会仍然颇为繁盛,"洪杨乱后,上新河徽州木商灯会最盛,称徽州灯。四月初旬赛都天会,亦出斯灯。追光绪中年,湘军灯会翘然特出,及丁未年,仅有水西门木商灯会一枝矣。其灯中有纸扎戏台,安置相〔像〕生人物,设机运动,最称特色"[58]。另外,上揭的第5首,则与徽商的生活方式有关。该诗自注曰:"前明留京士夫多觅妾于此,谓之'小苏州'。"据此,我们得知除了扬州瘦马之外,明代以来士大夫以及徽商的追欢逐艳,同样也在南京上新河一带形成了一个"小苏州"[59]。

除了《上新河竹枝词》这样集中反映徽商聚落社会生活的资料外,其他一些竹枝词,也可作为徽商研究的旁证史料。如新安人吴浦舟之竹枝词句[60],就反映了徽商聚居区汉口后湖一带的景致,可以与《汉口丛谈》、《汉口竹枝词》等比照而观。有的竹枝词,对于徽商的活动则提供了一些线索。如《宜黄竹枝词》中有一首诗:"赌墅楸枰石未移,回龙洞口暗难窥。不知几度樵柯烂,却费仙人两局棋。"该诗自注曰:"昔日宝积寺有高僧,失其名号,善棋,无与敌者。一日有俊士来与对弈,容貌甚都雅,所谈亦非世俗事,僧疑其非凡,因询其乡贯,则曰:徽州纸商。僧亦挂锡于此,念乡中无此人,他日俟其去,迹之,则见登山后小径,化为黄龙,从石孔中蜿蜒而入,因名其处为回龙洞。"[61]这段记载虽然事涉仙道,但联系到江西宜黄的物产及其交易状况[62],我们不难窥见徽州纸商在江西的活动轨迹。

在江南,各地的盐商多数来自徽州。胡适先生曾经以非常肯定的口气对读者说:"你一定听过许多讽刺'徽州盐商'的故事罢!"这一点,在竹枝词中也有不少记载,彭孙贻《海上竹枝词四首》:"妾家正住南市南,鲍郎场外柳毵毵。柳梢系船鸡喔喔,知有新安人卖盐。"[63]鲍郎场在浙江海盐县南澉浦西门外地方,鲍郎场所出之盐,土名鲍盐,那里的盐商以徽州人居多。清风泾在嘉善县东北十八里,亦即枫泾镇,"地当浙之交,为人文之薮"[64],浙江嘉善人陈祁有《清风泾竹枝词》:"藤溪世德忆当年,刲股曾将节孝传。余庆既长流泽远,煌煌姓氏列乡贤。"诗注曰:"余家祖居安徽休宁县之藤溪,五世祖明所公早逝,妣吴淑人守节事姑,刲股疗疾。姑亡,亦自经死。蒙恩旌表孝烈入节孝祠。子即高祖云从公,始迁枫泾。生平道义自守,殁后公举入嘉善县乡贤祠,郡县志均有列传。"[65]陈祁的《清风泾竹枝词》,记载了一个小社区的社会生活。首先他记载了自家的情况:"四世同居屋数椽,诗书孝友是家传。"对此,他进一步解释说:"余家自曾祖至余弟兄四世同居。曾祖尧阶公举孝友,祖临先公举行谊,俱载《嘉善县志·列传》。"他又说:"先严好藏古器,殁时兄在京师,余年尚幼,遂至散亡。光禄公好古,工篆隶,收藏尤富,近闻亦多散失,殊深慨惜。惟篆书、石鼓文各种尚存。现与庆淮、觐天二叔共商勒石珍藏。""先严藏书颇富"[66],这些,与其他各地徽商搜藏金石古玩的举措如出一辙。在当地,除了陈家外,还有其他的徽商卜居。"里中科甲北直、江、浙三闱连绵不绝,出仕者甚多,今内外现任二十余人。内阁学士嘉善许竹君先生、王献广平太守、歙县谢沐堂先生洪恩,俱新迁里中。"故曰:"文笔尖势插天,文昌高阁应星躔。泥金帖子联南北,况有新莺乔木迁。"[67]这与《紫堤小志》等方志记载的情况颇相接近。另外,竹枝词还记载了当地的经济状况:"德星桥外野航斜,白布携来换紫花。残月尚明灯火乱,鸡声遥杂市声哗。"又曰:"里产布,木棉色紫者曰'紫花'。新桥一名德星桥。俗夏秋以四五更为市,乡人云集。"[68]据此推测,陈姓徽商可能最先是从事布业经营。

在清代,徽商的活动遍及全国各地,但以长江流域最为集中。钱林《瞿塘竹枝词》有"本是新安人,爱作西州贾。一过瞿唐山,泪落酸肠肚"[69]。钱林为浙江仁和人,这一带是徽商聚居之地,从竹枝词所言推测,其人祖籍应来出徽州。

在大批移民外出的背景下,徽州的风俗也影响到侨寓地。如《邗江三百吟》称，扬州有徽面之名"三鲜"者，鸡、鱼、肉也。大连者，大碗面也。所谓三鲜大连，即受徽州影响[70]。直到清末，上海的徽菜馆还有不少，"徽馆申江最是多，虾仁面味果如何。油鸡烧鸭家家有，汤炒恁君点什么"[71]。乾嘉时代在扬州流行的油篓肩舆，"用竹篾做成如围，再加黑油以防雨，此舆之取乎轻便而不取华丽者，诗曰："细篾编成罩墨油，载途轻便仿徽州。真同露篝霜筓裹，历遍崎岖可自油。"[72]

除了徽州之外，传统的文化中心地苏州风尚亦风靡全国。明人文震亨《秣陵竹枝词》有"梨园子弟也驰名，半是昆腔半四平。却笑定场引子后，和箫和管不分明"[73]。周蓼峰《秦淮竹枝词》："昆腔幽细气氤氲，豪饮人多面不醺。水榭近来张酒席，桥头门上戏平分。"自注曰："南俗以弋阳子弟寓水西门，呼为'门上'；苏伶寓淮清桥，呼为'桥头'。"[74]入清以后，以征服者面目出现的满洲人，也很快被江南生活方式所征服，对于吴侬风尚亦步亦趋，如周亮工之子周在浚所作的《秦淮竹枝词》曰："北人才得解征鞍，也学吴侬事事酸。金碗银盘都不用，素磁月下试龙团。"[75]

在东海之滨，"金貂素足本风流，家住南台十锦楼。却笑城中诸女伴，弓鞋月影画苏州"。诗注反映了福州城内外的景观迥异，"城外皆素足，城中缠足学苏妆"[76]。在广东，"茶商盐贾及洋商，别户分门各一行。更有双门底夜市，彻宵灯火似苏杭"。当地的女子装饰，也是"苏杭髻样细盘鸦"[77]。在湖北，"装船生板下铁行，新从汉口讨姨娘。苏州勒子扬州袖，只有他家时世妆"[78]。在浙江桐乡一带，乾隆时人张宏范《幽湖竹枝词》："近来风气学苏州，热闹真如大马头。南北两京十三省，满装行李置花绸。"[79]在浙江嘉兴，"女郎十五学梳头，长髻新兴掩镜羞。古板阿婆如动问，低低答应是苏州"[80]。在四川成都，"不乘小轿爱街行，苏样梳装花翠明。一任旁观闲指点，金莲瘦小不胜情"[81]。在天津，"妆束花销重两餐，南头北脚效时观。家家遍学苏州背，不避旁人后面看"[82]。对于苏州风尚的模仿,尤其体现在曲中诸姬中。在西北,兰州女子"脚背无隆骨,一经缠裹,即纤小胜于南方。亦天工,非人力也"。俗有"苏州头,扬州脚"之说。所谓"约缣迫袜效宫妆,纤小差堪累黍量。闺阁自应推独步,更无闲梦到维扬"[83]。西北也有"小苏州"之称,泾州是进入甘肃的首站,州中严家山号"小苏州",名妓都在山上。客游到此,"往往不辞折履"。有一首《赛苏》诗曰:"严家山号小苏州,山上花魁李玉楼。却喜使君新姓色,应来此土领风流。"[84]在上海,"各处方言本自由,为何强学假苏州。做官也要娴官话,做妓焉能勿学不"[85]。这首竹枝词以调侃的口气说,苏州方言成了妓院中的标准语,其情形就像官场上通行的官话一样。在饮食方面,乾隆时代北京就有"锦华苏式新开馆"[86],成都的"苏州馆卖好馄饨"[87],而在差相同时的扬州,苏式茶坊的价格也比扬款更为高昂[88]。

"绍酒真同甘露浓"[89],由于绍兴酒的盛行,各地甚至出现了一些假冒伪劣的绍兴酒。清嘉庆时人杨燮的《锦城竹枝词》曰:"北人馆异南人馆,黄酒坊殊老酒坊。仿绍不真真绍有,芙蓉豆腐是名汤。"[90]可见,当时的绍兴酒,不仅有自绍兴来的"真绍",还有当地仿冒的"仿绍"。这种情形不仅局限于成都一地,"陈村水似鉴湖凉,酿酒终输箬叶香"。据载,粤城所沽绍兴酒,也都是由广州附近的陈村所伪造[91]。

三、《历代竹枝词》的特色

《历代竹枝词》与先前出版的《中华竹枝词》,其编纂方式一经一纬,分别从年代和地域的角度,为学界提供了迄今为止分量最重的竹枝词资料集,的确是厥功甚伟。当然,《历代竹枝词》也仍然存在一些不足:

一是有些竹枝词的收录未得善本。如第五册所收吴梅颠的《徽城

竹枝词》,其中有近四十处出现缺字。如:

1. 府署来龙象七星,魁杓亭耸兆文明。□□□会最高敞,恰对五魁如掌擘。

2. 营建东山踞上游,四溪合作练江□。□山自此称雄镇,不必城居得胜筹。

3. 府城多井少池塘,夏月荷花不见香。□□县城丘壑美,店多城市闹嚷嚷。

关于吴梅颠的《徽城竹枝词》,歙县博物馆和安徽大学徽学研究中心均有藏本,安徽大学徽学研究中心胡益民教授根据歙县博物馆藏本将之整理、标点,发表于《徽学》2000 年卷[92]。据此,则上述第一首中的空格应作"斗山文会"。不过,后者所录仍有一些错讹,笔者指导的博士研究生陈联根据芜湖市图书馆阿英藏书室[93]的写刻本,对此作了较为详细的校勘(未刊)。

二是有少量的重复收录。如吕及园的《滇南竹枝词》,一收入唐宋元明的甲编(页 196—200),一收入辛编(页 4161—4166)。石方洛的《楠溪竹枝词》,既收入清咸丰同治朝的己编(页 3069—3070),又收入未能判别年代的清代编辛编(页 4023)。后者之来源不一,一出自《且瓯歌》附录,一出自《待辖集》,解题亦各不相同。第一处作:"石方洛,字问壶,湖南平江人。府增生,官永嘉县丞。"第二处则作:"石方洛,字问壶,江苏吴县人。"想来是因吴县亦号平江,故有两说之歧义。杨载彤的《大理赴乡试竹枝词十二首》,一收在丁编(页 1896—1897),该处有作者小传:"杨载彤,字管生,号巇谷。嘉庆十二年丁卯(1807 年)副榜,官马龙学正。有《巇谷诗钞》六卷。"另一处则收入于辛编(页

4179),被列为未能判别的清代编。

此外,《历代竹枝词》的最大特色是以朝代编排,尽管可以非常清晰地反映出竹枝词发展的脉络,但竹枝词是一种地域色彩极强的资料[94],就其与地域文化研究的角度来看,这样的编排方式利用起来就有所不便。唯一能够弥补此一不足的,是在书后按地域编列一个索引,遗憾的是,《历代竹枝词》并未能做到这一点。当然,国内的出版物绝大部分在书后未列索引,这可能有许多方面(如篇幅和成本等)的考虑,不是编者所能决定的。

四、竹枝词的收集

笔者以为,《历代竹枝词》的编纂、出版,是竹枝词资料整理的一个里程碑,它必将引起多学科的关注和兴趣。就社会文化史和历史人文地理研究而言,该书应是区域研究方面的案头必备书。当然,竹枝词资料的汇纂,并不应该就此而完全结束。根据顾炳权的估计,全国范围内的《竹枝词》专书在千种上下,总数超过十万首。其中,以北京、上海及江浙一带为高产区,竹枝词书目在百种上下,总数量各有万首之多。据此看来,现有的竹枝词资料只相当于总数的四分之一。

不仅如此,地域性的竹枝词资料集仍有继续编纂的需要,此前,国内已出版《北京竹枝词》、《成都竹枝词》、《扬州竹枝词》、《武汉竹枝词》、《安徽竹枝词》、《上海洋场竹枝词》[95]、《上海历代竹枝词》[96]等,但许多区域的竹枝词尚未收罗完备[97]。以《历代竹枝词》所收竹枝词来看,不仅有不少竹枝词未能收入该书,而且在地域上也有畸轻畸重的问题。如福建省竹枝词的收录就相当之少,兹以清代的府分为例,列表如下:

府	竹枝词	作者	卷帙页码	备注
福州府	《毘陵潘中丞重浚西湖余暇日出游感今追昔成诗二十首殊愧鄙俚聊当棹歌渔唱云尔》	黄任	乙编,页735—736	
	《南台竹枝词》	谢道承	乙编,页810	
	《福州竹枝词十八首》	杭世骏	乙编,页932—933	
	《福州竹枝词》	查奕照	丙编,页1449	
	《福州竹枝词》	许所望	丙编,页1712	
	《福州竹枝辞四首》	钱林	丁编,页1899	
	《南台杂诗》	郑开禧	丁编,页1969	
	《闽南竹枝词》	袁紫卿	辛编,页4000—4001	"大耳环垂一滴金,四时群服总元青。蝇头簪插田螺髻,乡下妆成别样形。""满绣花鞋赤足挓,绵蛮鸟语唱新歌。靓妆倚笑偎篷坐,道是南台科底婆。"所述为福州旧时天足的田婆和曲蹄婆,故《闽南竹枝词》一名不确,当作《闽东竹枝词》或《闽中竹枝词》。
	《南台竹枝词》	赵涵	辛编,页4009	

府	竹枝词	作者	卷帙页码	备注
兴化府	《竹枝词为胡彦远纳姬赋》	周亮工	甲编，页339—340	
	《木兰竹枝词》	林尧光	乙编，页439	
延平府	《延平竹枝词四首》	朱克生	乙编，页468	
邵武府	《光泽竹枝词》	何长诏	辛编，页4018—4019	
泉州府	《厦门竹枝词》	释元璟	乙编，页449	
	《泉州竹枝词》	史承楷	丙编，页1643	
	《鹭门竹枝词》	郑开禧	丁编，页1969—1970	
漳州府	《漳州竹枝词》	许七云	乙编，页829	
不明	《闽江竹枝词十首》	钱秉镫	甲编，页312。	
	《闽中竹枝词八首》	康琨	乙编，页892—893	
	《闽岭竹枝》	李良年	乙编，页646	

　　明清时代福建的科举异常繁盛[98]，文人的竹枝词创作一定不在少数。而在另一方面，福建各地的风俗特色鲜明，这吸引了许多外地人，由此而留下的竹枝词应当颇为可观。而从上表可见，闽南、莆仙的竹枝词显得相当之少。以莆仙发达的区域文化，不至于只有寥寥可数的几首竹枝词。再如福州，仅笔者涉猎所及，比较有价值的竹枝词就有：

福建省图书馆特藏部收藏的佚名所辑《闽竹枝词》(民国年间抄本),1962 年福州乡土史家郑丽生所辑《福州竹枝词》(春礕斋写本),等等。另外,郑丽生还作有《福州风土诗》(1963 年春礕斋抄本)。这些,都可以让人清晰地勾勒出清代以来福州人的社会生活。由此看来,福建省其他地方,也一定会有大量竹枝词存世。看来,竹枝词与地域文化资料的收集和研究,仍然是大有可为。

　　除了直接标明地域的竹枝词外,由于明清时代一些行当职业与地缘的相结合,出现了闻名遐迩的区域人群,故此,一些行业性的竹枝词,也很值得关注。如徽州歙县芳坑江氏茶商文书资料中的《茶庄竹枝词》(清代徽州茶商江耀华著[99]),哈佛燕京图书馆收藏的《典业须知录》中的《典当竹枝词》[100],清牛应之《雨窗消意录甲部》卷三《续文章游戏》中的《幕友竹枝词》[101],等等,这些,对于"无徽不成镇,无绍不成衙"的研究都提供了重要的史料,值得我们费心收集、整理和研究。

注 释

1. 昭和十四年(1939年)十一月三日发行,《日本竹枝词集》一帙(全三册),伊藤信编辑并校订。竹东散史校辑,岐阜华阳堂刊,藏日本早稻田大学高田早苗纪念馆。关于《日本竹枝词集》,参见拙文《日本人的竹枝词》,载《寻根》2000年第1期。

2. 美国哈佛大学哈佛燕京图书馆藏。

3. 江西铅山人陈文瑞《西江竹枝辞》,《历代竹枝词》丙编,页1502。

4. 同上。

5. 杨燮《锦城竹枝词百首》,《历代竹枝词》丁编,页1834。

6. 胡用宾《旌阳竹枝词》,《历代竹枝词》辛编,页3954。

7. 《历代竹枝词》乙编,页793。

8. 《历代竹枝词》戊编,页2193。

9. 李云栋《成都竹枝词》,《历代竹枝词》己编,页2631。

10. 扫花散人《百丈竹枝词》:"下苦人多半贩盐,疲商逋负课催严。几回老陕关难度,翻累官家塾养廉。"(《历代竹枝词》辛编,页4033)此处所述,亦为老陕放债。

11. 吴好山《成都竹枝词》,《历代竹枝词》戊编,页2436。

12. 定晋岩樵叟《成都竹枝词》,《历代竹枝词》丁编,页1890。

13. 李云栋《成都竹枝词》,《历代竹枝词》己编,页2631。

14. 《历代竹枝词》丁编,页1893。

15. 曹春林《云南竹枝词》,《历代竹枝词》辛编,页4175。

16. 吴好山《成都竹枝词》,《历代竹枝词》戊编,页2441。

17. 李云栋《成都竹枝词》,《历代竹枝词》己编,页2633。

18. 周询《蜀海丛谈》卷二《制度类下·幕友》,该书作于1935年,见沈云龙主编,"近代中国史料丛刊"第7册,台湾文海出版社,1966年,页385。

19.《再续竹枝五十首》,《历代竹枝词》丁编,页 1895。

20. 李云栋《成都竹枝词》,《历代竹枝词》己编,页 2632。"南货"指苏杭一带的货物。《南货局》:"居奇无货不苏杭,三倍虾蟆价更昂。"崔旭《津门百咏》,《历代竹枝词》丁编,页 181。

21. 王煦《虞江竹枝词》丐民专利,《历代竹枝词》丙编,页 1722。

22. 钱梦峰《绍兴新年竹枝词》,《历代竹枝词》辛编,页 4149。

23. 宋梦良《余姚竹枝词补遗》,《历代竹枝词》己编,页 2926。

24. 俞婉君《绍兴堕民役权"门眷"的田野调查》,载《民间文化论坛》2004 年第 6 期。

25.《历代竹枝词》丁编,页 2003。

26. 李声振《百戏竹枝词》,《历代竹枝词》乙编,页 754。

27.《历代竹枝词》乙编,页 661。

28. 孔尚任《平阳竹枝词》,《历代竹枝词》乙编,页 659。

29. 陈文瑞《西江竹枝辞》,《历代竹枝词》丙编,页 1502。

30.《历代竹枝词》辛编,页 3995。

31.《历代竹枝词》丙编,页 1598—1599。

32. 同上,页 1450。

33. 同上,页 1207。

34.《历代竹枝词》乙编,页 673。

35. 佚名《燕台口号一百首》,《历代竹枝词》丁编,页 1856—1857。

36. 得硕亭《草珠一串》,《历代竹枝词》丁编,页 2002。

37.《历代竹枝词》丁编,页 2003。除了京南的三河、顺义等县外,还有河间府的妇人。清嘉庆时人杨燮《锦城竹枝词百首》曰:"北京人雇河间妇,南京人佣大脚三。西蜀省招蛮二姐,花缠细辫态多憨。"诗注曰:"河间府河间县妇人,多雇役在京都内。句容县妇人多雇役在南京省城中,号'大脚三'。蜀中蛮人妇女,在省城内止肯雇用,绝少卖作婢者。"《历代竹枝词》丁编,页 1839。

38.《历代竹枝词》辛编,页 4179。

39. 杨正泰《明代驿站考》（附：一统路程图记、士商类要），上海古籍出版社，1994年，页161。

40.（清）曹启淑《水曹清暇录》卷三，北京古籍出版社，1998年，页38—39。

41. 参见拙文《宁绍信客研究》，载《面向新世纪的中国历史地理学——2000年国际中国历史地理学术讨论会论文集》，齐鲁书社，2001年。

42. 参见拙文《新近发现的徽商"路程"原件五种笺证》，《历史地理》第16辑，上海人民出版社，2000年。

43. 参见拙文《新安江的路程歌及其相关歌谣》，刊《史林》2005年第4期。

44. 徐世溥《楚谣》序，《历代竹枝词》甲编，页377。

45. 与《历代竹枝词》不同，《中国风土志丛刊》作"西山樵唱"。

46.《历代竹枝词》戊编，页2578。

47. 同上，页2578—2579。

48. 参见拙著《明清徽商与淮扬社会变迁》，三联书店，1996年。

49.《安徽竹枝词》收录了明清以还安徽72位作者撰写的831首竹枝词，全书分为3辑：第1辑是直接记述安徽风土的竹枝词；第2辑是由皖人撰写、安徽本土以外（如卜魁、建宁、秦淮、扬州、都门、吴中、汉口、南昌、四川和广州等地）的竹枝词；第3辑是竹枝词研究方面的资料。该书收录的徽州竹枝词多达16种（另有一种作者祖籍为歙县，竹枝词反映的地域不明）。只是在抄录地方志中的竹枝词时，常常删去注文，而且鲁鱼亥豕之讹亦复不少。如施源《黟山竹枝词》及孙学治《和施明府源黟山竹枝词》中的注文均被删去。"转头新塘没榛芜"（页71），新塘应作"新圹"；"月眉云鬓逗新妆"（页73），"逗"应作"斗"；"谁著青囊方至今"（页74），"方"应作"厉"。有关徽州的竹枝词，管见所及者还有：佚名《歙西竹枝词》（安徽省博物馆藏，清乾隆抄本），见《徽学》第2卷，页372—375。此外，同治《黟县三志》、民国《黟县四志》等方志中，尚有不少竹枝词资料。笔者此前在皖南曾收集到一册油印本，题作《旧俗竹枝词》，内容是有关歙县的竹枝词。

50. 安徽大学藏道光稿本清抄本一册，《徽学》2000年卷曾选抄原作若干首（页375—376），就目前披露的部分来看，其编排顺序与此处不同。

51.《潋塘山房古文存稿》卷一四,《鳏鱼集》,页 4 上,刊本,哈佛燕京图书馆藏。

52."俗以乾糕为潮糕,印诗句其上。"所以方士《新安竹枝词》有"唐诗摘句印潮糕"之句。见张海鹏、王廷元主编《明清徽商资料选编》,黄山书社,1985 年,页 21。

53.参见拙文《清民国时期江浙一带的徽馆研究——以扬州、杭州和上海为例》,熊月之、熊秉真主编《明清以来江南社会与文化论集》,上海社会科学院出版社,2004 年。

54."不葬亲缘风水渗,家家厝所姓争标。阿如就此安窀穸,免得他年劫火烧。"诗注:"徽郡最讲阴地,虽富家多为厝所。"

55.《历代竹枝词》丙编,页 1415—1416。

56.刊本,上海图书馆古籍部藏。

57.《复初集》卷一四《鱼昌口芦舍鳞次,瓦室百一》,页 39。当然,也有的徽商在当地构筑园亭,如《复初集》卷一二《题宗弟感君鱼昌湖亭二首》(页 733),即是。

58.江宁潘宗鼎辑《金陵岁时记》,页 3 下—4 上。

59.王廷章《竹枝词四首》:"郎去金陵三月天,劝郎莫恋长江边,江水不比塘河水,多泊金陵买妾船。"诗注:"里人往来金陵多买妾者。"(《历代竹枝词》丙编,页 1210。

60.《历代竹枝词》辛编,页 4021。

61.谢阶树《宜黄竹枝词》,《历代竹枝词》丁编,页 1931。此处对原文标点有所调整。

62.同治《宜黄县志》卷八《地理志·风俗》:"邑人安居乐业,无富商大贾,逐末之事,惟苎布、斗方纸而已。"(页 292)在该书卷九《地理志·物产·货之属》条下,列有斗方纸、牛胶纸等(页 313)。"中国方志丛书·华中地方"第 791 号,(清)张兴言等修、谢煌等纂,清同治十年(1871 年)刊本,台北成文出版社,1989 年。

63.《历代竹枝词》甲编,页 375。

64.乾隆五十二年(1787 年)《清风泾竹枝词自序》,《历代竹枝词》丙编,页 1431。

65.《历代竹枝词》丙编,页 1437。

66.《历代竹枝词》丙编,页1437。

67.同上,页1438。

68.同上,页1443。

69.《历代竹枝词》丁编,页1901。

70.《扬州历代诗词》,人民出版社,1998年,页480。

71.朱文炳《海上竹枝词》,《历代竹枝词》庚编,页3646。

72.林苏门《邗江三百吟》卷三《俗尚通行》,页439。

73.《历代竹枝词》甲编,页304。

74.同上,页421。

75.《历代竹枝词》乙编,页818。

76.许所望《福州竹枝词》,《历代竹枝词》丙编,页1712。

77.何渐鸿《羊城竹枝词》,《历代竹枝词》庚编,页3724。

78.彭淑《长阳竹枝词》,《历代竹枝词》丙编,页1220。

79.《历代竹枝词》丙编,页1155。

80.马寿谷《鸳湖竹枝词》,《历代竹枝词》乙编,页677。

81.定晋岩樵叟《再续竹枝十五首》,《历代竹枝词》丁编,页1893。

82.梅宝璐《竹枝词》,《历代竹枝词》庚编,页3247。

83.《历代竹枝词》丙编,页1717。王煦《兰州竹枝词·弓足》。

84.同上,页1716。王煦《兰州竹枝词》。

85.朱文炳《海上竹枝词》,《历代竹枝词》庚编,页3640。

86.杨瑛昶《都门竹枝词》,《历代竹枝词》丙编,页1590。

87.定晋岩樵叟《再续竹枝十五首》,《历代竹枝词》丁编,页1895。

88.《邗江竹枝词》,《历代竹枝词》丙编,页1708。

89.杨瑛昶《都门竹枝词》,《历代竹枝词》丙编,页1591。

90.《历代竹枝词》丁编,页1841。

91.查嗣瑮《广州竹枝词》,《历代竹枝词》乙编,页727。

92.同上,页377—384。

93.《历代竹枝词》编者也曾利用芜湖市图书馆藏阿英先生遗书,见姚文起《支川竹枝词》,《历代竹枝词》戊编,页 2395—2396。丐香《越南竹枝词》,《历代竹枝词》戊编,页 2104—2113。

94.《中华竹枝词》也有将地区误植者。如第三册江西部分,收有(清)童谦孟《龙江竹枝词》(页 2382—2392)。其中有句曰:"一秋晴噪卖柴天,赶进乌山奉化船。"另一句曰:"剃头店里轿堪呼,每店路头两轿夫。两上慈溪南上府,朝朝抬得气嘻吁。"另自注为:"童氏剃头店,俱是路头惰民所开。"原书标点作"路头、惰民",误。路头当为地名,惰民即浙东堕民,剃头为其职业之一,而奉化、慈溪均在浙东。据《龙江竹枝词》自序云:当地的地名为童家市,当在浙江慈溪县西后江南岸,祝渡镇之东,一作童家浦。故此,《龙江竹枝词》应归入《中华竹枝词》第 3 册浙江的"宁绍"部分。第 6 册清谢道承的《南台竹枝词》(页 3895—3896),从"钓龙台"、"罗星塔"等地名来看,所述是福州南台的内容,而不是台湾的内容,故应归入第 3 册"福建"部分。除了省别外,还有的是地区归类错误。如吴兴是今湖州一带的别称,清人李良年的《吴兴竹枝词》,不应归入"宁绍地区",而应该归入"嘉湖地区"。《中华竹枝词》中的"其他"是编者认为那是一些"难以明确判断地区归属的作品"。(《中华竹枝词》第 1 册,页 7"前言")但其中的一些实际上仍可考见地域。一种情况可根据它的地理形势来断定:如清人袁宝璜的《东江竹枝词》的"东江"虽然乍看无法确定是实指或虚指(即使实指也有两条),但它是一首反映水上居民风俗的诗句。其中有"篷窗低盖首连艄,行到三河看打包。三河坝里三条水,来路汀嘉去路潮。"(页 4021)汀指福建的汀州府,嘉和潮分别指广东的嘉庆州和潮州府。从地理形势上看,"三河"当即三河镇,位于广东大埔县西南四十里,大靖溪及梅江自此东西合于韩江,故名。(见臧励龢《中国古今地名大辞典》"三河镇"条,商务印书馆香港分馆,1982 年重版,页 32)。显然,这是反映广东民俗的竹枝词,故该竹枝词应归入第 4 册广东部分的"潮汕梅及其他地区"。二是根据地名的别名来判定。如"庐阳"是庐州府的别称,故蔡家琬的《庐阳竹枝词》(页 4026),吟咏的对象应是安徽合肥一带,应归入第 3 册的"安徽"类。一种可根据内容来断定,如清人王仲儒的《东场竹枝词》首句有"吴陵北去水悠悠,也有官堤带荡舟。酒肆歌台随处胜,分司原住小扬州",第二首有"处处官场灶火开",第三首有"团南团北动渔船"句(页 4022),显然,这些都是苏北盐场的景观,故应归入第 2 册"沪苏"类的"江北地区"。还有最后一类,可以根据竹枝词所引自的文集之作者来考证。

95. 上海书店出版社,1996 年。

96. 世纪出版集团、上海书店出版社,2001 年。

97. 以绍兴为例,清末山阴文人胡维铨即作有《越中竹枝词》,收录竹枝词六七十种,计三千七百余首。可见,当地的竹枝词亦极为可观。参见裘士雄《关于越中竹枝词》,载《绍兴师专学报》1991 年第 1 期,见氏著《文史掇拾》,中华书局,2001 年。

98. 参见〔美〕何炳棣著、王振忠译、陈绛校《科举和社会流动的地域差异》,《历史地理》第 11 辑,上海人民出版社,1993 年。

99. 胡武林《徽州茶经》,当代中国出版社,2003 年,页 199—203;胡武林另作有《〈茶庄竹枝词〉赏析》,载同书,页 172—176。

100. 参见拙文《清代江南徽州典当商的经营文化——哈佛燕京图书馆所藏典当秘籍四种研究》待刊。

101. 清刊本,复旦大学图书馆古籍部藏,页 34 上—35 上。

第九讲

无绍不成衙

绍兴师爷与明清社会

一、从文字游戏看绍兴师爷的总体形象

谐语是在民间广为流传的一种通俗常言,它画龙点睛地概括了人们对各类社会现象的看法。明清以来,江南各地有几句——对称的谐语:

1. 徽州朝奉,绍兴师爷。

2. 徽州算盘,绍兴刀笔。

3. 无徽不成镇,无绍不成衙。[1]

4. 钻天龙游遍地徽州,绍兴人还在前头。[2]

"朝奉"原来专指当铺里的职员,因为明清以来江南各地的典当铺大多为徽州人所开,"徽州朝奉"相当著名。后来,"朝奉"这两个字也就逐渐成了徽商的代名词。"徽州朝奉,绍兴师爷"这句谐语表明——明清以来,徽商与绍兴师爷在全国一样有名。

徽商是做生意的,用的是算盘。明朝万历年间,徽州人程大位编有《算法统宗》一书,这是一部教人如何打算盘的著作,作为商业教科书,浮沉商海的人几乎是人手一册。对于商人而言,《算法统宗》的地位,就像是四书五经对于读书人一样的重要。《算法统宗》不仅在国内很有影响,被人们奉为商界的经典,而且还流传到海外,尤其是日本、朝鲜等国家,这促进了东亚各国算术的进步。由于《算法统宗》的问世,"徽州算盘"的品牌也远近闻名。

在徽商如日中天的同时,绍兴人则在各地的官府衙门内充当师爷或者胥吏,与前者不同,握在他们手上的工具是"刀笔"。什么是刀笔呢?刀笔也叫笔刀,因为在纸尚未出现之前,中国人是用毛笔在竹简上写字,倘若写错了,就要用刀将错字刮去,然后再重写,所以刀笔往往连称,用以指称写字的工具。因为有这个缘故,所以后世衙门中的公牍,尤其是打官司的诉讼状文也就被称作"刀笔"。由于绍兴人做师爷和胥吏的相当多,故而"绍兴刀笔"也就与"徽州算盘"一样的有名。

第三句谚语是"无徽不成镇",这是指长江中下游一带的市镇中,徽商的活动极为活跃。根据出自徽商家庭的胡适先生的说法,在这一带,一个村落如果没有徽州人,那这个村落就只是个村落,徽州人住进来了,就会开店经营,逐渐发展商业,从而把一个村落变成市镇[3]。揆情度理,"无徽不成镇"是个稍显夸张的说法,意思是没有徽州人就不成其为市镇。换句话说,徽商在江南许多地方的城镇化、商业化过程中,具有举足轻重的地位。与此对应的"无绍不成衙",则是指明清时期各地的官府衙门中往往有绍兴人,他们一般是充当师爷和胥吏,势力非常大,从而在各地官府中编织起一个隐性的权力网络。

第四句谚语是"钻天龙游遍地徽州,绍兴人还在前头"。这里提到了几个商帮或地域性的商人,一是浙西的龙游商人,"钻天龙游"可能是指龙游人的实力很强,有钻天的本领[4];而"遍地徽州",则是指在全国各地(尤其是在长江中下游一带),徽州人到处都是。谚语的下半句"绍兴人还在前头"是说,你们不要只看到龙游商人、徽州商帮到处都是,本领高强,其实,绍兴人还在他们前头。绍兴人不仅在商业上与宁波人一起结成了宁绍商帮,而且,尤为重要的是,他们在官府里更是捷足先登,在衙门中充当师爷和胥吏,占据要害部门。这是很关键的,因为在传统的中国社会,利用政治资源显得异常重要,官商结合,最大程度地利用官府势力,才有可能获得最大的经济利益。

上述的四句谚语,说明清时代"遍地"可见的徽商占据了商业上重要的位置,可以说是执商界之牛耳;而在"前头"的绍兴人则盘踞了各地的官署衙门。换句话说,在商界和官场上,徽商与绍兴师爷分别有着极大的势力。

由于在明清时期,徽州人和绍兴人随处可见,他们在社会生活方面给人留下的印象实在是非常深刻,于是,有人就通过拆字,来刻画这两个区域人群的特色[5]。有时,尽管有点牵强附会,但因为字形和字意浑然一体,往往会令人拍案叫绝。譬如,有人就将绍兴的"绍"字之繁体字"紹"做过这样的概括:

搞来搞去,终是小人;一张苦嘴,一把笔刀。

通过这四句话十六个字,一副活脱脱的绍兴师爷形象就栩栩如生地浮现在眼前,在世人的心目中,绍兴师爷在官府衙门中,尤其是断案时,翻手为云覆手为雨,"搞来搞去",是一种颇为负面的形象,所以说他们是"小人"。而这些人的本领所凭则是一副三寸不烂之舌,还有手中的刀笔案牍,故而说他们靠的是"一张苦嘴,一把笔刀"。

其实,类似的文字游戏还有一些,如将繁体字的"紹興"二字拆成:

　　拗七拗八,一枝刀笔,一张利嘴;

　　到处认同乡,东也戤半个月,西也戤半个月。

　　一言以蔽之曰:八面玲珑剔透。

　　拗七拗八,与上面的"搞来搞去"是同一个意思。"拗"是别扭的意思,另外一层含义是说绍兴话很别扭,绍兴师爷都说绍兴方言,绍兴之外的人完全听不懂,让人感到很别扭。而绍兴师爷的本事也是靠手中的刀笔和三寸不烂之舌[6]。

　　繁体字"興"字的中间是个"同"字,绍兴人到处认同乡,靠同乡介绍,互通声气,进入衙门做师爷。"同"的两边均为半个月亮,合起来是个"月"字。由于绍兴师爷不是官府中的正式编制,他们系由各级官员私人聘任,做师爷叫游幕,游幕的意思是到处受聘做师爷,所以上面的文字游戏中,说是"东也戤半个月,西也戤半个月",也就是在这个衙门做一段时间,又到那个衙门做一段时间。所谓戤,是指商人冒充或仿造别家商品的牌号以招揽顾客。明清以来,特别是清代,绍兴师爷非常有名,所以"绍兴师爷"成了幕友这一行当的正宗,要在这一行当里混一碗饭吃,都要打着"绍兴师爷"的旗号,"戤"的意思也就形容绍兴人扛着"师爷正宗"的招牌混迹四处。

　　绍兴之"興"字的下面是"一"和"八"字,所以说:"一言以蔽之曰:八面玲珑剔透。"这画龙点睛地指出了绍兴师爷的职业性格特征——他们在官场上如鱼得水,靠的是八面玲珑的性格,逢场作戏,随机应变。

　　关于"绍兴"两个字,还有另外一种拆字方法,也相当形象。美国学者 James H. Cole 写过一本有关绍兴师爷的专著——《绍兴：19 世纪中国的竞争与合作》(*Shaohsing*：*Competition and Cooperation in Nineteenth-Century China*)[7]，其中也引了绍兴的一句谜语(riddle)，称：

半幅经编(Half baked)，

全凭刀笔糊口(Completely relies on scribbling to fill his mouth)。

处处认同乡(Knows fellow natives everywhere)，

半月住西边，半月住东边(Each half month takes opposite sides)，

一条光棍(A hired gun)，

到底不成人(The bottom line：not quite a man)。

半幅经编，这里的"经编"有两层内涵：一层是一种针织工艺，半幅经编，说这种针织只编了一半，就像打毛衣一样，只打了一半，没有打完；另外一层是儒家的经典，半幅经编，是指绍兴师爷一般只是一些秀才，顶多是举人，没有得到最高的功名，换句话说，都在科场上未能如愿，他们对于儒家经典仅仅一知半解。因此，作为一个读书人，他们只是半吊子而已。这些人赖以生存的本领就是刀笔诉讼，所以说"全凭刀笔糊口"。绍兴人到处认同乡，透过地缘性的网络为自己谋得一枝之栖，这里住一段时间，那里住一段时间，其实还是一条光棍，到底不成为一个像样的人——因为在民众心目中，通过科举考试做官才是正道，做师爷只是"佐治"(在幕后辅助那些官员治理百姓)，终归不是长久之计。

这个拆字游戏，同样也是绍兴民间对绍兴师爷形象的勾勒。

可以说,对于绍兴师爷形象的定位,在 20 世纪 90 年代以前,基本上都是比较负面的。90 年代以后,随着区域文化研究的加强,对于绍兴师爷的研究也逐渐升温,此后,人们才逐渐将绍兴师爷作为一个中性的区域人群现象加以探讨。前几年由著名演员陈道明主演的二十三集电视连续剧,其中塑造了一个"匡扶正义、睿智精明、清正廉洁的绍兴师爷"方敬斋的形象,通过这个电视剧,可以说绍兴师爷在民众心目中更有了正面的印象。

那么,绍兴师爷的具体情况究竟如何,我们以下简单地来探讨一下。

二、绍兴师爷概况

绍兴,位于浙东的宁绍平原上。在清代,绍兴府下辖山阴、会稽、萧山、诸暨、余姚、上虞、嵊和新昌八个县。自南宋以来,这里就是东南一带文风最为发达的地区之一。到了明清两代,由于人口的增多,绍兴成了一个地少人多的地区。这样的生活环境,迫使大批的绍兴人外出谋生,尤其是出外做师爷,游幕四方[8]。

绍兴府之所以有很多人选择"师爷"这一行当,主要在于当地的科举竞争相当激烈。据统计,在明代,绍兴府产生了 977 名进士,在全国科举排行榜上排名第二。而到清代,绍兴府产生的进士数也多达 505名,居全国科举排行榜的第六位,这还不包括那些在外地考中进士的绍兴人及其后裔[9]。文风兴盛固然是一件好事,但对当地人而言,也就意味着一个绍兴人要考中进士、举人甚至秀才,比起文风不那么炽盛的地区来,付出的努力会更为多。在这种情况下,在科举中名落孙山的人也相当多。

在古代,在科举中名落孙山的读书人通常是去做私塾教师,但是乡村私塾教师的待遇是很低的。微薄的收入使他们常年挣扎在贫困线上,饱受人情冷暖和世态炎凉。与私塾教师相比,充当官府幕宾,也就是做师爷的待遇则相对优厚得多,他们的收入通常是做私塾先生的好几倍甚至是几十倍。

除了现实经济利益的诱惑外,充当游幕之士,还出于自我心理上的一种慰藉。清代著名的"绍兴师爷"、萧山人汪辉祖在回忆自己习幕的动机时这样说道:

> 吾辈以图名未就,转而治生,惟习幕一途,与读书为近,故从事者多。[10]

因此,许多在科举中名落孙山的人就转而去做师爷。"绍兴刀笔"也就与"徽州算盘"一样闻名天下,当时有"无绍不成衙"之说,绍兴师爷成了约定俗成的一种称呼。

所谓无绍不成衙,是指各地的衙门中有许多是绍兴人,这些人既包括绍兴师爷,也包括绍兴胥吏。对此,晚明时期杰出的地理学家王士性曾经指出:

> 绍兴、金华二郡,人多壮游在外。如山阴、会稽、余姚,生齿繁多,本处室庐田土,半不足供。其儇巧敏捷者入都为胥办,自九卿至闲曹细局,无非越人;次者兴贩为商贾。故都门西南一隅,三邑人盖栉而比矣。[11]

在北京的六部中,绍兴人相当之多。与王士性相同时的谢肇淛、沈德符等人也说过,当时的官员一入六部公门,就像是傀儡似的,身不由己地受绍兴人的摆布。由于在中央各部胥吏中,绍兴人占了多数,所以当时还出现了绍兴籍的毛姓胥吏行业神崇拜,这显然昭示着行业内部结构的重新组合,反映了绍兴人势力的增大。

除了中央六部外,各个省的衙门中,也有不少绍兴人。明末小说家抱瓮老人就曾指出:"天下衙官,大半多出绍兴。"[12]很多绍兴人在各个府、州、县衙门中充当典史、吏目和胥吏,当然还有大批的师爷。典史是知县以下掌管缉捕、监狱的属官,而吏目在清代也是佐理掌管官署事务的官员。这些人有很多都出自绍兴。

那么,究竟有多少绍兴人出外充当师爷和胥吏呢?据《萧山来氏家谱》记载,早在16、17世纪的万历年间,因地狭人稠,绍兴人在当地难以谋生,很多人到北京寻找生计,"为幕宾,为掾房,为仓场、库务、巡驿、尉簿之属,岁不啻千计"[13]。及至清代,这种外出游幕之风愈煽愈炽。绍兴师爷龚萼在《雪鸿轩尺牍》中描述:"吾乡之业于斯者不啻万家。"[14]

大批绍兴人背井离乡,外出游幕,他们在异地他乡,依靠同乡间的相互汲引,进入官僚行政体系。为了排挤其他各地的幕友,他们不得不结成帮派,以维护自己的切身利益。比如,清代在四川省的刑名和钱谷师爷,十有八九都是浙江人。在浙江人中,又分为绍兴帮和湖州帮,两帮之中各自拉帮结派。大致说来,哪一帮把持了省一级的总督、布政使司和按察使司衙署的刑名、钱谷大席,那么,哪一帮人在全省各级衙门中就比较容易找到入幕的馆地[15]。在直隶,也就是现在的河北一带,幕友多是保定籍的,保定是直隶的首府,他们的先辈原先基本上也都是绍兴人。在这里,竞争也相当激烈,清代的一位绍兴师爷许思湄就曾指出,直隶(今河北省)的各个衙门中的师爷,都是从省会保定推荐出来的,他们分别有着不同的背景,属于不同的渠道推荐出来的,如果没有后台的人，就只好枯坐在家中，找不到饭碗[16]．

正是在这种背景下，为了应付外界日趋激烈的从业竞争，绍兴师爷们想方设法地构筑起自己的关系网，拉帮结派，从而形成了"无绍不成衙"的师爷网络。

这种"无绍不成衙"的师爷网络，对清代的政治生活产生了重要的影响。当时，绍兴师爷和胥吏在中央和地方上的各级衙门，均形成了严密的网络，互通声气，上下其手。乾隆年间，云南道御史程廷栋就曾奏称：

> 友有五种：各省上司幕友，多有包揽分肥。州、县幕中，非其与类，一切详案，立意苛驳，州、县官势不能支，向上官禀请荐幕，以图照应，上下钩连，作奸行贿，势不能免。上官偶有觉查，先通信息，巧为弥缝。迨经败露，上官明知情弊，而事涉于己，不敢揭参，转致通同徇隐，其有妨吏治者非浅！[17]

所谓"与类"，在很多情况下，指的就是绍兴同乡。显然，如果是亲朋好友或师生故旧，文书往来就相当顺利；否则的话，就借故批驳或延宕积压。通过如此这般的把持垄断，有关系的"与类"结成了生死攸关的利益集团，所以自清代中叶以来，讲到刑名、钱谷师爷，十有八九就是指绍兴人。对此，晚清绍兴师爷章贻贤指出：

> 友有五种：自明以来，各省大小官吏有刑律之事者，率以客佐之，谓之刑名幕友。国朝因之，仍不改其学，皆自相师友，以直隶按察司署为总区，其人多吾浙之绍兴籍，故绍兴出刑名之称，亦著于中国。[18]

民国时人李渔叔亦曰：

> 清代有所谓绍兴师爷,大抵盛于康乾时,遍布各省县幕府,司
> 刑名、钱谷者,皆若辈为之,至晚清徒众愈多,流品亦愈冗滥矣。
> 习幕者,盖亦不乏俊秀之士,以浙江绍兴籍居多,故总称之为绍兴
> 师爷……各省掌刑名、钱谷,以藩、臬两司幕为最重,为之者多积
> 岁老吏,年辈较高,令长筮仕履任,必就求其推介幕友相助。论荐
> 时,视地方政事繁简而定其人。大县则派老于吏事者往,偏州小
> 邑,不过以三四等人才充之,皆其徒党也。刑谳报销,上呈大府核
> 夺,如出彼辈之手,纵有挂漏,必为曲意弥缝,使另易其人,则索瘢
> 求垢,事事驳诘矣,其根株固结如此。[19]

当时,上自总督、巡抚,下至州县衙门,都要聘请幕友佐治。常言
道:铁打的营盘流水的兵。在各级衙门中,官员是有任期的,完全是流
动的,但绍兴人所形成的"无绍不成衙"的网络却是根深蒂固的,在清
代,他们实际上成了中国社会的隐性权力网络。以县级为例,幕友有
五种:

一是"刑名",负责审理、裁决民刑案件;

二是"钱谷",主管征收钱粮赋税,开支各种费用;

三是"书记",负责缮写公私信函;

四是"挂号",负责往来文件的处理;

五是"征比",主管征收田赋的考核。

一般说来,地处冲要、事务繁多的州县设幕友十多人,而偏僻的就
只有二三人。在这五种幕友中,尤其是刑名、钱谷,关系到地方官的考
成以及百姓的身家性命,地位最尊。州县的长随、胥吏等仆从,尊称他

们为"师爷"。从严格意义上来讲,所谓"绍兴师爷",只是指刑名和钱谷两个席位。

由于刑名和钱粮两席在幕友中地位独尊,所以一般习幕的人都渴望将来能当上刑、钱师爷。就像现在进大学专业有热门和冷僻之分一样,毕业后找工作也有难易之别。学习刑名、钱粮的往往被官僚衙署争相延揽,而书记、挂号和征比,想找个入幕的地方就不那么容易了。

学幕有专门的学识和训练,称为"幕道"或"幕学"。清人张廷骧编纂的《入幕须知五种》(光绪年间刊本),就是专门阐述幕学的几部著作。入幕也就是做师爷,"入幕须知"就是教人如何做师爷。这五种师爷教科书的作者,都是乾隆以后的幕学名师,其中有吴江人万维翰的《幕学举要》,萧山人汪辉祖的《佐治药言、续佐治药言》《学治臆说、学治续说、学治说赘》,钱塘人王又槐的《办案要略》,佚名所著的《刑幕要略》,等等。其中,汪辉祖的《佐治要言》和《学治臆说》二书的刊本,在社会上流行最广。萧山是绍兴府辖下的一县,从这一点上可以想见绍兴师爷在世人心目中的权威。

三、多谋善断——师爷判案的技巧与伎俩

传统中国是一个礼治的社会,法律制度极不完善,历来就有"春秋决狱"的说法,也就是儒家的经典也具有法律的效力,常被引来决断刑狱。晚清樊增祥的《樊山批判》曾记下一个案子,内容是有个不安分的寡妇,想敲诈一个男子,状告后者,说自己正在院中洗脚,该男前来调戏,并将其绣花鞋抢走,如此云云。樊增祥听毕,随即就判定不予受理。其判词曰:"院中非洗脚之地,绣鞋非寡妇所穿。"从根本上说,礼是一种道德规范和社会规范。按照一般的习惯,从前缠足的妇人不会

在院中洗脚,而穿绣花鞋的寡妇亦不多见。不过,法律上并未明文禁止缠足之女在院中洗脚,亦未曾规定寡妇不宜穿绣花鞋。但樊增祥判案的根据是礼——社会的道德规范。在这里,他并不与原告引证法律,而只是引证经典。

在这种背景下,同样一个案子,因儒术名法的不同,而有了两套不同的问罪标准。譬如,清代有一桩官司久未结案,案情实际上再简单不过了:一个弟弟打死他的哥哥。然而,就是这样简单的一桩案子,师爷们却争得不可开交。虽然案子经反复审讯,罪犯也供认不讳,确实没有丝毫的冤枉。但被告家中是四代单传,到他父亲这一辈才生了两个儿子,现在一个死于非命,一个又要被判死刑,如果这样的结果发生,那么,这一家自然是断子绝孙了。就儒家的观点而言,"不孝有三,无后为大",断子绝孙自然是值得怜悯的一件事。但从法律的角度来看,兄弟是五伦之一,君臣、父子、夫妇、兄弟、朋友是五伦(也叫五常),三纲五常是传统社会最重要的伦理规范。因此,杀死兄长就是灭伦,杀人者抵命,灭伦者必诛,为死者申冤,也是维护社会正义之所在。于是,双方展开了激烈的论争……主张赦免被告的人振振有词地认为,自己这样做是出于"仁"。他会代死者立言——从死者方面来看,如果处决了弟弟,虽然自己的冤情得到了伸张,但却因此断绝了祖、父的香火,如果死者九泉之下有知,也一定不愿看到这样的结局。这些人甚至还进一步推断:愿意看到这种结局的人一定是个毫无心肝的不孝之子。言下之意是说,根本不必为这样的不孝之子复仇申冤。而主张处决罪犯的那一方又会说:断案靠的是情、理、法,也就是人情、道理和法律。"情者,一人之事;法者,天下之事也。"倘若仅仅因为只有兄弟两人,弟弟杀死哥哥,害怕这一家断子绝孙,就不把弟弟拿来法办,那么,杀害兄弟、抢夺财产的事情就会多起来,这样的话,还能用什么样的法律来纠正人伦风纪呢?

在清代的许多例案中,充满了类似的两难选择。在这种情况下,案情的如何论定,往往取决于绍兴师爷对情、理、法的拿捏,也取决于"师爷笔法"的优劣。

"师爷笔法"也叫"师爷气",从根本上讲,也就源于读书人的一种基本功或笔墨游戏。对于师爷笔法,周作人曾经解释过:

> 小时候在书房里学做文章,最初大抵是史论,材料是《左传》与《纲鉴易知录》,所以题目总是"管仲论"、"汉高祖论"之类。这些都是二千年以前的人物,我们读了几页史书,怎么了解得清楚,自然只好胡说一起,反正做古文是不讲事理只凭技巧的,最有效的是来他一个反做法。有一回论汉高祖,我写道,"史称高帝豁达大度,窃以为非也,帝盖天资刻薄人也",底下很容易的引用两个例子,随即断定,先生看了大悦,给了许多圈圈。[20]

周作人这段话的意思是说,自己从小在私塾里做文章,最初做的都是议论文,用史书里的材料评价历史人物,其实很多人没读过多少书,对于历史人物的事迹不甚了了,但做文章不需要讲什么道理,而只是凭借一种技巧。最讨巧的做法就是会做翻案文章,也就是你这么说,我偏要那么说。这就像我们看电视辩论赛,一个模棱两可的命题,正方与反方都可认定死理,唇枪舌剑,针锋相对,公说公有理,婆说婆有理,这就要看哪一方巧舌如簧,妙语连珠,哪一方就能得到评委们的"许多圈圈"。周作人认为,天下的文风原是一致的,并且指出,上述的"反做法",就是"师爷笔法"的一例。读书人从开始受教育起,就一直接受这种"反做法"的训练。所以一旦有机会入幕做师爷,玩起"师爷笔法"这样的把戏来,也就驾轻车就熟路,得心应手。

比如说"奸案格杀勿论"吧,按照法律,这一条款仅适用于在"(通)奸(场)所登时捉获",否则就不能引用此条为例。也就是说,碰到通奸的人可以将他们杀死,但这要有个前提,是要在通奸的场所当场将他们抓住,俗话说得好,"捉奸要拿双",指的也就是同样的意思。比如说武松在紫石街哥哥家杀了嫂子潘金莲,又到狮子桥酒楼斗杀了西门庆,后来,他拎着两颗血淋淋的人头,主动到县衙投案自首。但西门庆的两个小舅子却不依不饶,仗势撺掇阳谷县令,力主重判武松,他们有一段话是这样说的:

> 父台,请容禀,即使有奸啦,奸有几等呀,奸乃总称,有强奸,有卖奸,有和奸,等等不一。武植(引者按:即武大)平素穷苦呀,他也作兴得我姐丈的银钱呀,他甘心自愿呀,让妻子失身与我姐丈,亦未可知。此为卖奸啦,此为和奸啦。既有奸,武松为何不杀于奸所?现在尸分两地,撒手就不算奸啦……[21]

他们的意思是说:西门庆虽然与潘金莲是有奸情的,但奸情有好几种,有强奸,有卖奸(相当于卖淫),有和奸(相当于通奸),武大可能是因为穷极无聊,看中西门庆有钱,故意让妻子潘金莲失身于西门庆,这是卖淫行为,这是通奸。但既然有奸情,武松为什么不在他们发生奸情时当场格杀,现在尸体分在两处,所以就不符合"奸所登时捉获、奸案格杀勿论"的法律条文。阳谷县令也认为他讲得很有道理,所以最后判武松判脊杖四十,脸上刺了两行金印,发配孟州牢城……其实,武松真是生不逢时。当时还没有绍兴师爷,如果再过上几百年,碰上一个善辩的绍兴师爷,他或许可以免受皮肉之苦和牢狱之灾。

例如，光绪年间，广东有一个女人随人私奔，本夫(也就是她的丈夫)在其逃走之后两年，才在数百里之外找到奸夫、淫妇，并将他们一并杀死，长长地出了一口窝囊气。因为是杀了人，所以就闹到了衙门。有人援引"奸案格杀勿论"之例，要求无罪释放。但中央刑部的官员却认为，这不是当场格杀，所以不允许以此结案。因此，案子也就一时搁了下来。怎么办呢？当时，总督门下一位师爷大笔一挥，改定判词曰：

窃负而逃，到处皆为奸所；久觅不获，乍见即为登时。

这位师爷说得好，他的判词意思是说，奸夫淫妇两个人是私奔，所以他们逃到什么地方，什么地方就是发生奸情的场所，这是上半句话的意思；下半句话说，她的丈夫找了很长时间都没找到，所以，找到他们的那一瞬间，也就是刑律上规定的"登时"。于是，这个案子也就迎刃而解了。

又有一个案子，有位在墙外小便的男人，在他小便时，忽然看到楼头有一个女子无意间正朝此处张望，男人轻薄之心顿起，就用手指了一下自己的私处。古代的女子脸皮很薄，认为对方那是调戏行为，自己受了侮辱，故而羞愤难当，就上吊自杀了。她的家人自然很愤怒，就将该男子扭送到官府。当时，官府也觉得其人相当可恶，想要治他的罪，但一时间谁也找不出罪名来。

这个男子的行为应当是属于调戏妇女，并导致妇女死亡，也就是所谓的"调奸致死"。但根据清代的法律，"调奸致死"有几个要素，要有"手足勾引"和"言语调戏"等情节，也就是要动手动脚和说些脏话。不过，上述这位男子举止虽然轻薄可恶，但他既没有言语调戏，也没有手足勾引。所以要想重判他，也还真拿不出什么法律依据来。不过，有位师爷却下了这样的判语：

> 调戏虽无言语，勾引甚于手足。

这两句话是说：他的调戏方式虽然（或即使）没有言语，但他的勾引行为之严重性已超过了动手动脚。此处的"虽无"和"甚于"四字，用得真是巧妙！巧妙之处就在于虚词的连缀和判词的起承转合。在古汉语中，虚词的意义通常比较抽象，也最为奥妙。以"虽"字为例，它的用法有两种，所讲的事，既可以是事实（作"虽然"解），也可以是假设（作"即使"解），随你怎么理解。正因为存在这种朦胧感，论者便可借此闪烁其词。于是，就在虚词的点缀下，就在判词的起承转合间，一份罪名也就顺理成章地罗织而成了。因为从字面上看，"言语调戏"与"手足勾引"一应俱全，依照惯例，也就可以"杀无赦"了。

上述的两个例子都说明，在许多情况下，判案的轻重并无一定的客观标准，全看师爷持心的公允与否和技巧（或伎俩）的高低优劣。对此，周作人曾经说过：绍兴的老师爷传授的办事经验，说打官司时，如果要叫原告胜诉，就说他如果不真是吃了亏，也不会来打官司的，要叫被告胜诉，便说是原告先来告状的，可见这个人健讼，好打官司；又比如说长、幼两个人对簿公堂打官司，如果责备年长的说，你为什么欺负弱者，那么自然年轻的就胜诉；如果是责备年幼的说你不尊敬长辈，那自然是长者胜诉；其他的也照此办理。这就是所谓的"师爷笔法"[22]。周作人认为："师爷笔法的成分从文人方面来的是法家秋霜烈日的判断，腐化成为舞文弄墨的把戏。"[23]

除了文字上的游戏外，在绍兴师爷的断案中，徇私舞弊、贪赃枉法的事情还相当之多。有时，师爷串通衙役，想把监狱中的某人弄死，他们会先叫某人的家属写一份"有病保外"的具结,让家人大喜过望,以为某人可以保外就医,很快就会放出来了。殊不知实际上,师爷与衙役拿到具结后,就悄悄地弄死该人,然后通知家人,说是"暴病身亡"。此时的家人虽然明知上了当,却有苦说不出。为什么呢?因为事先自己出过具结,如果某人无病,家属出此具结,不就是在欺骗官府吗?如果确实有病,那暴病身亡,也就顺理成章,家属还有什么话可说的呢?想来想去,他们也就只好咽下这颗苦果。在这种情况下,老百姓往往有冤无处诉,有理无处说。民众的这种困境,我们从许多谚语中,都可以找到证据,如:

> 衙门深似海,弊病大如天。
>
> 公堂一点朱,下民一点血。
>
> 八字衙门朝南开,有理无钱莫进来。
>
> 会做鲊鱼也要盐,会打官司也要钱。
>
> 饿死不要做贼,气死不要告状。
>
> 穷人打官司,屁股上前。
>
> 纸官司,钱道场。

四、绍兴三通行

在明清时期,"无绍不成衙"这一著名谚语尽人皆知,它成了各处官僚衙署中绍兴人随处可见的真实写照。作为一个特殊的地缘性的区域人群,"绍兴刀笔"(师爷和胥吏)呼朋引类地大批迁居各地,对于社会风尚的变迁曾起过相当大的影响。清代道光年间福州人梁章钜曾经指出:

今绍兴酒通行海内,可谓酒之正宗……世人每笑绍兴有"三通行",皆名过其实者——如刑名、钱谷之学,本非人人皆擅绝技,而竟以此横行各直省,恰似真有秘传;州人口音,实同鴃舌,亦竟以此通行远迩,无一肯习官话而不操土音者;即酒亦不过常酒,而贩运竟遍寰区,且远达于新疆绝域。平心而论,唯口音一层,万无可解;刑钱亦究竟尚有师传;至酒之通行,则实无他酒足以相抗。盖山阴、会稽之间,水最宜酒,易地则不能为良。故他府皆有绍兴人,如法制酿,而水既不同,味即远逊。即绍兴本地,佳酒亦不易得。惟所贩愈远则愈佳,盖非致佳者亦不能行远。余尝藩甘、陇,抚桂林,所得酒皆绝美,闻嘉峪关外则益佳……[24]

　　根据梁章钜的说法,当时,绍兴酒通行全国,成了酒之正宗。他认为,一般人常常说绍兴有"三通行",其实都是名过其实的,比如说刑名、钱谷之学,本来并非每个绍兴人都有天大的本领,但各省的衙门却都被绍兴师爷所把持,好像他们真的有什么秘诀似的;绍兴人的口音非常难懂,说话好像鸟叫一样,但这种口音却可以远近通行,绍兴人都不肯学习官话,而宁愿说这种方言;此外,绍兴酒也不过是普通的酒,但它却在全国范围内热销,而且就连新疆这么远的地方也都有绍兴酒在卖。平心而论,只有绍兴口音流行全国许多地方,这一点他无论如何都没有办法理解。刑名和钱谷两种学问,也究竟还是有师承的,至于酒的通行,则实在没有其他的酒足以与绍兴酒相抗衡。这可能是因为绍兴府的山阴、会稽两县,那里的水最宜于酿酒,换了别的地方,酿出来的酒就不好喝了。全国其他的地方都有绍兴人,他们虽然也如法炮制,但因为水质既然不同,味道也就差了很多。

　　综合梁章钜的说法,所谓绍兴"三通行",也就是绍兴师爷、绍兴口音和绍兴酒。关于绍兴师爷以及"无绍不成衙"的情况,前文已经叙及,以下我们来看看绍兴口音流行的情况。

由于"无绍不成衙"局面的存在,所以在不少地方,绍兴乡音几乎成了师爷这一行当的职业用语,如在广西,绍兴师爷操的是浙东方言,在判案时往往需要雇佣当地师爷为之充当翻译。晚清时期绍兴人范寅曾在现在安徽阜阳一带做师爷,他遇到一位能学绍兴话的安徽人。那位安徽人问他说:"你知道绍兴话中有'十只'的说法吗?"作为地道的绍兴师爷,范寅竟一脸茫然,毫无所知,以至于那些安徽人怀疑他是冒充的绍兴师爷。后来,经安徽人指出之后,范寅才恍然大悟。原来,所谓的"十只",指的是绍兴人的一些常用语:

懊靠只	讶而不信之辞。
依俙只	依上声,略有影响。
暂靠只	不久相依。
底寡只	问辞,有幸其乍来、讶其不常来两意。
偬俙只	微着痕迹。
苦脑只	怜悯之词。
大比只	不深细之谓。
大模只	言其大略。
比方只	即比较之问辞。
无稿只	空空如也。

除了"十只"外,还有"十当之谚"(如"大肚郎当"、"风吹郎当"、"在理和当"、"软了不当"、"二起不当"、"火烛郎当"、"摇凛不当"、"七公八当"、"随口答当"和"白眼了当"),范寅也只是勉强知道三四成而已[25]。

这个例子说明,由于各地衙门中绍兴人随处可见,他们的一些口头用语为当地人耳熟能详,以至于有时连土生土长的绍兴人本身还不曾意识到。

　　绍兴乡音的传播,还体现在明代盛行于京师等地的"小唱"上。所谓"小唱",是指在官员士绅宴席上劝酒的姣童。这是因为明代从宣德年间以后,严禁官妓,京中官员士绅百无聊赖,于是小唱盛行。当时,北京流传着"小唱不唱曲"的俗谚,这些小唱,除了为官员斟酒之外,也从事色情服务,主要是满足官场中人的同性恋需求。当时,充当小唱的人,有南、北两个派别,北派是山东临清、河南开封、河北真定和保定各地的姣童,南派的则主要为绍兴人和宁波人。在京师娱乐圈中,南派不仅出现得早,而且显然也占了上风。因此,后起的北派小唱,一定要冒充自己是正宗的浙江人。沈德符在《万历野获编》中讲过一个故事,说他碰上一名北方的小唱,便问他:"你出生在什么地方?"北童回答说:"浙江的慈溪。"慈溪是浙江绍兴府的一个县。又问:"那么,你到北京,曾经渡过钱塘江吗?"北方的小唱回答说:"当然,那是必经之途。"沈德符又问他:"那你怎么过钱塘江的呢?"他说"我是骑头口过来。"[26]"头口"也就是牲口,因为该小唱出生在北方,根据他的经验,北方河流在枯水季节河床往往干枯,所以常能骑着牲口过河。这位北方小唱虽然讲得一口流利的浙东方言,但却从来没有到过南方,所以想当然,以为骑着毛驴之类的就可渡过钱塘江了——这成了当时广为流传的一个笑话。

　　北派小唱之所以一定要冒充浙江人,显然是为了迎合绍兴人的口味。因为北派小唱出生的临清、开封、真定、保定等地,都是明清时期绍兴师爷和胥吏分布最为集中的地区。至于南派小唱的产地,除了绍兴本土外,宁波因与绍兴同属浙东,两府地理位置相近,风俗方言上也非常相似,所以当地人充当小唱,更是得天独厚。

与小唱相关的是绍兴戏剧声腔的传播。明代成化、弘治年间,余姚腔已相当成熟。在众多的音律腔调中,余姚腔与海盐腔、弋阳腔和昆山腔成为中国戏曲的四大声腔。到嘉靖年间,余姚腔已在常州、润州(今江苏镇江)、池州(今安徽贵池)、太平、扬州和徐州等地流行。

无论是小唱还是余姚腔的流行,应当都与"无绍不成衙"的局面密切相关。绍兴师爷个个都操习土音,没有多少人改说官话。于是,绍兴乡音几乎就成了师爷这一行当的职业用语。尤其是到清代中后期,"无绍不成衙"的俗谚尽人皆知,绍兴师爷在各地盘根错节,形成了一个个网络,往往使得非绍兴籍的师爷难以立足。在这种背景下,乡音在保持绍兴人地缘性群体意识方面,起了相当大的作用。其中,"小唱"之流行,也与"绍兴刀笔"的职业有关。这是因为,绍兴师爷和胥吏都以八面玲珑、见多识广著称,需要眼观六路、耳听八方的明察暗访,在官场上自然需要许多爪牙充当耳目,而为那些官员士绅劝酒的小唱也就成了再好不过的绝佳人选。据沈德符的描述,万历年间的官场应酬,"小唱"总是必不可少的。在觥筹交错之余,这些小唱往往察言观色,为一些官员打探消息,成为他们的耳目[27]。

由于绍兴刀笔遍及天下,绍兴酒也大行其道。绍兴酒在当地称"老酒",而运销外地才被称作"绍兴酒"。绍兴酿酒业源远流长,据说已有两千多年的历史。《国语》和《吕氏春秋》都有绍兴一带产酒的记载。不过,绍兴酒在全国的走俏,却是明代中叶以后的事。《随园食单》记载:"今海内动行绍兴⋯⋯绍兴酒如清官廉吏,不参一毫假而其味方真⋯⋯余常称绍兴为名士,烧酒为光棍。"《随园食单》是清代著名诗人袁枚所列,反映的是康乾时期绍兴酒走俏的情形。他比喻绍兴酒是"名士",烧酒是"光棍"。这可能是因为绍兴酒的度数较低,比较温文尔雅,烧酒度数较高,吃起来过于刺激。

绍兴酒的传播也与"绍兴刀笔"的大批外出有着密切的关系,例如清代非常有名的绍兴师爷王立人(人称"王二先生")。他在幕馆中,每天晚上都要设宴饮酒,猜拳行令,每坛价钱白银十二两的绍兴酒,一个晚上就能喝光[28]。游幕华北的绍兴师爷许思湄不仅常常收到家人由南方寄来的"南酒",而且还亲自卖酒[29],所以,在一些地方,老百姓就称呼绍兴酒等南货为"师爷"[30]。

绍兴酒的日趋走俏,与这些绍兴师爷的提倡以及衙门中的公关应酬有关。明清时代,中央各部衙门中的胥吏基本上都是绍兴人,京官往往形同傀儡,而宴会上的一切都是由小唱来决定,因此,那些来自宁绍的小唱,往往最先选择来自家乡的绍兴老酒;而绍兴酒也经过某种程度的改造,以适应官场上的这种应酬。

《菜根谭》曾说过,"花看半开,酒饮微醺",这是说欣赏花朵要欣赏那些刚开了一半的花,而酒则只能喝到微微有点醉意的程度,适可而止,这是最为理想的境界。而绍兴酒恰恰是最宜于饮到"微醺",达到那种飘飘然的地步。因为中国人无论是在日常生活,还是在官场上,都洋溢着浓厚的人情味。商人谈生意,文人嫖妓宿娼,官员衙门外的幕后交易,都需要以请客宴会、吃菜喝酒拉开序幕。大概非得酒过三巡,菜上三道,宾主面泛桃色,此时才可以无话不谈,无事不干。不过,酒只是助兴而已,要干的正经或不正经的事还在后头,所以,在酒席上的人还得保持清醒的头脑。所谓"酒不醉人人自醉",实际上只是装糊涂而已,所以,在这种逢场作戏的时候,酒的度数不宜过高,以免喝得烂醉误了正事。当时,北方市面上流行的酒有两种,一种是绍兴老酒,一种是高粱烧酒。高粱酒又叫"干酒",度数很高,是烈性酒,酒量浅的人稍微喝些就酩酊大醉;而绍兴酒则不然,绍兴酒一般的酒精含量较低,酒性温和,入口没有强烈刺激,所以成为京师的时尚佳酒,为宴客所必需。据说,每当宴客时,在一旁侍奉的仆役往往偷喝绍酒,一壶喝上二三杯即告罄竭。明清时期有位生性吝啬的京官摸清这种底细后,在客人还没来之前,将那些仆人全部集中起来,先用便宜的高粱酒将他们灌醉,然后才让他们干活跑腿,以免他们在宴请宾客时偷喝绍兴酒。结果怎么样?当客人到时,仆役们全都酩酊大醉,不能做事。当时,在北京传为笑柄。当然,因为这是私家宴饮,所以京官未免有点吝啬。如果是在官场应酬上,喝起绍兴酒来大概就不会那么节约了。

正因为绍兴酒成了当时宴客应酬的标准酒类,所以在某种场合下,喝绍酒也就成了衡量一个人的标准。当时在官员士绅门下帮闲的清客,就要有三斤酒量。清人梁章钜在《归田琐记》卷七中说:

> 都下清客最多,然亦须才品稍兼者方能自立。有编为十字令者曰:"一笔好字,二等才情,三斤酒量,四季衣服,五子围棋,六句昆曲,七字歪诗,八张马吊,九品头衔,十分和气。"有续其后者曰:"一笔好字不错,二等才情不露,三斤酒量不吐,四季衣服不当,五子围棋不悔,六句昆曲不推,七字歪诗不迟,八张马吊不查,九品头衔不选,十分和气不俗。"[31]

对此,梁实秋亦曾指出,中国旧式士子出而问世,也就是到江湖上混,必须具备四个条件:一团和气,两句歪诗,三斤黄酒,四季衣裳。可见,黄酒是京师等地宾朋酬酢中的佳品。当时,酒贩们也知道绍兴酒只是京城应酬之用,是吃公款的,不用自己掏钱,所以相率作假,偷工减料,于是黄酒的度数也越来越低。

其实,根据明人笔记的记载,绍兴酒最早也是比较烈性的烧酒。

据周作人的推断,绍兴酒最初也是很刺激的,后来才变得像现代的绍兴酒这样温和[32]。这应当与绍兴酒成为一种官场上通行的饮料,有着密切的关系。

除了绍兴酒外,绍兴一带其他的一些饮食习惯也逐渐传播。如随着绍兴人的大批外出,绍兴茶也逐渐受到世人的瞩目。明代万历年间,北方各地竞相购买绍兴茶。据北京商家的估计,每年所贩的绍兴茶,大概价值达三万两白银。"京师茶客"经常来绍兴采购茶叶。因需求量很多,以至当地的日铸茶供不应求。后来,当地人又仿照徽州松萝茶的制作工艺,制成了"兰雪茶",也相当走俏[33]。

除了茶之外,绍兴的臭豆腐也大行其道。在北京,明清时代北京话中有相刻薄的说法,称呼绍兴人为"臭豆腐",据说就是讥笑绍兴人的嗜好。久而久之,凡是南方人都被称为"豆腐皮"。关于臭豆腐的流行,在绍兴民间有一个传说,说是知府通过吃臭豆腐,招聘地道的绍兴师爷:在清代,"无绍不成衙"既成了一句名谚,绍兴师爷也就俨然成为衙署幕友的正宗。各级衙门官署纷纷争相聘请绍兴文人充当师爷。传说,有许多外乡人也想冒充绍兴人,到官僚衙署中笔耕墨耨。有一次,一位知府想招聘绍兴师爷,有许多外乡人闻讯后从四面八方赶来应试。怎么甄别呢?知府绞尽脑汁才想出了一个绝妙的办法,借此考一考那些应试者。考试的方法就是让他们吃饭,看看他们是否吃臭豆腐。因为臭豆腐是绍兴的特产,地道的绍兴人,等鱼肉吃腻后,总要夹上几筷臭豆腐调调口味;而这些应聘者谁也不曾动过筷子,显然,他们都不是地地道道的绍兴人。最后,那些冒充绍兴人的应试者自然只好灰溜溜地离开了。据说,后来这件事传扬开了以后,外乡人也学着酒宴后吃些臭豆腐调调口味。就这样,臭豆腐受到了其他地区百姓的喜爱。这一传说谈到了绍兴师爷与臭豆腐的传播,其真实情形究竟如何,实在难以确证。不过,大批的绍兴人迁居北方,就把这种癖好带到了北京,应当是顺理成章的一件事。想来北方人原先并不曾食用此物,故觉相当新奇和诧异[34]。

除了饮食外,还有不少习俗也传入京师,如明清时期,北京正月十五时,中央的"六部皆有灯,惟工部最盛"[35]。而这些六部中的胥吏,一向就为绍兴籍的士人所把持。显然,京师灯市也与大批绍兴人迁居北京有着相当密切的联系。

绍兴人不仅从明代中叶以来就持续不断地迁居北京,而且,他们相对于许多北京本地人而言,是财大气粗的外来户,有的吏部书吏每年的收入多达数十万两白银。由于油水很足,六部胥吏大多生活优裕,起居服饰相当奢侈。对此,光绪时人夏仁虎在《旧京琐记·俗尚》曾指出:

> 都中土著,在士族工商而外皆食于官者,曰"书吏",世代相袭,以长子孙。其原贯以浙绍人为多,率拥厚资,起居甚侈——夏必凉棚,院必列瓷缸以养文鱼,排巨盆栽石榴,无子弟者亦必延一西席,以示阔绰。讥者为之联曰:"天棚鱼缸石榴树,先生肥狗胖丫头。"其习然也。[36]

这种情景不仅出现在北京,而且,在直隶的首府保定城内,也是相同的景象。在晚清时期,保定城内候补的官员,为了壮其门面,门口总要摆一个大鱼缸,栽两棵石榴树,夏天一定要搭一天棚,门口再蹲一只大肥狗,看着小孩;上街买零食,又一定要用一个丫头;此外,还要请一位先生,教书还在其次,主要也是为了装点门面;所以有"天棚鱼缸石榴树,老师肥狗胖丫头"的谚语[37]。在清代,保定作为北方刑名的中心,当地的大部分师爷都是绍兴人或他们的后裔。不言而喻,谚语所反映的生活习俗,就与绍兴人的纷至沓来密切相关。

除了生活习惯,在文化上,绍兴人的大批外出,也给北方带来了冲击。早在明代万历以前,江浙一带的人口密度就是全国最高的了。地狭人稠迫使大批移民外出,在北京、河北一带,绍兴人的比例相当之高。到了清代,北京有不少绍兴人聚居的小社区。清代著名学者章学诚曾指出,乾隆年间,他的家乡,绍兴道墟章氏家族成员已有万余人,当地人多地少,种稻不足以自给自足,所以就有了种棉花、酿制绍兴酒、外出充当幕宾和胥吏三种职业。他们这个家族的成员既然很多,所以宦游四方,在许多地方都形成了章姓的绍兴人聚落,尤其是在北京,人数就更多了。章学诚在乾隆二十五年(1760年)到京师求职,住在他的表兄家中。当时,单单是居住在北京的章氏宗人,就不下一百家[38]。类似于章氏宗族的情形在绍兴一带应当相当普遍。这些人主要服务于中央政府各机构,他们常常选择在邻近北京的京县宛平和大兴久居,以便其职业能代代相传。

由于绍兴人通常选择在宛平和大兴两个县居住下来,所以促使这两个县的进士在全国的科甲排行榜上名居前列。据统计,清代宛平和大兴两京县,共出了691名进士,仅次于杭州府的仁和、钱塘二县,位居全国科甲鼎盛的地区之列。这种辉煌的记录,实际上在很大程度上得益于绍兴人的大批迁入。据何炳棣先生的研究,该两京县的许多进士,都是绍兴人的后裔。以清初至18世纪末叶为例,从1644年到1784年,绍兴府出的进士总共有266名,其中就有57名注籍于大兴和宛平二县[39]。个中不乏一些著名的学者,如清代前期的朱筠(字竹君,号笥河),就是一个绍兴人的后裔。除了通过正常途径科举考试外,还有一些冒籍的情况——绍兴人冒充大兴、宛平两地的人参加科举考试,这样的情形也相当多。

五、结语

近代以来,中国有一句俗谚叫"绍兴师爷湖南将",意思是说绍兴出师爷,湖南出将领,这两个地方所出的谋士和军事人才是中国最为优秀的。自从曾国藩统率湘军,击溃洪秀全的太平军,镇压了太平天国以后,湖南的军人就受到世人的瞩目,一直到革命战争时期,国共双方军队中的"湖南将"也仍然占有相当重要的地位。绍兴师爷和湖南将的出现,一文一武,是明清至近现代中国社会相当独特的一种现象。这些文臣武将的出现,对于明清以来的中国社会,产生了重要的影响。

注　释

1. 以上三句谚语,见崔莫愁《安徽乡土谚语》,黄山书社,1991年,页16—17。

2.(清)范寅《越谚》卷上《头字之谚第十三》,清光绪八年(1882年)谷应山房刻本,载《四库未收书辑刊》第九辑第二册,北京出版社,1997年,页24。

3. 唐德刚译注《胡适口述自传》,华东师范大学出版社,1993年,页2。

4. 据明代万历时人王士性的描述,"龙游人善贾",主要贩卖明珠、翠羽、宝石、猫眼之类的"千金之货",往往只身一人"自赍京师,败絮、僧鞋、蒙茸、蓝缕、假痈、巨疽、膏药皆宝珠所藏,人无知者"。《广志绎》卷四《江南诸省》,"元明史料笔记丛刊",中华书局,1981年,页75。关于"龙游商帮"的概念是否科学,学界尚有不同的见解,兹不具论。而从范寅的《越谚》来看,龙游商人的势力似不容小觑。

5. 除了绍兴刀笔,对于"徽州朝奉"四字,也有人将其字形拆开,借以反映徽商的特征。歙县有一个谜语这样写道:"二人山下说诗(丝)文,三炮打进四川城,十月十日来相会,三人骑牛一路行。""二人山下说诗文",是徽州的"徽"字,二人为"徽"字左边的双人旁,"山"的下面是一个"系"字,"系"通"丝",与诗歌的"诗"字同音。右边是个反文,也就相当于文化的"文"。"州"字拆开,核心部分是四川的"川"字,再加三个点——代表三个炮仗,所以说是"三炮打进四川城"。这两句话的意思是说,徽州人"贾而好儒",既善于做生意,又喜欢读书,相互切磋诗文学问,故而说是"二人山下说诗文"。他们无远弗届,为了做生意什么地方都去,所以说是三炮就打进了四川城。徽州朝奉的"朝"字,把它拆开,左边上面一个"十",下面一个"十",中间是个"日"字,而右边则是个"月",那么,"朝"字就是十月十日。而"奉"字的上面是三"人",最下面再加上从上面的那个"人"字借来一撇,加起来就是一个"牛"字,所以说"十月十日来相会,三人骑牛一路行"。这种将"徽州朝奉"四字拆开的文字游戏,也相当生动地揭示了徽州朝奉的社会形象。

6.参见拙著《绍兴师爷》,"区域人群文化丛书",福建人民出版社,1994年。

7.亚利桑那大学出版社,1986年。此书承作者James H. Cole先生惠赠,特此致谢。

8.参见朱仲华《我所知道的绍兴师爷》、陈觉民《绍兴师爷的兴衰》,载中国人民政治协商会议浙江省委员会文史资料研究委员会编《浙江文史资料选辑》,第26辑;郭润涛《试论"绍兴师爷"的区域社会基础》,《中国社会经济史研究》1991年第4期。

9.〔美〕何炳棣著、王振忠译、陈绛校《科举和社会流动的地域差异》,《历史地理》第11辑,上海人民出版社,1993年。

10.《佐治药言·勿轻令人习幕》,见张廷骧编《入幕须知五种》,"近代中国史料丛刊"第269册,台湾文海出版社,1968年,页162。

11.《广志绎》卷四,页71。

12.《今古奇观·蔡小姐忍辱报仇》,《古本小说集成》本,上海古籍出版社,1993年,页1066。

13.(清)来秉奎续修《萧山来氏家谱》卷四《(大房第十七世)叔新公传略》,页1下—2上,光绪二十六年(1900年)来氏会宗堂活字印本,复旦大学图书馆古籍部藏。

14.《雪鸿轩尺牍·规劝类·答锟芳六弟》,上海书店,1986年。

15.周询《蜀海丛谈》卷二《制度类下·幕友》,该书作于1935年,见"近代中国史料丛刊"第7册,台湾文海出版社,1966年,页385。

16.参见拙文《19世纪华北绍兴师爷网络之个案研究——从〈秋水轩尺牍〉、〈雪鸿轩尺牍〉看"无绍不成衙"》,载《复旦学报》1994年第4期。

17.《清高宗实录》卷五五一,台湾华文书局,1969年,页8059下—8060上。

18.章贻贤辑撰《章氏会谱德庆四编》附录《处士章鹤汀家传》,页2上。民国八年(1919年)章氏铅印本,复旦大学图书馆古籍部藏本。

19.李渔叔《鱼千里斋随笔》卷下,"近代中国史料丛刊"续编,第830册,约1981年,页77—79。

20.陈子善编《知堂集外文·师爷笔法》,岳麓书社,1988年,页442。

21.王少堂口述扬州评话《武松》第三回,江苏人民出版社,1959年,页375。

22.《知堂集外文·师爷笔法》,页442。

23.《知堂集外文·目连戏的情景》,页443。

24.《浪迹续谈》卷四《绍兴酒》,"清代史料笔记丛刊",中华书局,1981年,页317。

25.(清)范寅《越谚》卷上《十只之谚第十一》、《十当之谚第十二》,页23。

26.(明)沈德符《万历野获编》卷二四《风俗·小唱》,"元明史料笔记丛刊",中华书局,1959年,页621。

27.参见拙文《明清时期"绍兴刀笔"与绍兴乡土习俗的传播》,载《原学》第1辑,中国广播电视出版社,1994年。

28.伍承乔《清代吏治丛谈》卷3《王二先生》,"近代中国史料丛刊"正编,第12册,文海出版社,1973年,页431—432。

29.《秋水轩尺牍·托仇池山卖酒》,上海书店。

30.(清)李云栋《成都竹枝词》,《历代竹枝词》己编,陕西人民出版社,2003年,页2632。

31.(清)梁章钜《归田琐记》卷七,"清代史料笔记丛刊",中华书局,1981年,页138。

32.周作人《绍兴酒的将来》,《知堂集外文》,页67。

33.详见拙文《明清时期"绍兴刀笔"与绍兴乡土习俗的传播》,载《原学》第1辑。

34.详见拙著《绍兴师爷》,页158—160。

35.李家瑞《北平风俗类征》引《天咫偶闻》载:"六部皆有灯,惟工部最盛。",《中研院历史语言研究所专刊》之十四,商务印书馆,1937年,页30。

36.夏仁虎《旧京琐记·俗尚》,北京古籍出版社,1986年。

37.齐如山《中国的科名》,《古今图书集成》续编初稿《续二十五典·选举典》,台湾鼎文书局,1977年,页1092。

38.（清）章学诚撰《章氏遗书》卷二〇《章孺人家传》，1922 年吴兴刘氏嘉业堂刊，1981 年文物出版社印本，页 13 下。

39.〔美〕何炳棣著、王振忠译、陈绛校《科举和社会流动的地域差异》，《历史地理》第 11 辑，上海人民出版社，1993 年。

第十讲

南河习气
河政与清代社会

　　历史上的黄河以善淤、善决、善徙著称于世,见于历史记载的大小
决徙约一千五六百次,多数集中在下游河道,其故道略呈一折扇形。
自新石器时代至战国中期全面筑堤以前,黄河下游均取道河北平原注
入渤海。此后,两千多年间决溢改道屡屡发生。明朝万历年间潘季驯
治河,尽断旁出诸道,将金、元以来黄河东出徐州由泗夺淮的主流固定
下来,以后二百多年,这成了下游唯一的河道(大致即今淤黄河一线),
一直维持到清咸丰五年(1855 年)黄河在河南兰考县境内的铜瓦厢决
口改道为止[1]。

　　清朝政府对黄河的治理高度重视,设有长官督理河道。雍正七年
(1729 年),改河道总督为江南河道总督,通称南河河道总督(简称南河
总督),所管诸河为南河,驻清江浦(今江苏淮阴市),专管防治江南(今
江苏、安徽两省)境内的黄河和运河(实际上只限于江苏长江以北运
河),咸丰五年(1855 年)黄河北徙,十年裁南河总督。南河总督一共存
在了一百二十多年。其间,在清江浦一带形成了一种官场习气,史称
"南河习气",这种习气是清代河政腐败体制下的产物,对清代社会有
着重大的负面影响。

一、清代黄河概势与河政沿革

自 15 世纪初定都北京后,明清两代政府每年都必须通过运河向北方的首都源源不断地运输大批粮食和其他物资。其时,黄、运于徐州交会,至淮阴共同夺淮入海。因此,为了运河的畅通无阻,就必须确保黄河安然无恙。在清代,治河为的是保漕。具体而言,是为了确保山东境内的会通河不受黄河北决或东决的冲溃,徐州至淮阴段运河有足够的水源可以通漕。徐州至淮阴段运河也就是黄河河道,徐州以上黄河有变,本河段漕运必然受到阻塞。徐州以上黄河安澜,本河段就畅通无阻。因此,本河段的通塞,关系到黄、运二河的命运。

明代成化年间,政府开始设专官督理河道。及至清代顺治年间,河道总督驻守山东济宁。康熙十七年(1678 年)移清江浦。二十七年(1688 年)复移济宁州,又以侍郎协理驻清江浦。三十一年(1692 年),总河又移清江浦。三十九年(1700 年)裁协理。四十四年(1705 年),山东河道交巡抚管理。雍正二年(1724 年),设副总河于武陟。雍正七年(1729 年),分设江南河道总督,也称南河总督,驻清江浦;改副总河为山东、河南河道总督,驻济宁州。八年(1730 年),设直隶河道水利总督驻天津,曰北河总督;治山东、河南者,曰东河总督;治江南者,为南河总督,以上是所谓的三河。清《国朝河臣记》:"治河之官,惟国朝为密,盖以漕运为重,势不得不然也。而遇合龙大工,临时检派者,或多至二三百员。"其中,南河总督职任最为重大。

清初,康熙皇帝亲政后,以三藩、河务和漕运为三大事,但当时百废待举,河防工程费用尚少。稍后靳辅督理河道期间,虽然有所增加,但也不过 60 余万,约占财政收入的 5%。乾隆中叶以后费用大增,此后规定每年的河防开支：

额解	60 万
冬令岁料	120 万
大汛冬需	150 万
共计	330 万

此外,还有荡柴作价 20—30 万。如遇大水之年,又另请拨 400—500 万。还有另案工程,分常年和专款两种。常年另案在上述的 150 万两内报销,专款另案则自行报销,不入年终清单[2]。嘉道年间河患渐趋严重,而河防糜费也越来越多。当时,东、南、北三河每年开支 700—800 万,居度支 20%,此外,河工另案的开支也日趋频繁。据《石渠余记》卷三《直省出入岁余表·河工另案》载,在道光晚期单是河工另案,就占直省岁出的 13.4% 上下。

河政开支的逐年增加,造成了清政府财政负担的加重。此后,由于吏治腐败,冗官庸兵愈来愈多。清初无官无兵之处,至乾隆时无不添官增兵,通计上至荥泽(今河南郑州西北),下至安东(今江苏涟水),两总河所辖文武员弁 300 余员,河兵 7000—8000 名,挑夫 3000 余名,单单是这些人的开支,就相当于一个省一年的支出。而两河每年领取抢修银 800 余万两,另案工程每年 200—300 万两,加上廉俸兵饷每年高达 1200—1300 万两。而清王朝全盛时期,丰年全征仅只 4000 万两,"乃河工几耗三分之一"[3]。

不仅如此,清初每堵塞一次决口,或花费数十万百万,多的也不过二三百万。及至乾隆以后,费用急剧增加,"多或耗至三千余万,少亦千余万"[4]。费用虽然逐年增加,但黄河决口却日趋严重,开支越多,决口的次数也越频繁。据统计,自乾隆四十三年(1778 年)至嘉庆十年(1805 年)的二十八年间,黄河漫溢频仍,其间得保安澜的年份仅八年。

嘉庆十六年(1811年)八月十二日上谕:"南河近年以来,年年漫口,前此已糜费三千余万,均经竭力措支办理,毫无成效。今巨工迭出,数将千万。"当时,南河堵筑一次,通计约费700—800万两,岁修约700余万。道光年间,两江总督李星沅曾指出,盐、漕、河工为江南三大政,当时生财的盐政和漕运久已困于不足,而耗财者河工之开销却越来越大[5]。以南河为例,道光二十八年(1848年)九月以前,河库历年用款多的400—500万,少的也不下300万。尽管这一开支已相当之大,但南河工用至道光二十七年止,共不敷银逾88万两。河政官员还是经常报怨河防经费不足,以至抢险无从着手[6]。那么,真实的情形是不是这样呢?

二、河政积弊及其后果

清朝政府对治理黄河虽然投入了大批资金,但其中只有极少部分真正用于河防的帮工修埽,那么,大部分资金究竟流向何处? 这是我们必须加以探讨的。

河官的奢侈糜费是大部分资金的主要流向之一。据《水窗春呓》卷下《金穴》:"各河员起居服食与广东洋商、两淮盐商等。"特别是清江浦的南河总督,尤为奢糜。

此外,"大工一举,集者数十万人,至使四方游士、猾商、倡优、无赖之流,无不奔走辐辏于河上"[7]。当时,清江浦为南北要道,往来官绅过客,"希图沾丐,藉助旅资"[8],积习成例,相沿成俗。河政官员在河防经费中"公领请库垫发,随后划扣领款"[9],也就是贿赂官员、招养食客的费用也出自河防经费。当时,"凡春闱榜下之庶常及各省罢官之游士,皆以河工为金穴,视其势之显晦,为得赆之多寡"。有的帮闲食客只身南行,从东河至南河、扬州再到粤东四处抽风,就可获赀一两万金。

关于河防的糜费,道光年间两江总督李星沅曾指出:"各厅领款虽多,库贮实少,幕友丁胥耗之,差委营汛耗之,摊派酬应耗之,酒食游戏骄奢淫逸又耗之。恶习相沿,牢不可破。"[10]同光时人欧阳昱在《见闻琐录·河员侵吞》中更具体分析道:"自来国家发河工银,河督去十之一,河道、河厅、师爷、书办、胥役以次亦各去十之二。银百两,经层层侵剥,仅有二十余两,为买料给工费。"薛福成《庸庵笔记》卷三《河工奢侈之风》曰:"每岁经费银数百万两,实用之工程者十不及一,其余供文武员弁挥霍,大小衙门之酬应,过客游士之余润。"黄钧宰的《金壶浪墨》卷一《河工》亦详析:"南河岁修四百五十万,而决口漫溢不与焉。浙人王权斋熟于外工,谓采买竹、木、薪、石、麻、铁之属,与夫在工夫役一切公用,费帑金十之二三,可以保安澜;十用四五,足以书上考矣。其余三百万除各厅浮销之外,则供给院道应酬、戚友馈送、京官过客,降至丞簿、把总、胥吏、兵丁,凡有职事于河工者,皆取给焉。"所谓"决口漫溢不与焉",是指一旦黄河发生决口泛滥,政府还要追加河政投资。

根据当时人的记载分析,可见大部分河工经费均花在河臣及其下属僚佐奢侈糜烂的生活上,小说《儿女英雄传》第一回一针见血地指出,河工"是个有名的虚报工段、侵冒钱粮、逢迎奔走、吃喝搅扰的地方"。在这种腐败的河政体制下,就出现了几个必然的结果。

其一,夸大河防险情,多请公款,借以中饱私囊,这成了司空见惯的事情,反对这样做的正直官员或幕僚反而受到排斥。据嘉道年间理财专家包世臣说:"余往来南河二十年,所见工程有不及二三成者,甚有领帑竟不动工者。"[11]用于河防的费用只占所领帑项的20%—30%。包世臣所认识的一个河工幕僚郭大昌,此人为江苏山阳县南乡之高良涧人,在河库道当帖书,熟谙河防工程开销。乾隆三十九年(1774年)

八月,黄河在老坝口决堤,当时的南河总督吴嗣爵提出需钱粮50万,郭大昌则认为不得超过10万。嘉庆初年,黄河又在丰县决口,工员请拨帑金120万,河督议减其半,与郭氏商量,不料大昌认为:"再半之足矣。"河督面有难色。郭氏曰:"以十五万办工,十五万与众工员共之,尚以为少乎?"河督怫然不悦。河道总督之所以不高兴,究其原因,在于郭氏熟悉工程开销,没有给贪污侵蚀留有更多的余地,所以郭大昌虽然以"老坝工"知名,一旦河防有警,则为当事者所倚重,"然终以工费拙言语触众怒"[12]。不仅是正直的河工幕僚受到排挤,即使是河督、巡抚,如果触犯了众人的既得利益,也难以容身其间。苏廷魁为河督,某处河决,与河南巡抚某奏请银100万两堵塞。苏氏亲自督工,买料也由自己经手。工程结束后,还剩银30万两。巡抚主张瓜分,苏氏不肯,奏缴还部。不料,这下可捅下了马蜂窝。不仅该巡抚因欲望没有得到满足而挟私报复,弹劾河督;而且,向来河工告成,无不浮冒虚报,外间与河政有关的人员得70%,大小瓜分;另外剩下的30%贿赂户部,户部得到好处,对于河工中的贪污睁一只眼、闭一只眼,工程奏销很容易就能通过,然而,此次苏氏缴还余银,户部也就得不到这笔陋规,所以对他切齿痛恨。于是对苏氏的奏疏百般挑剔,举出几条不符旧例的做法严加参劾,结果苏廷魁竟被革职。后来又有任道镕为河南巡抚,亦碰上某处河流决口,他的做法也和前述的苏氏相同。不过,这次是河督贪婪,巡抚清廉,但结局仍旧是清廉者被参劾革职。由此可见,在腐败的河政体制下,不肯同流合污者是绝没有好下场的。当时,河政官场上流传着这样一句话:"糜费罪小,节省罪大。"[13]这即使是在当时的封建官僚体制下,也称得上是一件咄咄怪事!

其二,河防工程每况愈下。据魏源说,自靳辅以后,历任河员不治海口,而只注重于泄涨,"涨愈泄,溜愈缓,海口渐淤,河底亦渐高,则又惟事增堤"。从海口起,至荥泽、武陟两堤,绵亘两千余里,各增五六丈。至道光年间,单是这项加堤费用就不下三亿。根据历任河臣的奏报,堤高应有二三十丈,但当时堤高不及十分之二。河臣称汛水淤垫或风月剥蚀,以掩盖其偷工减料的丑行。由于河身既淤,大溜偶弯,即成新险,于是又不得不增加另案开支;河堤既高,清水不出,高堰石堤也逐年加高,于是又增湖堰之费,也不下三五亿。从此,每年汛期必涨,每涨必定出现险情,没有一年不称"河涨异常"。每年两河另案岁修,南河计四百万。东河二三百万。"堤日增,工日险",一河督不能兼顾,于是分设东、南两河,置两河督,增设各道、各厅。康熙初,东河只四厅,南河只六厅;及至道光年间,则东河十五厅,南河二十二厅。凡南岸、北岸,皆析一为二,"厅设而营从之,文武数百员,河兵万数千,皆数倍其旧。其不肖者,甚至以有险工、有另案为己幸"。南河在道光中叶,淤垫还不过安东上下百余里,比嘉庆年间淤高一丈三四尺;至道光二十二年(1842年),自徐州、归德以上,无不淤积,淤高二丈以上。魏源认为,在道光中叶,如果及时整治,还能够有所作为;及至道光二十二年前后,"下游固守,则溃于上;上游固守,则溃于下,故曰:由今之河,无变今之道,虽神禹复生不能治,断非改道不为功"[14]。

其三,虽然乾嘉以还河政越来越坏,如果吏治清明,此情形完全有可能得到制止。当时,河员自知侵蚀太过,"深畏人言,尤惧科道闻之,故京官过浦者馈遗甚厚"[15]。过往官僚得此巨贿,便与河政吏胥沆瀣一气,致使河政愈益窳坏。河防工程仅仅装饰门面,敷衍了事,"岁修积弊,各有传授。筑堤则削浜增顶,挑河则垫崖贴腮,买料则虚堆假垛"[16]。以工程买料为例,据《河上语·语正料》第十记载,当时各处河工弊窦都有"虚空架井"一名,山东又多一弊,称为"捆枕"。"虚空架井之弊在垛内,履而后知,捆枕之弊在垛外,望而可见。"但当时"大吏临工查验,奉行故事,势不能亲发其藏。当局者张皇补苴,沿为积习。上下欺弊,瘠公肥私,而河工不败不止矣"[17]。乾嘉时期,这种河工积习就很严重。但直到道光十一年(1831 年),林则徐为东河总督,奏言:"秸料乃河工第一弊端,其门垛、滩垛、并垛诸名目,非抽拨拆视,难知底里。"有鉴于此,遂将南北十五厅各垛逐一检查,作弊者一经发现,严惩不贷。"所属懔然,岁省度支无算。"后来官方声称:"向来河臣,从未有如此精核者。"[18]可见,有清一代绝大部分的河臣都是尸位素餐的等闲之辈。

俗话说得好:"千里之堤,溃于蚁穴。"河防工程贵在防微杜渐,一旦发现小的险情,就要及时防堵。光绪十三年(1887 年),郑下汛决口,就是因为一大鼠穴而引起的。当时夫头估价需钱二百千方能填实,但厅员发价时层层回扣,工人只到手四十千,因此就用树枝架入穴内,然后盖上土敷衍了事。后来正好大溜顶中,由此穴决口,造成了巨大的灾祸[19]。也有的决口是下级工员欲壑难填所致,如乾隆十年(1745年),陈家浦未决以前,工员四次禀请发帑,河臣只给银数千,以致缓不济急,造成决口。原来,该河臣系河员出身,熟谙工程利弊,对预算估计得太紧,以致工员无从贪污,所以他们都忿忿不平,幸灾乐祸,虽然河堤出现险情,却按兵不动,听任险情扩大,以便申请兴工,侵渔公帑。有时是工员挪用救灾用款造成决口。如某年郑工失事,肇因于一獾洞渗漏。原先估计用二十余千就可以堵塞,但工友李竹君私吞该款,不费分文,仅仅用浮土掩盖。后来大溜由此穿溃,流毒千里,耗费千万。甚至有时久不溃决,"河员与书办及丁役,必从水急处私穿一小洞,不出一月,必决矣。决则此辈私欢,谓从此侵吞有路矣"[20]。河政弊端,凡此种种,不一而足。

其四,河政成了位置闲人的最好场所,河政官员不仅升迁迅速,而且待遇优厚。嘉、道年间有一幅著名的对联这样写道:"捷径不在终南,河水洋洋大有佳处;补缺何须吏部,睢工衮衮竟开便门。"[21] 当时士人官吏所赌的《升官图》中,就有河防一路,选官得河员者,无不弹冠相庆:"此发财升官之要途也。"[22] 因此,河政衙门成了众人趋之若鹜的最佳场所。

其五,自清初至咸丰五年(1855 年)铜瓦厢决口的 211 年间,黄河的决口泛滥多达 230 次,平均每年一次还要多一些。因此,"治河无善策"[23] 是河政衙门中广为流传的一句口头禅。在治河工程中,到处洋溢着神秘主义的色彩。有一首《秦邮竹枝词》这样写道:"岁发金钱筑要工,河营剥蚀总成空;不谈保障谈占验,小暑时防西北风。"[24] 很明显,老百姓对官营河防的"保障"作用是相当失望的,他们只能以一种侥幸的心理,惴惴不安地占验着小暑前后的风向。当时的生产力水平低下,抗灾能力极为薄弱,人们对灾害的认识也十分有限,总是认为在自然灾害的背后,有着种种神怪在支配着。

根据方志、文集和笔记的记载,江淮地区最为常见的灾害神崇拜为河神、海神、龙王神、五龙神、金龙四大王、晏公、天后、潮神、八蜡神和刘猛将军等,这些都是因苏北地区江湖泛涨、海潮倒灌、黄淮河道移徙、运堤溃决和蝗虫肆虐而人为树立的神祇。

由于黄河是苏北水灾形成的关键因素,人们对它的顶礼膜拜也最为兴盛。新莅任的河员,总是先祭祀河神,然后才处理政事。在清代河臣奏疏中,时常看到为河神、风神请封赐匾的奏疏。有一句俗谚:"日费斗金,不敌西风一浪。"[25] 黄河堤上每隔数里就有一具铁犀,回首西望,"逆流而号,以禳水势"。犀腹铸字云:"维金剋木蛟龙藏,维木制水龟蛇降。铸犀作镇奠淮扬,永除昏垫报吾皇。"[26] 金龙四大王的信仰盛行,庙宇随处可见,顶礼膜拜的烟雾缭绕,长年不断。据说,该神常化身为金色小蛇,故曰"金龙"。南河每年霜降安澜,演剧赛神,清江浦的都天会之盛,在东南一带仅次于镇江,"每年有抬阁一二十架,皆扮演故事,分上中下四层,最上一层高至四丈,可过市房楼檐,皆用童男女为之,远观亭亭然如彩山之移动也。此外旗伞旌幢,绵亘数里,香亭数十座无一同者。又有坐马二十四匹,执辔者皆华服少年。又有玉器担十数挑,珍奇罗列,无所不备。每年例于四月十八日举行"。传说每当赛神演戏时,"居民辄见神来,供奉高座,上杂书戏目进之,神以口衔一二,即知所点之剧"[27]。河员借此名目,公款演戏享乐[28]。这与两淮盐商借口备演大戏,用盐务经费蓄养昆班的做法,如出一辙。嘉庆二十四年(1819年)皇上下令将天后、惠济龙神像摹绘于大内及御园,并将清江浦殿宇规制绘制成图,大内仿造华盖,以便随时瞻礼,为民祈福[29]。显然,举国上下都希望通过人神间的沟通,以达到风调雨顺、河清海晏的太平盛世[30]。

三、河政与清代社会

清江浦原是淮安城西淮河南岸的一条支流,建有二闸,明永乐二年(1404年)曾加修筑。永乐七年(1409年)又在清江浦附近造船厂,专造南直隶、浙江、江西和湖广等省运船。永乐十三年(1415年)开清江浦河(渠),可能就利用了原清江浦的一段河道,故因其名。其中清江闸当即在原清江浦附近,并在"浦旁置仓积粮以备转兑"。成化七年(1471年),因清江浦的新庄运口被河沙所淤,不通运舟。于是在清江闸置东西二坝(在清江船厂北一里许),以备新庄运口淤塞时,漕船可由此车盘入河。清江闸附近遂为交通要津,以清江浦为名的聚落也由此发展起来[31]。康熙年间,以安徽巡抚靳辅为河道总督,设行署于清江浦。此后清江浦成为河院所在重地，"舟车鳞集，冠盖喧阗，两河市肆栉比，数十里不绝。北负大河，南临运河，淮南扼塞以此为最"[32]。

南河总督既开府清江浦，文武厅营，星罗棋布。据道光年间李星沅的调查显示，南河四道管辖同知通判 23 员，旧例应常年驻守各地，随时实力修防。但"近年以来，惟徐州、常镇道属十厅照旧分驻工次。至淮扬道属七厅、淮海道属六厅，率多聚处清江，厅署几同虚设。非遇盛涨抢险，皆不到工。因而实任佐杂各官营汛，备弁协力，鲜不尤而效之，视堤防如传舍，即奏委防汛候补人员，亦多安坐寓中，并不亲往帮办，殊非慎重要工之道。且清江人稠地隘，风气虚浮，厅员本有职司，乃若一无所事，游戏征逐，耗费实繁。甚或竟尚夤缘，希图侵冒，群居终日，弊不胜言……又淮海兵备道旧驻海州所属之安东县，原为弹压海疆，近亦常年在浦。"[33]由于大批河政官僚胥役麇集于此，"冠盖相望，市廛杂沓"[34]，浦上"俨然一省会"。这里"春夏有漕艘之载挽，秋冬有盐引之经通，河防草土之事，四时之中，无日休息"，尤其是河政"帮工修埽，无事之岁费辄数百万金，有事则动至千万。与郡治（淮安）相望于三十里间，榷关居其中，搜刮留滞，所在舟车阗咽，利之所在，百族聚焉，第宅服食，嬉游歌舞，视徐、海特为侈靡"[35]。当时有"清江占得小扬州，长街也自繁歌吹"[36]的说法。河政官员席丰履厚，恣情声色。

由于他们的奢侈淫靡，使得清江浦的冶游日益盛行。据嘉道年间包世臣的描述："清江弹丸之地，旧无声乐，近日流倡数至三千，计每人日费一金，则合计岁费当百万矣。清江民人不耕不织，衣食皆倚河饷。旧例南河库贮修银五十二万，而官俸兵饷与焉。今倍之，始足以给娼妓，宜河饷之日告匮乏也……"[37]大量原以拯救黎民于洪滔的财富，被那些贪婪的官吏挪为奢侈浪费的囊中之物，这导致了城市的畸形繁荣：

清江上下十数里,街市之繁,食货之富,五方辐辏,户摩毂击,甚盛也!曲廊高厦,食客盈门,细毂丰毛,山胲海馔,扬扬然意气自得也。青楼绮阁之中,鬓云朝飞,眉月夜朗,悲管清瑟,华烛通宵,一日之内,不知其几十、百家也。梨园丽质,贡媚于后堂;琳宫缁流,抗颜为上客。长袖利屣,飒杳如云……[38]

这就是嘉道年间朝野有识之士孜孜引以为戒的"南河习气",它与淮扬一带"盐商派"的生活方式相得益彰,导致了乾嘉时期社会风气的进一步窳坏[39]。晚清时期著名学者鲁一同认为:"不思天下之困,不专银少,由衣食之源不足,衣食不足,由物力之艰,物力之艰,由糜费之众,糜费之众,由风俗之奢,风俗之奢,由百官之侈。官侈于上,士华于下,工作于市,农效于野,斫朴为雕,皆官之由。以今日河员言之,一饭之费,八口数月之食也;一衣之费,中人一家之产也。河水非金穴,堤防非银矿,何由而致哉!"[40]显然,"南河习气"对于清代前期中国社会风俗的隆窳与风尚之演替,有着极为深刻的影响。

河院机构庞大,"各河员起居服食与广东之洋商、两淮之盐商等"[41]。据河工幕僚金安清描述:

河厅当日之奢侈,乾隆末年,首厅必蓄梨园,有所谓院班、道班者。嘉庆一朝尤甚,有积赀至百万者。绍兴人张松庵尤善会计,垄断通工之财贿,凡买燕窝皆以箱计,一箱则数千金,建兰、牡丹亦盈千。霜降后,则以数万金至苏召名优,为安澜演戏之用。九、十、十一三阅月,即席间之柳木牙签,一钱可购十余枝者,亦开报至数百千。海参、鱼翅之费则更及万矣。其肴馔则客至自辰至夜半不罢不止,小碗可至百数十者。厨中煤炉数十具,一人专司一肴，目不旁及，其所司之肴进，则飘然出而狎游矣。河厅之裘，率不求之市，皆于夏秋间各辇数万金出关购全狐皮归，令毛毛匠就其皮之大小，各从其类，分大毛、中毛、小毛，故毛片颜色皆匀净无疵，虽京师大皮货店无其完美也。苏杭绸缎，每年必自定花样颜色，使机坊另织，一样五件，盖大衿、缺衿、一果元、外褂、马褂也。其尤侈者，宅门以内，上房之中，无油灯，无布缕，盖上下皆秉烛，即缠足之帛亦不用布。珠翠金玉则更不可胜计，朝珠、带板、攀指动辄千金。若琪王南珠，加以披霞挂件则必三千金，悬之胸间，香闻半里外，如入芝兰之室也。衙参之期，群坐官厅，则各贾云集，书画玩好，无不具备……[42]

有一次，某河督设宴，座客都称赞席间的一道豚肉美味无比。酒阑，一客起去，偶见院中有豕尸数十具，枕籍阶下，大感惊异，于是向厨师打探究竟，才知道刚才席次所陈的一簋豚肉，原来是集众豕背肉而成。具体的做法是将猪关在房间里，由屠夫手拿竹竿，追着猪拼命猛揍，猪被打痛，必然四处逃窜，叫号奔跑。它跑得愈快，便被打得愈急，直到最终跑不动为止。屠夫一见其毙命，就赶紧将猪背上的那块肉割下来。然后再接着追打其他的猪，一共要打死五十余头猪，方能做成席间的那样一簋豚肉。之所以要赶着猪打，据说是因为"其猪受挞，以全力护痛，则全体精华皆萃于背，甘腴无比"。而经此折腾，猪身上的其他部位皆腥恶失味，不堪烹饪，所以只能委弃于阶下。在清江浦，烹调鹅掌的方法相当特别。具体做法是用铁笼将鹅罩在地上，下面烧着炭火，旁边放些醋和酱；过一会儿，地上渐热，鹅便来回奔走，由于又热又痛，只好饮用醋和酱以自救，就这样一直到死，于是全身的精华都集中在鹅的两掌上，其厚度可达好几寸，而身上其他部分的肉就都不能吃了。当时还盛行吃骆驼的驼峰,是选健壮的骆驼绑在柱子上,用热水浇在它的背上,骆驼即刻死去,据说精华皆在驼峰之上。这样的吃法,河政官员一顿筵席,一般需要三四只骆驼。还有围聚一起吸食猴脑,通常是选一只俊猴,让它穿上华丽的衣服,将方桌中间挖个圆孔,使猴脑正好放在圆孔中,旁边用木头支好,使猴子不能进退,再用刀将猴脑上的毛剃光,刮去其皮。此时的猴子痛苦不堪,极力哀号,但这丝毫不能改变它的命运。接着,厨人会以沸水浇灌猴顶,并用铁锥凿破猴子的颅骨。至此,围坐在四周的食客,便纷纷拿起手中的银勺伸入猴头内,在活猴的痛苦挣扎中,舀出其脑髓脑浆而吸食之,虽然,每客所吸的只有数勺而已……"他如食一豆腐,制法有数十种之多,且须数月前购集材料,选派工人,统计所需,非数百金不能餐来其一箸也。食品既繁,一席之宴,恒历三昼夜不能毕,往往酒阑人倦,各自引去,从未有终席者。"[43]这些,都反映了河政官僚之骄奢淫逸。

然而,与清江浦的畸形繁荣形成极大的反差,黄河改道所经由的广大农村却呈现出一派萧条景致。以苏北地区为例,自从黄河全流夺淮入海,淮河故道淤塞,每年雨水集中的季节,淮水大涨,时常因排泄不畅而在高邮、宝应一带漫决河堤,横流东下,首当其冲的就是苏北的里下河地区。该处由于地势低洼平坦,泄水缓,极易形成严重的涝灾。而在滨海地区,也常常困于水厄,苍茫四顾,一片泽国。春秋季节,因雨量稀疏,里下河等地又往往形成旱灾,并出现严重的土壤返盐现象。由于自然环境明显恶化,苏北粮食生产受到极大的影响。因水旱频繁,农业生产水平极为低下。如高邮州一带,早在明代,"民之生计,惟视岁之丰凶"[44],但因粮田常被洪水淹没,百姓以编织盐包为业,以"代纳粮差"。及至清代嘉庆前后,当地的粮食价格仍然"时或踊贵,甚于他方,惟丰年差足一年之食"[45]。高邮素称"米乡",情况如此,其他下河洼地就更是可想而知了。

由于农作耕耘收获既微,因此,农业人口纷纷弃本逐末,流入城市,以末作依附商家,苟图温饱,甚或远至他乡谋生。清初江都人张标作有《农丹自序》曰:"天下本富出于农……今则不然,富者连阡盈陌,贫者至无立锥。又疑力田未必逢年,相与弃本逐末,必材智最驽下,资身绝无策者,始甘心为人佣耕而不辞。"[46]因此,在扬州一带,"农不勤亩,妇不织机"[47],蔚成一时风尚。淮安百姓,"惟市井是食,语及田夫,则退让不屑"[48],"游手贫民皆资生于漕河、盐筴"[49]。即使是清江浦所在的清河县农村,也有"四乡无十里之田,中农无一岁之蓄"[50]的说法。这使得苏北地区每年需要输入大量粮食,以满足基本的生活需求。这种情形在黄河泛滥决徙的广大地区颇为普遍。

道光年间,由于国家财政负担越来越重,一些人也殚思竭虑地想方设法加以改革。道光末年,李星沅为两江总督,幕僚金安清曾提出一个为期十年的改革方案,分三步走,前三年定年额 300 万两。这一方案实行三年后,凡是紧要工程都已办好,减为 200 万,再三四年减为 150 万,再三年减为 100 万。在这十年之间,崇实黜华,慎选人才,省官并职,以改变风气。十年之后,每年只需 100 万,就可以永保安澜。在这 100 万中,帮工修埽只要 50 万就够了,其他 50 万仍然是用"赡公中之私"。据金安清称,李星沅对他的建议极为欣赏,只是不久因离任而不了了之。不过,从实际情况来看,即使是李氏未曾离职,这一改革是否能够推行,也很值得怀疑。道光二十二年(1842 年),魏源也曾提出过类似的改革方案,主要内容也是裁撤冗员和删减浮费。但他接着又指出,这实际上办不到,因为河员惧其裁缺减费,必然竭力反对;朝中官僚多一事不如少一事,也必然以不符旧例阻止。不过,由此却可以看出,嘉道年间清政府对黄河的投资中,真正用于河防的经费还不足六分之一。虽然乾隆四十七年(1782年)以后的治河经费比起清初高出数倍,嘉庆十一年(1806年)的开支又大大高于乾隆时期,到道光二十二年(1842年)更是有增无减,但在很大程度上,这并不说明真正用于治理黄河的费用在增加,只能说明清王朝吏治腐败速度在加快。

由于河政的窳坏,大批冗官庸吏和无籍游民窟穴其中,因此,河政积重难返。早在道光二十二年(1842年),魏源就曾预言:"仰食河工之人,惧河北徙,由地中行,则南河东河数十百冗员,数百万冗费,数百年巢窟,一朝扫荡,故簧鼓箕张,恐吓挟制,使人口慑而不敢议。"[51]因此,改革只能是假手于天灾人祝。果然!咸丰五年(1855年),黄河北徙。咸丰十年,撤销江南河道总督,裁撤文武46缺,额兵1090名,堡夫724名,以漕运总督兼管河务。河防经费也改发官票,而过惯锦衣玉食生活的河员,一下子变得贫困不堪,主要依赖微薄的滩租、厘金和防寇经费为生计。当时,清江浦"僚吏商民无不行叹坐愁,冀幸北水之南归,南粮之北上"[52],这真是一种可怜而又荒唐的心理!

河政素称东南三大政之一,自乾嘉以来,河政的日渐窳坏,影响极为重大。据嘉庆十二年(1807年)包世臣记载,此前,南河每岁数决口,"一口辄费帑二三百万,户部筹款不能给,常经年敞口门"[53]。由于户部捉襟见肘,只能四处筹措,挖肉补疮。其中,盐政是开辟财源的重要途径。据景本白《票本问题·两淮引商报效一览表》的粗略统计,自雍正十一年(1733年)起至嘉庆九年(1804年)止,两淮盐商共报效银两达2615万两,其中,有不少用于河防。另据嘉庆《两淮盐法志》卷四二《捐输》的不完全统计,乾嘉时期盐商捐输、报效中用于河工的主要有以下几次:

乾隆三年	黄仁德等	30万两	兴修淮扬水利以佐大工
乾隆四十七年	江广达等	200万两	充山东工赈

嘉庆五年	洪箴远等	50万两	邵家坝工需
嘉庆八年	洪箴远等	110万两	备衡家楼工需
嘉庆九年	洪箴远等	100万两	衡工合龙以备善后
嘉庆九年	黄瀠德、程俭德	40万两	佐高堰工用

由于捐输、报效日趋频繁，动辄捐款数百万以上，惯例是由运库垫解，让商人分年带缴，按引派捐，致使盐商成本加重，积欠累累，而日渐疲乏。以乾隆年间数度领头捐输的大盐商江广达（即江春）为例，在他当两淮总商的四十年中，"国家有大典礼及工程、灾赈、兵河、饷捐，上官有所筹画，春皆指顾集事"[54]。由于捐输、报效频繁，到他去世时，家产荡然，嗣子江振鸿生计艰窘，名园康山草堂荒废，本家竟无力修葺。虽然在乾隆的扶植下，江氏后人仍以盐务总商的面目出现，但财力却远逊于从前。到道光中叶陶澍改革、籍没江春后裔江镛家产时，"得银不及四万，而所亏之课乃过四十万"[55]。江氏本是挟赀千万的盐务总商，下场尚且如此，其他中小盐商的命运，也就更是可想而知了。

除了盐政遭受了破坏性打击之外，漕运也受到严重的影响。康熙年间，《河防疏略》姜希辙序曰："朝廷兴数百万役，糜数十万金钱，岁岁而治河不得休息，不过为挽漕计。"嘉道以还，由于河政的败坏，河防工程质量每况愈下，河堤愈筑愈高，清口淤垫日渐严重，直接威胁着漕运的畅通。终于在道光五年（1825年），因黄河大水，漕运梗阻，清政府不得不于次年将江南漕粮改由海道北上，河运呈动摇之势。

河、漕、盐政的变化，使得许多城镇都趋于衰落。霎时间，清江浦"冠盖萧索，市井凄凉，日蹙蹙矣……长街十里，顷刻风烟，屋宇十存二三，士民百余一二。昔时金穴，遂邱墟矣"[56]。又如，临清钞关征收户部税银原定正税盈余及铜斤水脚，共银五万六千数百两，一向是靠运河商船征税。自咸丰五年（1855年）黄河在铜瓦厢决口，穿越运河自张秋镇迤北至临清州。运河无水,各关税收大减。再如,淮安关额征银至36万余两,晚清时期每年仅征到四五万两,只占原额的11％—14％。虽然极力整顿,但始终毫无起色。到光绪三十年(1904年)不得不下令裁撤淮安关监督,裁汰该关丁书役1300余名。由于河、漕、盐政的衰落,运河沿岸城市的萧条,原先依倚盐务、漕运和河工为生的大批人口,一时间成了无业游民,这些人给本来已经不太安定的晚清社会又加入了许多动荡的成分。停漕的运丁、失业的盐场工人、捆掣夫役,成了"盐枭"和青红帮竞相招聘的后备人员。清末民初以扬州为巢穴的盐枭巨魁徐宝山麾下的数万喽啰,就是上述的这些无籍游民。庚子事变时,徐宝山在江淮间蠢蠢欲动,辛亥革命时又独立于扬州,在淮扬一带声威赫然,地方赖以镇服。由盐枭一变而为割据一方的地方首脑,显然反映了清末民初中央政权对淮扬社会的失控。而这一切,又与河、漕、盐政的衰落密切相关。

综上所述,作为清王朝三大支柱的河、漕、盐政,到嘉、道年间已摇摇欲坠,这显然标志着大清帝国正走向穷途末路。河政的窳坏,就从一个侧面反映了这一日薄西山的历史进程。

注 释

1.参见邹逸麟《千古黄河》,香港,中华书局,1990年。

2.(清)金安清《水窗春呓》卷下《河防巨款》,"近代史料笔记丛刊",中华书局,1984年,页63—64;参见《魏源集·筹河篇上》,中华书局,1976年,页365—368。

3.(清)周馥《河防杂著四种·黄河工段文武兵夫记略序》,民国十一年(1922年)秋浦周氏校刻本,页1下。

4.同上,页1下。

5.《李文恭公奏议》卷一九《附奏请裁河工浮费片子》,沈云龙主编"近代中国史料丛刊"第312册,台北,文海出版社,1974年,页3205。

6.《李文恭公奏议》卷一八《恭报兼署南河总督日期并陈河工情形折子》,页3011—3017;参见卷一九《河库动用减平银两折子》,页3059—3062。

7.(清)周馥《河防杂著四种·黄河工段文武兵夫记略序》,页1下。

8.《李文恭公奏议》卷一八《附奏复陈查访南河情形折子》,页2751—2752。

9.《李文恭公奏议》卷一九《附奏请裁河工浮费片子》,页3206。

10.《李文恭公奏议》卷一八《附奏覆陈查访南河情形片子》,页2753。

11.(清)包世臣《安吴四种》卷二《中衢一勺·南河杂记中·郭君传》,"近代中国史料丛刊"正编第294册,台北,文海出版社,1968年,页172

12.同上,页105—106。

13.《魏源集·筹河篇上》,页367。

14.同上,页366—368。

15.(清)黄钧宰《金壶浪墨》卷五《十二红》,"近代中国史料丛刊"第428册,台北,文海出版社,1969年,页95—96。

16.(清)黄钧宰《金壶浪墨》卷一《河工》,页26。

17. （清）黄钧宰《金壶浪墨》卷一《河工》，页 26。

18. （清）陈康祺《郎潜纪闻二笔》卷一三《林文忠公办理河工之精核》，"清代史料笔记"，中华书局，1984 年，页 562。

19. （清）于廷鉴《治河刍议》不分卷，北平文岚簃印书局，1930 年铅印本，页 3 上。

20. （清）欧阳昱《见闻琐录·河员侵吞》，岳麓书社，1986 年，页 167。

21. （清）梁章钜《浪迹丛谈》卷六《睢工神》、《升官图》，"清代史料笔记丛刊"，中华书局，1981 年，页 97—98。

22. （清）欧阳昱《见闻琐录·河员侵吞》，页 167。

23. （清）于廷鉴《治河刍议》，页 1 上。

24. 民国《三续高邮州志》卷七《艺文》，"中国地方志集成"江苏府县志辑第 47 册，江苏古籍出版社，1991 年，页 549。

25. （清）靳辅《靳文襄公治河方略》卷九《河防述言·估计》第三，乾隆三十二年（1767 年）听泉斋刊本，页 9 下。

26. （清）黄钧宰《金壶浪墨》卷五《铁犀》，页 103。还有的铸词为"维金克木，蛟龙远藏，土能制水，永镇此邦"。朱自清有篇散文叫《我是扬州人》，文中说到四岁的时候父亲到邵伯镇当小官，"邵伯有个铁牛湾，那儿有一条铁牛镇压着，父亲的当差常抱我去看它，骑它，抚摩它。"邵伯在扬州以北，运河沿岸。我曾多次途经其地，但行色匆匆，"铁牛"是否尚存，未及搜访。不过，在洪泽湖大堤边的三河闸，我曾看到同样的两只"铁牛"。洪泽湖大堤古称高家堰，明清时期当地的一句俗语称："倒了高家堰，淮扬不见面。"清康熙四十年（1701 年），因洪水为患，铸造了"九牛二虎一只鸡"，分置于洪泽湖和里运河的险要地段。其中的"牛"当指犀牛。铸犀，或借通天神物祈祷上苍保佑。

27. （清）黄钧宰《金壶浪墨》卷八《金龙四大王》，页 169—170。

28. （清）张曾勤《秦邮竹枝词》："风雨西来万户愁，河员避险泛轻舟。安澜多半邀天幸，招集梨园谢耿侯。"民国《三续高邮州志》卷七《艺文》，页 549。

29. （清）周馥《河防杂著四种·水府诸神祀典记》，页 6 上—6 下。

30. 参见拙文《近五百年来自然灾害与苏北社会》，载中国水利学会水利史研究会、江苏省水利学会、淮阴市水利学会编《江淮水利史论文集》，1993 年 5 月。

31. 参见邹逸麟《淮河下游南北运口的变迁和城镇兴衰》，载《历史地理》第 6 辑，上海人民出版社，1988 年。

32. 乾隆《淮安府志》卷五《城池》。

33.《李文恭公奏议》卷一九《附奏通饬河工员弁各驻工次片子》，页 3075—3077。

34.（清）鲁一同《清河风俗物产志》，王锡祺辑《小方壶斋舆地丛钞》第六帙，杭州古籍出版社，1985 年，页 1832 上一下。

35. 光绪《淮安府志》卷二《疆域》，页 26。

36.（清）范一煦《淮壖小记》卷四，扬州师范学院（今扬州大学）图书馆特藏部藏本。

37.（清）包世臣《安吴四种》卷一《中衢一勺·策河四略·守成总略》，页 87—88。

38.（清）黄钧宰《金壶浪墨》卷一《河工》，页 26。

39. 参见拙文《明清扬州盐商社区文化及其影响》，载《中国史研究》1992 年第 2 期。

40.（清）鲁一同《通甫类稿》卷二《与左君第二书》，"近代中国史料丛刊"第 368 册，台北，文海出版社，1969 年，页 71—72。

41.（清）金安清《水窗春呓》卷下《金穴》，页 34。

42.（清）金安清《水窗春呓》卷下《河厅奢侈》，页 41—42。

43. 徐珂《清稗类钞》第 7 册《豪侈类·南河官吏之食品》，中华书局，1986 年，页 3283—3284。

44. 嘉庆《重修扬州府志》卷六〇《风俗志》引隆庆《高邮志》，"中国地方志集成"江苏府县志辑，第 41 册，江苏古籍出版社，1991 年，页 369。

45. 嘉庆《高邮州志》卷四《物产》，"中国地方志集成"江苏府县志辑第 46 册，江苏古籍出版社，1991 年，页 173。

46. 民国《江都县续志》卷一四《艺文考》，"中国地方志集成"江苏府县志辑第 67

册,江苏古籍出版社,1991年,页581。

47.(清)吴锡祺《广陵赋并序》,见同治《续纂扬州府志》卷二三《艺文志下》,"中国地方志集成"江苏府县志辑第42册,江苏古籍出版社,1991年,页968。

48.乾隆《淮安府志》卷一五《风俗叙·农业》。

49.光绪《淮安府志》卷二《疆域》,"中国地方志集成"江苏府县志辑第54册,江苏古籍出版社,1991年,页26。

50.咸丰《清河县志》卷一《疆域》。

51.《魏源集·筹河篇下》,页378—379。

52.《江苏清河县志》附编卷一《建置》。

53.(清)包世臣《安吴四种》卷二《中衢一勺·南河杂记中·郭君传》,页106。

54.同治《续纂扬州府志》卷一五《人物志七·流寓》"江春"条,页839。

55.(清)平步青《霞外捃屑》卷一《盐商捐输多虚伪》,"明清笔记丛刊",中华书局,1959年。

56.《江苏清河县志》附编卷一《建置》。

作者简介

王振忠(1964—　)，福建福州人。复旦大学中国历史地理研究所教授、副所长，《历史地理》杂志编委，安徽大学徽学研究中心学术委员会委员、兼职教授，《徽学》学术集刊常务编委。主要从事历史地理及明清以来中国史的研究，关注地域文化差异及区域社会变迁。主要著作有：《明清徽商与淮扬社会变迁》、《斜晖脉脉水悠悠》、《乡土中国·徽州》、《徽州社会文化史探微——新发现的16至20世纪民间档案文书研究》、《水岚村纪事：1949年》等。

"中国文化讲座"相关图书

《风景旧曾谙——叶嘉莹谈诗论词》 叶嘉莹著

本书为叶嘉莹教授在香港城市大学客座期间的演讲稿结集，作者提纲挈领地阐述了中国古典诗学的脉络，深入浅出地讲授如何读诗词、如何懂诗词、如何联系诗词与人生等主题。本书的特点在于，根据讲演录音整理，文字生动，有现场感。叶嘉莹教授已有几十年的古典诗词的教学和研究经验，古典诗词已经融入了她的生命当中。经她挑选的十个题目，于古典诗词初学者或者感兴趣者而言，是基础而重要的十点，通过这十个方面的讲授，叶嘉莹教授向我们展示了中国诗词丰美多姿的想象世界。

《古今东西之间——何芳川讲中外文化》 何芳川著

何芳川教授是环太平洋区域文化的资深专家，本书是何教授在香港城大中国文化中心开设一系列讲演集，内容从丝路交通、古代华夷秩序，一直谈到近代中国的政治革命、中日文明命运的分野，并评论了在学术界引发巨大反响的亨廷顿"文明冲突论"，深入浅出地为中华文明与外来文明撞击与交汇的历史，提供了清晰的知识脉络。全书架构宏观，条理分明，行文生动，是涵括千年来中外文明交汇相当引人入胜的一本入门书。

《美术的故事——任道斌讲中国美术》 任道斌著

历史产生了美术，美术丰富了历史，本书是任道斌教授在香港城大客座期间的讲演结集，内容上起汉代画像与社会生活，论及南宋杭州与文人绘画、明代"吴门画派"、晚明"松江画派"、"八大山人"的画风、"扬州八怪"的世界、任伯年的画作，还讲述了乾隆皇帝的美术事业和中国少数民族的美术特色，力图以史论图，以图证史，图文并茂，深入浅出，揭示了美术作品视觉表象下的历史背景和文化内涵，并以此来激发读者的审美情趣。